KB152737

윤이수 장편소설

해시의 신루

1

윤이수
장편소설

해와 신록

1

북극성을 찾아서

해냄

조선은 유교의 나라였다.

명분과 체면이 실리(實利) 위에 존재했고, 가문과 명예를 위한 희생이 미덕이 되던 시절.

만인지상의 임금조차 하늘의 법에 따라 제를 올리고, 무사태평을 기원하던 세상에서 과학이란 뜬구름을 좇는 이야기였으리라.

해시의 신루(亥時蜃樓).

밤의 신기루처럼 보이지 않는 실체를 좇는 조선 과학자들의 이야기를 쓰고 싶었다.

그러다 운명처럼 그와 마주하게 되었다.

조선 최고의 군주였던 세종대왕의 장자이자 단종의 아버지로 그저 스치듯 이름만 알고 있던 왕.

병약하고 유약한 임금으로 내 뇌리에 기억되었던 사람.

그러나 위대한 아버지와 불운한 아들에게 가려져 있던 문종의 본모습은 알려진 것과는 전혀 달랐다.

피 끓는 생이었다. 치열했고 뜨거운 삶이었다.

그는 조선을 지킨 그 누구보다도 강인한 군주였고, 선견지명을 지닌 열정적인 과학자였다.

　그러나 찬란했던 생은 너무 짧아 서러웠고, 그래서 유난히 아름다웠다.

　그 선연한 인생에 나의 계절을 모두 바쳤다.

　그의 시간이 치열할 땐 나 역시 뜨거웠고, 그가 고될 때는 나 역시도 침잠하였다. 그리고 마침내 그가 행복하게 되었을 때, 그제야 비로소 긴 한숨을 내쉴 수 있었다.

　이제 그를 떠나보낸다.

　귓가를 가득 메웠던 선연한 웃음들도 하나둘, 사라져 간다.

　그럼에도 바라건대…….

　그의 삶이 유한하길.

　끊임없이 윤회하는 계절처럼 그의 사랑도 끊임없이 다시 피어나길.

　그리하여 오래도록 행복하고 또 행복하길.

2016년, 적묵의 계절을 지난 10월의 어느 날

윤이수

해시의 신루 ①

북극성을 찾아서

너는 나의 것 [我取你]

물오름달 스무날.

푸른 봄이 지척에 와 있었다. 물기를 머금은 꽃나무가 금방이라도 꽃잎을 터트릴 듯했다. 겨우내 숨죽이던 한낮의 볕도 제법 단단해졌다. 권위와 위엄으로 무장한 궁궐 마당으로 햇살이 내려앉았다. 그 위로 환관과 궁녀들이 길게 그림자를 드리웠다.

엄격한 규율과 법도로 재단된 몸짓. 오직 한 사람, 왕을 위해 존재하는 그들은 빈틈없는 걸음으로 제 주군의 뒤를 쫓았다.

강녕전을 나선 왕의 걸음은 곧장 대전으로 향했다. 잠시 후, 붉게 옻칠 된 대전의 거대한 기둥 사이로 왕께서 발을 디뎠다.

"주상 전하 납시옵니다."

왕의 행차를 알리는 어린 환관의 목소리에 대전을 지키고 있던 삼정승은 서둘러 자리를 털고 일어섰다.

"전하, 납시었나이까?"

흰 수염이 성성한 영의정이 바닥에 머리를 조아리며 말했다. 스치는 눈길로 그 모습을 건너보던 왕은 그대로 영의정을 지나쳐 단상으로 올라갔다.

"모두 앉으시오."

용상에 자리 잡은 임금의 얼굴에는 그늘이 가득했다. 힐끔 곁눈질하던 영의정은 저도 모르게 꿀꺽 마른침을 삼키고 말았다.

오랜 경험으로 알고 있었다. 무언가 왕의 심기를 어지럽히는 것이 있음이 틀림없었다.

그것이 무엇일까? 서둘러 알아내지 않으면 불벼락이 떨어질 터.

늙은 정승의 눈동자가 분주하게 좌우로 움직였다.

묵직한 침묵이 대전 안에 내려앉았다. 마른 숨소리조차 들려오지 않았다.

왕께서 숨 막히는 침묵을 깨며 운을 뗐다.

"내 오늘 경들을 이리 부른 것은……."

영의정을 비롯한 삼정승의 시선이 용상으로 향했다.

늙은 신하들을 둘러보던 왕께서 쯧, 짧게 혀 차는 소리를 냈다.

"불경한 일로 소란했던 왕실이 비로소 안정을 되찾은 듯하오. 그러니 이제는 빈궁전의 주인을 찾아야 할 때가 아닌가 생각하오. 장성한 세자를 언제까지 홀로 있게 할 수는 없질 않겠소."

왕의 음색에 은근한 질책이 담겨 있었다.

삼정승의 고개가 더욱 아래로 내려갔다.

"송구하옵니다, 전하. 미흡한 소신들의 죄를 용서하시옵소서."

"그대들을 책망하려 부른 자리가 아니오."

왕의 말이 끝나기 무섭게 영의정이 조심스레 고개를 들었다.

"아니옵니다, 전하. 소신들의 불충으로 전하를 심려케 하였나이다. 전하께서 말씀하시기 전에 소신들이 나서서 챙겼어야 할 일이었사옵니다."

"허허허. 누가 먼저 나서는 것이 무에 의미가 있겠소."

"그렇지 않아도 소신, 전하께 빈궁마마의 일에 관해 말씀을 올리려 하였나이다."

"오호, 그래요? 그래, 무슨 말을 하려 했던 것이오?"

"마침 빈궁전의 주인으로 적합하신 분이 있사와……."

"역시, 역시 영의정이로군. 그래, 영의정. 그 규수가 뉘란 말이오?"

왕의 물음에 영의정은 황급히 좌의정에게로 시선을 던졌다.

"다름 아닌 좌의정 대감의 여식이옵니다."

"좌의정의 여식이라……."

낮게 입속말을 중얼거리던 왕은 좌의정 홍성규에게로 시선을 돌렸다.

"그대에게 여식이 있었소?"

"아뢰옵기 황공하오나 전하, 마침 혼기 꽉 찬 미욱한 아이가 있사옵니다."

"오호, 그렇소?"

두 사람 사이로 영의정이 끼어들었다.

"좌의정의 여식으로 말씀드리자면, 어릴 적부터 총명하기로 소문이 자자한 규수이옵니다. 어디 그뿐이옵니까? 어린 나이임에도 주위에 두루두루 덕을 베푸니, 이야말로 빈궁마마의 재목이 아니고 무엇이겠습니까."

"그렇군요."

왕은 흡족한 얼굴로 고개를 끄덕였다.

그러다 불현듯 궁금하다는 듯 좌의정을 돌아보았다.

"헌데 좌의정, 그 아이…… 누구를 닮았소?"

"아뢰옵기 황공하오나 그 아이, 소신을 쏙 빼닮았다는 소리를 자주 들었사옵니다."

육중하다 못해 비대한 몸집의 좌의정은 왕의 노골적인 눈길에 배시시 수줍은 미소를 지었다. 그렇지 않아도 살에 묻혀 있던 눈매가, 웃는 순간 지우기라도 한 듯 자취를 감추었다.

곁에서 그 광경을 지켜보던 영의정이 흐뭇한 얼굴로 말을 덧붙였다.

"아주 후덕하고 복스럽게 생긴……."

영의정의 말이 채 끝나기도 전.

쾅!

저도 모르게 불끈 주먹을 말아 쥔 임금이 서탁을 거칠게 내리쳤다.

"저, 전하, 어찌 그러시옵니까?"

갑작스러운 왕의 모습에 놀란 영의정이 연신 눈치를 살피며 안절부절못했다.

겨우 마음을 가라앉힌 왕은 영의정에게 가까이 오라 손짓했다. 그러고는 작은 목소리로 속삭였다.

"영의정."

"네, 전하."

"만약 경이라면 좌의정과 한 이불 덮고 잘 수 있겠소?"

"네? 전하, 그 어인 말씀이시옵니까? 소신이 왜 좌의정과 한 이불을 덮겠나이까?"

말도 안 되는 소리라는 듯 영의정이 손사래를 쳤다.

"만약이라고 하질 않았소, 만약."

"그야 당연히……."

영의정은 고개를 돌려 좌의정을 바라보았다. 좌의정과 한 베개를 베고, 한 이불을 덮은 자신을 상상했다.

다음 순간, 영의정은 대전 바닥에 제 머리를 쿵 찧었다.

"죽여주시옵소서."

죄를 비는 영의정의 모습에 왕은 그제야 조금 풀린 얼굴로 고개를 끄덕였다.

"물론 덕이 많은 여인이 세자빈이 되는 것도 좋을 것이오. 허나 이번엔 그보다 조금 더 신경 써야 할 것이 있소."

"그것이 무엇이옵니까?"

잠시 침묵이 흘렀다.

무거운 침묵을 깬 왕께서 진실로 하고 싶었던 한마디를 입에 올렸다.

"우리, 얼굴도 좀 봅시다."

탁!

바라지창 밖을 내다보던 해루는 서둘러 창문을 닫았다.

"망했다."

중얼거리는 목소리에 긴장한 기색이 역력했다.

창 너머로 관아의 사령들이 우르르 달려오는 것이 보였다. 어림 잡아 대여섯 정도. 멀리서 보아도 기세등등한 것이 잡혔다간 사달이 나도 된통 날 듯싶었다.

어젯밤 그 꿈을 꾸었다.

십 년 전, 정체 모를 자에게 죽임당할 뻔했던 그 일이 또 꿈으로 나타났다. 십 년이라는 세월만큼 꿈은 점점 바랜 듯 흐릿해져 갔지만, 그 섬뜩한 느낌만은 여전히 또렷했다.

그 때문일까? 언제부터인지 정확히 알 수 없었지만, 그날의 일을 꿈으로 꿀 때면 어김없이 불행한 사건이 터지곤 했다.

아니나 다를까. 오늘도 어김없이 일이 터졌다.

까치발을 한 채 창밖을 보던 해루는 시선을 뒤로 돌렸다. 좀 전부터 갑자기 이사를 해야 한다며 부산을 떠는 중년 사내의 모습이 잡혔다. 눈을 이리저리 굴리는 사내를 보니 절로 한숨이 새어 나왔다.

"무슨 일입니까?"

해루의 날 선 물음이 사내의 귓가를 파고들었다.

"남들이 들으면 내가 만날 사고만 치는 줄 알겠구나."

세모꼴의 얼굴에 염소수염을 기른 사내가 억울하다는 듯 반박했다.

"아닙니까?"

되묻는 해루의 눈빛이 서늘했다.

올해 열여덟이 된 해루.

대식국(大食國, 중동)의 상인들처럼 머리에 두건을 쓰고 허름한 저고리와 바지를 걸쳐 입은 해루는 사내인지 여인인지 그 구분이 모호했다. 그러나 호기심을 불러일으키는 모호함이었고, 호기심은 이내 호감으로 바뀔 만큼 매력적인 아이였다.

바람이라도 불면 휘청거릴 듯한 가냘픈 몸피. 조막만 한 얼굴에 모여 있는 이목구비는 처한 사정에 어울리지 않게 단아했다.

어디 그뿐이랴? 커다란 눈망울과 되똑한 콧날, 그리고 고집 서린 붉은 입술. 미천한 처지에 어울리지 않는, 그야말로 분에 넘치는 용모이고 주제넘은 총기였다.

쯧쯧, 낮게 혀를 차던 사내는 웅얼거리듯 말했다.

"어쨌거나 시간 없어. 서둘러야 할 게다."

"대체 무슨 일을 벌였기에 사령들까지 출동한 겁니까?"

"일은 무슨, 단지……."

"단지?"

"윤 진사 그 작자가 내가 써준 부적에 불만을 품고 관아에 발고를 했질 뭐냐."

"부적을 파셨습니까?"

해루는 짐을 꾸리는 사내의 손을 붙잡아 세웠다.

사내와 처음 만난 것은 8년 전 겨울이었다. 길흉화복을 점치는 판수 정운랑의 눈에 해루가 들어온 것은 어느 일진 사나운 날이었다. 며칠을 굶었는지 알지 못할 정도로 굶주린 해루에게 정 판수는 먹다 남은 개떡 한 조각을 건넸다. 사실 좋은 말로 건넨 것이고, 좀 더 정확히 말하자면 버린 것이었다.

그것이 인연이 되었다. 오랜 허기를 채워준 정 판수의 개떡은 죽어가던 해루의 목숨줄을 다시 이어주었다.

목숨을 살려준 생명의 은인이라. 그날 이후로 해루는 말없이 정 판수의 뒤를 따랐다. 그런 해루를 귀찮은 벌레 쫓듯 쫓은 적이 한두 번이 아니었다. 그러다 어느 날 우연히 해루의 비밀을 알게 되었다.

해루를 바라보는 정 판수의 눈빛이 변했다. 정 판수는 마음을 고쳐먹었다. 사그라지던 그의 판수 인생에 다시 불꽃이 타올랐다.

그렇게 만난 인연이 어느덧 8년이나 이어졌다.

세상천지 의지할 곳 없었던 두 사람은 동업자이자 유일한 벗바리였고, 또한 피를 나누지 않았으나 마땅히 가족이라 불러도 될 사이였다. 전국 방방곡곡을 누비던 두 사람이 함경도의 동구비보라는 곳에 터를 잡은 것은 반년이 채 안 되었다.

본디 판수란 하늘이 내리는 업(業)이라 하였다. 정운랑 역시 제법 영기 또렷한 판수였던 시절이 있었다. 지금은 그 영기가 많이 흐려지긴 했지만 그래도 배운 게 도둑질이라고, 서른 해 넘게 해 온 판수 일에 눈칫밥이 더해지니 근방에서 제법 용하다는 소리를 들을 수 있었다. 덕분에 벌이도 쏠쏠했다.

그런데 얼마 전, 초시 시험에 나가는 윤 진사 댁의 큰 도령 점괘를 잘못 본 것이 화근이 되었다. 자기가 만든 부적만 있으면 이번 과거 시험은 떼놓은 당상이라고 큰소리 뻥뻥 쳤던 것이 문제를 일으켰다.

"부적은 안 팔기로 했잖습니까?"

정 판수를 바라보는 해루의 눈빛이 곱지 않았다.

"팔아달라고 애걸복걸하는 걸 날 더러 어쩌란 말이냐?"

엎드려 빌어도 부족할 판에 되레 큰소리다. 해루의 입에서 절로 한숨이 새어 나왔다.

"얼마입니까?"

"뭐가?"

"부적값으로 얼마를 받았기에 진사 어른이 관아에 발고까지 한 겁니까?"

아무리 생각해도 양반이, 그것도 진사씩이나 되는 사람이 고작 부적 때문에 이리 부산을 떠는 모양새가 이상했다. 눈치를 살피던 정 판수가 손가락 하나를 펼쳤다.

"한 냥입니까?"

"아니."

"그, 그럼…… 열 냥?"

이 도둑놈.

그러나 정 판수는 침묵했다.

"설마…… 설마 백 냥을 받은 건 아니죠?"

"받았어. 백 냥."

"미쳤습니까?"

놀라고, 어이없고, 기가 막혀 해루는 절로 목소리가 커졌다.

정 판수가 고개를 푹 숙였다.

"내가 달라고 했던 게 아니다. 준다기에 받은 것뿐이야."

"그래도 그렇지 어떻게 백 냥씩이나 받을 수 있단 말입니까?"

"내가 죽일 놈이다. 미안하다, 해루야. 정말 미안하다."

"……."

끓어오르는 화를 참으며 해루는 입술을 억지로 길게 늘였다.

지나간 일을 곱씹어봤자 무슨 소용이 있을까? 지금 당장 해야 할 일은 정 판수가 벌여놓은 이 사달을 어떻게든 수습하는 것이었다.

"돌려주십시오."

"뭘?"

"지금이라도 돈 돌려준다고 하세요. 그럼 되잖아요. 돈만 돌려받으면 진사 어르신도 더는 문제 삼지 않으실 겁니다."

윤 진사가 뉘던가. 이 동구비보를 이끌어가는 마을 유지 중의 한 사람이었다. 유달리 남의 이목과 체면을 신경 쓰는 사람이니,

소문이 커지는 걸 바라지 않으리라. 그러니 좋은 게 좋은 거라고 이쯤에서 돈을 돌려주고 없던 일로 하면…….

"없어."

"뭐가 없어요?"

"돈 말이다. 없어, 단 한 푼도……."

정 판수의 한마디에 희미하게나마 남아 있던 희망이 불씨 한 점 남기지 못한 채 꺼지고 말았다. 앞이 캄캄해졌다.

"그 많은 돈이 왜 없어요? 설마 투전판에라도 가신 겁니까?"

"투전판은 무슨 투전판!"

"그럼 그 많은 돈을 대체 어디에 쓰신 겁니까?"

"그건……. 어쨌든 해루야, 내가 죽을죄를 지었다. 나 같은 건 죽어야 해."

한 손으로 제 머리를 쥐어박으면서도 정 판수는 짐 꾸리는 것을 멈추지 않았다. 그러다 문득 억울하다는 듯 해루를 응시했다.

"알고 보면 상황이 이렇게 된 것도 온전히 내 탓만은 아니다."

"그게 무슨 말입니까?"

"그러게, 내가 그때 그렇게 부탁하질 않았더냐? 네가 한 번만 제대로 봐줬으면 이런 일도, 사달도 없었을 게 아니냐?"

"아시잖아요. 그게 제 마음대로 되질 않는다는 걸."

"지나간 일을 곱씹어봐야 소용없을 것이고. 기왕지사 이리된 거 서둘러라. 이번에 잡히면 꼼짝없이 옥살이해야 할 것이야."

어느새 채비를 마친 정 판수는 문지방 너머로 오른발을 내디디며 말을 이었다.

"그렇게 멍하니 서 있지 말고 하나라도 더 챙겨, 이것아."

마당 아래로 내려서는 정 판수를 보며 해루는 엉뚱한 곳으로 몸을 돌렸다.

"어딜 가는 거냐?"

해루의 뒤통수로 정 판수의 목소리가 따라붙었다.

"잠시면 됩니다."

힐끗 정 판수를 돌아본 해루는 바람처럼 달려 뒤뜰로 향했다.

잰 몸짓으로 앵두나무 아래 소복이 쌓인 짚더미를 걷어내고 작대기로 표시해 둔 곳을 손으로 파냈다. 그곳엔 지난 몇 년 동안 해루가 차곡차곡 모아둔 돈 단지가 들어 있었다. 도망갈 때 가더라도 이것만은 챙겨야 했다.

이게 어떻게 모은 돈인데.

이 돈으로 하고 싶은 일이 있었다. 아니, 꼭 해야 할 일이 있다. 하여, 안 입고 안 먹고, 그야말로 허리띠 졸라매서 모은 돈이었다.

땅을 파는 해루의 손길이 급했다.

그렇게 얼마나 팠을까? 드디어 작은 단지가 모습을 드러냈다. 해루는 서둘러 단지 안으로 손을 집어넣었다.

내 보물, 이 돈만 있으면 당분간 걱정 없이…… 어?

"왜 이리 가볍지?"

돈이 가득 든 단지치곤 지나치게 가벼웠다. 입구를 막고 있던 헝겊을 연 해루는 순간 망연자실해지고 말았다.

"어, 없어?"

돈이…… 하나도 없었다.

사흘 전, 마지막으로 돈을 집어넣었을 때만 해도 가득 차 있던 단지였다. 그런데 불과 며칠 만에 그 많은 돈이 다 사라지고 없었다.

대체 어디로 갔을까? 어디로……?

해루의 시선이 마당을 가로지르는 정 판수에게로 향했다.

"아저씨!"

"미안하다, 해루야. 그리고 그동안 고생했다."

마지막 인사를 건넨 정 판수는 꽁지가 빠져라 달리기 시작했다.

"정 판수 아저씨! 아저씨! 아저……. 이 나쁜 놈아!"

그간 생명의 은인이라 하여 정 판수의 뒤치다꺼리를 한 것이 한두 번이 아니었다. 그래도 이건 아니었다.

더는 못 참아.

해루의 눈에 화르륵 불이 일었다. 불끈 주먹을 쥐고 자리에서 일어섰다. 당장에라도 정 판수를 잡기 위해 달려야 했다.

하지만……. 어느새 정 판수와 해루를 잡으러 온 사령들이 마당까지 들어와 있었다. 정 판수 말대로 지금 잡히면 옥살이를 하거나 엉덩이가 터지도록 곤장을 맞아야 하리라.

"두고 봐. 잡히면 내가 가만 안 둡니다."

정 판수를 향해 으득 이를 갈던 해루는 집 안으로 들이닥치는 관아의 사령들을 피해 언덕 아래로 몸을 굴렸다. 지금 당장 해야 할 건 텅 빈 항아리에 대한 복수가 아니었다.

몸을 숨길 장소를 찾는 것.

"게 섰거라! 저놈! 저놈 잡아랏!"

등 뒤에서 해루를 쫓는 사령들의 목소리가 따라붙었다. 여기서 잡힐 수는 없었다. 뒤쫓는 목소리를 떨쳐내기 위해 해루는 미친 듯 달리고 또 달렸다.

그렇게 얼마나 달렸을까?

뉘엿뉘엿 기울던 해도 어느새 사라지고 없었다. 사방이 캄캄한 어둠으로 뒤덮였다.

"헉헉헉."

숨이 턱 끝에 달라붙은 지 오래였다. 하지만 초막에서부터 따라 붙은 횃불의 행렬은 여전히 꼬빡연의 꼬리처럼 뒤를 쫓아오고 있었다. 간밤에 내린 비가 원망스러웠다. 눅눅해진 땅은 걸음을 옮길 때마다 낙인처럼 흔적을 남겼다. 이대로는 얼마 가지 못하고 잡히고 말 것이다.

어떻게 하지? 해루는 분주하게 시선을 돌렸다. 그러다 돌연 반짝하고 눈을 빛냈다.

검푸른 어둠 속.

소박한 돌담으로 둘러싸인 작은 초막이 해루의 시야에 들어왔다.

"여기로군."

불 꺼진 문을 바라보던 젊은 사내의 입가에 흡족한 미소가 떠올랐다. 사내는 초막의 낡은 툇마루에 엉덩이를 걸쳤다. 휴, 낮게 내뱉는 날숨에 곤함이 잔뜩 섞여 있었다. 벌써 이틀째 한숨도 자지 못한 채 산길을 헤맨 탓이다.

"안에 없는 모양이군."

슬그머니 방 안의 기척을 살피던 사내가 작게 중얼거렸다.

이 초막의 주인은 유난히 잠귀가 밝은 이였다. 이리 부산을 떠는데도 아무런 기척이 없는 걸 보니, 잠시 집을 비운 것이 틀림없었다.

사내는 가타부타 아무런 말 없이 굳게 닫힌 방문을 벌컥 열었다. 이내 깊게 가라앉아 있던 공기가 열린 방문 밖으로 일시에 쏟아져 나왔다.

사내, 이향(李珦)은 주인 없는 텅 빈 방 안을 스치는 눈길로 훑었다. 세간살이라고 할 것도 없는 단출한 실내. 바닥에 펼쳐진 이부자리가 눈에 들어왔다.

"잘되었군."

낮게 중얼거린 향은 그대로 신을 벗고 방 안으로 들어와 이부자리에 털썩 누웠다.

법도를 따르자면 이리 주인 없는 집에 허물없이 들어와서는 안 되는 일이었다.

이리 허물없이 갓을 벗고, 이리 허물없이 주인의 이부자리에 누워서는 아니 되겠지.

그러나 그런 것을 일일이 따지기엔 육신의 곤함이 너무 깊었다.

한양을 떠나 이곳 함경도로 향한 것이 닷새 전이었다.

일행과 헤어진 것은 이틀 전. 그 이틀 동안 향은 함경도의 높은 산봉우리를 모두 올랐다 해도 과언이 아닐 정도로 많은 산을 탔다. 그러나 끝내 원하는 것을 손에 넣을 수는 없었다.

잠시 허탈한 시선으로 제 손바닥을 바라보던 향은 무거운 눈꺼풀을 감았다.

쉬고 싶었다. 잠시만이라도 눈을 붙여야 살 것 같았다. 방바닥에서 올라온 훈훈한 온기에 경직되어 있던 몸이 녹작지근하게 흘러내렸다.

"좋구나."

향은 흡족한 표정을 지으며 따뜻하게 데워진 이불을 목까지 끌어당겼다.

이대로 푹 자야겠다. 아침까지 내처 자면 그간 쌓인 피로도 조금은 풀리겠지.

죽은 듯 꼼짝도 않고 잠들어 있던 향은 작게 몸을 뒤척였다.

전신을 뒤덮는 포근한 감촉이 느껴졌던 까닭이다. 아마도 차게 식었던 몸이 이제야 풀리는 듯했다. 발아래 쪽부터 간질거리는 기분이 위쪽으로 살금살금 올라왔다.

보드라운 구름을 품고 있는 듯한 아득한 느낌. 햇솜을 안은 듯한없이 포근하고 느른한 감촉. 마치 어린 고양이가 품속을 파고드는…… 응?

혼몽한 꿈 자락을 헤매던 향은 익숙하지 않은 이질감에 저도 모르게 미간을 찡그렸다. 무언가가 이불 속에 있었다.

이건 뭐지? 초막의 주인이 고양이라도 키우는 걸까? 꼬장꼬장한 성격에 유달리 낯까지 가려 짐승 같은 것을 키울 사람이 아닌데. 아무래도 나이가 드니 쇠심줄 같던 성품도 조금은 누그러진 모양이다. 그나저나 이 녀석, 낯도 안 가리고 대담하게 이불 속으로 파고드는군. 동물은 주인의 성격을 닮는다던데, 모두 그런 건 아닌 모양이다.

그런데…… 느긋하게 생각하던 향의 이마에 아까보다 더 굵은 주름이 그려졌다.

이불 속으로 파고든 고양이의 움직임이 지나치게 은밀했다. 무엇보다 살금살금 움직이는 손길이 작은 짐승치고는 제법 묵직하다. 모른 척하고 다시 잠을 청하던 향은 끝내 이부자리를 들추고 말았다.

"이 녀석, 아무리 추워도 그렇……."

낮은 목소리로 호통치던 그의 표정이 딱딱하게 굳었다. 들쳐 든 이불 속에서 느닷없이 하얀 손 하나가 불쑥 튀어나와 그의 입을 턱 하고 막았다.

"……!"

찬물을 끼얹은 듯 정신이 번쩍 들었다. 이불 속을 파고든 건 고양이가 아니었다.

그의 입을 막고 있는 이건, 분명 사람의 손이었다.

'누구냐? 혹시……'

당혹스러움과 분노가 동시에 일었다. 그때 이불 속에 숨어든 도둑고양이가 작게 속삭였다.

"할아버지."

"……"

"잠시만요. 잠시만 조용히 해주세요."

옴쳐 드는 목소리가 향의 귓전을 파고들었다. 하는 모양새를 보아하니 이 도둑고양이와 초막의 주인은 안면이 있는 사이인 듯했다. 향은 눈매를 가늘게 여몄다. 창밖에서 들어오는 푸르스름한 달빛이 도둑고양이의 얼굴을 비추었다.

시리도록 하얀 얼굴. 누구지?

향은 미간을 한데로 모았다. 달빛이 스며드는 창이 향의 뒤쪽에 있던 터라 향은 도둑고양이의 얼굴을 볼 수 있어도, 정작 도둑고양이는 밤의 그늘 탓에 그의 얼굴을 볼 수 없었다.

그때 도둑고양이가 다시 입을 열었다.

"할아버지. 저, 해루입니다. 제가 사정이 있어 그러니 잠시만 이리 있어주세요. 네?"

다급한 목소리와 함께 문밖으로 저벅대는 발소리가 들려왔다. 그리고 누군가를 찾는 듯한 수런대는 음성. 향의 머리가 빠르게 돌아갔다.

잠시 후.

"쫓기는 것이냐?"

"네. 그러니 잠시만요. 잠시만 여기 숨겠습니다."

말과 함께 가슴께까지 흘러내린 이불이 향의 머리 위로 올라갔다. 졸지에 낯선 자와 한 이불을 쓰게 되었다.

"이런……."

향의 입속에서 못마땅한 한마디가 흘러나왔다. 당장에라도 이불을 박차고 나가야 옳았다. 그러나 향의 팔을 꽉 그러잡은 작은 손. 그 작은 손이 그를 말렸다. 여린 기운에 휩쓸린 향은 저도 모르게 한순간 주춤했다. 그러나 그는 이내 실소를 내뱉었다.

"이게 뭐하는 짓……."

향의 목소리가 사나워지려는 찰나.

"쉿!"

도둑고양이가 향의 입술 위에 검지를 세웠다. 동시에 긴박함과 간절함을 담은 차가운 숨결이 얼굴 가까이로 바짝 다가왔다.

"……."

내뿜는 날숨과 들이마시는 들숨의 움직임이 고스란히 전해질 만큼 밀접한 거리. 잔잔하던 향의 눈동자가 흔들렸다.

그리고…… 쿵! 느닷없는 울림이 심장을 뒤덮었다.

심장이 뛴다고? 내가?

"이건 또 어떻게 된 일이야?"

망했다

어둠 속에서 작은 초막을 발견했을 때, 해루는 아직 하늘이 자신을 버리지 않았음을 직감했다.

저 초막은 한양에서 유배 온 황 노인이 사는 집이었다. 죄인이되 죄인 같지 않은 죄인의 집. 마을 사람들은 황 노인을 가리켜 죄인 판서라고 불렀다.

처음 유배 온 노인의 집으로 관아의 아전들이 인사를 올리러 갔을 땐 제법 유세깨나 하는 노인이구나, 하고 생각했었다. 그러나 매번 섬돌에 신발 한번 벗지 못한 채 돌아서면서도 날이 밝으면 언제나 다시 노인의 집을 찾는 아전들에게 호통을 치는 모양새가 귀양 온 죄인이 아니라 숫제 요양 온 정승 판서였다. 듣자 하니 한양에서 누렸던 권세가 이만저만이 아닌 노인이라 하였다. 권세 높은 양반네는 모두 그런 것인지, 황 노인은 성격이 여간 까다로운 것이 아니었다.

처음, 관아에서 황 노인의 집에서 일할 사람을 구할 때만 해도 지원자가 넘쳐났다. 궁벽한 산골 마을. 허드렛일만으로 돈을 준다는데 마다할 사람이 있을까? 하지만 노인을 겪은 사람들은 하나같이 체머리를 흔들었다.

꼬장꼬장한 성격에 느닷없는 버럭질. 가장 힘든 건 꽁무니를 따라다니며 해대는 지청구였다. 날이 맑으면 맑다고 타박이고, 날이 흐리면 흐리다고 통박을 놓았다. 머리에 쥐가 나도록 해대는 지청구에 질려버린 사람들은 노인의 초막 방향으론 아예 눈도 돌리지 않을 지경이었다.

불 꺼진 초막을 바라보며 해루는 잠시 고민했다. 저 초막으로 들어가야 하나, 말아야 하나? 이대로 숲에서 한동안 버틸 수도 있으리라. 그러다가 얼어 죽거나, 굶어 죽을 수도 있겠지. 그것도 아니면 사령들에게 잡혀 죽든가. 그럼 저 초막으로 몸을 피한다면?

최악의 상황을 상상하던 해루의 눈에 저 멀리 횃불을 들고 숲을 뒤지는 사령들의 모습이 들어왔다. 더는 미적대고 있을 여유가 없었다. 잠시 주위를 살피던 해루는 가벼운 몸짓으로 담을 타 넘었다.

마당을 가로질러 방 안으로 숨어들기까지 걸린 시간은 그야말로 찰나.

다행히 황 노인은 잠이 들었는지 조용했다.

그러나 그것도 잠시. 갑작스러운 인기척에 놀랐는지 어둠 속에서 까만 인영이 상체를 일으켰다. 행여 소리라도 지를세라 해루는 노인의 입부터 막았다. 그리고 노인의 귓가에 작지만 단호한 목소리로 속삭였다.

"할아버지, 잠시만 조용히 해주세요."

노란 횃불의 기운과 발소리가 초막 마당으로 들어섰다. 황 노인의 신음이 밖으로 새어 나가기라도 했다간 꼼짝없이 잡혀갈 상황. 해루는 간절한 목소리로 애원했다.

"할아버지. 저, 해루입니다. 제가 사정이 있어 그러니 잠시만 이리 있어주세요. 네?"

저벅저벅.

말을 하는 사이 발소리가 점점 다가왔다.

해루는 다짜고짜 황 노인의 머리 위로 이불을 뒤집어씌웠다.

그것이 마음에 들지 않았는가 보다. 노인이 갑자기 몸을 일으켰다.

놀란 해루는 황 노인에게 바싹 다가가 그의 입에 검지를 세웠다.

"쉿!"

할아버지, 제발요. 제발 조용히 해주세요.

황 노인의 입을 막고 있는 해루의 손에 절로 힘이 들어갔다.

바로 그때였다. 느닷없는 악력이 해루의 손등을 뒤덮었다. 노인이 순식간에 해루를 제압해 버린 것이다.

"앗!"

해루는 저도 모르게 짧은 비명을 내질렀다.

순간, 노인이 재빠르게 해루의 입을 손으로 막아버렸다. 그리고 속삭였다.

"쉿!"

'망했다.'

눈 깜짝할 사이 상황이 역전되었다. 어느새 등 뒤로 돌아간 노인에게 해루는 양팔까지 제압당했다. 연세도 많으신 분이 어찌 이리 빠르실까? 머릿속이 새까매졌다.

어깨 너머로 노인의 목소리가 들려왔다.

"지금부터 손을 뗄 것이다."

"……."

"그럼 넌 지금의 상황에 대해 내가 이해할 수 있도록 소상히 설명해야 한다. 알겠느냐?"

끄덕끄덕. 해루의 고갯짓에 노인은 입을 막고 있던 손을 뗐다.

휴, 어둠 속에서 길게 날숨을 내쉬던 해루는 문 쪽을 쳐다보며 속삭였다.

"어쩌다 보니 쫓기는 몸이 되었습니다."

"난 분명 자세한 설명이라 하였다."

"굳이 자세한 설명이 필요하겠습니까? 동병상련이라 하지 않습니까? 할아버지도 죄인이니 지금의 제 사정, 말하지 않아도 이해하실 것 아닙니까."

"동병상련?"

날카로운 목소리가 해루에게 날아들었다.

잠시 해루는 고개를 좌로 기울었다. 아까부터 느낀 것인데, 노인의 목소리가 평소와 조금 달랐다.

이 양반이 뭘 잘못 먹고 회춘이라도 하신 걸까? 목소리가 왜 이리 젊어지셨지? 며칠 전, 숲에서 딴 버섯을 넣고 밥을 해 드린 적이 있는데 그게 효험을 발휘한 건가? 알록달록해서 독버섯인 줄 알았더니, 이제 보니 산삼 버금가는 영약이었나 보네. 이럴 줄 알았다면, 솥에 넣는 게 아니고 장에 가서 파는 건데.

어쨌든 지금 중요한 건 그것이 아니었다. 어떻게든 황 노인을 자신의 편으로 끌어들여야 했다.

잠시 침묵하던 해루가 다시 입을 열었다.

"알고 있습니다."

"알고 있어? 무얼?"

"할아버지도 억울하게 귀양을 오신 것이 아닙니까?"

"억울할 건 없다."

"어쨌든 이 척박한 곳에서 추운 계절을 보내셔야 했으니 그 마음이 얼마나 분하시겠습니까?"

"그래도 너와 동병상련할 정도는 아니다."

조목조목 귓전을 파고드는 반박에 해루는 잠시 눈을 깜박거렸다.

생각보다 쉬운 분이 아니시네.

"동병상련은 아니라도 억울한 건 매한가지 아니겠습니까?"

"에둘러 말하지 말고 결론만 짧게 해라. 그래서 네가 하고 싶은 말이 무엇이냐?"

"저는 결백합니다."

"그리 말하는 죄인치고 죄 없는 놈 못 봤다."

"빌미를 주시면 제 결백함을 말끔하게 증명해 보일 수가 있습니다. 그러니까 잠시만, 아주 잠시만 저를 좀 숨겨주십시오."

"그래서 내가 얻을 이득은 무엇이냐?"

"돈……."

물론, 지금은 없지만 언젠가는 드리겠습니다……라고 말할 작정이었다. 정 판수 아저씨가 훔쳐 간 돈만 돌려받으면 어떻게든. 그러나…….

"그깟 돈으로 내 마음을 돌릴 수 있다고 보느냐?"

이어지는 단호한 대답에 해루는 낙심하고 말았다.

아, 뇌물 받은 것이 들통나 귀양살이 왔다는 소문이 돌더니, 과연 푼돈으로는 반응하지 않을 모양이로구나. 하여간 있는 양반들이 더한다니까.

해루는 고개를 푹 숙였다.

"뭐냐? 벌써 포기한 거야?"

"없습니다."

"뭐가 없어?"

"아무리 생각해도 제가 가진 것 중 거래에 쓸 만한 것이 없습니다."

"그렇구나."

흥미를 잃은 듯한 냉정한 한마디가 노인의 입에서 흘러나왔다.

순간, 해루는 온몸의 기운이 발끝으로 새어 나가는 듯했다.

끝났다. 끝내 노인을 설득하지 못했다. 이것으로 모든 것이 끝났다.

노인은 이제 소리를 지를 것이다. 죄인이 여기 있다고. 그러니 잡아가라고 말이다.

초막 밖을 서성이는 사령들의 발소리가 해루의 목덜미를 죄어 왔다.

두근두근 심장이 뛰었다. 당장에라도 방 안으로 뛰어들어온 사령들에게 머리채가 잡힌 채 질질 끌려 나갈 것만 같았다.

그런데…….

어쩐 일인지 노인은 어둠 속에서 침묵했다.

푸르스름한 달빛 탓일까? 어둠 속에서도 노인의 찌르는 듯한 시선이 느껴졌다.

해루는 저도 모르게 몸을 떨었다.

그렇게 시간이 흘렀다. 말없이 해루를 지켜보던 노인은 무슨 생각에선지 돌연 서안 앞에 앉았다.

"뭐 하시는 겁니까?"

연신 밖을 힐끔거리던 해루가 움쳐 든 목소리로 물었다. 뜻밖에도 노인은 더듬거리는 손길로 붓을 잡고는 하얀 종이 위에 무언가를 쓰기 시작했던 것이다.

잠시 후, 거침없이 종이 위를 활보하던 붓이 걸음을 멈췄다.

그사이 노란 횃불과 사령들은 방문 바로 앞까지 다가왔다.

"수인해라."

노인이 무언가를 적은 종이를 해루에게 내밀었다.

"이게 뭡니까?"

"너를 숨겨주는 대가로 네게 원하는 것이다."

"말씀드리지 않았습니까? 저는 할아버지께 드릴 것이 아무것도 없습니다."

"원래 내가 무(無)에서 유(有)를 만들어내는 사람이다."

"네?"

"그런 것이 있다. 그러니 너는 여기에 수인하든가 아니면 밖에서 너를 찾고 있는 자들에게 스스로 걸어 나가든가, 둘 중 하나를 선택해라."

"……."

"싫으냐? 싫으면 말고."

말과 함께 눈앞에 팔랑거리던 종이가 획 사라졌다.

"하, 하겠습니다. 수인할 겁니다."

노란 불빛들이 연신 문밖을 어슬렁거렸다. 문 위에 그려진 그림자에 시선을 집중하던 해루는 검은 묵을 손바닥에 대충 묻혀 종이 위에 손도장을 찍었다.

동시에 기다렸다는 듯 밖에서 목소리가 들려왔다.

"어르신."

"……."

"어르신! 관아에서 나왔습니다요."

돌아오는 대답이 없자 묻는 목소리가 절로 높아졌다.

어둠 속에서 몸을 일으킨 노인이 방문을 활짝 열었다. 동시에 해루는 방문 옆의 벽에 바싹 붙어 앉았다.

두근두근.

심장이 터질 듯 두근거렸다.

"늦은 밤에 송구합니다요."

문이 열리자 사령들 맨 앞에서 서 있던 우두머리 사령이 공손하게 머리를 조아렸다.

그들에게도 듣는 귀와 보는 눈이 있었다.

이곳에 기거하는 죄인이 보통 죄인이 아니라는 소문은 익히 들은 터라 여느 집이었다면 진즉 흙발로 뛰어들었을 방을 향해 허리를 접었다.

"이곳으로 저희가 쫓는 죄인이 숨어든 것 같습니……. 응?"

한껏 말끝을 늘이던 우두머리 사령의 눈이 휘둥그레졌다.

그는 눈을 들어 귀양살이 온 죄인을 살폈다. 한데 그 모습이 귀동냥으로 듣던 모습과 많이 달랐다.

놀라긴 문 뒤에 몸을 숨기고 있던 해루 역시 마찬가지였다.

해루의 시선은 문 앞에 허리를 꼿꼿이 세운 채 앉은 사내에게 고정되어 있었다.

일렁거리는 횃불 아래 사내의 모습이 드러났다.

그린 듯 선연한 눈매, 굳은 결기를 나타내는 듯한 오뚝한 콧날,

비파 현처럼 날카로운 턱선. 어느 솜씨 좋은 화공의 그림 속에서 툭 튀어나온 듯한 아름다운 사내가 눈 속에 들어왔다.

정갈한 푸른 도포를 입은 사내는 여인이라면 누구라도 마음을 빼앗길 만한 헌헌장부였다.

사내 하나만을 놓고 본다면 아무 문제도 없었다.

다만…….

아무리 보아도 노인으로는 보이지 않는 점이 문제였다.

회춘도 정도가 있지, 제아무리 대단한 효능을 지닌 버섯이라도 백발의 노인을 팽팽한 젊은이로 되돌리지는 못할 것이다. 그렇다면…….

뚫어지게 사내를 보던 해루가 입술을 뻐금거렸다.

'누구십니까?'

"누구시오? 누군데 귀양 온 죄인의 처소에 있단 말이오!"

열린 문 밖에 서 있던 사령이 사내를 향해 소리쳤다.

문 뒤에 숨어 있던 해루는 저도 모르게 고개를 끄덕거렸다.

사령이 묻지 않았다면 해루가 나서서 묻고 싶었다.

대체 이 사내가 누구인지? 어째서 황 노인의 거처에 있는 것인지?

해루는 좀처럼 대답하지 않는 사내를 향해 입 모양을 만들어 보였다.

대체 당신 누구십니까?

뭍에 나온 물고기처럼 소리 없이 입만 빠끔거리는 그 물음에 대한 답은 엉뚱한 곳에서 들려왔다.

"귀한 분께 이 무슨 행패인가?"

카랑한 목소리가 밤공기를 뒤흔들었다.

문밖에 선 사령들 뒤로 왜소한 몸집의 노인이 보였다.

해루가 찾던 황 노인이었다.

눈가에 언짢은 심기를 고스란히 드러낸 노인이 사령들을 둘러보았다.

"어르신, 소인들은 관아에서 나온 사령들입니다요."

"관아의 사령들이 이 밤에 내 집엔 무슨 일인가?"

사령이 사내에게 시선을 주며 대답했다.

"도망자를 쫓다 예까지 오게 되었는데, 어르신의 방에 낯선 분이 있어서……."

사령을 따라 시선을 옮긴 노인이 대수롭지 않은 투로 말했다.

"내 손님일세."

"하지만 귀양 오신 분께 손님……."

"언제부터 관아의 사령들이 내 사생활까지 간섭하게 되었는가?"

묻는 황 노인의 목소리에 불편한 속내가 고스란히 담겨 있었다.

"소, 송구합니다요."

사령들은 서둘러 고개를 조아렸다.

"들자 하니 도망자를 쫓고 있다고?"

"네, 어르신. 점술과 부적으로 혹세무민한 작자들을 찾고 있습지요."

"혹세무민이라……."

사령의 말을 곱씹던 황 노인이 방 안의 젊은 사내에게 시선을 던졌다.

혹시 보았느냐 묻는 눈빛.

사내는 단호히 고개를 저었다.

"그런 사람은 본 적 없습니다."

황 노인이 우두머리 사령을 돌아보았다.

"들었는가? 그런 자는 본 적 없네."

"하오나……."

의구심을 지우지 못한 우두머리 사령은 목을 길게 빼내 방 안을 기웃거렸다.

순간.

"네 이놈!"

버럭 고함과 함께 황 노인은 손에 들고 있던 긴 지팡이로 우두머리 사령의 뒤통수를 힘껏 내리쳤다.

딱, 차돌 부딪치는 소리와 함께 앓는 비명이 터져 나왔다.

"아이쿠, 어르신."

우두머리 사령은 바닥에 엎드려 아픔을 호소했다.

그런다고 눈 하나 꿈쩍하지 않을 황 노인이었다. 되레 주름진 입술을 비틀며 목청을 돋웠다.

"없다 하면 없는 줄 알아야지, 어디라고 감히 고개를 들이미는 것이냐? 내 비록 이런 궁벽한 곳에서 귀양살이하고 있지만, 언제까지 이리 있을 성싶으냐?"

황 노인의 불퉁한 성질머리가 목소리에 고스란히 담겼다. 호된 으름장에 우두머리 사령이 바닥에 납작 몸을 엎드렸다.

"죽을죄를 지었습니다요."

행여 높으신 양반의 심기를 건드릴까, 우두머리 사령은 바닥에 코가 닿도록 연신 머리를 주억거렸다.

"알았으면 이만 물러가라."

"그럼 물러가겠습니다요."

잠시 머뭇거리던 우두머리 사령은 서둘러 수하들을 이끌고 초막을 벗어났다.

"고얀 것들."

못마땅한 표정으로 쯧쯧 혀를 차던 노인이 방 안으로 들어섰다.

"야심한 시각에 어딜 다녀오는 길입니까?"

향이 노인을 향해 물었다.

"무료하여 밤 산책을 다녀오는 길입니다."

"유배 중이라 들었습니다만."

"그러니 이런 궁벽한 곳에 갇혀 지내는 것이 아니겠습니까? 그리 묻는 분께서는 어쩌다 홀로……."

노인의 말소리가 잦아들었다. 향이 손을 들어 노인의 말을 막았던 까닭이다.

"왜 그러십니까?"

의아한 생각에 노인은 향의 시선을 따라 고개를 돌렸다. 이윽고 황 노인의 눈에 생선을 물고 달아나는 도둑고양이처럼 살금살금 움직이는 해루가 보였다.

"너는 뭐냐?"

"해루……입니다."

저 아시죠?

해루는 할 수 있는 한 최대로 화사하게 미소를 지었다. 아무리 심술궂은 사람이리도 웃는 얼굴엔 침 못 뱉겠…….

"이놈이! 지금이 어떤 상황인데 그리 생글생글 웃고 있는 게냐?"

뱉는구나. 뱉는 사람도 있구나.

눈초리를 확 치켜뜨는 황 노인의 모습에 해루는 움찔 목을 움츠렸다.

지켜보던 노인의 눈매가 가늘어졌다.

"너 여기서 뭐 하는 것이냐? 혹시 저들이 찾는 도망자가……."

황 노인은 사령들이 사라진 곳으로 고개를 돌렸다. 그러곤 당장에라도 사령들을 다시 부를 기세로 입가에 손나발까지 만드는 정성을 보였다.

어? 저러시면 안 되는데.

마음이 급해진 해루가 노인에게로 달려들려는 찰나였다.

바로 그때.

"앞으로 제 종자(從者) 노릇을 할 아이입니다."

향의 입에서 느닷없는 한마디가 흘러나왔다.

순간, 노인을 향해 달려들던 해루는 그 모습 그대로 굳어진 채 그를 돌아보았다.

"종자라고요?"

말하자면 종노릇을 할 아이란 뜻?

어이가 없어진 해루는 항의 섞인 눈빛으로 향을 노려보았다.

"제가요?"

언제요?

문득 향의 입꼬리가 슬그머니 위로 올라갔다.

반듯한 미소 속에 짓궂은 느낌이 가득 묻어났다.

해루의 눈앞으로 바싹 다가온 향은 손에 쥐고 있던 종이를 활짝 펼쳤다.

해루의 손바닥이 선명하게 찍힌 종이.

그 종이 위에 반듯한 모양으로 딱 세 글자가 쓰여 있었다.

我取你

해루의 고개가 갸우뚱 기울어졌다.

"내가 너를 취한다?"

"이제부터 너는 나의 것이란 뜻이지."

향의 낮은 속삭임에 해루의 안색이 해쓱해졌다.

'망했다.'

호환, 마마보다 무섭다는……

잠시 정적이 흘렀다. 정지한 듯한 시간이 얼마쯤 흘렀을까? 멍한 눈으로 향을 올려 보던 해루는 별안간 소리를 질렀다.

"무효입니다!"

날벼락도 이런 날벼락이 없었다. 해루는 향이 흔드는 문서를 낚아챘다. 아니, 낚아채고 싶었다. 하지만 보기보다 키가 큰 사내였다. 깡충, 발돋움했지만 아슬아슬하게 닿지 않았다.

"돌려주십시오. 이건 사기입니다."

"사기?"

"제가 도움을 청한 분은 선비님이 아니라 저기 계시는 황 할아버지입니다."

"그래서 이건 사기다?"

"맞습니다. 그러니 그 문서에 수인한 것 역시 무효입니다."

고작 한 번 못 본 척 해주는 대가로 평생 노예 신세라니. 터무니 없는 불평등 계약이었다.

"네가 도움을 청하고 싶은 사람은 비록 내가 아니었지만, 결국 네게 도움을 준 사람은 나다."

"틀린 말씀은 아니지만……."

혀끝에 참기름이라도 발랐나? 어찌 저리 말을 잘할까?

물끄러미 향을 바라보던 해루는 작전을 달리했다. 갑자기 시무룩한 얼굴로 어깨를 내려뜨렸다.

"그렇다고 어찌 제가 선비님의 종속이 될 수 있겠습니까? 측은지심을 베푸시면 안 되겠습니까?"

"내가 중요시하는 것은 원인과 결과다. 난 너와 약조한 것을 지켰으니, 너도 응당 지켜야 하지 않겠느냐?"

딱 잘라 거절하는 향의 모습에 해루는 눈매를 가늘게 떴다.

찔러 피 한 방울 안 나올 사내 같으니. 그렇다고 순순히 물러설 수는 없었다.

"좋습니다. 그럼 저와 거래를 하는 건 어떻겠습니까?"

"거래?"

"제가 먼저 선비님을 배려하겠습니다. 그러니 선비님도 제게 선행을 베풀어주십시오."

향의 얼굴에 묘한 호기심이 피어올랐다.

"네가 내게 어떤 배려를 하겠단 말이냐?"

해루는 황 노인을 돌아보며 말했다.

"저기 계시는 할아버지로 말씀드리자면 죄를 짓고 귀양 온 분이라 들었습니다."

"그래서?"

"본디 귀양 온 죄인을 함부로 찾아올 수 없는 것이 국법이라지요?"

"맞다."

"그런데 선비님께서는 이리 무람없이 황 할아버지를 찾아오셨으니, 이는 필시 국법을 어긴 것이 아니겠습니까?"

"하여?"

"제가 눈 한번 질끈 감아드리겠습니다. 그러니 선비님도 그 하찮고 쓸데라곤 터럭만큼도 없는 그 문서를 제게 주십시오."

"말은 거래라 하는데, 정작 내용은 겁박이로구나. 문서를 내놓지 않으면 관아에 고변이라도 하겠다?"

"마음대로 생각하십시오."

팔짱을 낀 해루는 왼고개를 틀며 배짱을 부렸다.

쓰윽, 향이 눈을 가늘게 여몄다. 창문 틈새로 스며든 달빛에 그의 눈동자가 푸르게 빛났다.

힐끔 향을 훔쳐보던 해루의 시야에도 그 서늘한 눈빛이 들어왔다.

순간, 심장이 오그라드는 듯했다.

사람의 눈빛이 어찌 저럴까.

그러나 애써 내색하지 않았다. 되레 고개 뻣뻣이 들고 강단 있는 표정으로 향을 정면으로 응시했다.

"훗."

향의 입가에 예의 장난스러운 미소가 피어올랐다. 그는 손에 들고 있던 문서를 해루에게 건넸다.

"좋다. 이것을 돌려주마."

"고맙습니다."

설마, 이 어설픈 협박이 먹힐 줄은 몰랐다. 이미 사령들이 이 도깨비 같은 사내를 다 보고 갔으니 관아에 고변한다 해도 달라질 것은 없었다.

눈빛이 매서워서 피도 눈물도 없는 냉혈한인 줄 알았더니 의외로 빈틈이 많은 사내였다.

문서를 되돌려 받은 해루는 서둘러 고개를 숙였다.

그때 숙이고 있는 뒤통수 위로 향의 목소리가 내려앉았다.

"괜찮겠느냐?"

어쩐지 서늘하게 느껴지는 음성.

일순, 전신에 오소소 소름이 돋았다. 저도 모르게 어깨를 떨며 해루가 향에게 물었다.

"뭐가 말입니까?"

"내가 너를 숨겨준 것은 다만 내게 종속된 사람이기에 한 행동이었다."

해루의 얼굴에 어색한 웃음이 떠올랐다.

"선비님, 마음씨 좋게 생기신 분이 말씀을 참 무섭게 하십니다. 그냥 선의로 하셨다 하시면 되실 것을……."

해루의 말을 무시한 채 향은 두 사람 곁에 멀뚱히 서 있는 황 노인에게 시선을 돌렸다.

"관아가 어디 있습니까?"

"범골 너머에 있지요. 그런데 이 늦은 밤에 그곳은 왜 찾는 것입니까?"

향의 얼굴에 빙긋 미소가 피어올랐다.

"고변할 일이 있어 그럽니다."

'저 사람이!'

해루는 저도 모르게 주먹을 불끈 쥐었다.

황 노인이 순진한 얼굴로 향에게 물었다.

"좀 전에는 종자 노릇을 할 아이라고 하질 않으셨습니까?"

"그리하려 했습니다만, 저 아이가 저리도 싫다 하니 어쩔 도리가 없겠습니다. 내 것이 아닌 것을 지키겠다고 감히 지엄한 국법을 어길 수도 없으니……."

말꼬리를 흐리던 향이 돌연 문밖으로 시선을 던졌다.

"사령들이 멀리 가지는 못했지요? 지금이라도……."

찰나. 향의 빈손에 무언가가 들어왔다.

해루가 재빨리 들고 있던 문서를 그의 손아귀에 다시 쥐여준 것이다.

"뭐냐?"

향이 고저 없는 음성으로 물었다.

"좀 전의 거래…… 없던 것으로 하고 싶습니다."

살기 위해 어쩔 수 없이 하는 일이라, 쥐어짜는 듯한 목소리로 해루가 말했다.

문서와 해루를 번갈아 보던 향의 입가에 심드렁한 표정이 매달렸다.

"싫다. 난 이만 준법하련다."

말끝을 길게 늘이는 향의 모습에 해루는 낮게 한숨을 쉬었다.

"역시 안 되겠지요?"

자신이 생각해도 몰염치한 행동이었다. 사람의 마음이 복날 불 위에서 홀딱홀딱 뒤집히는 개떡도 아니고, 이리 쉽게 이랬다저랬다 바뀌다니.

어설픈 협박은 또 어찌할 것인가. 나라도 마음 상했을 거야.

해루는 향에게 주었던 문서를 되찾기 위해 손을 뻗었다.

순간.

"허나!"

향이 재빨리 말을 덧붙였다.

"법을 지키는 것도 중요하지만, 사람을 살리는 것은 그보다 훨씬 더 중요한 법이지."

"그러나……."

"자고로 선비의 덕목 중 가장 중요한 것은 옳은 일을 행하는 것이라 하였다. 천지간의 일 중에서 사람을 살리는 것보다 중요한 것이 어디 있겠느냐. 그러니 내 너를 생각해 이 문서는 받아두마."

마지못해 한다는 듯 향은 문서를 갈무리하려 했다.

"감사합니다."

해루의 입에서 안도의 한숨이 새어 나왔다. 그러다 뒤늦게 묘한 느낌에 고개를 갸웃거렸다.

이상하다.

분명 자신이 원하는 대로 되었는데, 어째선지 상당히 밑진 장사를 한 느낌이었다. 떨떠름한 기분을 떨쳐내지 못한 채 해루는 잡고 있던 문서를 다시 슬그머니 잡아당겼다.

"잠시만 기다리십시오."

주위를 두리번거리던 해루는 방 한구석에 놓인 세필 붓을 집어 들었다. 그리고 문서의 끝자락에 황급히 몇 글자 써넣었다.

"이제 되었습니다."

"이게 무엇이냐?"

문서를 훑으며 향이 물었다.

"문서에 아주 사소한 조건을 달았습니다."

"조건?"

"네. 원하시는 대로 이제부터 저는 선비님의 종속입니다. 단……."

"단?"

"이곳에 계실 때만입니다."

"이곳에 있을 때만?"

"……네. 싫으십니까?"

혹시 조건이 마음에 들지 않는다고 할까 싶어 해루는 두근거리는 심정으로 사내의 눈치를 살폈다.

"좋다."

불행 중 다행으로 향은 흔쾌히 고개를 끄덕였다.

"좋습니다."

향과 얼굴을 마주하며 해루가 환하게 웃음을 지었다.

며칠쯤 종노릇하는 것이다. 옥살이를 면할 수 있다면 까짓 며칠 종살이쯤 못 할 것이 무언가.

그때였다.

묵묵히 두 사람이 하는 양을 지켜보던 황 노인이 문득 해루의 어깨를 툭툭 다독였다.

고집불통에 심술궂기로 소문난 할아버지의 온정 어린 손길. 그 느닷없는 다독임에 어리둥절해지고 있자니, 황 노인이 의미심장한 한마디를 해루에게 건넸다.

"힘내거라."

해루를 보는 황 노인의 눈빛에 안타까움이 가득했다.

해루는 고개를 외로 기울었다.

"할아버지?"

불안하게 왜 그러세요?

한바탕 소용돌이가 휩쓸고 지나간 후, 초막에는 다시 일상의 고요가 찾아왔다. 당분간 초막에 얹혀살게 된 해루는 뒷방으로 지친 몸을 옮겼다.

옆방의 기척에 귀를 기울이던 황 노인은 사위가 조용해지자 젊은 사내를 향해 고개를 조아렸다.

"이 먼 곳까지 어인 걸음이십니까?"

차갑지만 청수한 느낌의 아름다운 사내, 이향은 황 노인에게 묵례했다.

"오신다는 기별이라도 주셨으면 흉한 모습 보이지 않았을 것을요."

조금 전의 소란이 마음에 걸린 듯 황 노인이 말했다.

향은 고개를 저었다.

"괜찮습니다. 간만에 사람 사는 모습을 보았습니다. 헌데⋯⋯."

향은 뒷방으로 시선을 보내며 말을 이었다.

"저 아이와는 어찌 아는 사입니까?"

"이 늙은이의 수발을 들어주던 아이입니다."

"그래요?"

향의 눈동자에 새삼스러운 빛이 떠올랐다. 노인의 변덕과 불퉁가지를 누구보다 잘 알고 있던 터였다. 쉽게 비위 맞추기 어려웠을 텐데.

그의 마음을 읽은 듯 황 노인이 말을 덧붙였다.

"눈치가 제법 빠른 아이입니다. 입을 열어야 할 때와 닫을 때를 알고 있기도 하고요."

"그렇군요."

"하온데 정말 이 먼 곳까지 어인 걸음이십니까?"

"오랜 봄 가뭄으로 변방의 민심이 흉흉하다는 소문입니다. 가뭄이 얼마나 심한지, 직접 눈으로 보고 대책을 세우라는 명을 받았습니다."

노인은 더더욱 의아한 시선으로 향을 응시했다.

"혼자서 말입니까?"

황 노인의 눈매가 가늘어졌다. 뭔가 짚이는 것이 있었다.

"혹시……."

향은 고개를 돌려 먼 허공을 응시했다.

황 노인이 낮은 한숨과 함께 기어이 묻고 싶은 말을 입 밖으로 꺼냈다.

"또 길을 잃으셨습니까?"

"어쩌다 보니 그리되었습니다."

"역시."

예상은 적중했다. 황 노인은 고개를 설레설레 저었다.

참으로 이상한 일이었다. 눈앞에 있는 저 젊은 사내로 말하자면 이 조선 땅에서 뉘보다 총명한 사람이었다. 어린 시절부터 하나를 가르치면 열을, 아니 백, 그 이상을 아는 신동이었다. 그런데 유독 한 가지, 툭하면 길을 잃었다. 20년 넘게 산 곳에서도 심심하면 길을 잃는 통에 아랫것들의 심장을 하루에도 몇 번이나 천 길 나락으로 떨어트리곤 했다.

"용케 이곳은 찾아오셨습니다."

"얼마 전, 이곳을 찾아왔을 때 보았던 별자리를 기억하고 있었습니다."

"그렇군요."

사람의 길은 툭하면 잃고 헤매는 사람이 하늘길에는 해박하니. 하지만 그것을 두고 따질 처지가 아닌지라 황 노인은 입을 다물었다.

힐끔, 곁눈질로 노인을 보던 향이 짧은 침묵을 깼다.

"둘러 가는 것뿐입니다. 시간이 걸릴 뿐 목적지를 못 찾은 적은 한 번도 없습니다."

"……흠."

"그보다 한양을 떠나셨을 때보다 안색이 많이 좋아지셨습니다."

"좋아지다니요. 오히려 창자가 꼬일 정도로 근심이 많습니다."

"무슨 근심을 그리하십니까?"

"당연히 이 나라의 부국과 안녕에 대한 고민이지요."

"고민을 잔칫집에서 하신 모양입니다."

"무슨 말씀이신지?"

"몸에서 기름 냄새가 풍기는군요. 요즘에도 달고 기름진 음식을 즐기십니까?"

"……."

"쉬실 만큼 쉬셨으니 이젠 돌아가셔야죠?"

향의 말에 멀쩡하던 황 노인의 입에서 돌연 잔기침이 터져 나왔다.

"돌아가고 싶은 마음은 굴뚝이나 늙고 병든 몸으로 무얼 할 수 있겠습니까? 얼마 전부터는 이리 가슴 병이 도져 밤만 되면 기침을 하니."

황 노인은 가슴을 쾅쾅 쳐대며 그릉그릉 가래 끓는 소리를 냈다.

향은 고개를 절레절레 흔들었다.

거짓 병을 만들어 은근슬쩍 조정에서 발을 떼려는 노인의 속셈을 모르는 그가 아니었다. 이대로 물러날 수는 없었다. 모르는 척 시치미 뚝 뗀 향이 걱정스러운 표정으로 노인을 돌아보았다.

"아무래도 이곳 공기가 너무 찬 탓인 듯합니다. 오죽하면 연로하신 분께서 잔칫집까지 가서 기름 냄새를 맡고 오시겠습니까? 한양은 벌써 봄이 지척이건만, 여긴 여전히 북풍한설입니다. 이참에 나와 함께 한양으로 돌아가시는 것이 좋겠습니다."

걱정 섞인 향의 권유에 노인이 펄쩍 뛰었다.

"아닙니다. 아닙니다. 절대 그럴 수는 없지요."

돌아가지 않겠노라 완강한 의사를 보인 황 노인은 서둘러 화제를 돌렸다.

"그것보다 잠시라도 눈을 붙이시는 것이 어떻겠습니까?"

"잠 때를 놓친 것인지 머릿속이 맑습니다."

"날이 밝는 대로 길잡이 할 사람을 부르겠습니다. 예서 변방은 그리 멀지 않으니, 반나절이면 본래의 목적지에 당도할 것입니다."

말인즉, 날 밝으면 그만 가주었으면 좋겠다는 은근한 표시였다.

그 속내를 알고도 모르는 척 시치미 뗀 향은 이부자리에 비스듬히 기대앉았다.

"당분간 여기서 지낼 것이니 길잡이는 차후에 불러도 될 듯합니다."

"그렇게 하십시오. 당분간 여기서……."

습관적으로 고개를 끄덕이던 황 노인은 눈을 휘둥그렇게 떴다.

"방금 무어라 하셨습니까?"

"넘어진 김에 쉬어 간다고, 이왕 이렇게 된 거 나도 여기서 좀 쉬다 가야겠습니다. 마침 재미있는 녀석도 곁에 있으니 심심하지는 않겠습니다."

향이 해루가 있는 방으로 시선을 던졌다.

문득 황 노인의 눈에 의아함이 서렸다.

저이가 사람에게 흥미를 보이는 모습을 처음 본 것은 아니었다. 그러나 그것은 어디까지나 특별한 재주를 지닌 자에 한해서였다. 그러나…… 초막의 뒷방에 잠들어 있는 저 녀석에겐 흥미를 끌 만한 그 무엇도 없었다.

대체? 왜?

뚫어져라 향을 응시하던 노인의 입가에 문득 의미심장한 미소가 걸렸다.

"왜 그리 보십니까?"

"아닙니다. 그저……."

서둘러 바라지창 너머로 눈길을 돌리는 노인의 입에서 엉뚱한 혼잣말이 새어 나왔다.

"봄이 오려나 봅니다."

"으아, 힘들다."

초막 뒷방에 자리 잡은 해루는 늘어지게 기지개를 켜며 방을 둘러보았다.

두 평이 채 되지 않는 협소한 방. 게다가 불을 지피지 않아 추웠지만, 해루에게는 그 어떤 곳보다 편안한 장소였다.

서늘한 한기가 들어오지 못하도록 목까지 이불을 끌어 올린 해루는 만족한 미소를 입가에 떠올렸다.

당분간은 이곳에 숨어 지내며 주변 동태를 살피면 되리라.

그사이 어떻게든 정 판수를 찾아 자신의 결백을 입증해야 한다. 무엇보다 가장 중요한 것은 잃어버린 돈을 되찾는 일이었다.

어떻게 모은 돈인데.

이불 속에 있는 해루의 두 주먹이 불끈 쥐었다.

그런데…….

해루는 불현듯 안채로 시선을 돌렸다. 아름다운 선비와 그가 가지고 있는 문서가 눈앞에 아른거렸다. 귀양살이하는 죄인을 찾아온 걸 보니 보통 담대한 심장을 지닌 사내는 아닌 듯했다.

대체 뭐하는 선비일까? 아니, 그보다 대체 여기에는 뭐하러 온 걸까?

궁금증이 들불처럼 일어났다. 그러나 지금 당장 필요한 것은…….

"졸리다. 우선은 한숨 푹 자고 일어나서 생각해야지."

온종일 긴장했던 탓인지 온몸이 욱신거렸다. 해루는 체온으로 훈훈해진 이불 속으로 머리를 쏙 집어넣었다.

이대로 아침까지 죽은 듯 자야지.

느른하게 긴장을 풀며 눈을 감았다. 그리고 이내 햇솜처럼 포근한 꿈결로 발을 디뎠다…….

"일어나거라."

느닷없이 귀를 파고드는 목소리.

무에 잘못 들었나?

눈을 감은 채 발끝을 길게 늘이던 해루는 고개를 갸우뚱했다. 그러다 이내 체머리를 흔들며 동그랗게 몸을 말았다. 이 시각에 자신을 깨울 사람이 없었다.

하지만…….

"일어나라는 말 못 들었느냐?"

쿡쿡. 이불 위로 느껴지는 묵직한 무게감. 이건 필시 발끝으로 누르는 감각이었다.

"누구야?"

버럭 고함을 지르며 해루는 이불 밖으로 머리를 내밀었다.

"나다."

코앞으로 불쑥 다가오는 아름다운 얼굴. 그 아름다운 얼굴에 예의 미소가 맺혀 있었다.

"다행이구나. 아직 안 자서……."

"자는 사람 깨워놓고 그 무슨 말씀이십니까?"

툴툴거리는 해루의 코앞으로 향이 바싹 다가왔다.

"이런. 내가 깨웠느냐? 미안하구나."

말은 그리하면서도 해루가 덮고 있던 이불을 걷었다.

어서 일어나라는 무언의 압박.

"무슨 일이십니까?"

"지금 나와 함께 가야 할 곳이 있다."

"지금요?"

"그래."

해루는 어두컴컴한 문밖을 응시했다.

"날 밝은 뒤에 가면 안 되겠습니까?"

"지금 가야 한다."

서두르는 기색이 역력한 모습. 연유를 알 수 없었지만, 촌각을 다투는 일이 분명했다.

해루는 미련 없이 자리를 털고 일어섰다.

"어딥니까? 말씀만 하십시오. 제가 가장 안전하고 빠른 길로 안

내하겠습니다."

그리고 반 시진 후.

희미한 조족등에 의지하여 산길을 오른 해루는 의아한 표정으로 고개를 돌렸다.

"여기가 말씀하신 곳입니다."

초막에서 멀지 않은 곳에 자리 잡은 산등성이었다.

향의 눈빛이 예사롭지 않았다. 주위를 둘러보던 그가 천천히 앞으로 나아갔다.

대체 무얼까? 혹시 여기서 누굴 만나기로 한 것일까? 그럴 수도 있겠다. 이런 곳까지 죄인을 보러 온 사람이니. 그런데 대체 뭐 하는 사람일까?

죄인을 만나고, 또 어두운 밤에 누군가와 은밀하게 접선하려는 걸 보면 분명 평범한 사람은 아닐 것이다.

혹시 밀정(密偵)은 아닐까? 괜히 귀찮은 일에 연루되는 건 아닌가 싶어 마음이 불안해졌다.

해루는 긴장과 호기심이 반반 섞인 얼굴로 향의 뒤를 쫓았다.

그 마음을 알 리 없는 향은 아무 말 없이 하늘을 바라보며 묵묵히 걸음을 옮겼다.

그렇게 얼마나 걸었을까?

향이 드디어 걸음을 멈췄다. 그 뒤를 쫓던 해루도 발걸음을 세웠다.

"아!"

해루의 입에서 문득 낮은 탄성이 흘러나왔다.

눈앞에 펼쳐진 가파른 절벽. 성난 밤바람이 불어오는 절벽에는 드문드문 여린 봄의 생명이 느껴졌다. 그리고 그 절벽의 끝자락엔 검은 비단길처럼 밤하늘이 펼쳐져 있었다.

하얀 별꽃이 가득 피어 있는 밤하늘.

밤이 그려낸 신기루이려나?

천상의 세상에 발을 디딘 듯 아련한 아름다움에 해루는 멍해졌다. 여기까지 오느라 쌓인 피로와 마음속의 불만이 일시에 봄눈처럼 사라졌다.

이리 아름다운 밤하늘이라니.

밤하늘에 피어난 하얀 별꽃 더미로 풍덩 뛰어들고 싶었다. 그동안 사는 데 바빠 하늘을 올려 볼 사이도 없었다. 언제나 같은 자리에 있는 하늘이고, 언제든 볼 수 있던 하늘이었다. 그런데 그 하늘에 저리도 아름다운 꽃밭이 펼쳐져 있었다니. 처음 만나는 하늘 세계에 단박에 마음을 빼앗겼다. 마치 나비잠에 빠진 갓난아이처럼 해루의 입가에 해사한 웃음이 피어올랐다.

"어떠냐?"

"하늘이 이리 아름다운지 몰랐습니다."

"가장 아름답고 가장 잔인하면서도 가장 너그러운 곳이지."

"가장 잔인하다는 것은 진즉 알았습니다. 그리 너그럽지 못한 것도 알고 있었습니다. 그러나 이리 아름다운 줄은 미처 몰랐습니다."

혼잣말인 듯 낮게 중얼거리는 목소리에 지난한 삶이 고스란히 녹아 있었다.

절벽 끝에 서서 밤하늘을 응시하던 향이 해루를 돌아보았다.

바람이 그의 푸른 도포 자락을 흔들었다. 밤하늘을 배경으로 서 있는 향은 마치 숲의 맑은 정기를 끌어모아 만든 신령스러운 존재처럼 느껴졌다.

너무 아름다워 도무지 현실처럼 느껴지지 않는 사내. 그러나 스스로의 모습을 자각하지 못한 사내는 장난기 가득한 미소를 입가에 머금은 채 해루를 뚫어지게 바라보았다.

그 올곧은 시선에 해루는 잠시 잠깐 정신이 아뜩해졌다.

문득 어릴 적 어머니에게서 들었던 꼬리 아홉 달린 여우의 이야기가 생각났다.

아름다움으로 사람을 미혹하여 넋을 빼앗는 요물. 향이 그런 여우일 리 없다는 것을 알면서도 해루는 저도 모르게 그에게서 한 걸음 물러났다. 그리고 반쯤 잠긴 목소리로 물었다.

"그런데 여긴 왜 오신 겁니까?"

"보면 모르느냐?"

별빛보다 더 아릿한 표정을 한 채 향이 말을 덧붙였다.

"별을 보러 왔다."

"네? 무얼 하러 오셨다고요?"

비밀 회합이나 은밀한 접선이 아니라, 별이라 하셨습니까? 저 하늘에 떠 있는 별? 고작 별을 보겠다고 이 시각에 산에 오른 겁니까?

향과 밤하늘을 번갈아 보던 해루의 표정이 심각해졌다.

첫인상부터 범상치 않은 사람 같더니.

설마 이 선비…… 호환(虎患), 마마(媽媽)보다 무섭다는…….

"또라이?"

지금 이 상황에 웃음이 나오십니까?

귀먹어 삼 년, 눈 어두워 삼 년, 말 못해 삼 년, 석삼년을 살고 나니 배꽃 같던 얼굴 호박꽃이 다 되었다는 말을 듣기만 했지 실제로 겪게 될 줄은 꿈에도 몰랐다.

"휴우."

아궁이에 불을 지피는 해루의 입에서 긴 한숨이 흘러나왔다.

그때, 안채에서 부르는 목소리가 들려왔다.

"해루야."

"······!"

이마를 뒤덮은 잔머리를 털어낸 해루가 눈매를 불만스럽게 치떴다.

저 목소리는 분명 향의 것이었다.

하루에도 수십 번씩 '해루야' 하고 부른 향은 온갖 일을 시키곤

했다.

해루야, 길잡이 노릇을 해야겠다.

해루야, 밥해라.

해루야, 청소해라.

해루야, 먹 갈아라.

해루야, 옷 시중들어라.

해루야, 해루야, 해루야……

황 노인의 초막에서 보낸 이레 동안 해루는 이른 새벽부터 밤늦게까지 정신없이 일해야 했다.

하루 삼시 세끼는 물론이요, 군불을 때고 땔감을 구해 오는 것도 온전히 해루의 몫이었다.

사실, 그런 일들이야 진즉 예상했다. 그러니 견딜 수 있었다.

해루를 가장 힘들게 하는 것은 향과의 밤 산책이었다. 그의 말로는 별의 행적을 좇는다 하였다. 해루의 입장에서는 해괴하기 짝이 없는 소리였다. 하늘에 붙박이처럼 박혀 있는 별에 무슨 행적이 있을 것인가.

그러나 '너는 나의 것'이라는 말도 안 되는 문서에 저당 잡힌 인생이라, 어제도 캄캄한 뒷산을 헤매다 한바탕 요란하게 굴렀다. 무릎과 팔꿈치가 죄다 벗겨졌지만, 그놈의 문서 때문에 아프다는 신음 한번 내질 못했다.

그뿐이면 다행이련만, 지지리 복도 없지. 이른 새벽부터 일어나 허기를 호소하는 황 노인 때문에 늦잠 잘 팔자도 아니었다. 어쨌거나 매일 밤잠을 설친 해루의 눈 밑으로 흐릿하게 그늘이 드리웠다.

"이젠 '해루'라는 소리만 들어도 신물이 올라오네. 아, 이참에 이름을 확 바꿔버릴까?"

심각하게 고민하고 있을 때였다.

"이 녀석이!"

딱. 별안간 눈앞에 작은 별이 빙글빙글 돌았다.

해루는 이마를 문지르며 눈을 흘겼다. 느닷없는 충격과 아픔을 선사한 요물은 다름 아닌 황 노인의 나무 지팡이였다.

"아얏! 왜 이러십니까?"

"안채에서 부르는 소리, 안 들리더냐?"

아침부터 추적추적 내린 비에 한기가 드는지, 잔뜩 어깨를 옹송 그린 황 노인이 해루의 옆자리에 쪼그리고 앉았다.

"못 들었습니다."

"네 녀석이 대답 안 하면 내가 볶이는 것을 모르더냐?"

"할아버지는 문서에 수인도 안 하셨는데 왜 그리 공갈 선비님 앞에서 쩔쩔매시는 겁니까?"

"또! 또! 자꾸 공갈 선비라고 할 테냐? 그러다 듣기라도 하면 어쩌려고 그러느냐?"

"그냥 들으라고 하십시오. 공갈 선비님을 공갈 선비님이라고 부르는 게 뭐가 잘못되었습니까?"

"감히 지체 높은 양반을 공갈 선비라고 부르는데 그것이 어찌 잘못된 것이 아니냐?"

"툭하면 문서를 흔들며 공갈 협박을 하시니 당연히 공갈 선비지요. 그럼 공갈 협박을 일삼는 저분을 성인군자라고 불러야 합니까?"

"흠흠."

듣고 보니 틀린 말이 아닌지라, 노인은 괜한 헛기침을 하며 먼 곳을 보았다.

"어쨌든 얼른 들어가봐라."

"저는 못 들었습니다."

어깃장을 놓은 해루는 무릎 위에 턱을 괴었다.

힐끔, 곁눈질로 그 모습을 보던 황 노인이 물었다.

"어린놈이 웬 청승이냐?"

"손에 물 마를 사이도 없이 한번 살아보십시오. 없던 청승도 생길 겁니다. 게다가 요즘은 하루 두 시진을 넘게 자본 적이 없습니다."

"혈기왕성할 나이에 그깟 잠 좀 못 잔 게 무에 대수일까."

"하루 이틀이면 왕성한 혈기로 넘어갈 수 있겠지요. 하지만 이레입니다, 무려 이레."

내 무덤 내가 팠지.

해루는 공갈 선비에게 문서를 돌려주었던 제 손을 몇 번이고 쥐어박았다.

미쳤지, 미쳤어. 발등에 떨어진 불을 끄는 데만 급급해서 이후의 일은 생각하지 못한 것이 천추의 한이 되었다. 밤이면 밤마다 잠을 설치는 이유도 모두 그 문서 탓이다. 이리 살 바엔 차라리 옥살이하는 게 낫지.

불퉁한 얼굴로 투덜대는 해루를 보며 황 노인이 처량한 얼굴로 말했다.

"번데기 앞에서 주름잡지 마라."

"무슨 소리입니까?"

"나는 저이 아버지께 붙들려 무려 반백 년을 그리 살았다."

먼 허공을 바라보는 황 노인의 눈가에 지나온 세월에 대한 회한과 정체 모를 억울함이 가득했다.

"어쩌다 그리되셨습니까?"

"번지르르한 말치레에 넘어간 거지, 뭐."

해루는 물끄러미 황 노인을 바라보았다. 저와 나란히 앉아 있는 노인의 모습이 묘하게 닮아 보였다.

이것이야말로 동병상련.

"알고 보니 할아버지 신세가 미천한 저와 별반 다를 것이 없네요."

"내 말이 그 말이다."

"이제는 쉬실 때도 되셨네요."

"이미 때를 넘겨도 한참 넘겼지."

"그럼 쉬신다고 하십시오."

"말을 한다고 들어주실 분이 아니시다."

"노인 학대입니다. 무릇 선비란 웃어른을 공경해야 하는 것이 아닙니까?"

"내 말이 그 말이다."

"아무리 그래도 문서 한 장으로 공갈 협박하는 비정한 분과는 다르시겠지요?"

"문서로 사람 잡는 건 그 집안 내력이다."

"밤잠 없는 것도 닮았습니까?"

"두말하면 잔소리지."

"힘들다 하소연해도 눈길 한번 안 주시는 것도요?"

"말하는 내 입만 아프다."

"제 평생에 한양 갈 일은 없겠지만, 그래도 혹시라도, 만에 하나, 천에 하나, 한양 땅을 밟게 된다면 그 집안은 필시 피해 다녀야겠습니다."

"내 말이 그 말이다."

"그런데 공갈 선비님은 한양으로 안 가십니까? 이제 가실 때도 되질 않았습니까?"

"내 말이 그 말이……."

해루의 말에 맞장구치던 황 노인이 돌연 말끝을 길게 늘였다.

"왜 그러십니까?"

아궁이 속을 뒤져 구운 감자를 꺼내던 해루가 고개를 돌렸다.

잠시 후.

해루의 커다란 눈동자에 공갈 선비의 모습이 들어왔다.

부엌의 그늘진 곳에 비스듬히 기대서 있는 향과 눈이 마주치자 해루는 황급히 어색한 웃음을 얼굴에 떠올렸다.

"오셨습니까?"

언제 오셨습니까? 설마, 황 할아버지와 했던 말들을 모두 들은 건 아니겠지요?

불안하게 눈동자를 좌우로 굴리는 찰나 공갈 선비의 입가에 붓으로 그린 듯한 미소가 그려졌다. 순간 주위가 환해지는 기분이 들었다. 그와 동시에 얼음 동굴에 들어선 듯 등골도 서늘해졌다. 저 웃음의 의미……. 혹시 들은 건가?

걱정 섞인 시선으로 공갈 선비를 바라보고 있자니 어느새 성큼 다가와 해루와 눈높이를 맞춘 그가 낮은 목소리로 속삭였다.

"향이다."

"네?"

"내 이름 말이다. 공갈이 아니라 향이라 한다."

"……고, 고운 이름입니다."

"귀한 이름이지, 감히 아무나 부를 수 없는."

"그렇습니까?"

들었구나. 해루는 어색한 상황을 웃음으로 무마시켜 보려 했다.

그러나 이내 향의 서늘한 눈빛에, 어설프게 드리운 웃음은 새벽안개 걷히듯 덧없이 스러지고 말았다.

"그런데 이 누추한 부엌에까지 무슨 일로 오셨습니까?"

"네가 안 오니 내가 올 수밖에."

뚫어버릴 듯한 시선으로 해루를 노려보던 향이 천천히 몸을 일으켰다.

"어딜 좀 가야겠다."

"또요?"

오늘 새벽에도 다녀오시지 않으셨습니까? 그러나 입속에서만 맴돌 뿐 불만은 차마 입 밖으로 나올 수 없었다.

팔랑팔랑. 해루의 눈앞을 어지럽히는 문서 한 장.

"걱정 붙들어 매십시오. 가장 안전하고 빠른 길로 안내하겠습니다."

해루가 작은 주먹으로 제 가슴을 두드리며 호기 있게 외쳤다.

그래. 아무리 괴롭고 힘들어도 관아에 끌려가는 것보다는 백배 낫겠지. 그나저나 정 판수 아저씨는 잘 도망갔는지 모르겠네. 부디 내 돈 딴 곳에 털어먹지 말고 잘 가지고 계셔야 할 텐데.

"못난 것들!"

윤 진사는 앞에 놓인 서안을 힘껏 내리쳤다. 걷잡을 수 없는 분노로 긴 수염이 파르르 떨렸다. 그는 눈앞에 머리를 조아리고 있는 행랑아범을 노려보았다.

"고작 천한 것 하나 데려오는 것이다. 그런 쉬운 일을 어쩌지 못해 이리 뜸을 들이는 것이야?"

불편한 심기를 적나라하게 드러낸 윤 진사는 이를 으득 갈았다.

"소, 송구합니다. 하오나 워낙에 신출귀몰한 재주를 가진 아이인지라, 감쪽같이 모습을 감춰 도통 찾을 수가……."

"시끄럽다! 지금 그걸 변명이라고 하는 게냐?"

"주, 죽을죄를 지었습니다요."

바닥에 이마를 짓찧은 행랑아범을 보며 윤 진사는 혀를 끌끌 찼다.

"어르신."

문밖에서 나직한 목소리가 들려왔다.

"누구냐?"

"소인, 형방입니다요."

"형방?"

윤 진사의 오른쪽 눈꼬리가 위로 올라갔다. 행랑아범에게 그만 나가보라 눈짓을 보낸 윤 진사는 불편한 심기를 거두지 않았다.

잠시 후, 방 안으로 형방이 들어섰다.

힐끗, 그 모습을 쳐다본 윤 진사가 못마땅한 목소리로 입을 열었다.

"어찌 자네 혼자 오는 겐가?"

부르기는 관아의 아전들 모두를 불렀건만, 고작 형방 한 사람만 온 것이다.

"그것이……. 아시지 않습니까요? 신임 사또의 눈치가 워낙에 살벌하신 터라."

"이런 고얀 것들. 고작 사또의 눈치가 보여 나를 이리 홀대한단 말이냐? 우리 집안이 네놈들에게 어찌하였는데."

윤 진사는 주먹을 부르르 떨었다.

동구비보를 다스리는 것은 나라에서 보낸 사또였지만, 진짜 실세는 오랜 세월 이곳의 유지로 살아온 윤 진사의 집안이었다. 몇 년에 한 번씩 자리를 이동하는 사또 따위야 그저 잠시 머물다 떠나는 철새에 불과했다. 그러나 동구비보에서 일평생 붙박이로 살아온 윤 진사의 집안은 그야말로 무소불위의 권력을 쥐고 있었다. 적어도 30년 전까지는 그러했다.

그러나 언제부터인가 중앙 관청에서 내려온 사또의 허리가 예전보다 뻣뻣해졌다. 윤 진사와 적당히 간격을 두는 듯하더니 최근엔 아전들이 윤 진사의 집을 드나드는 것마저 엄격히 제한했다. 이 모든 것은 윤 진사의 잘못된 선택 탓이었다.

지난 왕조 시절, 찬란한 영광을 등에 업고 승승장구하던 그의 집안이 쇠락의 길로 들어선 것은 모두 30년 전에 일어난 사건 때문이었다.

왕위 계승권을 둘러싸고 벌어진 왕자의 난.

그 살벌한 선택의 기로에서 윤 진사는 붕어하신 상왕이 아닌 네 번째 왕자를 지지하였던 것이다. 그러나 불행하게도 윤 진사가 지지했던 왕자는 허무하게 죽음을 맞이했고, 그 길로 윤 진사의 집안은 중앙 정계로 진출할 통로가 영영 막혀버리고 말았다.

그뿐이면 답답할지언정 불안하지는 않았으리라. 문제는 동구비보에서의 권세도 예전 같지 않다는 점이었다.

세월이 지나고 상왕께서 붕어하신 이후에도 사정은 달라지지 않았다.

권력의 변두리로 밀려난 뒤 그의 집안엔 사람들의 발길이 끊겼다. 예전이었으면 헛기침 한 번에 모조리 달려왔어야 할 아전들이 이젠 사람을 시켜 불러도 형방, 고작 한 사람만 알은체할 뿐이었다.

자존심에 생채기를 얻은 윤 진사는 바득바득 마른 이를 갈았다.

한 번의 잘못된 선택이 이리도 뼈아플 줄이야. 그때 네 번째 왕자가 아니라 상왕을 선택했더라면…….

그야말로 천추의 한이었다. 지금도 그때 일을 생각하면 자다가도 벌떡 일어날 지경이었다.

한없이 후회하였지만, 쏟아진 물을 다시 주워 담을 수는 없는 일.

그런 윤 진사의 귀에 묘한 소문이 들려온 것은 석 달 전의 일이었다.

신묘한 재주를 가진 아이, 해루. 그 아이만 손에 넣는다면…….

달라질 것이다. 더는 잘못된 선택을 걱정하지 않아도 되리라.

그러나 금방이라도 잡힐 것 같던 녀석이 좀처럼 잡히지 않았다. 쥐방울 같은 녀석은 사령들의 눈을 피해 몸을 숨긴 채 모습을 보이지 않았다.

"그래, 그 천한 것을 찾았는가?"

"찾긴 찾았습니다."

형방의 말에 윤 진사의 귀가 번쩍 뜨였다.

"잡았는가?"

"그것이……."

"어찌 그러는가?"

"그놈이 하필이면 황 노인의 초막으로 몸을 숨겼습니다요."

"뭐라? 황 노인의 초막에?"

"네."

윤 진사의 미간에 깊은 고랑이 새겨졌다.

"놈의 죄를 고하고 협조를 요청해 보았는가?"

"그리하였습니다만, 그런 녀석은 없다며 딱 잡아떼는 통에…….."

"쯧쯧. 고집불통 영감 같으니라고."

윤 진사는 손바닥으로 서안을 두드리며 혀를 찼다.

그 쥐새끼 같은 것이 숨어든 곳이 하필이면 황 노인의 초막이라니.

마음 같아서는 당장 초막으로 달려가 해루를 끌고 오고 싶었다. 그러나 상대는 한양에서 귀양 온 거만한 늙은이였다. 왕께서도 애지중지하는 늙은이가 아니던가.

지금은 비록 죄인의 몸으로 귀양살이하고 있지만, 언제든 다시 한양으로 돌아갈 권세가.

그러기에 함부로 할 수가 없었다.

"너무 걱정 마십시오. 마침 사또께서 관찰사의 부름을 받고 관아를 비우셨으니, 소인이 무슨 수를 내보겠습니다요. 하온데……."

"뭔가?"

"아랫것들이 하는 일에 비해 받는 것이 적다며 볼멘소리를 하질 뭡니까. 원래 천한 것들이란 그리 불평불만이 많은 법입지요. 그러나 마냥 무시하기엔 소인의 입장이 여간 불편한 것이 아닌지라……."

형방은 맞잡은 양손을 비볐다. 무언가를 원하는 것이 있는 까닭이었다.

윤 진사의 미간이 일그러졌다.

버러지 같은 놈들. 예전 같았으면 주는 대로 받고 하라는 대로 따르던 자들이었다. 그런데 지금은 보란 듯 금전을 요구하고 있었다.

윤 진사의 입에서 불편한 헛기침이 흘러나왔다. 못마땅했지만 지금은 저런 하찮은 놈에게 의탁해야 할 신세였다.

그러나 이런 수모도 조금만 참으면 된다. 그 아이만 내 손에 들어온다면…….

더는 거칠 것이 없으리라.

자존심에 생채기를 얻으면 얻을수록 해루에 대한 윤 진사의 탐욕은 더욱 강해졌다.

속내를 애써 감춘 윤 진사는 서안 옆에 놓인 자루를 형방에게 던졌다.

바닥에 납죽 엎드려 있던 형방이 자루를 열어보았다. 이내 형방의 입술이 벌어졌다.

"아랫것들의 입을 막기에 부족함이 없을 것이야."

"여부가 있겠습니까요."

서둘러 자루를 갈무리한 형방은 간이라도 빼 줄 듯한 표정으로 윤 진사를 응시했다.

"어르신은 그저 소인만 믿으십시오. 그 천한 것을 어르신의 손아귀에 쥐어드리겠습니다요."

"얼마나 기다리면 되겠는가?"

"곧 그렇게 될 것입니다요."

형방의 말에 윤 진사가 입아귀를 음흉하게 비틀었다.

"그저 목숨만 붙여 내 앞에 데려오면 될 것이야."

들판에 바람이 일었다. 둘러보는 눈길로 들판을 응시하던 해루는 불퉁한 시선을 향에게로 돌렸다.

초막을 나선 지 한 식경이 조금 넘었다. 굴곡 없이 단조롭게 이어진 길을 따라 걷노라니 지루하다 못해 하품이 다 나왔다. 이런 길을 군이 길잡이를 두고 가는 까닭이 무엇일까?

해루는 기어이 마음에 담아두었던 불만을 입에 올렸다.

"이런 말씀 드리면 어찌 생각하실지 모르겠습니다만."

"그리 마음에 걸리는 얘기라면 애초에 꺼내지도 마라."

향이 단칼에 불만의 가지를 잘라냈다.

"그래도 해야겠습니다."

"……."

"이 길 말입니다. 혹시 낯이 익지 않습니까?"

해루의 말에 향은 잠시 걸음을 멈추고 길을 지그시 바라보았다.

"글쎄다."

"오늘 새벽에 다녀간 길입니다."

옆 마을 유 생원 집으로 가는 길이었다. 이레간 향과 함께하며, 알고 싶지 않아도 알게 된 몇 가지가 있었다.

아름다운 사내, 향이 사람에겐 도통 관심이 없다는 것과 그리고 지독하게 길을 찾지 못하는 사내라는 점이었다.

처음에는 머리가 나쁜 건 아닐까 하고 생각도 했더랬다. 하지만 며칠 지켜본바, 적어도 그건 아니었다. 내비치는 사내의 언사에선 해박한 지식이 넘실거리고 있었다.

그런 사람이 어찌 길을 이다지도 모를 수 있을까?

궁금증은 금방 풀렸다. 그는 언제나 다른 곳에 정신을 팔고 있었다.

향은 현실에 발을 디디지 않는 사람처럼 보였다.

언제나 현실이 아닌 그 너머의 먼 곳을 보는 사내. 사람이 아닌 별에 더 관심이 많은 사내.

그런 사내가 벌써 세 번이나 유 생원을 만나러 길을 나섰다.

오늘 새벽, 두 번째로 유 생원을 찾을 때에는 조금 의외라는 생각도 했었다.

대체 무슨 이야기를 저리 진지하게 하는 걸까? 혹 다른 사람이 알면 안 되는 비밀을 속삭이는 건 아닐까?

잘하면 향의 약점을 잡아 피곤한 종 팔자에서 벗어날지도 모른 다는 생각에 해루는 귀를 쫑긋 세웠다. 그러나 두 사람이 하는 이 야기를 몰래 엿들은 해루는 이내 실망하는 표정을 지을 수밖에 없 었다.

별의 길이 어떻고, 달이 어쩌고…… 유유상종이라 하였던가? 끼 리끼리 모인다더니, 두 사람이 만나 하는 이야기는 다름 아닌 별세 계에 관한 것이었다.

오늘도 유 생원의 사랑채로 들어간 향은 날이 저물 때까지 밖으 로 나오지 않았다.

"요상한 분들이네. 저 하늘에 매양 박혀 있는 별들이 무에 그리 신기하다고 며칠 동안 수다를 떨고도 아직 저리 할 말이 남은 걸 까? 하여간에 별종들이라니까."

딱히 할 일이 없었던 해루는 게으른 하품을 하며 시간을 보냈다.

공갈 선비가 다시 모습을 드러낸 것은 저녁별이 하나둘 떠오르 기 시작할 무렵이었다.

"많이 기다렸느냐?"

"좋아하시는 별 떴습니다."

해루는 에둘러 불만을 표시했다.

힐끗, 해루가 가리키는 하늘을 올려 보던 향은 싱긋 미소를 지었 다. 이내 시선을 내린 그는 신을 신고 댓돌 아래로 내려섰다.

"가자."

그 한마디에 해루는 서둘러 황 노인의 초막으로 몸을 돌렸다.

그러나 향의 한마디에 걸음을 멈췄다.

"그쪽이 아니다."

"네? 그럼 어디로?"

"저기."

향이 멀리 보이는 높은 산을 손가락질했다.

"저긴……."

범골이었다.

"저긴 못 갑니다."

해루는 확고한 표정으로 고개를 저었다.

3년 전 겨울, 저곳에서 범을 만난 사냥꾼 하나가 목숨을 잃었다고 했다. 두 해 전에는 굶주린 범이 어린아이 둘을 잡아갔다고 했다. 그런 곳을 제 발로 가겠다고? 말도 안 돼.

절레절레 머리를 흔드는 해루에게 향이 예의 문서를 꺼내 보였다. 하지만 이번에는 가벼이 넘어갈 문제가 아니었다.

"그리해도 못 갑니다."

"어째서?"

"저긴 범골입니다."

"그런데?"

"게다가 지금은 어두운 저녁이고요. 굶주린 범에게 물려 죽을 수도 있습니다."

"그렇구나."

"네."

그러니 물색없는 말씀일랑 그만하시고 초막으로 돌아가세요.

해루는 세상 물정 모르는 어린 아우를 보는 듯한 시선으로 향을 바라보았다.

그 눈빛을 빤히 들여다보던 향이 다시 입을 열었다.

"그런데 말이다."

"네."

"범에게 물려 죽을 확률이 높을까? 아니면 관아에 끌려가 곤장 맞다 죽을 확률이 높을까?"

"……."

"어쩌랴? 지금 당장 관아로 갈까?"

"갑니다, 가요."

범보다 무서운 것이 수인 찍힌 문서이고, 그 문서보다 더 무서운 것은 공갈 선비였다.

이참에 호랑이 굴 앞에 두고 달아나버릴까?

별의별 생각이 해루의 작은 머릿속을 가득 메웠다.

"걱정하지 마라. 이래 봬도 내 몸 하나 건사할 힘은 있으니."

"네?"

"너 지금 나를 호랑이 먹이로 던져버릴까 생각하지 않았느냐?"

"네에? 제가요? 설마요. 농이 지나치십니다. 하하하."

지레 찔린 해루는 잰걸음을 옮겼다. 피식, 웃는 낯으로 그 뒤를 향이 느릿한 걸음으로 따랐다.

순간, 해루가 돌연 걸음을 멈추었다.

"말씀드리지 않았습니까? 뒤에서 쫓아오지 마십시오."

"불만도 많구나."

말은 그리하면서도 향은 성큼 걸음을 옮겨 해루와 어깨를 나란히 했다.

무슨 연유에서인지 해루는 누군가 뒤에서 쫓아오는 것을 몹시 싫어했다. 때문에, 길 안내 받는 동안 향은 해루와 나란히 걸어야 했다.

이레 동안 해루가 향에게 익숙해진 만큼 향 역시 해루에게 익숙해져 있었다. 밉지 않게 눈을 흘기는 해루의 눈빛을 무서운 눈씨로 눌러버린 향은 기분 좋은 표정으로 걸음을 옮겼다.

"고작 별 이야기에 무슨 할 말이 그리 많다고 온종일 수다를 떠십니까? 그럴 시간이 있으면 차라리 길이나 외워두시면 얼마나 좋습니까?"

"······."

"별에 쓰는 신경 절반의 절반만 다른 곳에 쏟아도 구태여 제가 선비님의 길 안내를 할 필요가 없을 게 아닙니까. 그리고 기왕지사 말이 나와 드리는 말씀입니다. 매일 밤마다 무슨 별을 그리 보러 다니시는 겁니까? 물론 생각보다 밤하늘이 아름답다는 것은 저도 인정하겠습니다. 하지만 좋은 가락도 한두 번이라고, 매일같이 보는 하늘, 지겹지도······."

"오늘은 별 보러 온 것 아니다."

"네? 그럼 뭘 보러 오신 겁니까?"

고개를 갸웃거리는 해루에게 향은 예의 장난스러운 미소를 머금은 채 말을 이었다.

"밤하늘을 좋아한다. 별은 언제 보아도 신비로운 존재거든. 검은 밤하늘에 새겨진 또 다른 세상의 지도. 과연 그곳에 어떠한 큰 뜻이 있을까 언제나 궁금하다. 허나······."

"오늘 밤에 산을 오른 이유는 다만 일이 있기 때문이다, 이 말씀이십니까?"

향이 고개를 끄덕였다.

"그래."

"그럼 별 말고 또 무엇 때문에 범이 나온다는 밤길을 마다치 않은 겁니까?"

"그건……."

말끝을 길게 늘이던 향이 문득 해루의 귓불 가까이 입술을 바싹 가져다 댔다. 그러고는 무에 비밀이라도 되는 듯 작은 목소리로 속삭였다.

"사실, 내가 쫓고 있는 것이 있다."

귓속을 간질이는 따뜻한 숨결. 느닷없는 감각에 해루는 저도 모르게 어깨를 움츠렸다.

스스럼없는 향의 행동에 이제는 익숙해질 법도 하건만 좀처럼 익숙해지지 않은 해루는 한 걸음 그에게서 물러났다.

그러나 장난기 많은 향은 해루가 물러난 만큼 다가왔다.

못 말리겠다. 졌다는 듯 설레설레 고개를 내젓던 해루는 서둘러 말을 돌렸다.

"쫓고 있다니요? 설마 범이라도 쫓고 있다고 말씀하시는 건 아니지요?"

"범보다 무서운 걸 쫓고 있지."

"범보다 무서운 것요? 세상에 범보다 무서운 것도 있습니까?"

"당연히 있지."

"대체 그게 무엇입니까?"

해루의 물음에 향은 앞쪽에 있는 어둠을 턱짓했다.

"가령 저기 떼거리로 몰려오는 자들. 이런 산중에, 그것도 밤에 만나면 저들보다 무서운 존재가 또 어디에 있겠느냐?"

"네?"

향의 눈길을 좇아 해루는 고개를 돌렸다. 기다렸다는 듯 짙게

똬리 튼 어두운 수풀에서 험상궂은 인상의 사내들이 튀어나왔다.

"먹물깨나 먹은 선비님이라 그런지 말씀 한번 잘하시는군. 암, 그깟 범보다야 우리가 백배는 더 무섭지."

"염라대왕 정도는 되어야 비교가 되지 않을까? 으하하하."

저희끼리 시시한 농담을 주고받는 사내들의 손에는 무시무시한 무기가 들려 있었다.

게다가 해루와 향을 쏘아보는 사내들의 눈빛에는 진득한 살기가 깃들어 있었다.

해루의 안색이 하얗게 탈색되었다.

그런 해루의 귓가에 향이 작게 속삭였다.

"어떠냐? 내 말이 맞지?"

장난기 가득한 목소리.

해루가 황당한 표정으로 향을 돌아보았다. 예의 웃고 있는 향의 모습이 눈에 들어왔다.

"지금 이 상황에 웃음이 나오십니까?"

대체 정체가 뭐냐?

"역시 오는 것이 아니었습니다."

해루는 망연자실한 표정으로 중얼거렸다.

아무리 공갈 선비가 문서를 앞세워 겁박한다고 해도 이런 위험한 곳에 발을 디디는 것이 아니었다.

오래전부터 사람 잡아먹는 범이 나타난다고 소문이 자자한 범골이 아니던가. 관군과 범 사냥꾼이 동원되어 결국 범은 잡았지만, 사람들의 뇌리에 자리 잡은 두려움은 좀처럼 사라지지 않았다. 하여, 이 스산한 산길을 이용하는 이는 아무도 없었다. 그런 곳에 겁 없이 발길을 들였으니 나쁜 일이 생기지 않으면 그것이 이상했다.

"하하하, 간이 배 밖으로 나온 놈들이구나. 자청해서 범골에 발을 디디다니 말이야. 이놈들, 살고 싶다면 가진 걸 모두 내놓아라."

해루와 가장 가까이 서 있던 사내가 으름장을 놓았다. 그렇지 않아도 얼굴을 가로지른 흉터와 제멋대로 자란 산적 수염 때문에 인상이 험악했다.

연신 눈동자를 좌우로 굴리며 지금의 상황을 이해하려 애쓰는 해루의 귓가에 향의 음성이 들려왔다.

"가진 걸 모두 내놓으라고 하는 걸 보니…… 혹시 산적인가?"

팔짱을 끼고 서 있던 향이 고개를 갸웃거렸다.

그 태평한 모습에 해루는 어이가 없었다. 자신이 이럴진대 저 산적들은 어떤 기분일까?

아니나 다를까.

"이놈!"

맞은편에 서 있던 산적 수염이 버럭 고함을 질렀다.

"산적이라니! 호걸님이라 부르거라."

그 한마디로 머릿속이 선명해졌다는 듯 향이 고개를 끄덕거렸다.

"역시 산적이었어."

"이 자식이! 산적이 아니라 호걸이라니까!"

흥분해 날뛰는 산적 수염을 다른 수하들이 말렸다.

"두목! 진정하십시오."

"오냐. 내 저놈의 말에 잠시 정신이 나갔었다. 어쨌든 우리가 누구인지 알았으면 냉큼 가진 걸 다 내놓거라!"

수염 사내는 어린아이 몸통만 한 칼을 휘두르며 엄포를 놓았다. 날카로운 쇠붙이가 살벌한 소리를 내며 허공을 갈랐다.

긴장한 얼굴로 그 모습을 지켜보던 해루가 곁에 있는 향에게로 시선을 돌렸다.

"어찌할까요?"

"뭘 어찌해?"

"설마 아무 대책도 없이 그리 태연자약하신 건 아니시겠지요?"

해루의 물음에 향이 싱긋 미소를 보였다.

"걱정 마라. 마침 내게 이런 상황에 쓸 만한 것이 있으니."

"역시!"

걱정으로 잔뜩 구겨져 있던 해루의 얼굴이 비로소 펴졌다.

"그러실 줄 알았습니다."

아무렴. 아무 대책도 없이 저리 웃고 있었던 게 아니었어. 기쁜 나머지 눈물이 나올 것만 같았다. 해루는 잔뜩 기대하는 눈길로 향을 바라보았다.

대체 무엇일까? 이 상황을 헤쳐나갈 물건이라는 것이…… 돈일까? 그것도 아니면 커다란 금덩이? 아무리 생각해도 사나운 호걸들에게서 목숨을 구하기에 금은보화보다 더 좋은 건 없어 보였다. 부풀어 오른 기대감에 심장마저 쿵쾅거렸다.

그때였다.

"이거 받거라."

두근대는 마음을 애써 진정시키는 해루의 손에 향이 무언가를 건넸다.

"네?"

이 양반이 뭘 주신 거지? 해루는 제 손에 들린 것을 물끄러미 바라보았다.

손바닥에 전해지는 차갑고 날카로운 감촉. 달빛을 받아 푸른 예기를 번뜩이는 그것은…… 손바닥 반만 한 작은 칼이었다.

"이게 뭡니까?"

전혀 예상치 못한 물건. 해루는 의아한 얼굴로 향을 바라보았다.

"보고도 모르느냐? 칼이다."

"칼? 칼!"

뒤늦게 자신의 손에 들린 물건의 정체를 깨달은 해루는 화들짝 놀라 손을 치웠다. 그 서슬에 손바닥 위에 놓였던 칼이 바닥으로 떨어지고 말았다.

"뭘 하는 것이냐?"

못마땅한 듯 향의 음성이 낮게 가라앉았다.

"그러는 공갈 선비께서는 뭘 하시는 겁니까?"

지금 이 상황에 칼을 주면 어쩌자는 겁니까?

"설마 싸우시겠다는 건 아니죠?"

"당연히 싸워야지."

"말도 안 됩니다."

"사내대장부가 어찌 불의와 타협할 수 있겠느냐?"

공갈 선비님, 그렇게 안 봤는데 의외로 정의로운 면이 있네요. 하지만 아무리 그래도…….

"상황이 상황이니만큼 적당히 타협하는 것이……."

향을 설득하기 위해 해루가 말끝을 길게 늘이는 찰나.

산적 수염이 해루와 향, 두 사람을 향해 소리쳤다.

"가진 거 다 털어내고 속옷까지 홀랑 벗으면 내 목숨만은 살려 주마."

해루가 산적 수염에게로 고개를 돌렸다.

"속옷까지 말입니까?"

"그렇다."

"홀랑이란 말이지요?"

"물론이다."

실 한 오라기 남김없이 모조리 강탈하겠다는 강렬한 의지가 담긴 산적 수염의 표정.

해루는 바닥에 떨어진 칼을 천천히 주워 들었다.

"공갈 선비님의 말씀이 옳습니다. 불의와 타협하다니. 말도 안 되는 얘기입니다."

칼을 바로 잡는 해루를 보며 향이 고개를 끄덕였다.

"이제야 말귀를 알아듣는구나."

산적 수염의 눈초리가 위로 치켜 올라갔다.

"이놈들이! 관을 봐야 눈물을 흘릴 놈들이로구나."

"그러게 말입니다, 두목. 그래도 목숨만은 살려주려 하였는데 이리 나온다면 갈기갈기 찢어 들짐승들에게 보시나 해야겠습니다."

산적들의 분위기가 흉악해졌다. 좀 전보다 살기가 더욱 짙어졌다.

두려움을 억누른 채 그들을 훑어보던 해루가 향에게 조심스레 말을 건넸다.

"그런데 공갈 선비님, 그거 아십니까? 저쪽은 무려 여섯입니다."

"알고 있다."

"그에 반해 우리는 공갈 선비님과 저, 둘뿐이고요."

"단출하니 좋구나."

"저쪽은 들고 있는 장비도 아주 훌륭합니다."

"안 그래도 제법이라고 생각하던 참이다. 칼이며 창이며 번쩍번쩍한 것이 산적답지 않게 그럴듯해 보이는구나."

"그래서 드리는 말씀인데, 고작 손바닥 반만 한 칼 한 자루로 저들과 싸움이 되겠습니까?"

"무릇 명필가는 붓을 가리지 않는다 하였다. 장비는 저쪽이 훌륭할지 모르나 실력과 의기만 높다면 충분히 저들을 압도할 수 있을 것이다."

"그렇군요."

"그렇다."

"혹시나 하는 마음에 여쭙는 건데요, 다른 계책은 없으십니까?"

기대감을 안고 해루가 물었다.

"없다."

"그렇군요."

"그럼 혹시 남몰래 연마한 무공이 있다거나……."

"무공?"

"십 년간 산에서 도를 닦았다거나. 절벽 아래에서 기연을 만나 신선 같은 분에게서 십팔 년간 검술을 전수받았다거나."

"난 몸 쓰는 일은 즐기지 않는다."

"……저기, 공갈 선비님. 그런데 제게 아주 소소한 문제가 있습니다."

"소소한 문제?"

"실은 제가 검을 써본 적이 없습니다."

급박한 상황에서 이뤄진 수줍은 고백.

향은 전혀 상관없다는 듯 말했다.

"잘되었구나. 이번 일이 좋은 경험이 될 것이다."

"문제가 또 있습니다."

"또 뭐냐?"

"불행하게도 전 대장부가 되기 어려운 몸입니다."

"그래서?"

해루는 쥐고 있던 검을 향에게 슬그머니 넘기고는 허리를 꾸벅 숙였다.

"그런 의미로 이건 되돌려 드리겠습니다. 그리고 저기 참나무 보이시죠? 그쪽으로 곧장 달려가면 마을 어귀로 갈 수 있습니다. 그러니……."

"……?"

"도망치십시오!"

힘찬 외침이 끝나기 무섭게 해루는 냅다 길 아래를 향해 달음박질쳤다.

갑작스럽게 벌어진 해루의 도주. 향은 물론이고 산적들마저도 할 말을 잃고 말았다. 한순간, 멍한 시간이 흘렀다.

"저건 뭐야?"

"두, 두목. 저 녀석, 달아나고 있습니다."

코끝에 큰 점이 있는 점박이 사내가 산적 수염에게 말했다. 뒤늦게 정신을 차린 산적 수염이 수하들을 돌아보며 소리쳤다.

"모두 저놈을 잡아라!"

그때, 점박이 사내가 산적 수염에게 물었다.

"두목, 그런데 저 녀석은 어떻게 할까요?"

"어떤 녀석?"

"저 멀대 녀석 말입니다."

점박이가 향을 가리켰다.

한껏 가래를 끌어모아 퉷! 하고 바닥에 뱉은 산적 수염이 귀찮은 기색이 역력한 얼굴로 대답했다.

"격언대로 해라."

"격언이라니요?"

"무식한 놈. 자고로 보는 눈이 많으면 떠들 입도 많은 법이라 하지 않더냐? 그러니⋯⋯."

"죽은 자는 말이 없다. 이 말을 하고 싶으신 게로군요."

"이제야 머리가 좀 돌아가는구나."

"이런 일에 군이 아랫것들까지 동원할 필요가 있겠습니까? 제가 직접 처리하겠습니다."

"보아하니 먹물만 먹은 천생 서생 나부랭이인 모양이다. 정중하게 보내드려라."

"걱정 붙들어 매십시오. 말쑥하게 모가지만 똑 꺾어놓겠습니다."

점박이는 흥미로운 장난감을 발견한 아이처럼 잔뜩 부풀어 오른 얼굴로 향에게 걸어갔다.

산적 수염이 향을 흘끔 돌아보았다. 향은 자신이 죽을지도 모른다는 사실을 아는지 모르는지 뒷짐을 진 채 우두커니 하늘만 올려다보고 있었다. 아마도 두려움에 몸이 굳어버려 도망칠 엄두조차 못 내는 것이 분명했다.

"금방 끝나겠군."

혼잣말을 중얼거린 산적 수염은 미련 없이 고개를 돌렸다. 지금 중요한 건 저 멀대같이 생긴 서생 놈이 아니었다.

날다람쥐처럼 잽싸게 달아난 녀석. 녀석을 놓치면 그간 공들인 일들이 모두 허사가 될 것이다. 산적 수염은 눈매를 가늘게 여민 채 해루가 사라진 숲을 응시했다. 몸이 얼마나 잰지 벌써 모습이 보이지 않았다.

"어서 쫓아라. 놈을 놓치면 오늘 네놈들 모두 줄초상 치를 줄 알아라!"

두목의 엄포에 산적들이 한 목소리로 대답했다.

"범골이라면 제 손바닥 손금 보듯 잘 알고 있습니다요."

"염려 마십시오, 두목."

수하들의 우렁찬 대답에 산적 수염이 만족한 듯 고개를 끄덕였다.

"좋다. 당장 녀석을 잡아 와라. 반항한다면 수족 하나쯤 잘라도 상관없다. 목숨만 붙어 있으면 된다."

"알겠습니다."

산적들은 해루를 잡기 위해 몸을 날렸다. 아니, 날리려 했다.

"으악!"

느닷없는 비명이 등 뒤에서 들려왔다.

순간, 산적 수염은 인상을 찌푸렸다. 조용히 처리하라 했더니 개버릇 남 못 준다고. 점박이 녀석이 나쁜 버릇을 못 참고 샌님 같은 선비에게 장난을 치는 모양이다.

"시끄러운 놈."

낮게 혀를 차며 걸음을 옮겼다. 그러나 이어지는 다급한 신음에 산적 수염의 표정이 다시 한 번 변했다.

"으윽, 내 다리. 다리가……."

뒤 마려운 강아지처럼 끙끙 앓는 신음이 왠지 귀에 익었다. 산적 수염과 산적들은 신음이 들려오는 곳으로 일제히 고개를 돌렸다.

별빛 가득한 밤하늘 아래, 한 사내가 우두커니 서 있었다. 사내의 발아래에는 또 다른 사내가 왼쪽 다리를 움켜쥔 채 신음하고 있었다. 여기까지는 모두가 상상하던 그림이었다.

문제는…… 멀쩡히 서 있는 사내와 쓰러져 신음하는 사내가 예상과 정반대였다는 것.

"이게 또 무슨 일이야?"

산적 수염의 눈에 불꽃이 튀었다. 쓰러져 신음하는 점박이의 왼쪽 허벅지에 짧은 화살촉이 툭 튀어나와 있는 게 시야에 들어왔다.

"화살?"

산적 수염이 향에게로 고개를 돌렸다.

향은 처음 그 자세 그대로 뒷짐을 진 채 밤하늘을 올려다보고 있었다.

산적 수염은 머릿속이 어지러웠다.

대체 이게 어떻게 된 상황이지? 점박이는 허벅지에 화살이 꽂힌 채 어미 찾는 강아지처럼 끙끙거리는데, 정작 일을 벌인 것으로 짐작되는 저 선비는 아무것도 모르는 듯 하늘만 올려다보고 있었다. 무엇보다 화살이 대체 어디에서 갑자기 튀어나왔는지 알 수 없었다. 화살이 나왔으면 당연히 활이 있어야 할 것인데, 곱게 생긴 사내를 아무리 살펴봐도 활 비슷한 것은 가지고 있지 않았다.

"어떻게 된 거냐?"

점박이에게로 다가온 산적 수염이 다급한 음성으로 물었다.

"저, 저 녀석이……."

"저 멀대 같은 놈한테 당했단 말이냐?"

산적 수염은 다급한 눈길로 주위를 두리번거렸다. 혹시, 누군가 보이지 않는 곳에서 멀대 같은 놈을 도와주는 자가 숨어 있는 건 아닐까?

"이놈! 대체 무슨 짓을 한 거냐?"

산적 수염은 찢어 죽일 듯한 눈빛으로 향을 응시했다.

향이 내내 시선을 고정하고 있던 밤하늘에서 눈을 거두고는 산적 수염을 돌아보았다.

어둠 속에서도 선명하게 빛나는 검은 눈동자. 별빛을 담은 서늘한 그의 눈빛에 산적 수염은 저도 모르게 마른침을 삼키고 말았다.

그런 산적 수염에게 성큼 한 걸음 다가서며 향이 입을 열었다.

"처음에는 내게 볼일이 있는 자들이 아닌가 생각했었지."

"무, 무슨 소리냐?"

"그런데 아무래도 너희는 내가 아니라 엉뚱한 녀석에게 볼일이 있는 모양이구나."

해루가 사라진 곳을 돌아보는 향의 말에 산적 수염은 가슴이 뜨끔했다.

"무슨 소리를 하는지 모르겠군. 보아하니 말로는 안 될 놈이구나. 얘들아. 저놈을 염라대왕 앞으로 끌고 가거라. 어디 저승에 가서도 저리 태연하게 지껄여댈 수 있는지 보자."

명령을 받은 산적들이 일제히 향에게로 달려들었다.

향이 부드럽게 웃으며 소매를 걷어 올렸다.

"안 그래도 나 역시 비슷한 생각을 했느니라."

말과 함께 철컥, 향이 긴 소맷자락을 휘둘렀다. 이내 서늘한 금속음이 밤공기를 갈랐다.

곧이어 투퉁! 투퉁! 가볍고 탄력적인 소음이 연속으로 울렸다.

"허억!"

"큭!"

답답하고 급작스러운 신음과 함께 향을 향해 우악스럽게 달려들던 산적 둘이 팔과 다리를 붙들며 쓰러졌다. 쓰러져 신음하는 산적들의 팔과 다리에는 점박이의 다리에 꽂혀 있던 것과 똑같은 모양의 짧은 화살이 박혀 있었다.

산적 수염의 입이 떡 벌어졌다.

"이, 이놈…… 대체 그게 뭐, 뭐냐?"

"활 처음 보느냐?"

향은 풀린 시위에 화살을 걸며 태연하게 말했다.

산적 수염은 풀린 눈으로 그 일련의 과정을 멍하니 쳐다볼 수밖에 없었다.

저런 것은 처음 보았다. 활이야 사냥꾼이 쓰는 것에서부터 장수들이 사용하는 것까지 다양하게 보았으나, 저 선비가 쓰는 물건은 단연코 처음 보는 것이었다.

멀대 같은 사내의 활은 손목에 감은 가죽 피대에 고정되어 있었다. 크기도 일반 활과는 비교할 수도 없이 작은 데다 중간에 경첩이 달려 있어 접을 수 있었다. 그제야 눈을 부릅뜨고 찾아봐도 활을 찾을 수 없었던 이유를 알 수 있었다.

설마 손목에 저리 조그만 활이 달려 있을 것이라고 그 누가 상상이나 할 수 있었을까.

"너, 너…… 대체 정체가 뭐냐?"

산적 수염이 떨리는 목소리로 물었다.

"나 말이냐?"

시위에 화살을 건 향이 서늘한 미소와 함께 말을 이었다.

"네놈을 만나러 온 염라국의 왕이다."

"헉헉헉."

정신없이 산길을 내달린 지 얼마나 되었을까?

숨이 턱까지 차오른 해루는 슬쩍 뒤를 돌아봤다.

다행이다. 아무도 쫓아오지 않았다.

그래도 한두 명은 따라올 줄 알았더니.

해루는 걸음을 멈추고 허리를 반쯤 숙인 채 거친 숨을 골랐다.

"간신히…… 살았네."

한숨 돌린 해루는 걱정 어린 시선으로 산 위쪽을 다시 돌아봤다. 시간이 꽤 흘렀음에도 공갈 선비의 모습이 보이지 않았다.

"왜 안 오시는 거야?"

설마 정말로 그 산적들과 혼자 싸우려는 건 아니겠지? 아닐 거야. 제아무리 세상 물정 모르고 무서운 것 없는 선비님이라 해도 해서 될 일과 해선 안 될 일 정도는 분별할 수 있겠지. 분명 자신이 달아나는 소란을 틈타 공갈 선비님도 몸을 피했으리라. 아니, 피해야 했다.

"애초에 그런 칼로 산적들과 싸우라고 하는 것 자체가 말이 안 되잖아."

저쪽은 제 어린아이 몸통만 한 흉악한 무기들을 들고 걸치고 메고 있는데, 이쪽은 고작 손바닥 반만 한 칼이라니.

애초에 상대가 안 되는 싸움이었다. 처음부터 돈으로 협상했다면 모르지만, 그런 것이 아니라면 백번 생각해도 도망치는 게 상책이었다.

하지만 시간이 흐르면 흐를수록 걱정은 현실이 되어가는 듯했다. 자신의 뒤를 따라오지 않은 산적들의 반응도 이상했다.

"그분이라면 정말로 싸울지도 몰라."

호환, 마마보다 무서운 분이 아니시던가. 처음부터 평범하지 않은 사람이었다. 어쩌면 자신을 위해 홀로 남아 고군분투하고 있을지도 모른다. 순전히 자신의 도주를 돕기 위해…….

"알 게 뭐야. 난 도와달라고 한 적도 없고, 생각해 보면 이런 상황에 직면한 것도 순전히 공갈 선비님 탓이잖아. 게다가 내가 그 사람 때문에 얼마나 고생했는데. 잘됐네. 이 기회에 말도 안 되는 계약도 정리하고, 공갈 선비와도 작별하니 말이야. 하하하."

해루의 입에서 과장된 웃음이 흘러나왔다.

그때였다.

'해루야.'

바람결에 누군가 부르는 소리가 들려왔다.

"공갈 선비님?"

드디어 따라오신 건가?

해루는 반가운 표정으로 고개를 돌렸다. 그러나 돌아본 뒤쪽에는 아무도 없었다. 차가운 밤바람만 웅웅 사나운 울음을 흩뿌릴 뿐이었다.

"잘못 들었나?"

고개를 갸웃거리는 찰나.

밤의 그늘에서 희뿌연 안개가 피어올랐다. 음산한 기운을 뿌리며 스멀스멀 기어온 안개는 바닥을 뒤덮고 금세 해루와 그 주위를 휘감았다.

해루의 낯빛이 하얗게 바랬다.

이 어둠.

이 안개.

또다. 또 보이려는 것이다.

운명이 감춰놓은 비밀이 눈앞에 펼쳐지고 있었다.

그것이 무엇이든 보고 싶지 않았다. 두려웠다.

해루는 눈앞에 펼쳐지는 광경을 보지 않기 위해 두 눈을 감아버렸다.

하지만…….

'해루야.'

애절한 부름.

해루는 천천히 감았던 눈을 떴다.

이윽고 회색 안개 사이로 흐릿한 인영이 모습이 드러냈다.

낡고 바랜 그림처럼 희미하던 모습은 점점 선명해졌다. 그리고
눈에 보이는 모습만큼이나 선명한 목소리가 해루에게 들려왔다.

'해루야……'

해루를 부르는 향의 모습이 금방이라도 잡힐 듯 눈앞에 펼쳐졌다.

얼굴 가득 희미한 미소를 매달고 있는 그는 바닥에 주저앉아 있
었다. 가슴을 짚고 있는 그의 손바닥 사이로 검붉은 핏물이 연신
흘러내렸다.

"공갈 선비님."

해루의 눈동자가 가늘게 떨렸다.

금방이라도 쓰러질 듯한 그 모습에 덜컥 겁이 났다.

한 발짝 그를 향해 다가가려 하니 향이 고개를 저었다.

'오지 마라.'

"공갈 선비님."

'가거라.'

"하지만……"

'괜찮다. 언제나 그랬듯이 너는…… 나만 믿으면 된다. 그러니 그
만 가.'

웃으며 말하는 그의 눈동자에 금방이라도 깨질 듯한 눈물벽이
서 있었다.

그 눈을 보는 순간, 시린 송곳으로 가슴을 찌르는 듯한 통증이
느껴졌다.

심장이 헐떡일 때마다 시린 고통이 느껴졌다.

온몸이 부서질 것만 같았다.

서럽게 슬프고, 간절하게 아팠다.

왜?

왜 이렇게 마음이 아픈 거지?

느닷없는 격통에 해루는 아랫입술을 아프게 물었다.

그런 해루를 물끄러미 바라보던 향이 말했다.

'해루야, 알지? 내가 너를…….'

문득 눈앞의 인영이 흐려진다.

"공갈 선비님."

점점 사라지는 향의 모습을 잡기 위해 해루는 팔을 뻗었다.

그러나…….

텅 빈 허공만이 손아귀에 들어왔다.

향의 모습이 연기처럼 흩어졌다. 그와 함께 사위를 가득 메운 안개도 감쪽같이 사라졌다.

"공갈 선비님……."

해루는 나직한 음성으로 향을 불렀다.

창백했던 안색이 점점 제빛을 되찾았다. 그러나 가슴에 남은 아릿한 격통은 좀처럼 사라지지 않았다.

해루는 입술을 악물었다.

조금 전의 그 환영…….

꿈이되 꿈이 아니었다.

언젠가 반드시 벌어질 일.

"이 바보 같은 양반. 끝내 날 지키겠다고 그곳에 남은 모양이네."

이대로 향의 최후를 방관할 수는 없었다.

"아, 정말 미치겠네."

자리를 떨치고 일어난 해루는 주위를 두리번거리기 시작했다.

"내가 미쳐, 미쳐. 어쩌자고 그런 분을 만나서 이 고생인지 모르겠네."

비 맞은 중처럼 혼잣말을 중얼거리던 해루는 불현듯 반쯤 썩은 고목 아래로 쪼르르 달려갔다.

그러고는 아이처럼 쪼그리고 앉아 주먹만 한 자갈 몇 개를 골라 손에 들었다.

"이 녀석들이 좋겠군. 손바닥 반만 한 칼이 뭐야? 그걸로 어떻게 싸워. 차라리 돌팔매질이 낫지."

머릿속에서는 여전히 달아나라 외치고 있었다.

애초에 산적들을 상대로 싸운다는 건 말이 안 되는 이야기였다.

객관적이고 냉정하게 생각하면 이대로 모른 척 달아나 목숨 부지하는 것이 옳은 일일 것이다. 하지만…… 그리 살아난다면 행복할 수 있을까?

그렇지 않아도 사나운 꿈길, 더더욱 사나워질 것이 뻔했다.

툭하면 장난기 가득한 웃음을 보이던 향이 피를 흘리며 외로이 쓰러져 있을 것을 생각하니 명치끝에 시린 바람이 들어찼다.

"이놈의 팔자, 도무지 편할 날이 없구나."

투덜거리던 해루는 왔던 길을 부지런히 되돌아갔다. 두 손에는 자갈을 든 채였다.

제법 먼 길을 왔다고 생각했건만 되돌아가는 길은 그리 멀지 않았다.

금세 현장 부근에 도착한 해루는 길게 숨을 들이마셨다.

이제 저 바위만 넘으면 곧바로 산적들이 나타난 그 장소였다.

내뱉는 날숨과 함께 심장을 잠식한 두려움을 몰아냈다.

이윽고 제법 앙칼진 눈빛을 한 해루는 아랫배에 단단히 힘을 주었다.

"야, 이놈들아! 두문동 해루가 납시었다!"

힘껏 외치며 바위를 뛰어넘었다.

산적들의 우렁찬 욕설과 고함을 기다리면서…….

그러나…… 웬일일까?

해루의 외침에도 불구하고 아무런 대답도 돌아오지 않았다.

혹시 그사이에 일이 모두 끝나버린 건 아닐까?

머릿속에 처참하게 쓰러진 향과 비릿한 얼굴로 그를 내려다보는 산적들의 모습이 그려졌다.

"공갈 선비님! 괜찮으시죠? 접니다. 해루예요."

덜컥 겁이 난 해루는 서둘러 주위를 둘러보았다.

이윽고 해루의 눈에 어수선하게 쓰러져 있는 사람들이 들어왔다.

"이, 이게 뭐야?"

눈앞에 펼쳐진 믿기 어려운 광경에 해루의 눈이 찢어질 듯 커졌다.

조금 전까지 험상궂은 표정으로 살벌한 분위기를 조성하던 산적들. 모두 여섯이나 되는 산적들이 어찌 된 이유에선지 바닥에 죄 쓰러져 신음하고 있었다.

대체 무슨 일이 있었던 거야? 그보다…….

해루는 다급한 눈길로 향을 찾았다.

이내 익숙한 푸른 도포 자락이 눈에 들어왔다.

향은 고목 아래에 쓰러진 산적 앞에 고개를 숙인 채 엎드려 있었다.

미동도 않고 있는 저 모습은…….

"설마…… 죽은 겁니까?"

멍하니 서 있던 해루는 밑동 잘린 허깨비처럼 바닥에 풀썩 주저앉고 말았다.

"죽었어? 정말?"

믿기지 않았다.

얼마 전까지 살아서 자신을 바라보던 사람이었는데.

그런 사람이 죽었어? 이렇게 허무하게?

"그러게 도망가지 왜 싸우십니까? 누가 지켜달라고 했습니까? 몸 쓰는 일은 안 하신다면서요. 그럼 제가 도망칠 때 같이 도망치셔야지요, 어찌 그리 차가운 바닥에 누워 계신단 말입니까."

중얼거리는 목소리에 습윤한 물기가 들어찼다.

눈앞에 펼쳐진 참상을 감당할 수가 없었다.

해루는 두 눈을 질끈 감고 말았다.

이곳에 오지 않는 것인데. 공갈 선비가 아무리 겁박해도 범골에 오는 것이 아니었는데. 이럴 줄 알았으면 좀 더 잘해 줄 걸 그랬다. 귀찮은 기색 없이 길 안내도 할 것을…….

뒤늦은 후회가 해루의 머릿속을 가득 채웠다.

미안했다. 혼자 도망친 것이.

두려웠다. 둘이 왔던 길을 홀로 돌아가야 하는 것이.

가슴이 아팠다. 이 차가운 바닥에 저리 누워 있는 공갈 선비의 모습이.

질끈 감은 눈가에 뜨거운 눈물이 맺혔다.

어찌해야 하나?

어찌하면 좋으려나?

볼을 타고 흘러내린 눈물이 턱 끝으로 떨어졌다.

톡!

"왜 그래? 어찌 그리 울어?"

"저 때문에…… 공갈 선비께서……. 흐윽."

"공갈 선비가 왜?"

"그 바보 같은 분이 절 구하시려고 산적들과 싸우시다 돌아가시고 말았습니다. 바보 같은 양반. 될 일 안될 일 구분해서 날뛰셨어야지요. 이렇게 허무하게 죽다니. 이럴 줄 알았으면 손목이라도 잡고 뛰는 건데. 혼자 그렇게 도망치는 게 아니었는데. 흐윽……."

바로 그때였다.

흐느끼는 해루의 머리 위로 쓱쓱 쓰다듬는 온기가 느껴졌다.

"널 구하려 한 것이 아니었다. 그러니 그만 울어라."

"네. 그러니까 절 구하려고 한 게……. 어?"

무심결에 중얼거리던 해루는 고개를 갸웃거렸다.

나 지금 누구랑 대화하는 거야?

해루는 내내 감고 있던 눈을 떴다.

이내 장난기 가득한 얼굴이 해루의 눈동자에 가득 맺혔다.

흑백이 선명한 눈동자. 붉은 꽃잎을 맞물려놓은 듯한 아름다운 입술. 이건…….

"공갈 선비님?"

살아 계신 겁니까?

그럼 아까 본 그 미래는 언제 일어나는 일이지?

별 보러 갑니다

"이제는 귀신까지 보이는구나."

해루는 물기 가득한 눈을 손등으로 비볐다.

"산 넘어 산이라더니, 하다 하다 죽은 영혼까지 보인다……. 아얏."

투덜대는 해루의 볼을 향이 쭈욱 잡아당겼다.

"왜 이러십니까? 아픕니다."

"이래도 내가 귀신으로 보이느냐?"

말똥말똥 향을 바라보던 해루가 고개를 저었다.

"아닌 것 같습니다."

"이제라도 정신을 차린 것 같으니 다행이구나."

향은 흡족한 표정으로 볼을 놔주었다.

"하지만 좀 전까지 저쪽에 엎어져 있는 걸 봤는데."

얼얼한 볼을 쓸어내리던 해루는 불퉁한 목소리로 투덜거렸다.

"과하게 다친 자가 있어 상처를 돌보고 있었다. 이깟 일로 죽어서야 어찌 사내대장부가 될 수 있겠느냐?"

"……."

"왜 그런 눈으로 보느냐?"

"정말 죽은 줄 알았습니다."

"무슨 연유로 그리 확신한 것이냐?"

"……보았으니까요."

"보다니? 무얼 보아?"

향의 물음에 해루는 차마 답을 하지 못했다.

그녀가 보았던 향의 미래. 죽음을 마주하고 있던 그 안타까운 모습을 입에 올릴 수는 없었다.

하지만…… 궁금했다.

저 사람이 어찌 나를 그런 눈으로 보았는지. 어찌하여 나를 그리 다정하게 부른 것인지. 어째서 나는 그리 가슴이 아팠던 것인지…… 궁금했다.

그러나 해루는 뇌리를 가득 채운 궁금증을 저 멀리 치워버렸다. 대신 향을 향해 불퉁한 지청구를 날렸다.

"사내대장부 두 번만 했다간 목숨이 열 개라도 못 버티겠습니다."

"대장부 되는 게 쉬운 일은 아니지. 그런데 그건 뭐냐?"

향이 해루의 손에 들린 짱돌을 턱짓하며 물었다.

"아무것도 아닙니다."

등 뒤로 손을 돌린 해루는 냉큼 돌을 버렸다.

향의 얼굴에 풀썩 마른 웃음이 맺혔다.

"그래도 그대로 도망가지 않고 다시 돌아온 건 용하구나."

"꿈자리 사나울까 봐 온 겁니다. 공갈 선비님 생각해서 온 건 절대 아닙니다."

향의 칭찬에 머쓱해진 해루는 괜히 딴청을 부렸다. 그러다 문득 든 생각에 고개를 돌렸다.

"그런데 저 산적들, 대체 어찌 된 겁니까?"

바닥에 엎드린 채 신음을 흘리는 산적들을 보며 해루가 물었다.

"설마 공갈 선비님 혼자서 저자들을 쓰러트렸다고 말씀하시는 건 아니죠?"

말도 안 돼.

불신 가득한 눈으로 바라보고 있자니 향이 소매 끝에 삐죽 튀어나온 무언가를 안으로 갈무리하는 것이 보였다.

"아직 강약 조절이 안 되는군."

향은 혼잣말을 중얼거리며 품속에서 손바닥만 한 서책을 꺼내어 무언가를 끄적끄적 적었다.

해루가 슬쩍 훔쳐보니, 손으로 들고 쓰는 것임에도 마치 심혈을 기울여 쓴 것처럼 필체가 반듯하고 멋들어졌다.

해루는 속으로 혀를 쯧쯧 찼다.

손으로 들고 쓰는 글이면 삐뚤빼뚤한 것이 정상이거늘. 사람이 평범하지 않으니 글씨까지 저렇듯 인간답지 않네.

그렇게 얼마나 지났을까?

산적들을 돌아보며 무언가를 열심히 적던 향은 여전히 바닥에 쪼그려 앉아 있는 해루의 발끝을 툭툭 걸어찼다.

"춥다. 그만 가자."

"이 사람들은 어찌하고요? 이대로 두면 들짐승의 먹이가 될 겁니다."

"그렇지 않아도 관아에 넘기려는 참이었다."

"혼자서 여섯이나 데려가려면 힘드실 텐데요."

"아까도 말했지만 나는 몸 쓰는 일은 즐기지 않는다."

"네? 그럼……?"

동그랗게 눈을 뜨는 해루에게 향은 제 관자놀이를 가리키며 말을 이었다.

"나는 머리 쓰는 일을 주로 한다. 힘쓰는 일은 다른 사람을 시키지."

"그 다른 사람이 설마 저는 아니겠지요?"

걱정이 가득 담긴 얼굴로 해루가 물었다.

저보고 저 산적들을 관아로 데려가라는 매정한 말씀만은 제발 말아주십시오.

그러나 다른 사람이라면 몰라도 공갈 선비라면 어쩌면 그러라 할 것만 같았다.

향은 대답하는 대신 숲 저편을 턱짓해 보였다.

"그럴까 생각도 했다."

"역시……."

"그러나 이번엔 굳이 그럴 필요가 없을 것 같구나. 널 대신해 옮겨줄 사람이 저기 오고 있으니 말이다."

"저 대신요?"

누가 날 대신해서 이 많은 사람들을 관아로 옮겨준단 말입니까? 아니, 그보다 정말로 이 사람들을 저더러 옮기라고 하실 심산이었습니까? 해루는 불만과 황망함이 반반 섞인 눈으로 향이 가리킨 곳을 보았다.

한 줄기 바람이려나. 어둠 속을 가르며 날렵한 인영이 그야말로 바람처럼 달려오고 있었다. 시퍼렇게 날이 선 검을 든 채, 가파른 언덕을 내달리는 모습이 그야말로 명부의 저승사자처럼 섬뜩하기 짝이 없었다. 해루의 안색이 단박에 해쓱해졌다.

"나, 나왔다!"

해루가 소리쳤다.

"뭐가 나왔단 말이냐?"

"보면 모르십니까. 두목입니다. 산적들의 두목이 나타났단 말입니다."

해루가 기겁한 표정으로 저승사자 같은 사내를 가리켰다.

수풀을 헤치며 불쑥 튀어나온 사내.

키는 공갈 선비와 비슷했다. 호리호리한 체격도 닮은 듯 보였다. 하지만 눈빛은 전혀 달랐다. 공갈 선비가 유들유들한 웃음이라면, 낯선 사내는 그야말로 막 손질을 끝낸 검이었다. 눈 끝에 매달린 서슬 퍼런 귀기는 보는 것만으로도 솜털이 쭈뼛 곤두설 지경이었다. 저런 사람 손에 걸리면 제아무리 공갈 선비라도 뼈도 못 추릴 것이다.

해루는 향을 올려 보았다.

태연자약한 표정의 향은 해루와 눈이 마주치자 예의 장난기 가득한 미소를 보였다.

정말 못 말리겠다. 이런 상황에서도 또 웃고 있다니. 겁이 없거나, 그게 아니라면 머릿속에 뭔가 하나가 빠진 것이 틀림없다. 도무지 긴장감이 없어.

한숨을 푹 내쉰 해루는 향의 손목을 굳게 잡았다. 그리고 냅다 산 아래를 향해 달리기 시작했다.

"지금 이러고 있을 때가 아닙니다. 산적 두목이 오기 전에 서둘

러 이곳을 벗어나야 합니다. 저 사람에게 걸리면 이번에야말로 뼈
도 못 추릴 거란 말입니다.”

해루는 애가 닳아서 열심히 발을 놀렸건만 향은 느릿느릿 여유
롭기 그지없었다. 좀처럼 재게 움직이지 않는 향을 보며 해루는 조
바심이 일었다.

이 양반이 또 왜 이러시나? 너무 무서워 발길이 떨어지지 않는
것이려나?

“제발요. 좀 더 빨리 움직이십시오. 제발…….”

해루는 있는 힘껏 향을 잡아당겼다.

“멈춰라!”

어느 틈엔가 다가온 사내가 돌연 해루의 뒷덜미를 잡고 번쩍 들
어 올렸다.

마른 것처럼 보였는데.

사내의 힘은 생각보다 대단했다.

“뭐 하는 놈이냐?”

해루의 얼굴 위로 얼음 굴에서 나오는 것 같은 차가운 음성이
떨어졌다.

해루는 반사적으로 열심히 손을 흔들며 되지도 않은 변명을 늘
어놓았다.

“우리가 아닙니다.”

“…….”

“우, 우리가 도착했을 때 이미 이 사람들은 모두 쓰러진 후였습
니다. 아마도 범이 나타난 모양입니다. 아시지 않습니까. 이곳이 범
골이라는 걸 말입니다. 범이 나타나도 조금도 이상하지 않습니다.
안 그렇습니까?”

"……."

"이해합니다. 수하들이 모조리 피 흘리고 누워 있으니 두목으로선 화도 나고 짜증도 나시겠지요. 당장 눈에 거슬리는 녀석은 죄 베어버리고 싶겠지요. 하지만 일단 화를 좀 가라앉히고 대화부터 하는 게 순리가 아닐까요? 그래야 진짜 원수를 찾을 수 있을 거 아닙니까?"

해루의 변명에 사내가 눈매를 찡그렸다. 그 조용한 변화가 고함을 치는 것보다 더 큰 두려움을 가져왔다. 공포에 질린 해루는 두 팔로 머리를 감싸 쥐었다.

그때였다.

"내려놔라."

귓속을 파고드는 공갈 선비의 목소리.

아, 저 세상 물정 모르는 선비님을 어찌하면 좋을까? 그런다고 순순히 내려놓을 산적이……. 어라?

좀 전까지 맹수처럼 해루를 노려보던 사내가 돌연 서늘한 눈빛을 거뒀다. 그러고는 손아귀에 잡고 있던 해루를 풀어주었다. 어안이 벙벙해진 해루는 사내와 향을 돌아보았다.

이게 어떻게 된 일이지? 설마 향의 한마디에 이 무서운 사내가 겁을 집어먹은 건 아니겠지?

그 순간.

해루를 내려놓은 사내가 갑자기 바닥에 한쪽 무릎을 꿇고 부복했다.

"송구한 말씀이오나 제발 한곳에 머물러 계십시오. 이번엔 찾는 데 제법 오래 걸렸습니다."

냉기가 풀풀 도는 목소리.

곁에서 듣던 해루는 저도 모르게 목을 움츠렸다.

그러나 정작 이야기를 듣는 향은 여상한 표정으로 사내에게 말했다.

"수고 많았구나. 그래도 결국 이렇게 찾아왔으니 다행이지 않느냐?"

"……."

향의 대수롭지 않은 말에 잠시 잠깐 사내의 눈에 푸른빛이 감돌았다.

두 사람을 번갈아 보던 해루의 표정이 복잡하게 변했다.

"이건 또 무슨 경우야?"

"호위 무사요?"

살벌한 눈매를 가진 사내의 정체는 공갈 선비의 호위 무사였다.

"무혁이라 한다."

마치 얼굴에서 표정을 지워버린 듯한 무혁을 해루는 곁눈질로 바라보았다. 공갈 선비의 호위 무사라면 절대 위협적인 존재가 아닐 터.

그래도…… 무섭군.

"해루라고 합니다."

해루는 꾸벅 고개를 숙였다. 그러나 무혁은 그 인사를 무시했다. 대신 은근슬쩍 해루와 향의 사이로 파고들었다.

마치 처음부터 이 자리는 내 자리였다는 듯한 기색이 역력했다.

졸지에 한쪽 옆으로 밀려난 해루를 무혁이 서늘한 표정으로 응시했다. 향 곁에는 얼씬도 하지 말라는 엄포가 서린 눈빛이었다.

"혁아."

향이 무혁을 불렀다.

"네."

여전히 눈빛을 세운 무혁이 고개를 숙였다.

향은 쓰러진 자들을 가리키며 명했다.

"너는 이 길로 저자들을 관아로 데려가라."

"지금 당장 돌아가셔야 합니다."

"여기서 좀 더 알아봐야 할 일이 있다."

"하지만……."

"혁아."

고저 없는 부름에 무혁이 움찔했다. 향의 목소리에는 감히 거역할 수 없는 위엄이 가득했다.

무혁은 조용히 뒤로 물러섰다. 그러나 무언가 불안한 표정.

그를 안심시키듯 향이 말했다.

"황 노인의 초막에 가 있을 것이니 일이 끝나는 대로 그곳으로 오너라."

"꼭 그곳에 계셔야 합니다."

"알았다."

"다른 곳으로 가시면 아니 됩니다."

"알았다."

약조를 받은 무혁은 쓰러진 산적들을 한데 모으기 시작했다. 하지만 중간중간 향을 훔쳐보는 눈길을 거두지 못했다.

연신 향과 무혁을 번갈아 보던 해루의 입에서 정녕코 궁금한 한 가지가 흘러나왔다.

"공갈 선비님, 대체 뭐 하시는 분이십니까?"

향이 빙그레 웃으며 대답했다.

"또라이."

"네?"

"……라고 네가 말하지 않았느냐?"

향의 말에 해루는 먼 허공으로 시선을 돌렸다.

공갈 선비님, 은근히 뒤끝 있으십니다.

"말씀 좀 해주십시오."

해루의 집요한 물음이 향의 턱밑에 달라붙었다.

초막에 돌아온 이후 내내 같은 물음이었다. 끈질긴 물음에 대한 향의 대답은 내내 하나였다.

침묵. 오직 침묵뿐이다.

"공갈 선비님은 대체 뭐 하시는 분입니까?"

"……."

"그 산적들은 어떻게 쓰러트린 겁니까?"

팔랑거리며 서책 넘어가는 소리가 답을 대신했다. 내내 모르쇠로 일관하는 향의 모습에도 해루는 굴하지 않았다.

"분명 여기로 이상한 물건이 드나드는 걸 보았는데."

호기심을 감추지 못한 해루는 급기야 향의 팔을 더듬기 시작했다.

갑작스러운 접촉에 당황한 듯 향이 목소리를 높였다.

"어허, 어딜 만지는 것이냐?"

"어? 여기 이상한 게 있어요. 이건 뭡니까? 이 딱딱한 거. 설마……."

"어허, 거참. 하지 마라."

"이것이 뭔데 이리 딱딱합니까? 어어? 여길 이리 만지니 갑자기 크기도 커지는 것이……."

"그만 더듬어라. 어허, 어허."

"신기해서 이러는 것이 아닙니까? 어? 이건 또 뭐야?"

"어허, 어허! 간지럽다."

"잠깐만 가만있어보십시오."

"어허, 간지럽대도."

"가만있으라니까요."

"그만해라. 그만해……."

다급하게 목소리를 높이던 향이 문득 행동을 멈췄다. 그리고 대책 없이 달려드는 해루의 머리를 긴 팔을 뻗어 밀쳐냈다.

"왜 그러십니까?"

쉿! 검지를 입술 위에 세운 향이 조용히 문 쪽으로 다가갔다.

그리고 한순간. 벌컥! 문을 열었다.

열린 문 밖에는 묘한 자세의 황 노인이 엉거주춤한 자세로 서 있었다.

"흠흠."

향과 눈이 마주치자 황 노인은 어색한 웃음을 흘렸다.

"여기서 뭐 하는 겁니까?"

"그게……."

차마 방 안에서 흘러나오는 목소리를 훔쳐 듣고 있었노라 말할 수 없음이라.

황 노인은 괜스레 헛기침을 하며 딴청을 피웠다.

그런 노인을 그냥 보아 넘길 향이 아니었다.

"뭐 하느냐 물었습니다."

"그게…… 그것이……."

마땅한 대답을 찾지 못해 연신 변명거리를 생각하는 노인의 시야에 해루가 들어왔다.

순간, 잊고 있던 한 가지가 황 노인의 뇌리로 번개같이 떠올랐다. 사실 이 소식을 전해주러 부랴부랴 초막으로 돌아온 길이 아니던가. 그러다 방 안에서 들려오는 이상야릇한 다툼에 저도 모르게 귀가 솔깃하여 마른침을 삼켜가며 엿듣던 참이었다.

"해루야."

"네?"

"정 판수 말이다."

"우리 아저씨 말입니까? 혹시 아저씨가 어디에 있는지 아십니까?"

"알고 있으니 말을 꺼낸 것이 아니겠느냐?"

"정말요? 어디래요? 우리 아저씨 어디에 있답니까?"

당장에라도 달려 나갈 태세로 해루가 물었다.

들고 있던 지팡이를 한옆에 내려놓으며 황 노인이 말했다.

"관아."

"아, 관아. 관아란 말이죠. 알겠습니다. 내 이 양반을 당장……."

소매를 걷어붙인 채 밖으로 뛰어나가려던 해루는 딱딱하게 굳은 표정으로 황 노인을 돌아보았다.

"우리 아저씨가 어디에 있다고요?"

관아요? 왜 하필 관아랍니까?

해루의 커다란 눈동자가 바람 앞의 촛불처럼 위태롭게 흔들렸다.

"미치겠네."

늦은 밤, 해루는 감았던 눈을 떴다. 멀리서 밤 부엉이 울음소리가 들려왔다. 오늘은 일찌감치 잠자리에 든 공갈 선비 덕에 밤 산책은 면할 수 있었다. 하여, 그간 밀린 잠이나 푹 자려고 했다. 그런데…… 잠을 잘 수가 없었다.

"아, 정말 미치겠다."

결국, 해루는 이불을 박차고 자리에서 일어나 앉았다. 열린 동창 너머로 시선을 옮기는 해루의 입에서 작은 혼잣말이 흘러나왔다.

"아저씨……."

낮에 황 노인에게서 정 판수의 이야기를 들은 이후 내내 마음이 좋지 않았다. 입으로는 뿌린 대로 거둔 것이라며 제법 야멸친 말도 하였지만…… 미운 정도 정이라고, 마음이 편하지 않았다.

어두운 밤하늘을 한참 바라보던 해루는 기어이 자리에서 일어났다.

"정말 내가 아저씨 때문에 못 살겠습니다."

연신 투덜대면서도 해루는 방 밖으로 걸음을 옮겼다. 행여 안채에서 자는 황 노인과 향이 깰까 싶어 조심조심 옮긴 발걸음은 마당을 가로질러 그대로 관아를 향해 달리기 시작했다.

불행은 언제나 삶의 곳곳에 푸른 독니를 품은 채 숨어 있다.

그것을 빤히 알면서도 달려갈 수밖에 없다.

설령 그로 인해 돌부리에 치이고, 가시덤불에 생채기를 입더라도.

살아야 하기에…….

어떻게든 함께 살아가야 하기에…….

밖에서 들려오는 작은 인기척에 향은 눈을 떴다. 새끼 고양이처럼 살금살금 이어지는 발소리가 마당을 가로질러 담장 너머로 사라졌다.

"기어이……."

벽에 등을 기댄 채 앉아 있던 향의 입에서 낮은 중얼거림이 흘러나왔다.

"……가는군요."

향과 간격을 두고 깔린 이부자리에서 황 노인이 맞장구쳤다.

향이 시선을 돌려 황 노인을 응시했다.

"주무시는 줄 알았습니다."

"그러는 분께서는 안 주무시고 뭐 하십니까?"

"원래 잠이 없는 것이 집안 내력……이라고 하지 않으셨습니까?"

자신이 한 말이 있는지라 괜한 헛기침을 흘리던 황 노인은 괜스레 먼 곳을 보며 딴청을 부렸다.

피식, 입가에 미소를 머금은 채 향은 천천히 자리에서 일어섰다. 차분한 손길로 옷매무새를 다듬은 뒤 머리에 갓을 썼다.

느닷없는 외출 준비에 황 노인이 물었다.

"어디 가십니까?"

"별 보러 갑니다."

대답과 함께 향은 그대로 방문을 열고 밖으로 나갔다.

차가운 밤바람이 방 안의 묵은 공기를 밀어냈다. 홀로 남은 황 노인은 시린 어깨를 움츠리며 빠끔히 열린 바라지창 밖을 응시했다.

"별이라고 하셨습니까?"

잔뜩 흐린 하늘에는 금방이라도 비가 쏟아질 듯 먹장구름이 가득했다.

왜 거짓말을 하는 건가?

늦은 밤, 동구비보 관아의 노비들이 사용하는 작은 쪽문 앞에서 실랑이가 한창이었다.

"쉿! 조용히 좀 해라, 이 녀석아. 누가 듣고 오기라도 하면 어쩌려고 이래?"

"아저씨, 한 번만요."

해루는 문을 지키고 있는 박 포졸에게 사정했다. 사람 좋아 보이는 인상의 박 포졸은 연신 경계의 눈빛으로 주위를 살피며 고개를 흔들었다.

"이 녀석아, 안 된다고 몇 번을 말해."

"잠깐 얼굴만 확인할게요. 그러니까 한 번만요. 딱 한 번만 안으로 들여보내주세요."

"안 된다니까! 아무도 안에 들이지 말라는 엄명이다. 게다가 너,

이리 다녀서는 안 된다는 거 알고는 있는 게냐? 너 잡겠다고 사령들이 사방팔방 안 다니는 데가 없어. 이렇게 소란 떨다 다른 사람 눈에 띄기라도 하면 어쩌려고 그래?"

"알고 있어요. 그러니까 얼굴만 확인하고 간다고 하잖아요. 네? 아저씨. 저 우리 아저씨 만나야 해요."

"그 망할 놈을 네가 왜 만나? 그렇게 당하고도 아직 정신 못 차린 것이여? 내가 말했지? 정 판수 그 사기꾼이랑은 일찌감치 연을 끊어야 한다고 말이야."

"……."

"허긴, 네가 무슨 잘못이 있겠어. 그놈이 나쁜 놈이지."

"그렇게 말씀하지 마세요. 아저씨가 실수를 많이 하긴 해도 그렇게 나쁜 사람은 아니에요."

"이그, 이 물색없는 것. 그러니까 번번이 당하는 거 아니냐. 어디, 당하다 뿐이냐? 이제는 너까지 사기꾼으로 엮였잖아."

박 포졸의 지청구에 해루의 표정이 굳었다.

해루는 단호한 눈빛으로 박 포졸을 응시했다.

"전 사기 친 적 없어요."

"그걸 내가 모르냐? 너랑 그 사기꾼은 바탕부터 다르다는 걸 다른 사람은 다 몰라도 나는 알지. 암, 내가 모르면 누가 알겠느냐 말이지. 뭣이냐, 지난가을에 너 아니었으면 우리 곱분이, 꼼짝없이 곱사등이에게 시집갈 뻔하질 않았냐. 그 고약한 매파 늙은이 말에 깜빡 속은 여편네가 눈이 뒤집혀서 딸년이 죽으러 가는지, 살러 가는지도 몰랐을 때 네가 귀띔해 주지 않았으면 어쩔 뻔했냐."

지금 생각해도 등골이 오싹할 일인지라 박 포졸은 저도 모르게 몸을 으스스 떨었다.

해루는 그 순간의 틈새를 놓치지 않았다.

"그러니 그 인연을 생각해서라도 한 번만 제 사정 눈감아주세요."

"마음이야 굴뚝이지. 그래도 안 되는 건 안 되는 것이다."

"아저씨이."

"어째 이리 고집이 쇠심줄이냐?"

"아저씨, 제발요."

"거참."

"이렇게 부탁할게요. 네?"

"안 된다니까."

"아저씨는 그냥 문만 열어두시면 돼요."

"안 되는 걸 알면서 왜 그러냐? 그래도 내가 명색이 관아 문지기인데, 네가 관아 안으로 들어가는 걸 눈 뻔히 뜨고 지켜보란 말이냐?"

"제가 들어갔는지 안 들어갔는지 아저씨는 모르시면 되는 거잖아요. 네?"

"그러니까 그걸 어떻게 모를 수가 있느냐, 이 말이다."

"눈 한번 딱 감으시면 되잖아요. 네?"

"해루야."

"우리 아저씨 한 번만 보게 해주세요. 네? 미운 짓도 많이 하시긴 했지만, 그래도 우리 아저씨, 저한테는 아버지 같은 분이라는 거 아저씨도 잘 알고 계시잖아요."

"……"

"아저씨……."

"아, 나도 이젠 모르겠다."

결국, 손을 든 것은 박 포졸이었다. 해루의 눈에 서린 단단한 고집에 두 손 두 발 다 든 그는 고개를 설레설레 저었다. 아무리 말린 다고 해도 들을 아이가 아니었다. 박 포졸은 슬그머니 한쪽 옆으로 물러섰다.

"나는 모르는 일이다."

"네."

"나는 정말 아무것도 모르는 일이야."

급기야 대문 한쪽 기둥에 비스듬히 기대선 박 포졸은 눈을 감았다. 그의 뒤통수에 대고 해루는 허리를 반으로 접었다.

"고맙습니다, 아저씨."

꾸벅 인사를 한 해루는 관아 안으로 급한 걸음을 옮겼다.

신수점을 봐달라는 관아 포졸들의 청에 매달 초하루면 정 판수와 함께 관아를 드나들곤 했다. 덕분에 관아의 지리라면 손바닥 보듯 훤했다. 해루의 걸음은 곧장 옥사 앞으로 향했다.

워낙에 궁벽한 산골 마을이라, 마을에 사는 사람이 많지 않다 보니 죄인은 더욱 드물었다. 그러기에 관아의 옥사는 일 년 열두 달, 텅텅 빌 때가 더 많았다.

그런 탓일까? 살금살금 도둑고양이 걸음으로 옥사 앞으로 다가 갔건만 다행히 지키는 이는 아무도 없었다. 어두운 그림자에 숨어 잠시 걸음을 멈춘 해루는 낮게 한숨을 내쉬었다.

까만 밤하늘은 금방이라도 비를 쏟을 듯 흐렸다.

오늘은 별도 안 보이네. 잠시 잠깐 향의 얼굴이 뇌리를 스치고 지나갔다.

다행이다. 오늘 밤은 별 보러 가자 하시지 않을 테니까. 공갈 선비께서 찾기 전에 서둘러 아저씨를 만나 보고 돌아가야겠다.

마음이 급해진 해루는 서둘러 옥사 안으로 들어갔다.

눅눅한 볏짚 냄새와 습한 곰팡내가 코끝을 파고들었다. 봄이라
하지만 옥사는 춥고 음습했다. 발밑으로 스며드는 냉랭한 기운에
해루는 자신도 모르게 어깨를 움츠렸다.

그렇게 어두운 옥사 회랑을 얼마나 걸었을까?

텅 빈 옥사 한구석에서 인기척이 느껴졌다.

"아저씨?"

해루는 주춤거리는 걸음으로 문 닫힌 옥사 앞으로 다가갔다. 이
내 벽을 향해 등을 돌리고 있는 검은 그림자가 눈에 들어왔다. 어
두운 구석에 웅크린 작고 초라한 형체. 허리춤에 달린 갈색 세조대
(細條帶)가 눈에 들어왔다. 세조대 끝에 매달린 엉성한 모양의 나
무 장신구. 해루가 어설픈 솜씨로 만들어 정 판수에게 주었던 것이
틀림없었다.

해루의 얼굴에 많은 감정이 떠올랐다.

제일 먼저 떠오른 것은 원망이었다. 위기의 순간, 그렇게 떠나버
린 정 판수에 대한 원망과 미움이었다. 그러나 처연한 그의 뒷모습
이 눈에 각인되자 미움은 금세 연민으로 바뀌었다. 저리 갇혀 있
는 모습을 보니 가슴 한 자락에 찌르르한 통증이 느껴졌다. 그와
함께했던 지난 시간이 해루의 뇌리를 빠르게 스치고 지나갔다.

내가 못 살아.

해루는 정 판수가 갇혀 있는 옥사 앞에 털썩 주저앉았다.

"아저씨."

해루가 불렀음에도 정 판수는 대답이 없었다.

지은 죄가 있으니 입이 열 개라도 할 말이 없겠지.

"대체 왜 그러셨어요?"

내뱉는 목소리에 원망의 찌꺼기가 덕지덕지 달라붙어 있었다.

"그 돈은 다 어쨌어요? 설마, 이번에도 투전판에 다 쓰신 건 아니시죠?"

"……."

"얼마나 남은 거예요?"

"……."

"아저씨, 뭐라고 대답 좀 해보세요."

그러나 정 판수는 내내 묵묵부답이었다. 답답한 마음에 해루는 급기야 제 가슴을 쾅쾅 쳤다.

"아저씨, 설마 그 돈 다 쓴 건 아니시죠? 얼마나 남았어요? 얼마나 남았는지 알아야 저도 방도를 생각할 게 아니에요. 그 돈으로 윤 진사 어르신께 써 준 부적값 치르면 될 거예요. 그러면 어르신께서도 크게 문제 삼지 않으실 거예요. 그러니…… 얼마나 남았는지 말씀해 보세요. 네?"

여전히 대답이 없었다.

"아저씨!"

저도 모르게 음성이 높아졌다. 벌떡, 자리에서 일어난 해루는 옥사 문을 부여잡았다.

"뭐라고 말씀 좀 해보세요. 그렇게 입 다문다고 해서 해결될 문제가 아니잖아요."

마음 같아서는 옥사 안으로 달려 들어가 조가비처럼 꾹 다물고 있는 저 입을 벌리고 싶었다. 그러나 자물쇠로 꼭꼭 잠겨 있는 옥사 문을 어찌 열고……. 어라? 열리네?

어찌 된 일인지 작은 옥사 문이 끼익, 오래된 신음을 흘리며 안으로 열렸다.

단단하게 잠겨 있어야 할 옥사가 열려 있다니. 그러고 보니 옥사를 지키는 사람도 보이지 않았다.

옥사 관리가 이렇게 허술해서야. 아주 도망가라고 고사를 지내는구나.

관아의 허술한 방비에 작게 혀를 차던 해루는 냉큼 옥사 안으로 몸을 들이밀었다. 사정이 어찌 되었든 잘되었다. 그렇지 않아도 갑갑해 미치기 일보 직전이었다.

"아저씨, 정 판수 아저씨."

해루는 돌아앉아 있는 정 판수의 등 뒤로 다가갔다.

당장에라도 등을 잡아 돌려 앉히려는 순간. 내내 침묵하고 있던 정 판수가 돌연 자리에서 일어섰다. 그런데…….

"아저씨?"

일어선 정 판수의 덩치와 키가 알고 있던 것보다 컸다.

이상하다. 우리 아저씨 덩치가 저리 좋았던가? 아니면 헤어져 있던 며칠 사이 살이 붙은 건가? 의아한 생각에 해루가 고개를 갸웃할 때였다. 천천히 돌아서는 정 판수의 얼굴이 해루의 눈에 들어왔다.

"아!"

해루의 입에서 마른 비명이 새어 나왔다.

"당신은 누구……?"

그러나 비명이 허공에 채 번지기 전에, 해루의 머리 위로 검은 천이 내려앉았다. 동시에 목덜미에서 둔탁한 힘이 느껴졌다.

대체 왜……?

무슨 일이 일어나는지 알아차리기도 전에 해루는 까무룩 의식을 잃고 말았다.

"해루야, 해루야."

누군가 부르는 소리에 해루는 감고 있던 눈을 떴다.

물먹은 솜처럼 몸이 무거웠다. 조금만 더 자고 싶었지만, 부르는 소리가 워낙 간절해 일어나지 않을 수 없었다.

"음."

짧은 신음과 함께 깨어난 해루는 잠시 멍한 표정으로 눈을 껌뻑였다. 사방이 온통 캄캄한 어둠이었다. 아무리 눈을 비벼도 보이는 건 아무것도 없었다.

"해루야, 해루야. 정신이 드느냐?"

그때, 또다시 다급하게 부르는 목소리가 들려왔다. 이 목소리는…….

"아저씨? 정 판수 아저씨예요?"

"그래, 나다. 아이고, 이놈아. 이제야 정신을 차렸구나."

해루의 입가에 반가운 미소가 걸렸다.

"아저씨! 아저씨! 어디 있어요?"

"이쪽이다, 이쪽!"

해루는 당장에라도 정 판수의 목소리가 들려오는 곳으로 가려고 했다. 그러나 꼼짝도 할 수 없었다.

"이게 어떻게 된 거지?"

그제야 자신이 의자에 꽁꽁 묶여 있다는 사실을 알 수 있었다.

순간, 등골이 서늘해졌다.

흐릿했던 기억이 하나둘 선명하게 떠올랐다.

정 판수 아저씨를 만나러 관아의 옥사를 찾아갔다. 그러나 그곳에 갇혀 있던 사람은 아저씨가 아니었다. 그 사실을 깨닫는 순간 느닷없이 뒤통수에 통증이 느껴졌다. 옥사에서 누군가 자신의 뒤통수를 때려 기절시킨 것이다.

대체 왜? 누가?

"아저씨, 여긴 어디예요? 옥사인가요? 왜 제가 의자에 묶여 있는 거죠?"

"여긴 옥사가 아니다."

기다렸다는 듯 대답이 들려왔다. 해루는 대답이 들려온 곳으로 고개를 돌렸다.

이 목소리는 정 판수의 것이 아니었다. 정 판수의 것보다 나직하고 거만한 음성.

곧이어 삐걱거리는 나무문 소리와 함께 빛줄기가 어둠을 밝혔다. 횃불을 앞세운 한 무리의 사람이 안으로 들어왔다.

"내가 누군지 아느냐?"

갑작스러운 불빛에 눈이 부신 해루는 눈가를 가늘게 여몄다.

잠시 시간이 흐른 후, 빛에 익숙해진 눈동자에 낯설지 않은 얼굴 하나가 들어왔다.

"윤 진사 어르신."

해루의 입에서 신음처럼 낮은 중얼거림이 흘러나왔다.

깊은 잠에 빠져 있던 동구비보 관아가 소란스러웠다.

"그게 무슨 소리냐?"

관아에서 숙직하던 형방은 빠른 걸음으로 관아 마당으로 들어섰다. 눈곱도 제대로 떼지 못한 얼굴에 짜증이 가득했다. 그의 뒤를 종종걸음 치던 박 포졸이 급한 어조로 답했다.

"조정에서 내려온 사람이라고 하던데."

"하던데?"

습관처럼 말을 놓는 박 포졸을 형방이 사나운 눈으로 흘겨보았다.

어린 시절부터 형님, 아우 하며 친근하게 지내던 사이인지라, 저도 모르게 반말을 하던 박 포졸은 형방의 눈빛에 찔끔 놀라 재빨리 뒷말을 붙였다.

"……하던데요."

움츠러드는 박 포졸의 모습에 형방이 흡족한 표정을 지었다.

그러나 그것도 잠시뿐. 그는 다시 짜증 난 얼굴로 박 포졸을 응시했다.

"조정에서 나온 관리가 이 궁벽한 시골엔 뭐하러 온 거야?"

"무슨 볼일인지는 말해 주지 않았습니다요."

"관리들은 지금 어디에 있나?"

"곧장 옥사로 향했습죠."

"옥사? 관아를 방문했으면 당연히 관리하는 아전부터 찾아와야지 어째서 곧장 옥사로 향한단 말이냐? 그래서 그렇게 하도록 가만 내버려뒀어?"

"그럼 어떡합니까요? 조정에서 오셨다고 하는데."

"이런 등신."

기어이 형방의 입에서 못된 말이 튀어나왔다.

"네놈의 머리통은 어깨 위에 올려놓은 장신구인 거야? 살면서 절차라는 말은 들어본 적 없는 거야? 높은 곳에서 왔다 하면 관아를 제멋대로 활보해도 된단 말이더냐? 아무짝에도 쓸모없는 늙은

이 같으니라고."

씹어뱉듯 말을 내뱉은 형방은 빠른 걸음으로 옥사로 향했다.

잠시 후. 옥사 앞에 다다른 형방은 절차를 잊어버린 박 포졸의 심정을 조금 이해할 수 있었다.

조정에서 나왔다는 관리는 평범한 자가 아니었다. 형방도 덩치가 작지 않았지만, 그 사람은 그보다 머리통 하나만큼 더 컸다. 그러나 그보다 더 형방을 놀라게 한 것은 사내의 정체였다.

"다, 당신은……."

눈에 익은 자였다.

새벽녘, 산적 패거리를 잡아 온 사내. 여섯이나 되는 산적들을 굴비 엮듯 줄에 묶어 관아까지 질질 끌고 와서 여러 사람을 깜짝 놀라게 한 장본인.

사실, 눈앞의 사내가 새벽에 끌고 온 산적들은 해루를 잡기 위해 고용한 왈짜패였다. 그러니 관아로 산적들을 끌고 온 저승사자 같은 사내가 반가울 리 없었다. 누구냐고 묻는 형방의 퉁명스러운 질문에 사내는 자신의 신분패를 보여줬더랬다.

종삼품의 대호군.

시골 아전의 머리로는 감히 가늠하기 어려운 직책을 가진 사내는 다름 아닌 무혁이었다.

무혁이 잡아 온 왈짜패로 인해 관아에 한바탕 소동이 일었다. 가장 문제가 되는 것은 왈짜패의 처리였다. 사또께서 오실 때까지 관아 옥사에 잡아두어야 한다는 다른 아전들을 어르고 달랜 것이 얼마 되지도 않았건만, 또 무슨 연유로 관아를 찾은 것일까?

무혁을 바라보는 형방의 눈에 껄끄러움이 가득했다. 그러나 차마 내색할 수 없음이라. 형방은 서둘러 머리를 조아렸다.

"귀한 분께서 누추한 곳에는 또 무슨 일이십니까?"

"물어볼 말이 있다."

무혁이 입을 열었다. 짓누르는 듯한 음성에 형방의 고개가 더욱 낮아졌다.

"하문만 하십시오."

죽으라면 죽는시늉이라도 할 것처럼 구는 형방의 머리 위로 또 다른 그림자가 다가왔다. 옥사엔 무혁 한 사람만 있는 것이 아니었다.

"이곳에 갇혀 있다고 들은 죄인이 보이지 않는군."

낯선 음성에 형방이 고개를 반짝 들었다. 이내 그의 눈에 산 사람의 것 같지 않은 얼굴 하나가 들어왔다.

마치 태어날 때부터 고귀한 신분을 금테처럼 두른 듯한 사람이 싱긋 웃는 얼굴로 그를 내려다보았다.

"어느 죄인을 찾으시는지요?"

형방이 조심스럽게 물었다.

"정 판수라고 하던데, 아느냐?"

"저, 정 판수 말입니까?"

형방은 당황하여 잠시 말을 더듬었다.

설마, 조정에서 나왔다는 관리가 그 사기꾼을 찾을 줄이야.

그 순간의 표정 변화를 놓치지 않은 사내가 형방의 얼굴 가까이로 바싹 다가왔다.

"보아하니 아는 눈치로구나."

"알고는 있습니다. 하온데……."

"헌데?"

형방은 작은 눈동자를 바쁘게 좌우로 굴렸다. 조정에서 왔다는 관리가 어째서 정 판수를 찾는지 연유를 알 수 없었다. 그러나 이유가 무엇이건 간에 몰래 빼돌린 사실을 알게 되면 골치 아픈 일이 생길 건 자명한 일.

"아무래도 한발 늦으신 것 같습니다."

"한발 늦어?"

"정 판수 그 사기꾼이라면…… 저녁에 함경도 감영으로 압송했습니다요."

"함경도 감영?"

형방의 대답에 향이 곤란한 표정을 지었다.

"이런. 참으로 먼 곳으로 떠났군. 예서 그곳까지 가려면 적지 않은 시간이 걸리겠지?"

"말해 무엇합니까? 멀지요. 예서 말을 타고 달려도 반나절은 족히 걸릴 것입니다요. 조금만 일찍 오지 그러셨습니까? 그런데 무슨 일로 그 사기꾼을 찾으시는지……?"

"그럴 일이 있네."

아쉬운 듯 손을 내저으며 고개를 돌리던 향이 문득 잊은 듯 다시 형방을 돌아보았다.

"헌데 말일세."

웃고 있던 향의 얼굴에서 돌연 표정이 지워졌다. 안개처럼 드리운 웃음이 사라지자 차고 섬뜩한 표정이 드러났다.

향과 눈을 마주하는 순간, 형방은 심장이 오그라드는 듯했다.

압도. 그야말로 눈빛만으로 사람을 압도한다는 뜻이 무엇인지 생생히 알 수 있는 눈빛이었다.

형방의 다리가 저도 모르게 떨렸다. 고작 사람의 눈을 본 것뿐인데 왜 이렇게 두려운 마음이 드는 것인지 모르겠다. 영문 모를 두려움에 휩싸인 채 형방은 마른침을 꼴깍 삼켰다.

"왜, 왜 그러십니까?"

"다른 게 아니고……."

마치 비밀 이야기라도 하는 듯 성큼 형방에게 다가간 향이 속삭이는 목소리로 말했다.

"자네, 왜 거짓말을 하는 건가?"

저 아이의 주인, 바로 나야

노란 불티가 허공으로 날아올랐다.

일렁이는 불꽃이 무쇠솥을 달구었다.

기름진 향내가 마당에 진동했다.

노릇하게 음식이 익어가는 소리, 마당을 오가는 분주한 걸음들……

왁자한 잔치의 소란이 아침을 시작했다.

여느 때라면 여전히 이부자리 속에서 꼼지락거릴 시간이었건만 어느새 이불을 박차고 나온 나는 마당 한가운데 걸어놓은 무쇠솥 근처를 기웃거렸다.

행여 다칠세라 저리 가라는 행랑어멈의 손짓에도 꿈쩍하지 않았다.

등에 내려앉는 돋을볕이 제법 따스한 이 날은 내게 특별한 날이었다.

사방이 파릇한 기운으로 들어찬 이 날은…… 행복에 겨워 마냥 날개 웃음 지을 수밖에 없는 이 봄날은 8년 전, 내가 생을 시작한 날이었다.

그 어떤 불행도 감히 끼어들 수 없는 그런 봄.

장하게 태어났으니 축복받아 마땅한 생일 아침.

나는 해사한 봄날의 한복판에 서 있었다.

어머니가 지어주신 치마와 저고리를 맵시 있게 차려입고 간밤에 아버지께서 사다 주신 고운 신발 신고 자박자박 마당을 가로질러 뒤뜰로 이어지는 작은 돌다리를 건넜다. 겨우내 꽝꽝 얼어 있었던 연못물은 어느새 깊은 물웅덩이를 보여주었다. 길게 목을 빼 연못물을 내려다보고 있노라니 붉은 다홍치마에 노란 저고리 입은 나의 모습이 어리비쳤다.

면경처럼 맑은 물 위로 흐릿한 파문이 일었다.

바람이라도 불었을까?

그게 아니라면 연못 아래에 숨어 있던 백리(白鯉)가 빠끔 먼지라도 삼킨 걸까?

홀린 듯 그 모습을 바라보는 나의 눈에 순간 호기심이 어렸다.

잠시 숨을 멈추고 뚫어지게 연못물을 응시했다.

이제 곧 저 파문 너머로 운명이 내게만 허락한 특별한 비밀이 보이리라.

아니나 다를까.

연못에 비친 내 그림자가 그런 나를 향해 미소를 보였다.

그리고 그 위로 덧칠해지는 잔영들.

운명이 내 귓가에 속삭였다.

쉿!

비밀이야, 비밀.

그 꿈 탓이다.

그 꿈을 꾼 다음엔 어김없이 불행한 일이 생기곤 했다.

이번에도 그랬다.

정체 모를 자들에게 당해 기절하여 이곳으로 끌려왔을 때. 정 판수 아저씨의 간절한 부름에 간신히 눈을 뜨기 직전, 그 꿈을 꾸었더랬다.

10년 전의 꿈. 그 서늘하고 섬뜩했던 꿈을 꾸었다.

이번에는 또 무슨 불행한 일이 생기려나?

해루는 불안한 시선으로 윤 진사를 올려다 보았다.

윤 진사가 수염을 쓸어내리며 웃음을 보였다.

"이제야 너를 만나는구나."

"어르신께서 여긴 왜……?"

"왜긴 왜겠느냐. 여기가 내 집이니 내가 있는 것이 당연한 일 아니겠느냐."

"그럼…… 저를 잡아 오라 시키신 분이 어르신입니까?"

"그래."

윤 진사는 순순히 고개를 끄덕였다. 증명이라도 하는 듯 윤 진사의 등 뒤에 병풍처럼 서 있던 여러 사내 중 한 사람이 앞으로 나섰다. 사내의 허리에는 갈색의 세조대가 매여 있었다.

해루가 정 판수에게 선물한 세조대. 옥사에서 엉뚱한 사람을 정 판수로 오해하게 만든 그 물건이었다.

"내가 널 만나길 얼마나 학수고대했는지 모를 것이다."

윤 진사는 만족한 표정으로 연신 고개를 끄덕였다. 해루를 보는 눈길이 꼭 진귀한 보물을 손에 넣은 사람처럼 잔뜩 들떠 있었다.

반대로 해루는 머릿속이 캄캄했다. 그 부적이 끝내 사달을 일으킨 것이리라. 그렇지 않고서야 윤 진사가 이리 사람을 풀어 자신과 정 판수를 잡아 올 리 없었다. 아무래도 엉터리 부적을 받고 화가 난 윤 진사가 정 판수로도 부족해 자신까지 잡아다 죄를 물으려는 생각인 모양이다. 이럴 때는 무조건 죄를 인정하고 비는 것이 상책이었다. 해루는 서둘러 고개를 조아렸다.

"어르신, 용서하십시오. 우리 아저씨가 절대 사기를 치려고 그런 부적을 쓴 것이 아닙니다."

"그래? 허나 나는 효험이 있다는 말에 속아 그 엉터리 부적을 백 냥이나 주고 샀다. 설마, 모르는 일이라고 잡아뗄 생각은 아니겠지?"

"물론 알고 있습니다."

구경조차 못 한 돈이었지만 그래도 받은 건 받은 거다.

수긍하는 해루를 보며 윤 진사는 입아귀를 뒤틀었다.

"알고 있다니 이야기가 쉽겠구나."

"부적값으로 받은 돈은 곧 돌려드리겠습니다."

"돌려주겠다? 사기꾼의 말을 내 어찌 믿는단 말이냐?"

"아저씨가 아니라 절 믿으십시오. 그 돈은 제가 틀림없이 갚을 것입니다."

"널 믿으라고? 너 또한 사기꾼과 한통속이 아니더냐?"

"비록 사정이 있어 정 판수 아저씨와 함께 지내고 있습니다만,

아저씨와 달리 지금까지 전 단 한 번도 누구를 속인 적이 없습니다. 약조를 한 일이면 하늘이 무너지는 한이 있어도 반드시 지켰습니다. 이번에도 그럴 것입니다. 그러니 절 믿고 저와 아저씨를 풀어주십시오."

"제법 말은 번드르르하구나. 허나……."

윤 진사가 갈라진 음성으로 무언가 말을 덧붙이려 할 때였다. 어둠 저편에서 정 판수가 억울한 듯 소리쳤다.

"갚을 필요 없다!"

"아저씨, 무슨 말이에요?"

"그 돈은 이미 돌려주었단 말이다."

정 판수의 말에 해루는 눈을 휘둥그렇게 떴다.

"돈을 갚았다고요?"

"사령들이 집으로 쳐들어온 그날, 곧장 이곳으로 달려와 돈을 돌려주었다. 그러니 갚을 돈은 한 푼도 없어."

해루가 윤 진사를 돌아봤다.

"사실입니까?"

이번에도 윤 진사는 순순히 고개를 끄덕였다.

"그런 일이 있었던 것 같기도 하구나."

그의 수긍에 해루는 어이없는 표정을 지었다.

"돈을 돌려주었는데, 어찌하여 아저씨를 잡아두셨습니까? 또 어찌하여 절 잡으신 겁니까?"

"네가 아직 어려 하나는 알고 둘은 모르는구나."

"무슨 말씀입니까?"

"나는 아직 내가 받은 피해를 제대로 보상받지 못했다."

"분명 돈을 돌려받으셨다 하지 않으셨습니까?"

"그랬지. 부적값은 분명 돌려받았다."

"그럼 된 것 아닙니까?"

"쯧쯧. 아둔한 것. 어리석기 짝이 없구나. 너의 계산은 틀렸다."

"어떤 계산이 틀렸단 말입니까?"

"부적값은 분명 돌려받았다. 하지만 부적 때문에 생긴 피해는 조금도 보상을 받지 못했다. 그러니 아직 돌려받을 게 남지 않았느냐?"

"부적 때문에 생긴 피해라니요?"

"저 방자한 놈의 부적을 철석같이 믿었건만. 결국, 내 아들놈은 과거에 낙방하고 말았지. 만약 부적에 효험이 있었다면 아들 녀석은 틀림없이 장원급제했을 터, 잘못된 부적 때문에 우리 집안이 세인의 조롱거리가 되었다. 게다가 과거를 위해 내 아들이 보낸 세월은 어찌 보상할 것이냐?"

"……."

억지 쓰지 마십시오!

말이 목구멍까지 차올랐다.

하지만 상대는 양반. 감히 속내를 보이며 불만을 토로할 수는 없었다. 애써 화를 억누르며 해루는 차분하게 입을 열었다.

"이런 말씀드리긴 송구합니다만……."

"해보아라."

"소인 이해가 되지 않습니다. 과거처럼 중대한 시험을 앞두신 분께서 부적만으로 일을 해결하려 하셨다니, 말이 안 됩니다."

"말이 안 된다?"

"네. 진사 어르신께서도 아시다시피 본디 부적이란 불안한 마음을 달래는 용도로 쓰이는 물건일 뿐입니다. 과거에 급제하기 위해서는 응당 그에 필요한 공부를 해야지, 무턱대고 부적만 믿고 있어서는 아니 되는 것 아닙니까?"

"그래서 네가 하려는 말이 무엇이냐?"

"불합리합니다."

"불합리?"

"네. 과거에 낙방한 것을 온전히 부적 탓으로만 돌리니, 이처럼 불합리한 일이 또 어디에 있겠습니까?"

"말은 제법 그럴듯하구나. 허나 내게 부적을 판 저자의 말은 달랐다. 부적만 있으면 원하는 것은 모두 성취할 수 있다 하였지. 난 저자의 말을 믿었다. 헌데, 일이 이렇게 되었으니 그로 인해 벌어진 손해는 응당 너와 저 어리석은 판수 녀석이 모두 갚아야 하지 않겠느냐?"

윤 진사의 말도 안 되는 억지에 해루는 말문이 막혀버렸다.

억지도 이런 억지가 없었다. 더러 미신을 맹신하는 사람이 있긴 했다. 무당의 말에 제 목숨을 걸고, 굿 한판으로 인생이 달라질 거라 믿는 어리석은 자들도 있었다. 하지만 윤 진사는 절대 그런 사람이 아니었다. 흘끔흘끔 해루를 보는 눈길에 간교한 빛이 가득했다.

해루의 눈이 가늘어졌다.

윤 진사의 눈빛. 그의 입가에 서린 저 비틀린 웃음. 함정에 빠졌다는 생각을 지울 수 없었다.

"그럼 어떻게 해야 어르신께서 반으신 손해를 갚을 수 있겠습니까?"

사정이야 어떻듯 지금 칼자루를 쥔 쪽은 저쪽이었다.

사로잡혀 있는 몸. 지금 당장은 이 상황에서 벗어나는 것만 생각해야 했다.

윤 진사가 허공으로 손을 들어 올렸다. 기다렸다는 듯 수하가 해루의 앞에 문서 하나를 펼쳐 보였다.

"뭡니까?"

"수인해라. 허면 네 아저씨의 빚은 없는 것으로 해주마."

"이건 무슨 문서입니까?"

"일평생 나를 위해 일하겠다는 문서다."

"그렇다면 이건……!"

빙빙 둘러 말하지만 결국 스스로 노비가 되는 문서에 수인하라는 뜻이었다. 불끈 화가 치솟은 해루는 눈매를 매섭게 치떴다.

이 사람들이! 어쩌자고 보는 사람마다 나를 잡아두지 못해 안달인 건지.

"수인 못 하겠습니다. 아니, 안 합니다."

"못 하겠다?"

"안 그래도 제대로 확인 안 하고 수인한 탓에 요즘 고생이 이만 저만이 아니라서요. 제 목에 칼이 들어와도 안 합니다. 애초에 제가 진 빚도 아니지 않습니까? 이 문서에 수인하는 것이라면 제가 아니라 정 판수 아저씨가 하는 게 옳을 듯합니다."

발끈하는 해루를 보며 윤 진사는 자리를 털고 일어섰다.

"과연 듣던 대로 제법 성깔이 있는 녀석이로구나."

그는 고개를 돌려 등 뒤를 지키는 수하들을 돌아보았다.

"시작해라."

창백해진 해루가 떨리는 목소리로 말했다.

"뭘 시작하라는 겁니까?"

갑자기 타는 듯한 갈증이 목을 짓눌러 왔다.

불길했다. 그리고 불안했다.

성큼성큼 어딘가로 걸어가는 사내들의 전신에서 위험한 기운이 들불처럼 일어났다.

무슨 일이지? 대체 지금 무슨 일이 벌어지려 하는 거야?

잠시 후, 윤 진사의 수하들은 어둠 저편에서 누군가를 끌고 왔다.

정 판수였다. 오랜만에 만난 그와 제대로 눈도 맞추지 못했건만 사내들은 정 판수를 해루의 맞은편 의자에 묶었다. 이때만 해도 해루는 영문을 알 수 없어 그저 고개만 갸웃거렸다.

무얼 하려고 저러는 것일까? 궁금증은 금세 해결되었다.

정 판수를 의자에 묶은 사내들이 물에 불린 몽둥이를 들고 왔다.

"으흑! 해, 해루야!"

몽둥이를 본 정 판수는 덫에 걸린 쥐처럼 파르르 몸을 떨었다.

"나, 나 좀 살려다오."

해루는 한숨을 쉬었다.

저 겁쟁이. 물론 두려운 상황인 건 인정한다.

그러나…… 이건 너무 빠르잖아요.

"해루야, 저 몽둥이 안 보이냐? 저걸로 맞았다간 내 명에 살지 못할 게야. 그러니까 해루야……."

"그래서요? 저더러 저 문서에 수인이라도 하란 건가요? 평생 노예로 살란 말입니까?"

"해루야."

"애초에 아저씨가 벌인 일이잖아요. 그러니 수습도 아저씨가 하셔야죠. 제가 언제까지 아저씨 뒤치다꺼리를 해야 합니까? 제게 미안하지도 않으세요?"

"안다. 네 마음 다 안다. 그래도 이번 한 번만……."

"후회돼요. 그때 아저씨께서 주신 걸 받아먹는 게 아니었어요. 그냥 거지로 살걸. 그랬다면 이렇게 고생하며 살지는 않았을 것 같아요."

"해루야."

"그래요! 제 이름 해루가 맞습니다! 알고 있으니 그만 불러요!"

악다구니 치듯 소리치는 해루의 눈가에 눈물이 흘러내렸다.

억울하고 분했다. 안 되는 놈은 앞으로 넘어져도 뒤통수가 깨진다더니. 자신이 꼭 그 짝이었다.

정 판수를 만나 참으로 많은 일을 겪었다. 그가 저지른 일을 수습한 것도 여러 번. 참아내기 힘든 나날이었다. 그런데 그놈의 정이 뭐라고……. 인연 끊고 안 보면 그만인 것을, 매번 당하면서도 매번 그 뒷감당을 하곤 했다. 이번에도 마찬가지였다. 아무리 정 판수의 행동이 괘씸하다 해도 이대로 매질을 당하게 놔둘 수는 없었다.

평소엔 심드렁해도 날이 추워지면 어디에서 허름할망정 옷가지를 구해다 던져 주던 사람이었다. 정작 본인은 제대로 된 겨울옷 하나 없으면서 해루의 옷은 이것저것 잘도 주워 날랐다.

굶기를 밥 먹듯 하여 뼈만 앙상하게 남은 정 판수의 모습이 해루의 두 눈에 오롯하게 맺혔다. 찬 바람만 불어도 마른기침을 달고 살았는데, 저런 몸에 몽둥이질을 당한다면 며칠 앓는 것으로 끝나지 않으리라. 굵은 눈물을 턱 끝으로 뚝뚝 흘리던 해루는 윤 진사를 노려보았다.

해루와 시선을 마주하자 윤 진사는 느긋한 미소를 지었다.

"왜 그리 쳐다보느냐?"

"……하겠습니다."

"뭐라고? 목소리가 작아 제대로 들리지 않는구나."

"……하겠다 했습니다."

"뭘 하겠단 말이냐?"

"수인 말입니다. 그 망할 놈의 수인, 해드리겠단 말입니다."

원하던 대답을 듣자 윤 진사의 입에서 웃음소리가 터져 나왔다.

"진작 그럴 것이지. 제법 버티긴 했다만 너도 결국은 어쩔 수 없구나."

비정하디비정한 세상. 이런 세상을 살아가려면 남들보다 냉혹하고 이기적이 되어야 한다. 정이니 인간의 도리니 하는 것을 따르다 보면 일평생 남에게 밟히고 이용당하다 세상을 떠나겠지.

하지만 이건 어디까지나 패자의 삶이다. 승자가 된다면 밟힐 필요도, 이용당할 이유도 없었다.

윤 진사는 승자의 시선으로 해루를 응시했다.

특별한 재주를 가진 아이지만 인정(人情)의 벽을 넘지 못하였다. 결국엔 남에게 이용당할 운명이란 말이다. 어차피 그리될 운명이라면…….

"수인하거라. 내 장담하지만, 대우가 그리 박하지는 않을 것이다."

해루는 원한 서린 눈으로 윤 진사를 쏘아보았다. 그리고 윤 진사의 수하가 가져온 먹을 손바닥에 묻히고 문서에 수인했다. 아니, 수인하려 하였다. 불현듯 떠오른 기이한 생각만 아니라면 그대로 수인했을 것이다.

"잠깐만."

"그깟 수인 하나 하는데 뭘 그리 망설이는 게냐? 하거라. 눈 한 번 딱 감으면 끝날 일이야."

윤 진사의 재촉에도 해루는 좀처럼 문서에 수인하지 않았다. 대신 고개를 들어 윤 진사와 시선을 마주했다.

"이상합니다."

"뭐가 말이냐?"

"돈이라면 길바닥에 널린 돌멩이처럼 많은 집안이라고 들었습니다. 아닙니까?"

"그런데?"

윤 진사가 턱수염을 쓸어내리며 물었다.

"처음에는 우리 아저씨에게 당한 것이 화가 나서 이런 것으로 생각했습니다. 그런데 아무리 생각해도 그러기엔 너무 번잡하다 생각될 정도로 손을 쓰셨습니다. 마치……."

"마치?"

"일부러 우리를 잡으려고 덫을 놓은 것 같단 말이지요."

해루의 말에 윤 진사의 입아귀가 비틀어졌다.

"제법 영리한 녀석이구나."

"맞습니까?"

"절반은 맞고 절반은 틀렸다."

"그게 무슨 말씀입니까?"

"덫을 놓은 것은 맞다. 그러나 내가 잡으려던 것은 저 쓸모없는 늙은이가 아니라 바로 너다."

"……!"

해루의 표정이 딱딱하게 굳었다.

"어째서……입니까?"

어째서 절 잡으려 한 겁니까?

윤 진사가 뱀의 그것처럼 눈빛을 번뜩이며 대답했다.

"너에겐 남과 다른 재주가 있지 않느냐? 내겐 너의 그 특별한 재주가 필요하구나."

짧은 침묵이 흘렀다. 무겁게 내려앉은 정적을 깨며 해루가 말했다.

"전…… 특별하지 않습니다."

하지만 윤 진사는 모든 걸 알고 있다는 듯 고개를 저었다.

"저자……"

윤 진사는 정 판수를 손가락질하며 말을 이었다.

"간덩이만큼이나 주둥이도 가벼운 자더군. 술에 취하니 말하지 말아야 할 비밀까지 술술 잘도 불더구나."

"아!"

해루의 입에서 한숨 같은 탄식이 흘러나왔다.

무덤까지 간직하고 싶었던 끔찍한 비밀이었다. 아프고 고통스러운 기억이었다. 그런 비밀이 정 판수를 통해 새어 나가고 만 것이다.

정 판수가 원망스러웠다. 또한, 가여웠다.

이 모든 사달의 근원. 알고 보니 정 판수가 아니라 해루, 자신이었다.

"이제 상황이 이해되느냐?"

"……"

"그러니 이제 순순히 수인해라. 그러지 않으면 저자는 네 눈앞에서 죽을지도 모른다."

말하는 윤 진사의 목소리에 음습한 독기가 들어찼다.

언제나 이랬다. 미천한 놈들은 언제나 말로 해선 들어먹질 않았다.

이럴 때 필요한 것이 바로 교육이다. 약한 자가 강한 자를 대할 때의 바른 법도를 가르치고, 불합리한 도리를 당연하게 받아들이게 하는 교육.

"안 됩니다. 절대로……."

해루는 체머리를 흔들었다.

해루에게서 시선을 떼지 않은 채 윤 진사가 소리쳤다.

"쳐라!"

기다렸다는 듯 사내들이 방망이를 휘둘렀다.

"으억! 어이쿠! 아이고! 사람 죽네."

사나운 매질에 정 판수의 입에서 연신 비명이 터져 나왔다.

"아저씨! 아저씨!"

놀란 해루는 자리에서 일어나려 했다. 그러나 묶여 있는 터라 몸을 움직일 수 없었다.

"하지 마십시오. 그러다 정말 죽을지도 모릅니다. 그건 엄연한 살인입니다. 그런 짓을 하고도 멀쩡할 성싶습니까?"

"감히 미천한 것이 하늘 같은 양반에게 사기를 쳤으니 죽어도 싸지."

"이 나라엔 엄연한 국법이 있습니다. 판결을 받게 해주십시오. 맞아 죽더라도 사또께서 내리시는 판결을 받고 죽게 해주십시오."

"그래. 그리 원하면 그 판결이라는 것을 받게 해주마. 단, 내 울화가 풀린 후에 말이다."

"말도 안 됩니다!"

해루는 충혈된 눈으로 붉게 물들어가는 정 판수를 보았다.

이건 잘못되었다.

날 얻기 위해…… 내 저주받은 능력을 취하기 위해 아저씨를 괴롭히다니. 함정을 파고 사람을 구석까지 몰아 협박하다니.

"네가 보기엔 부당한 일처럼 느껴질지도 모르지. 허나 이것이 진실이고, 또한 이것이 세상의 이치다. 분수라는 말이 왜 있는지 아느냐? 그 분수를 지키지 못하면 바로 이렇게 되기 때문이다."

윤 진사의 담담한 훈계가 귓속을 파고들었다.

해루는 주먹을 불끈 쥐었다.

억울하고, 분하고, 원통했지만 차마 반박할 수가 없었다. 윤 진사의 말이 옳았다.

철저히 힘의 논리로 움직이는 세상. 불합리하고 부당한 처사 또한 세상의 이치였다. 그런 세상에서 공평과 공정함을 바라는 것 자체가 어불성설, 잘못된 것인지도 모른다. 해루는 아랫입술을 거칠게 깨물었다.

지켜보던 윤 진사가 느긋한 얼굴로 손을 들었다. 매질이 멈췄다.

"어떠냐? 이제 생각이 좀 바뀌었느냐?"

윤 진사가 물었다. 그는 지금의 상황을 즐기는 중이었다. 또한, 목적을 이루기 위해선 무슨 짓이라도 저지를 생각이었다.

"아직 생각이 많은 모양이로구나."

"……."

"아무래도 이 정도로는 네 생각을 바꾸기 어렵겠지. 허면, 이리하면 네 마음이 돌아서겠느냐?"

"무얼…… 하려는 겁니까?"

불안한 마음에 해루의 음성이 떨렸다.

문득 윤 진사의 얼굴에 잔인한 웃음이 걸렸다.

"일단 저 방자한 무지렁이의 팔을 잘라내려 한다."

"설마 그런 짓까지……."

"선택하거라. 오른쪽이 좋으냐, 왼쪽이 좋으냐? 아니군. 세 치 혀로 감히 양반을 희롱하였으니 혀부터 뽑아버리는 게 좋겠구나. 선택해라. 혀냐? 팔이냐?"

선택을 종용하는 윤 진사의 물음에 해루는 답을 할 수가 없었다.

숨이 턱 막혀버렸다. 눈앞에 있는 자가 더는 사람처럼 보이지 않았다.

어찌해야 하지? 이 미친 짐승의 손아귀에서 어떻게 해야 빠져나갈 수 있을까?

해루의 눈동자가 불안하게 흔들렸다.

바로 그때였다.

"좋지 않은 방법이다. 허나 팔을 뽑으면 출혈이 심해서 오래 버티지 못하지. 그럼 재미를 보기도 전에 죽고 말 것이다."

윤 진사가 고개를 끄덕였다. 듣고 보니 일리 있는 말이었다. 정 판수는 해루를 협박할 소중한 인질이었다. 그렇다면 단박에 숨통을 끊어놓는 것보다 좀 더 천천히 즐기는 것도 나쁘지 않겠지.

먹잇감을 앞에 둔 굶주린 날짐승처럼 윤 진사는 입맛을 다셨다.

"그럼 어디부터 하면 좋겠느냐?"

"모름지기 고문의 시작은 손톱이지. 고통은 크고 출혈은 적으니, 고문을 하는 자도 그리고 받는 자도 부담이 적거든."

"그것도 나쁘지 않겠구나."

"손톱 다음엔 발톱. 그다음엔 주리를 트는 거다. 물론, 후유증은 있겠지. 그러나 불구가 될지언정 죽을 가능성은 적거든."

"과연, 과연 그렇구나."

감탄하며 맞장구치던 윤 진사는 묘한 느낌에 고개를 돌렸다.

박학다식하게 고문의 방식을 읊는 이 음성. 처음엔 해루라 생각했지만, 아니었다. 해루의 것보다 훨씬 더 굵은…… 듣기 좋은 중저음의 목소리.

어느 놈이 감히 끼어들었단 말인가?

"누구냐?"

고개를 돌리는 윤 진사의 눈에 낯선 자의 모습이 들어왔다. 어느 틈엔가, 어두운 밀실 안에 청하지 않은 불청객이 들어와 있었던 것이다.

턱을 괸 채 무어 재미난 구경이라도 하는 듯 윤 진사를 응시하던 불청객은 저벅저벅 해루의 곁으로 다가갔다. 너무나 태연스러워 원래부터 이 자리에 있던 동료가 아닌가 착각할 지경이었다.

윤 진사의 미간에 깊은 고랑이 새겨졌다. 그런 윤 진사의 모습에는 아랑곳하지 않은 채 불청객은 해루를 보며 혀를 찼다.

"어찌 이런 곳에 있는 것이냐?"

머리 위로 떨어져 내리는 지청구. 뒤늦게 불청객을 올려 본 해루의 눈이 동그랗게 변했다. 이윽고 해루의 입에서 불청객을 부르는 한마디가 흘러나왔다.

"공갈 선비님……."

"어허, 공갈 선비가 아니라니까. 내 이름은 향이다, 향. 몇 번을 말해야 기억하겠느냐? 그건 그렇고, 꼴은 이게 또 뭐냐?"

포승줄에 묶여 있는 해루의 모양새가 마음에 들지 않는다는 듯 향은 미간을 찡그렸다. 그러고는 서슴없이 묶인 줄을 풀기 시작했다. 그 모양새가 너무 자연스러워 누구도 감히 방해하지 못했다.

멍하니 서 있던 윤 진사가 겨우 정신을 차린 듯 두 사람 사이로 파고들었다.

"네 이놈! 이게 뭐 하는 짓이냐? 네놈은 누구냐? 누군데 감히 나의 일을 방해하는 것이냐?"

"나 말이냐?"

검지로 자신을 손가락질하던 향은 그 손가락으로 해루를 가리키며 말을 이었다.

"이 녀석 찾으러 온 사람."

"무슨 헛소리냐?"

윤 진사의 얼굴에 잠시 우둔한 표정이 피어올랐다.

그런 그를 향해 돌아선 향이 예의 미소를 보였다. 그러나 그것은 지금껏 해루가 단 한 번도 보지 못한 서늘한 미소였다.

순간, 윤 진사는 보이지 않는 칼날이 목덜미를 향해 짓쳐 들어오는 듯했다. 숨통을 막는 위압감에 그는 어깨를 움츠렸다.

그러나 잠시 후. 할 말은 해야겠다는 듯 다시 입을 열었다.

"누…… 누군데 그놈을 데려간단 말이냐?"

"주인."

"뭐라?"

시선을 해루에게 고정한 채 향은 한 자, 한 자 힘주어 대답했다.

"지금 네가 가로채려던 저 아이의 주인, 바로 나야."

미친개에겐 몽둥이가 약

"공갈 선비님, 지금 여기서 뭐 하는 겁니까?"

태연히 포승줄을 푸는 향을 보며 해루가 옴쳐 든 목소리로 물었다.

이 세상 물정 모르는 양반께서 여기가 어디라고 오신 것일까?

아니나 다를까. 마음이 급한 해루와 달리 향은 여전히 태평한 얼굴이었다.

"보면 모르느냐. 너를 풀어주는 중이질 않느냐."

"여긴 대체 어떻게…… 아니, 그보다 혹시 아무것도 아니 보이십니까?"

해루의 물음에 향이 제 얼굴을 해루에게 바싹 들이밀었다.

"내 눈 말이냐? 십 리 밖까지 살필 수 있을 정도로 잘 보인다."

"지금 그런 뜻으로 여쭌 게 아니질 않습니까? 지금 이 상황 말입

143

니다. 안 보이십니까?"

"그런 것이냐? 진작 그렇게 말할 것이지."

향이 주위를 쓱 둘러보았다.

"잘 보이는구나."

"어떻게 보이십니까?"

"벌건 대낮에 사지 육신 멀쩡한 장정들이 어린 녀석 하나 못 잡아먹어 안달 난 상황이로구나."

여유로운 향의 대답에 해루는 눈을 반짝 빛냈다.

역시, 호랑이에게 물려 가도 정신만 바짝 차리면 살 수 있다더니. 조금 엉뚱한 면은 있어도 공갈 선비는 절대 어리석은 사내가 아니었다. 지금 상황이 어떤지 대강이라도 파악하고 있을 터.

"그렇다면……."

잔뜩 긴장한 시선으로 주위를 살피던 해루가 향에게 작게 속삭였다.

"어디에 있습니까?"

"뭐가 말이냐?"

"예를 들자면 관아의 포졸들과 함께 왔다거나……."

"안타깝게도 이 지역 포졸들과 친분을 쌓을 시간이 없었다."

해루의 목소리가 아까보다 더 낮아졌다.

"그럼 따로 부리는 사람들을 저쪽 어느 구석에 숨겨놓으셨다든가."

"어릴 적부터 장부의 길을 가리라 맹세한 나다. 그런 내가 사람을 몰래 숨겨둘 리가 있겠느냐?"

"……."

그런 건 숨겨두셔도 됩니다. 좀 숨겨두십시오!

낮게 한숨을 내쉰 해루는 더더욱 낮아진 음성으로 다시 물었다.

"하다못해 지난번에 보았던 저승사자같이 생기신 두목님이라도……."

"네가 말하는 두목님이 누군지는 모르겠다만, 보는 대로 지금은 나 혼자다."

해루의 표정이 어두워졌다.

"진심이십니까? 정말 혼자 오셨습니까?"

"그렇다니까."

"……왜요? 왜 그러셨습니까?"

향이 헛기침을 하며 조금 수줍은 표정으로 대답했다.

"내가 사람들 많은 걸 딱 싫어해서 말이다."

"그러니까 지금 여기 딸랑 혼자, 겁도 없이 맨몸으로 오셨단 말이지요?"

"같은 말을 몇 번이나 하게 할 생각이냐?"

"그럼 여기 오신 걸 아는 분은요?"

"글쎄다."

턱을 긁적이는 향을 보며 해루는 고개를 푹 아래로 숙이고 말았다.

호랑이한테 물려 가도 정신만 바싹 차리면…… 죽을 때 더 아프고 고통스러우리라. 아, 생각하고 싶지도 않다.

그나저나 일이 더 나쁘게 돌아가고 있었다. 그렇지 않아도 심기 언짢았던 윤 진사의 표정은 마치 벌레라도 씹은 것처럼 일그러졌다. 주위의 사내들도 분위기가 심상치 않았다.

향과 해루의 짧은 대화로 대강의 상황을 짐작한 윤 진사의 머리가 빠르게 굴러갔다. 아무에게도 말하지 않았다는 사내의 말은 믿을 수 없었다. 어쩌면 누군가 관아에 사실을 고하러 갔을지도 모를 일이다.

윤 진사는 곁에 있는 수하에게 작은 목소리로 지시를 내렸다. 수하가 동료 몇과 함께 즉시 밖으로 나갔다가 돌아왔다.

"아무도 없습니다."

"그래?"

수하의 보고를 받은 윤 진사의 입꼬리가 올라갔다. 아무에게도 말하지 않았다는 저 사내의 말은 사실인 모양이다.

"미련하고 어리석은 작자로군. 하긴 그러니 저리 허술한 것이지."

아무런 방비 없이 해루를 풀어주는 데 여념이 없는 사내의 모습이 윤 진사의 눈에 들어왔다. 그의 얼굴에 여유가 돌아왔다.

"저자를 눈앞에서 치워버려라. 다시는 내 눈에 보이지 않았으면 좋겠구나."

조금 전, 해루와 윤 진사의 대화를 들은 사람은 사내가 유일했다. 그렇다면 저 수상한 사내만 세상에서 사라지면 만사형통.

"명, 받잡습니다."

윤 진사의 명을 받은 수하는 손에 들고 있는 몽둥이를 고쳐 쥐었다.

천천히 다가가는 불길한 그림자의 존재를 알아차리지 못한 채 향은 여전히 해루의 포승줄 풀기에 열중하고 있었다.

"참 열심히도 묶었구나. 하지만 네놈도 임자를 잘못 만났다. 나로 말할 것 같으면 복잡한 것을 해결하고 얽힌 것을 푸는 데 도가 튼 사람이다."

장난기 가득 담긴 말은 그냥 하는 흰소리가 아니었다. 복잡한 포승줄의 몇 곳을 툭툭 당기니, 살을 파고들 듯 조여오던 포승줄이 금세 풀어지고 말았다.

"어떠냐? 내 말이 맞지?"

싱긋, 입가에 미소 지은 향이 해루를 올려다보았다.

"어디에서 이런 재주를……."

향의 새로운 면모에 혀를 내두르던 해루의 표정이 다음 순간, 바짝 굳어버리고 말았다. 몽둥이를 든 채 향의 등 뒤로 살금살금 다가오는 사내의 모습이 망막에 맺혔다. 아니, 이미 몽둥이를 머리 위로 들어 올리고, 향을 향해 힘껏 후려치기 직전이었다.

피하기엔 너무 늦었다. 순간, 해루는 반사적으로 몸을 날렸다.

"피하십시오!"

해루는 할 수 있는 한 최대로 팔을 벌려 향을 감싸 안았다.

동시에 딱! 허공을 뒤흔드는 둔탁한 소음과 함께 향을 안은 해루의 머리 위로 몽둥이가 떨어졌다.

"너…… 지금 뭐 하는 것이냐?"

소매에서 뭔가를 꺼내려던 향이 놀란 얼굴로 해루를 내려다보며 물었다.

"보면 모르십니까? 지켜드리는 것 아닙니까."

답을 하는 해루의 이마로 핏줄기가 주르륵 흘러내렸다.

"왜……?"

멍한 눈으로 묻는 향을 향해 해루가 미소를 보였다.

"절 구하러 오셨잖습니까. 그러니 저도……."

말을 끝내지 못한 채 해루는 향의 가슴팍에 고개를 푹 파묻고 말았다. 향의 도포 앞섶이 검붉은 핏물로 물들었다.

봄 꽃잎처럼 여리고 아련한 것이 가슴팍에 내려앉는 듯했다.

향은 제 가슴에 닿은 해루의 동그란 이마를 말없이 바라보았다. 작고 여려 깨지기 쉬운 그것은 아주 먼 옛날, 그가 알던 누군가의 이마와 많이 닮아 있었다. 문득 명치 아래에서 뜨거운 열기가 솟구쳤다.

가슴을 팽팽하게 조이고 있던 현 하나가 탕, 끊어진 기분.

향은 정신을 잃은 해루를 품에 안은 채 도포를 벗었다. 이내 그가 입고 있던 푸른 도포가 바닥에 넓게 깔렸다. 그리고 그 위에 정신을 잃은 해루를 눕혔다. 그 와중에도 해루의 상처에서는 연신 핏물이 흘렀다. 해루의 얼굴 반쪽이 피로 물들었다.

향은 손끝으로 해루의 상처를 더듬었다.

"피는 많이 나지만 다행히 뼈에는 이상이 없는 것 같구나."

그 와중에 맥도 짚고 호흡도 살폈다. 옷을 벗고 해루를 살피는 일련의 행동이 물 흐르듯 자연스러웠다. 평소처럼 장난스러운 모습도, 그렇다고 당황하는 모습도 전혀 없었다. 빠르고 정확하게 필요한 작업만을 할 뿐이다.

"머리가 단단해서 다행이라고 해야 하나."

소맷자락 끝으로 피 묻은 해루의 얼굴을 닦아내며 향은 미소를 지었다. 명나라에서 들여온 귀한 비단으로 만든 옷이었다. 그러나 향은 조금도 개의치 않았다.

자신을 지키려다 다친 아이. 이깟, 천 조각이 무에 대수란 말인가. 해루의 도움이 전혀 쓸모없는 것이었다 할지라도, 그 마음만은 따뜻했고 장한 것이었다.

그때 불쾌한 음성이 향의 뒤통수로 날아들었다.

"이 멍청한 놈! 뭐 하는 짓이냐? 내가 저 서랑(鼠狼, 족제비) 놈을 치라 했지, 언제 저 아이를 치라 했더냐?"

행여 해루에게 변고가 생긴 것은 아닌지, 겨우 손아귀에 들어온 행운을 잃게 되는 것은 아닌가 하여 윤 진사는 거칠게 소리쳤다.

"저 녀석이 갑자기 뛰어나오는 바람에."

"시끄럽다! 변명 따윈 집어치우고 어서 저 서랑 놈부터 해치워라."

"알겠습니다."

한차례 지청구를 들은 사내는 손바닥에 퉤, 침을 뱉었다. 이번에야말로 주인의 명을 완벽하게 이행하리라.

그러나 그는 이번에도 목적을 이룰 수 없었다. 책상물림 같은 서생이 갑자기 겁도 없이 벌떡 몸을 일으킨 까닭이었다.

"이 양반이 미쳤······."

사내의 말끝이 움츠러들었다. 자신을 바라보는 서생의 기세가 묘하게 서늘하고 날카로웠다. 사내는 저도 모르게 발을 멈췄다.

"무얼 하는 자냐?"

향의 물음이 어두운 밀실 바닥으로 내려앉았다.

"저, 저 말이유? 전 점박이라고 하는데······."

방망이를 든 사내가 자신을 가리키며 더듬더듬 말을 잇자, 향이 손을 가볍게 흔들었다.

너 말고.

점박이가 옆으로 게걸음을 하며 뒤를 돌아봤다. 그의 뒤엔 윤 진사가 있었다.

"남의 담장을 허락 없이 넘은 무도한 놈이라 생각했더니, 지금 보니 버르장머리도 없는 놈이로구나. 젊은 놈이 위아래도 없이 오만방자하기 이를 데가 없군."

"그대의 말처럼 난 버르장머리도 없고, 위아래도 없는 오만방자한 놈일지 모른다. 그러는 그대는 누구인가? 뉘기에 이리 사람을 함부로 잡아 와 겁박하는 것이냐?"

"겁박이라니?"

"겁박한 게 아니란 말인가?"

윤 진사가 수염을 쓸어내리며 대답했다.

"겁박이 아니라 대화를 나누고 있었던 것이다."

향은 주위를 둘러보았다.

"어두운 밀실에 사람을 묶어놓고, 십여 명의 험악한 장정들을 이끌고 윽박지르는 것이 협박이 아니라 대화한 것이다?"

"저놈은 양반에게 사기를 치고 달아난 자와 한패다. 감히, 양반을 농락한 자를 어찌 사람 취급 한단 말이더냐?"

"사람 취급을 아니 하면 어찌 취급한단 것인가?"

"도리를 모르는 무지한 놈이다. 짐승처럼 무지한 자이니 짐승처럼 취급해야 마땅하지 않겠느냐? 재갈을 물리고, 코를 뚫고, 목줄을 채워 길을 들여야지. 그래야 비로소 사람이 하는 말을 듣는 척이라도 할 것 아니겠느냐?"

향은 윤 진사의 눈을 가만히 바라보았다.

괜한 억지를 쓰는 자의 눈이 아니었다. 그저 당연한 행위를 방해받은 것에 대한 불쾌감이 가득한 눈빛이었다.

"그렇군."

이제야 이해가 갔다. 어찌하여 윤 진사가 이런 행동을 하게 된 것인지. 윤 진사에게 가장 중요한 것은 나라의 법도도, 사람의 도리도 아니었다.

오직 하나, 자신.

자신밖에 소중한 것이 없는 자였다. 그저 자신의 기분이 내키는 대로 행동할 뿐이다.

그러니 심기를 거스르는 것은 모조리 발아래에 놓고 짓밟는 것이다. 그에게 그런 행동은 당연한 권리였다. 향은 소매에서 하얀 비단 손수건 한 장을 꺼내어 혼절한 해루의 눈을 덮어주었다.

그가 하는 양을 지켜보던 윤 진사가 어이없는 표정을 지었다. 헝겊을 꺼내기에 상처를 감싸려는 줄 알았다. 그런데 엉뚱하게 눈을 가리다니.

"지금 뭐 하는 짓이냐?"

"내 아버지는 언제나 내게 모범을 보여야 한다고 말씀하셨지. 특히 세상 모든 사람을 공평하게 대해야 한다고. 행여 벌을 줄 일이 있을 때에도 법에 따라 다스려야 한다고 말이다. 헌데……."

한쪽 무릎을 굽힌 채 해루를 살피고 있던 향이 천천히 몸을 일으켰다. 자신의 흐트러진 매무시를 가다듬은 그는 윤 진사를 정면으로 응시했다. 그러고는 말을 이었다.

"세상엔 법으로 다스려서는 안 될 자가 더러 있더군."

"뭐야?"

"지금부터 세상에 존재해서는 안 될 짐승 몇 마리 잡으려고 한다. 행여 이 아이가 보면 안 될 것 같아서 말이다. 지금까지도 못 볼 꼴 많이 보았으니, 더는 안 봐도 되질 않겠느냐?"

"세상 물정 모르는 오만 방자한 놈인 줄 알았더니 이제 보니 미친놈이었……."

"한 가지는 옳다."

향이 윤 진사의 말을 잘랐다. 그와 동시에…… 철컥! 서늘한 쇳

소리와 함께 향의 오른쪽 소매에서 무언가가 불쑥 튀어나왔다.

"도리를 모르는 짐승은 짐승으로 대우해야겠지."

"무슨 소리냐?"

"미친개에겐 몽둥이가 약이란 뜻이다."

쾅쾅쾅!

밀실을 두드리는 요란한 소리가 어둠을 갈랐다. 굳게 닫혀 있는 문을 억지로 열자 이내 아수라장이 된 실내가 드러났다. 사또를 위시하여 수십 명의 포졸이 밀실 안으로 밀려들어왔다. 밀실 한구석에서 벌벌 몸을 떨던 윤 진사가 한달음에 사또의 발치로 달려들었다.

"사또! 사또!"

"무엇이오?"

느닷없이 옷자락을 부여잡는 윤 진사의 모습에 사또의 미간이 일그러졌다.

"살려주게나. 이자가…… 나를 죽이려 하였네."

윤 진사의 벌벌 떨리는 손가락이 어딘가를 가리켰다. 그 손끝에 맺힌 것은 초연한 표정을 한 향이었다. 그의 주위엔 다리와 팔을 부여잡고 끙끙 앓고 있는 십여 명의 사내들이 널브러져 있었다.

"저자가 나를 죽이려 하였네. 하인들이 나를 구하려 하였으나, 역부족이었네."

"십여 명의 장정들이 한 사람을 당해내지 못했단 말이외까?"

"기묘한 도구를 사용하였네. 심성이 짐승처럼 악독하여 도저히 당해낼 수가 없었네."

"심성이 짐승처럼 악독하였다……."

윤 진사의 하소연에 사또의 눈빛이 바뀌었다.

사또는 곧장 향에게로 다가갔다. 그 뒤를 윤 진사가 따라붙었다.

"사또의 공명정대함이야 이 동구비보에서 모르는 이가 없으니, 나의 한을 풀어주게나. 저 미친 작자가 감히 내 집을……."

픽! 느닷없는 일격이 윤 진사의 뒤통수를 향해 날아들었다.

대체 이게 어디서 떨어진 날벼락인가?

어리둥절한 찰나. 윤 진사의 뒤통수를 때려 그의 입을 막아버린 사또가 돌연 향을 향해 고개를 조아렸다.

"어디 다치신 곳은 없습니까?"

"없소."

"다행입니다."

"내가 다쳤네. 내가 다쳤단 말일세!"

윤 진사가 소리쳤지만, 아무도 그의 말에 귀를 기울이는 이는 없었다.

"여기 계신 줄 모르고 한참을 찾았습니다."

어느 사이에 향의 등 뒤에 나타난 무혁이 근심 가득한 목소리로 말했다.

"괜찮으십니까?"

"나는 괜찮다. 그보다 저 녀석을 데려가야겠다. 많이 놀란 것 같구나."

향은 정신을 잃은 채 바닥에 쓰러져 있는 해루를 고갯짓했다. 무혁이 말없이 해루를 안아 들었다.

"함께 아니 가십니까?"

무혁이 묻자 향이 윤 진사에게로 시선을 돌렸다.

"가기 전에 할 일이 있구나."

향은 포졸들에게 끌려가는 윤 진사에게 걸어갔다.

"오, 오지 마."

마치 지옥의 염라대왕이라도 만난 듯 윤 진사가 창백해진 안색으로 연신 고개를 흔들었다.

"살려주시오. 나를 좀 살려주시오."

윤 진사가 애원했지만, 사또와 포졸을 비롯한 누구도 관심을 보이지 않았다. 오히려 향의 눈짓을 받은 그들은 윤 진사를 바닥에 내려놓고는 얌전히 물러섰다. 죽이든 살리든 마음대로 하라는 듯한 태도.

"물어볼 것이 있는데……."

향이 자세를 낮추며 나지막한 목소리로 말을 꺼냈다. 입가엔 예의 미소가 걸려 있었다.

"대, 대체 내게 원하는 게 뭐, 뭐요?"

윤 진사가 사시나무 떨듯 떨며 물었다.

"꼴이 말이 아니군. 그대가 이해해 주오. 이따금 흥분하면 지나치게 손을 쓰는지라. 나름 자제한다고 노력하긴 하는데, 어쩔 수 없다오. 아무렴, 아무리 상대가 짐승 같은 작자라도 이건 너무 심했지. 죽이더라도 곱게 죽여야지. 얼굴을 밟고 더러운 바닥을 구르게 하는 건, 많이 심했던 것 같소."

향은 윤 진사의 흐트러진 의관을 바로 고쳐주었다. 마치 가까운 이에게 베푸는 듯한 살가운 손길.

그 다정한 모습에 윤 진사는 되레 딸꾹질까지 하며 두려워했다.

"아무래도 물려받은 피가 다혈이라 그런 모양이니, 윤 진사도 이

해해 주오."

"제, 제발."

"해루 말인데……."

"그 몹쓸 녀석의 무엇이 궁금……."

"왼쪽 허벅지가 관통된 정도로는 도리를 깨우치기 부족했던 모양이오?"

"해, 해루의 무엇이 궁금합니까?"

해루를 부르는 윤 진사의 호칭이 달라졌다. 그제야 무심했던 향의 얼굴에 표정이 돌아왔다.

"어째서 그 아이를 그리 가지려 했소?"

"그, 그건……."

마른침을 꿀꺽 삼킨 윤 진사가 더듬더듬 말을 잇기 시작했다. 감히 거짓을 고할 생각은 꿈에도 하지 못했다.

"그, 그 아이는……."

윤 진사가 해루에 대해 귓속말을 속삭였다.

"……그렇군."

향이 고개를 끄덕였다.

"이, 이제 되었습니까?"

"되었소. 이제 마음 편히 가서 대화를 마무리하면 될 것이오."

"가서 대화를 마무리하다니요? 대체 누구와 어떤 대화를……."

향이 담백한 웃음을 보였다.

"지엄한 국법을 어겼으니 당연히 조사를 받아야지. 물론 그대 말대로 짐승을 대하듯 재갈을 물리고, 코를 뚫고, 목줄을 채워 길을 들일 것이오. 그래야 비로소 사람이 하는 말을 들은 척이라도 할 것 아닌가?"

"나, 난 양반이오. 그대가 누군지 모르나 날 이리 대하면 결코 무사하지……."

향이 입술 위로 검지를 세웠다.

쉿!

그 사소한 동작에 윤 진사는 저도 모르게 입을 다물고 말았다.

만족한 듯 부드럽게 미소 지으며 향이 말을 이었다.

"그런 말은 그댈 만나고 싶어 하는 사람들 앞에 가서 하오. 안 그래도 그대 말을 듣고 싶어 하는 사람들이 많다오."

윤 진사가 몸을 벌벌 떨었다.

두렵고 무서웠다. 지금 당장 염라대왕이 온다 해도 눈앞의 이 사내보다 무섭지는 않으리라. 아니, 윤 진사에겐 이 사내가 바로 염왕 그 자체였다.

"정말 큰일 날 뻔했구나."

황 노인의 목소리가 해루의 귓속을 파고들었다. 초막으로 돌아오고 얼마 지나지 않아 해루는 정신을 차렸다.

"아야얏"

이마에서 느껴지는 고통에 해루는 미간을 찡그렸다. 더듬더듬 아픈 곳을 만져보니 단단하게 굳은 피딱지가 느껴졌다. 그래도 이만한 게 다행이었다.

"할아버지께서 제 눈앞에 계신 걸 보니 저와 할아버지가 동시에 죽어 저승에서 상봉한 것이 아니라면, 공갈 선비님께서 뭔가 수를 낸 모양이군요."

황 노인 곁에 삭막한 표정의 무혁이 앉은 것이 보였다.

역시 그랬군. 혼자 왔다는 말은 거짓이었다. 틀림없이 저 살벌한 저승사자 같은 양반을 숨겨두고 있었던 게지. 엉큼한 양반 같으니. 그러면서 사람 불안하게 그리 의뭉을 떨다니.

그런 줄도 모르고 공갈 선비를 구하려다 다치기까지 했다. 괜스레 억울한 마음마저 들었다. 생각하면 할수록 심보가 못된 양반이었다.

"듣자 하니 고생이 많았던 모양이더구나."

"정말 큰일 날 뻔했습니다."

"그러게 그 위험한 곳엘 왜 갔을꼬?"

"판수 아저씨에게 물어볼 것이 있었습니다. 잠깐만 만난다는 것이 그만……."

무심코 대답하던 해루는 불현듯 떠오른 생각에 주위를 둘러보았다.

"그런데 혹시 우리 아저씨 못 보셨습니까?"

해루의 물음이 곧장 무혁에게로 날아갔다. 표정 없는 얼굴로 앉아 있던 무혁이 고저 없는 음성으로 되물었다.

"아저씨? 누굴 말하는 것이냐?"

"몸집은 왜소하고 염소수염을 기르신 분입니다."

"그자라면 아까 측간을 간다며 사라진 뒤로는 보이질 않는다."

날아났다.

해루는 직감했다.

원래 복잡한 일만 생기면 말도 없이 내빼곤 했던 분이 아니던가.

"언제입니까? 아저씨가 측간에 간다고 나간 시각이 언제입니까?"

"반 식경 전이다."

반 식경이면 그리 멀리 가지 못했을 것이다.

"아저씨를 찾아야겠습니다."

해루는 서둘러 몸을 벌떡 일으켰다. 잠시 핑, 어지럼증이 일었지만, 입술을 악물며 참았다. 지금 놓치면 또 언제 찾을 수 있을지 알수 없었다. 비틀거리며 걸음을 옮기자니 굳게 닫힌 문이 벌컥 열리며 향이 들어왔다.

해루와 향의 시선이 잠시 서로를 향했다.

"구해주셔서 고맙……."

"너 어디 가는 것이냐?"

해루의 말을 자르며 향이 물었다.

"아저씨를 찾으려고요. 혹시 오시는 길에 우리 아저씨, 못 보셨습니까? 눈이 이렇게 쭉 찢어지고, 요렇게 간신처럼 난 수염으로 너구리처럼 헤죽헤죽 웃는 양반인데요."

"네 설명을 들으니 사람이 아니라 요물인 모양이로구나. 그리 요상하게 생긴 자는 보지 못했다. 그보다 일단 앉아라. 내 너에게 긴히 물어볼 게 있다."

"물어볼 거라니요?"

주눅이 든 해루가 엉거주춤 자리에 앉기 무섭게 향이 입을 열었다.

"네가 미래를 본다던데 사실이냐?"

해루의 심장이 쿵, 절벽 아래로 떨어져 내렸다.

모르셨습니까?

모두의 시선이 해루에게로 집중되었다. 또록, 눈동자만 굴리는 해루의 콧잔등에 식은땀이 맺혔다. 말아 쥔 주먹에도 땀이 홍건했다. 꿰뚫어 보는 향의 눈빛이 대답을 종용했다.

"에이."

해루는 입가를 길게 끌어당기며 미소를 지었다.

"말도 안 되는 소리 마십시오."

터무니없는 소리라며 손까지 흔들어 보였다.

"어디서 그런 헛소문을 듣고 오신 겁니까?"

"헛소문이냐?"

"당연히 헛소문이지요. 세상천지에 미래를 볼 수 있는 사람이 어디에 있겠습니까? 정말 있다면 제가 가서 물어보고 싶습니다. '어떻게 하면 일확천금하여 호의호식할 수 있겠습니까?'라고요."

"네가 미래를 본다고 믿는 사람이 있었다."

"그럴 리가요. 만약, 제가 정말로 미래를 볼 수 있다면, 이리 살고 있을 리가 없지요. 윤 진사에게 잡혀가는 일도 없었을 테고, 묶여서 고초를 당하는 일도 없었을 겁니다."

"하지만……."

"윤 진사였지요? 그 말을 한 사람 말입니다."

"그렇다."

"그럴 줄 알았습니다."

"그는 정말 네가 미래를 볼 수 있다고 믿고 있었다."

"잘못 아신 겁니다. 아니, 철석같이 믿을 만큼 감쪽같이 속였으니, 판수 아저씨의 눈치와 입담이 그만큼 대단하다는 뜻이겠지요."

"눈치와 입담?"

"남의 일을 점치는 직업이란 사실 눈치와 입담으로 해결하는 일이거든요. 적어도 구 할은 그럴 겁니다."

"구 할이라? 그럼 나머지 일 할은?"

"글쎄요. 정말 누군가의 계시를 받거나, 아니면 마음씨 좋은 조상님 덕에 먹고사는 것인지도 모르지요."

해루가 짐짓 심각한 표정을 지어 보이며 대답했다.

"혹여 네가 그 일 할에 들어가는 건 아니고?"

"정말로 그럴 수 있다면 좋겠습니다. 그럼, 이 팔자도 좀 고칠 수 있을 테니까요. 하하하."

"과연 그렇겠구나."

"그런데 참으로 의외십니다."

"의외?"

"그런 걸 순순히 믿으실 줄은 몰랐거든요. 제가 공갈 선비님을 많이 아는 건 아니지만, 지금까지 봐온 모습으로는 그런 걸 믿을 분으로 보이지 않습니다만."

"믿지 않는다. 믿지 않기에 증명하고 싶은 것뿐이다. 그런 미신 따윈 없다는 걸 말이다."

"믿지 않으시면 그뿐이지, 뭘 그리 증명까지 하려 하십니까?"

"내가 아는 사람 중에 미신을 맹신하다 신세를 망친 사람이 있어서 그런다."

"저런, 가여운 사람이로군요. 뭐든 과하면 부족함만 못한 법인데. 적당히 조심하고 마음의 위안으로 삼으면 족할 텐데 말입니다."

"달리 미신이겠느냐?"

"아무럼요. 달리 미신이겠습니까? 하하하."

"그렇겠지. 그런 비현실적인 일은 당연히 있을 수 없지."

향은 그제야 고개를 위아래로 끄덕였다.

누구보다 이성적인 사람이라 자부할 수 있었다. 눈으로 보고 손으로 만지고 직접 느낀 것이 아니면 절대 믿지 않았다. 미신처럼 허무맹랑한 이야기는 듣는 즉시 코웃음만 치곤 했다.

헌데…… 이상하게도 머릿속이 맑아지지 않는다. 무언가 석연치 않은 기운에 자꾸만 미련이 남았다. 그게 무엇일까?

향은 뚫어지게 해루를 응시했다.

그의 시선이 거북해진 해루가 고개를 외로 틀었다. 향의 눈빛이 닿는 뺨이 따끔따끔했다. 보이지 않는 화살비가 전신을 꿰뚫는 듯한 기분이었다. 슬금슬금 엉덩이를 뒤로 물리며 어떻게 이 상황을 모면해 볼까 고민하는 찰나.

꼬르륵. 어디선가 한 줄기 희망의 타령이 들려왔다.

황 노인이 어색한 웃음을 흘리며 배를 내려다보았다.

“하하하, 오늘 온종일 한 끼도 못 먹은 터라.”

“이런. 제가 바쁜 일을 처리하다 보니 우리 할아버지 끼니를 챙겨드리지 못했네요. 잠시만 기다리십시오. 제가 금방 한 상 차려 오겠습니다.”

말이 끝나기 무섭게 해루는 쪼르르 밖으로 달려 나갔다. 번다했던 공기가 이내 차분하게 가라앉았다.

잠시 침묵하던 황 노인은 입가에 허허 웃음을 떠올렸다.

“참으로 재미있는 아이입니다.”

“그렇군요.”

수긍하듯 향이 고개를 끄덕였다. 해루가 나간 밖으로 시선을 던지던 황 노인이 말을 이었다.

“좀 전에 관아의 아전이 다녀갔습니다. 재미있는 것을 하나 주고 가더군요.”

황 노인이 서안 위에 놓인 문서 하나를 향에게 건넸다.

흥미진진한 표정을 짓는 황 노인과는 달리 정작 문서를 펼쳐 본 향의 얼굴엔 곤혹스러운 빛이 가득했다.

“이게 무엇입니까?”

“그분께서 또 재미난 일을 벌이시는 모양입니다.”

“이런…….”

향의 미간에 짙은 주름이 그려졌다.

두 사람 사이로 무혁이 끼어들었다.

“그렇지 않아도 그 일로 급히 모셔 오라는 분부가 있었습니다.”

“그랬더냐? 헌데, 어찌하여 내게 말하지 않았느냐?”

“헛된 일에 휘말려 말씀 올릴 시간이 없었습니다.”

“그렇군.”

낮게 중얼거리던 향이 무혁을 돌아보았다.

"그만 돌아가야겠다."

"명을 받잡습니다."

무혁이 향에게 고개를 조아렸다.

"오늘 떠나신다고요?"

가마솥에 물을 끓이던 해루가 떠난다는 향의 말에 환한 미소를 지었다.

"그래."

"그럼 우리 계약은……."

"당연히 오늘로 끝이겠지."

해루의 얼굴이 꽃처럼 피어났다.

"생명의 은인이 떠난다는데 서운해하지는 못할망정 너무 좋아하는구나."

아차!

해루는 얼른 정색하며 안색을 수습했다.

"아닙니다. 정말 아쉽습니다. 정 들자 이별이라더니, 그 말이 딱 들어맞지 뭡니까. 이제야 겨우 정이 들었는데 이별이라뇨."

해루는 소매로 눈자위를 찍어주는 정성까지 보였다. 물론, 눈물은 묻어 나오지 않았다.

"그리 아쉬우냐?"

"어찌 아쉽지 않겠습니까."

"그러냐? 그렇다면……."

향이 해루를 내려다보며 말했다.

"나와 함께 가겠느냐?"

해루는 우는 것인지, 웃는 것인지 구분이 되지 않는 얼굴 그대로 굳어버렸다.

"……뭐라고요?"

"그리 아쉽다면 나와 함께 가자 하였다."

"싫습니다."

해루가 고개를 맹렬하게 저었다.

"왜?"

"물론 헤어짐은 슬픈 일이지요. 그러나 회자정리라 하지 않았습니까? 만나면 헤어지는 것이 당연한 순리. 저는 순리를 따르렵니다. 그리고 무엇보다 저는 여기가 좋습니다. 고향 같습니다. 아니, 고향보다 훨씬 좋습니다. 그런 곳을 떠나다니요. 꿈에서도 상상한 적 없습니다."

"네가 따르던 판수라는 사내도 먼 곳으로 도망가버렸다. 그가 없으니 당장 먹고사는 일이 걱정되지 않겠느냐?"

"그렇지만……."

"원한다면 보수도 주마."

"됐습니다. 그깟 돈 몇 푼에 움직이는 사람 아닙니다."

"거처할 곳도 마련해 주지."

"……됐습니다."

아주 잠시, 흔들렸었다.

"정말 아니 가겠느냐?"

"공갈 선비님과 헤어진다 생각하니, 가슴이 찢어지듯 아프나 전 이곳을 떠나면 살 수 없는 불치의 병에 걸린지라……."

164

"신중히 생각해 봐라."

생각하고 자시고, 간신히 공갈 선비의 손아귀에서 벗어날 절호의 기회다. 이 기회를 기껏 몇 푼의 유혹 때문에 놓칠 수는 없지. 해루는 재빨리 고개를 꾸벅 숙였다.

"그간 감사했습니다."

해루의 뒤통수에 대고 향이 말했다.

"나는 네가 나와 함께 갔으면 좋겠다."

"길잡이 노릇이라면 곁에 있는 두목님께서 틀림없이 잘해낼 수 있으리라 믿습니다."

"네 마음이 정히 그렇다면 어쩔 수 없지. 마음이 바뀐다면 언제든 말만 하여라."

향의 말에 해루가 단호한 얼굴로 고개를 저었다.

"그런 일 절대 없을 겁니다."

"해시에 이 초막을 떠날 생각이다."

"해시면 해가 진 시각이군요. 어린 시절부터 날만 어두워지면 졸 도하듯 코를 땅에 박고 잠이 드는지라, 아쉽지만 배웅은 못 할 것 같습니다. 아, 아쉬워라."

말과 함께 냉큼 몸을 일으킨 해루는 부엌을 나와 마당을 가로질러 사라졌다.

향은 그런 해루를 말없이 지켜보았다. 처마 그늘에 몸을 숨기고 있던 무혁이 낮게 중얼거렸다.

"매정한 녀석이로군요. 저런 녀석이 뭐가 좋다고 그런 제의까지 하셨습니까?"

"윤 진사가 그러더구나. 저 아이, 미래를 본다고 말이다."

"제 입으로 아니라 하지 않았습니까?"

"나도 믿지 않는다."

"하오면……."

"초막으로 오는 길에 마을에 들러 저 녀석에 대해 물어보았다. 윤 진사의 말이 의심스러워서 말이다. 사람들의 대답이 재미있더구나. 정 판수라는 사람은 사기꾼이 분명하지만, 저 아이만큼은 진짜라고 하더구나. 그런 대답을 하는 사람이 한둘이 아니었지."

"눈치가 보통 아니었던 모양입니다."

"정말 눈치인지, 아니면 진짜 뭔가가 있는지 연구해 볼 가치가 있지 않겠느냐?"

"고작 미신에 이리 관심을 보이실 줄 몰랐습니다."

"그러게 말이다. 나도 내가 이럴 줄은 미처 몰랐구나."

팔짱을 낀 채 턱을 만지던 향이 흐리게 웃으며 말을 이었다.

"고작해야 미신일 터인데 말이다."

말과 달리 향의 눈길은 해루의 뒷모습에서 떨어질 줄 몰랐다.

"자유다!"

해루의 입에서 절로 노래가 흘러나왔다. 걷는 걸음이 날듯 가벼웠다.

마을 어귀에 다다랐을 무렵, 방을 붙이러 나온 박 포졸과 만날 수 있었다. 오는 길에 만난 동네 사람들에게 윤 진사가 잡혀가고, 정 판수와 해루의 누명이 벗겨졌다는 소식을 전해 들었다. 죄가 없어졌으니 당연히 박 포졸을 만나는 일도 거리낄 것이 없었다.

"박 포졸 아저씨!"

"해루구나. 녀석, 얼굴이 좋아 보이는구나."

"다 아저씨 덕택입니다."

"예끼, 이 녀석아. 너 때문에 내 명줄이 반 토막이 났다. 네가 갑자기 사라진 통에 난리도 그런 난리가 없었어."

"그랬습니까?"

"그래. 괜히 널 관아로 들인 게 아닌가 해서 얼마나 후회했는지 모른다. 그나저나 몸은 괜찮은 게냐?"

"네. 멀쩡합니다."

"다행이구나. 덕분에 누명도 벗고."

"그런데 아저씨, 혹시 우리 아저씨 못 보셨어요?"

"정 판수? 그리 당하고도 아직도 우리 아저씨냐?"

"그분이 말썽은 좀 피워도 심성은 그리 나쁘지 않은 분이거든요."

"그 작자가 나쁘지 않으면 세상에 나쁜 사람이 어디 있겠느냐? 그 사기꾼 놈이 네게 한 일을 생각하면, 그놈을 잡아서 콱!"

"하하, 그런가요."

"어쨌거나 정 판수 그 작자는 더는 찾지 마라. 듣자 하니 새벽 일찍 동구 밖으로 나가는 걸 본 사람이 있다더라."

"어디로 가셨대요?"

"그걸 난들 어찌 아누?"

"……."

"그렇게 시무룩할 것 없다. 인연이 닿는다면 언젠가 다시 만날 게야."

"네, 아저씨."

물끄러미 해루를 바라보던 박 포졸은 들고 있던 방을 벽에 붙였다.

"그런데 아저씨, 그건 뭐예요?"

"아, 이거 말이냐? 나라님께서 빈궁전의 주인을 찾으시니, 나라의 혼기 찬 처녀들의 혼인을 금하고 처녀 단자를 올리라는 명이시다."

"네? 그런 법도 있습니까?"

"나라님 말씀이 곧 법이니, 하라시는 대로 따르는 것이지."

"그런데 아저씨, 빈궁전의 주인이면 세자 저하의 배필이 되실 빈궁마마를 말하는 거죠?"

"그렇지."

"그런 대단하신 분을 공식적으로 뽑겠다는 거잖아요? 뽑히기만 한다면 그야말로 팔자가 피다 못해 하늘로 승천하겠는걸요."

"두말하면 입 아프지. 하지만 우리 같은 사람들이야 언감생심 꿈도 꿀 수 없는 일이다."

"당연히 양반댁 귀한 아가씨 중에서 뽑는 거겠죠?"

"그렇겠지. 그것도 뼈대 있는 가문 출신에 재색을 겸비한 분으로 고르고 골라 뽑으실 게다."

"갑자기 궁금해지네요. 대체 세자 저하께선 어떻게 생기셨기에 안주인 되시는 분을 이리 독특한 방법으로 뽑으시는 걸까요?"

"귀하디귀한 분의 생김을 우리가 어찌 알겠누?"

"혹시 이렇게 뽑지 않으면 안 될 정도로 못나신 분은 아닐까요?"

"예끼. 행여 누가 들으면 경을 칠 것이야. 말조심해."

"하하하, 네네. 그런데 그 옆의 것은 뭡니까?"

"아, 이거."

박 포졸은 들고 있던 또 다른 방을 펼쳐 보였다. 열 살이나 되었을까? 귀한 태가 여실한 소녀의 초상화였다.

"그 어여쁜 여인은 누구입니까?"

혹, 세자빈마마 뽑는 일과 관련 있는 귀한 분인가 싶어 해루가 물었다.

"어여쁘긴! 생김만 곱상하지, 속은 아주 잔악하기 이를 데 없는 계집이다."

"잔악해요?"

"그래. 오래전에 제 부모를 죽이고 그것도 모자라 집에 불까지 지르고 도망친 아주 무서운 계집이지."

"……그게 무슨 말씀입니까?"

"두문동이라는 곳에서 일어난 사건인데, 예전엔 이 계집을 찾는답시고 방방곡곡 난리가 났었다. 한동안 뜸했는데 다시 이 계집을 찾는 사람들이 나타났더구나."

"두문동이라고요?"

"그래. 그런데 어째 자꾸 묻는 게야? 무어 아는 거라도 있는 게야?"

"아, 아니요. 그냥 별스러운 이야기라 호기심이 생겨서요."

"나야 자세한 내막을 알 순 없고. 그리 궁금하면 네가 직접 물어봐라."

"직접요?"

"그렇지 않아도 이 계집을 찾는다는 사람들이 좀 전에 이 앞을 지나갔……. 어? 마침 저기 있구나. 자세한 이야기가 궁금하거들랑 저 사람들에게 물어……."

말을 하던 박 포졸은 해루에게로 시선을 돌렸다. 그러나 해루가 서 있던 자리는 텅 비어 있었다.

"해루야! 해루야!"

어리둥절해진 박 포졸이 주위를 두리번거렸지만 해루는 보이지 않았다.

"원, 녀석. 동에 번쩍, 서에 번쩍이구나."

낮게 중얼거리던 박 포졸은 방 붙이는 일에 박차를 가했다.

조금 떨어진 나무 그늘에 숨어 그 모습을 지켜보는 해루의 안색이 창백했다. 떨리는 시선이 한 무리로 모여 있는 사내들에게 향했다.

그들이다. 그들이 다시 나타났다. 왜?

갑자기 눈앞이 캄캄했다.

까마득한 절벽 위에 위태롭게 서 있는 기분. 등줄기를 타고 오른 불길함에 온몸이 오그라드는 듯했다.

도망가야 해.

머릿속을 가득 채운 것은 지금 당장 어딘가 먼 곳으로 도망가야 한다는 생각뿐이다.

하지만 어디로?

아쉬운 대로 그늘이 되어주던 정 판수마저 사라졌다. 그럼 이제 어디에 몸을 의탁하고 숨어야 한단 말인가.

해시초(亥時初, 밤 9시).

황 노인의 초막 앞에 말 세 필이 나란히 서 있었다. 두 마리의 말은 이미 주인이 있었다. 향과 나란히 말을 타고 있던 무혁은 주인 없는 백마를 응시했다. 미풍에 휘날리는 갈기를 보며 그가 입을 열었다.

"안 올 겁니다."

"……."

"그만 가시지요."

"……."

"정말 고집도 대단하십니다. 그런 녀석을 왜 기다리는 것입니까? 아무짝에도 쓸모없는 녀석인데……."

"……."

"이러실 때 보면 그분과 아주 판박이십니다."

무혁의 말에도 향은 눈을 감은 채 미동도 하지 않았다.

그렇게 얼마나 시간이 흘렀을까? 향의 입매가 슬며시 위로 올라갔다.

"왔다."

감았던 눈을 뜨며 향이 중얼거렸다.

"네?"

향이 한 곳을 턱짓했다. 어둠 저편에서 뛰어오는 인기척이 들려왔다.

"잠시만요! 기다리십시오! 같이 가요!"

"누구냐?"

무혁이 한 발 앞으로 나서며 물었다.

"접니다! 해루입니다."

숨이 턱까지 차오른 목소리가 어둠 저편에서 들려왔다. 이윽고 달빛 아래로 해루가 걸어 나왔다.

"너, 안 간다고 하질 않았느냐?"

무혁의 지청구가 어둠을 가로질렀다.

"가만 생각해 보니, 아무래도 이대로 헤어지는 게 아쉬워서 말입니다."

"마을을 떠날 수 없는 불치의 병을 앓고 있다 하지 않았더냐?"

"맑은 물 한 사발 떠 놓고 치성을 드렸더니 놀랍게도 감쪽같이 나아버렸지 뭡니까."

"그걸 말이라고 하는 것이냐?"

따져 묻는 무혁을 가볍게 지나친 해루는 대뜸 잔등이 비어 있는 말에 올라탔다. 그러고는 향을 돌아보았다.

"뭐 하십니까? 이제 슬슬 출발하셔야지요."

"너, 이 녀석……."

못마땅한 무혁이 무언가 말을 덧붙이려는 찰나.

해루가 머리에 썼던 두건을 벗었다.

순간, 밤하늘을 닮은 검고 긴 머리카락이 샤르르, 해루의 어깨 위로 내려앉았다.

"음?"

내내 평온한 표정을 잃지 않던 향의 얼굴에 균열이 일었다.

상쾌한 바람이 기분 좋은 듯 해루가 가볍게 머리를 흔들었다.

그것은 아주 사소한 행동이었다. 바람결에 실려 오는 옅은 체향 역시 평소와 다를 것이 없었다. 그러나 밤이 부린 조화 탓일까? 지금의 해루는 마치…… 마치…….

"왜 그러십니까?"

말간 얼굴로 돌아보는 해루를 향해 향이 멍한 표정으로 물었다.

"너, 여인이었느냐?"

"모르셨습니까?"

해루의 얼굴에 되레 어처구니없다는 빛이 떠올랐다.

아니, 함께한 시간이 얼만데. 어찌 그걸 모를 수 있습니까?

"……!"

해시(亥時)

어둠이 시작되는 길목

한 치 앞도 내다볼 수 없는 밤의 어귀

그곳에 네가 있었다

밤이 그려낸 신기루처럼……

그곳에 네가 있었다

무슨 짓을 하려는 겁니까?

밤새 내린 봄비가 세상을 촉촉하게 적셨다. 나뭇가지 끝에 맺힌 빗방울이 아침 햇살에 하나둘 사라지고, 그 자리마다 초록의 생명이 무성하게 움텄다. 계절은 하루가 다르게 성큼 다가오고 있었다. 동창 밖으로 보이는 봄의 풍광에 잠시 넋을 놓고 있던 왕은 정면으로 시선을 돌렸다.

이른 아침.

왕의 처소는 새로운 하루를 시작하는 움직임으로 부산했다. 소세물을 든 궁녀가 무릎걸음으로 다가오자 임금께서 소매를 걷어 올렸다. 따뜻한 소세물에 손을 담그던 왕께서 문득 생각났다는 듯 곁에 있는 상선을 돌아보았다.

"정동아, 처녀 단자는 많이 올라왔다더냐?"

세자빈 간택을 위해 금혼령과 처녀 간택령을 내린 지 수일이 지났다. 아직 정식 보고가 올라오지 않은 터라, 마음 급한 왕께선 상선에게 어찌 돌아가는지 알아보고 오라 명을 내렸다. 그런데 어쩐 일인지 쉽사리 대답이 들려오지 않았다. 우물쭈물하는 상선의 태도에 왕의 미간이 일그러졌다.

"어찌 대답을 못 하는 것이야?"

"아뢰옵기 황공하오나, 이리 대대적인 간택령은 처음인지라. 게다가 용모를 보고 뽑는다고 하시니 사대부들이 적잖이 당황하고 있다는……"

"그러니까 지금 얼굴 보고 세자빈 뽑는다는 말에 반발하고 있다는 것이 아니냐?"

"꼭 꼬집어 그렇다는 말씀은 아니지만……"

"망할 놈들. 저희 눈만 눈인가? 왕실 사내들 눈은 얼굴 가죽이 모자라 뚫어놓은 구멍으로 알고 있는 것이냐? 어찌 입만 열면 덕덕덕(德德德) 하는 것인지."

쾌씸하다는 듯 허공을 노려보던 왕은 서둘러 소세를 마치고 자리에서 일어섰다.

"상선은 지금 당장 영의정을 대전으로 들라 하라. 이참에 내 세자의 마음을 흔들 규수를 꼭 찾아내고 말 것이다."

왕은 주먹을 불끈 쥐며 의지를 다졌다.

"하온데 전하."

"무엇이냐?"

"그런 분이 있겠사옵니까?"

"무슨 소리더냐?"

"소신은 걱정이옵니다. 과연 저하의 마음을 흔들 분이 있을지."

상선 정동은 길게 한숨을 내쉬었다. 덩달아 왕의 얼굴에 드리운 그늘도 짙어졌다.

"세자는 요즘도 여인보다는 엉뚱한 것에 더 정신을 팔고 있다 하더냐?"

"여전하옵니다."

"여전히 여인 보기를 돌같이 하고?"

"아뢰옵기 송구하오나 그러하다 하옵니다."

"허허, 정녕 큰일이로구나."

"저하가 이리도 여인에게 관심이 없으니, 간택령을 내린다 한들 무슨 큰 소용이 있을까 저어되옵니다."

"그러니 더더욱 찾아야지. 어떻게든 세자의 관심을 끌 만한 여인을 찾아내야지. 이 조선을 다 뒤져서라도 말이다. 헌데……."

왕은 상선을 돌아보며 말을 이었다.

"궁은 이 사달이 났는데 세자는 대체 어디서 무얼 하고 있느라 코빼기도 비추지 않는 것이냐?"

목이 꺾일 듯 높이 치솟은 솟을대문. 숨 막히게 높은 담벼락.

건춘문(建春門)이라 쓰인 현판과 그 아래 붉은 관복을 입고 서 있는 수문장을 번갈아 보던 해루는 고개를 갸웃거리며 향에게 물었다.

"여긴 어딥니까?"

사흘을 말을 달려 도착한 한양. 오늘 아침 도성으로 들어온 세 사람은 곧장 이리로 향했다. 한양에 오면 당연히 공갈 선비님의 집으로 갈 줄 알았건만.

176

"여긴 뭐 하는 곳입니까?"

"보면 모르겠느냐?"

"생긴 것이 꼭 말로만 듣던 궁궐 같습니다만."

"바로 보았구나."

무심한 향의 대답에 해루의 눈이 휘둥그레졌다.

"진짜요? 진짜 여기가 나라님이 사시는 궁궐이란 말입니까?"

"그래."

"여긴 뭐하러……."

문득 해루의 말끝이 잦아들었다. 향을 돌아보는 그녀의 눈빛이 바뀌었다.

"뭡니까? 설마 그런 겁니까?"

"뭐가?"

"사실 저, 조금 감동했습니다."

"무얼 감동했다는 것이냐?"

"그렇게 무심한 듯 시치미 떼지 마십시오. 이제 알게 됐습니다. 공갈 선비님께서 보기보다 자상하시다는 것을요."

"점점 모를 소리만 하는구나."

"사실, 이제 와 하는 말이지만 저 조금 서운했습니다."

"서운해?"

"간밤에 불도 안 지핀 차가운 헛간에서 자게 하였다고 이러는 건 절대 아닙니다."

"불편했더냐?"

"물론, 가녀린 아녀자의 몸으로 어찌 찬 곳이 불편하지 않을 수 있겠습니까? 당연히 불편했지요. 아! 신경 쓰지 마십시오. 불편했을 뿐 불평하는 건 절대 아닙니다."

"그랬군."

"한때나마 이런 생각도 했었습니다. 공갈 선비님께선 학식은 높을지 몰라도 선비의 도리는 제대로 공부하지 못한 것 같구나 하는 생각 말입니다."

"선비의 도리?"

"동구비보에서 이곳 한양까지 오는 동안 참으로 여러 날이 걸렸습니다."

회한에 잠긴 듯 먼 허공을 바라보며 해루가 말을 이었다.

"동구비보를 떠나던 날, 공갈 선비님께선 제가 여인임을 알게 되셨지요."

"그랬지."

"바로 그게 핵심입니다. 제가 여인이라는 것. 연약하고 가녀린 한 떨기 꽃 같은 소녀라는 바로 그 사실."

"여인인 것은 맞지만, 그 뒤의 표현은 동의하기 어렵구나."

"그렇게 소녀의 정체를 밝혔음에도 저를 대하는 공갈 선비님의 태도는 그야말로 초지일관이었지요."

"대장부란 무릇 그런 것이다."

향의 무심한 한마디에 해루는 목소리를 높였다.

"초지일관할 것이 따로 있지. 어찌 가녀린 여인을 그리 대할 수 있습니까? 밥도 제대로 먹이지 않고, 노숙은 기본이며……."

"노숙이라니. 내 한양까지 오는 내내 한 번도 지붕 없는 곳에서 너를 재운 적이 없었다."

"지붕은 있다고 하지만 겨우 빗줄기를 피할 만큼 허름한 곳이었지요. 게다가 어제는 헛간에서 잤다는 것을 잊으셨습니까? 불도 안 피운 차디찬 헛간."

"그래도 노숙이 아니었다. 그리고 그 헛간에서 어디 너만 잤느냐? 나도 잤다."

해루가 답답한 듯 제 가슴을 쳤다.

"그게 문젭니다. 공갈 선비님은 사내가 아닙니까? 그리고 전 여인이지요."

"그게 무슨 문제더냐?"

"배려, 여인에 대한 배려 같은 것은 공갈 선비님의 머릿속에 없습니까?"

"길이 바빴다."

"과정은 중요치 않습니다. 중요한 건 결과지요. 서운했습니다. 괜히 따라왔구나, 후회도 되었지요. 하지만……."

눈물을 훔치는 시늉을 하던 해루가 밝게 미소 지었다.

"이제는 괜찮습니다. 공갈 선비님께서 어떤 분인지 지금 막 깨달았기 때문입니다."

"어떤 사람이더냐?"

"지금껏 제가 오해한 모양입니다. 공갈 선비님은 겉으로는 냉정한 듯하나 실은 따뜻한 분이었습니다."

"내가?"

"네. 대체 어찌 아신 겁니까?"

"알아? 내가 무얼 알아?"

"한양 가면 궁궐 구경 한번 해보고 싶다고 생각했는데, 그걸 어찌 알고……."

"네가 그런 생각을 하는 줄은 미처 몰랐다."

대체 무슨 말을 하려나 귀를 기울이던 향의 표정이 시큰둥해졌다. 감동에 빠진 해루를 버려둔 채 그는 건춘문 앞으로 걸음을 옮겄다. 해루가 재빨리 그를 뒤쫓았다.

"저를 생각해서 궁에 오신 것이 아니라고요?"

"유감스럽게도 아니다."

"그렇게 시치미 뗄 필요 없습니다. 그나저나 이렇게 아무 준비 없이 궁에 들어가도 되는 겁니까?"

"궁에 들어가는데 무슨 특별한 준비가 있어야 한다더냐?"

"예전에 정 판수 아저씨가 그러시는데 궁궐에 들어가려면 특별한 패를 사야 한다고 하던데요. 그건 어디서 파는 겁니까?"

"팔아?"

"네. 궁궐 앞에서 파는 거라고 하시던데."

해루가 서둘러 주위를 두리번거렸다. 물끄러미 그 모습을 지켜보던 향이 불쑥 한마디 덧붙였다.

"정 판수가 궁궐에 들어갈 땐 신발도 벗어야 한다는 건 말해 주지 않았더냐?"

해루는 두 눈을 동그랗게 떴다.

"그런 법도도 있습니까?"

"정 판수가 그런 법도는 말하지 않았나 보군."

"이런. 제가 큰 실수를 범할 뻔했습니다."

해루는 서둘러 신을 벗어 양손에 쥐었다. 향의 입가가 저도 모르게 길게 늘어졌다. 어쩔 때 보면 영특하다 싶다가도 저럴 때 보면 영락없이 순진데기였다.

제법 놀려먹는 재미가 있었다. 저 놀리는 줄도 모른 채 사뭇 진지한 해루의 모습에 쿡 웃음이 나왔다.

"왜 웃으십니까?"

처음 구경하는 궁궐인지라 양손에 신을 든 채 두리번거리던 해루는 머리 위로 떨어진 웃음소리에 고개를 들었다. 이내 향과 시선이 마주쳤다.

그의 눈 속에 가득 찬 장난기. 슬그머니 눈치를 살피던 해루는 가자미눈으로 향을 흘겨보았다. 이내 시선을 돌려 주위를 살폈다. 아니나 다를까, 궁을 드나드는 사람 중에 신발을 벗은 이는 아무도 없었다.

해루는 얼른 벗었던 신발을 다시 신었다.

"사람이 왜 그러십니까?"

버럭 고함을 지르는 해루의 모습에 무혁의 눈매가 서늘해졌다.

향이 그런 무혁의 앞을 슬쩍 가리며 장난스레 웃었다.

"왜 그러느냐?"

"가만 보면 공갈 선비님께선 저 골려먹는 재미로 사시는 것 같습니다."

"번번이 속으니 그 재미가 쏠쏠하구나."

"저 여인이란 말입니다!"

"그래서?"

"모름지기 대장부가 여인을 대할 땐, 날달걀을 대하듯 요리조리 조심스레 대해야 하는 것 아닙니까? 공갈 선비님께선 그런 당연한 이치도 모르셨습니까?"

"날달걀? 날달걀이라. 하하하, 듣던 중 가장 참신한 표현이다."

향의 입에서 웃음소리가 터져 나왔다.

"지금 중요한 건 표현이 아니지 않습니까. 여인을 대할 땐 그렇게 조심조심해야 한다는 뜻으로 드린 말씀이란 말입니다."

"그렇군. 앞으로 여인을 보면 네 말대로 하겠다. 날달걀이면 깨 먹을 수도 있고, 쪄 먹을 수도 있겠구나."

"네?"

어이없어진 해루는 설레설레 고개를 젓고 말았다.

정말이지 졌다, 졌어.

"그럼 궁으로 오신 연유가 뭡니까?"

"말하지 않았느냐. 일자리를 주겠다고. 그리고 거처할 곳도 준다고 하였지 않았느냐."

"그러니까 지금 그 말씀은 저보고 궁궐에서 일하고, 궁궐에서 먹고 자라는 말씀입니까?"

"그래, 그 말이다."

향의 태연한 말에 해루의 입가에 피식 웃음이 맺혔다.

"이번에도 제가 속을 줄 아셨습니까?"

"뭐?"

"그리 말씀하시면 아, 그렇습니까? 하고 제가 아무것도 모르는 순진한 얼굴로 궁궐 안으로 들어갈 줄 알았습니까?"

"……."

"제가 아무리 첩첩산중에서 살다 온 사람이라 하여도 한양 돌아가는 소식은 다 듣고 있었습니다. 궁궐이 그리 아무나 드나들 수 있는 곳인 줄 아십니까? 아무나 들어가고 싶다고 들어가고 아무나 살고 싶다고 살 수 있는 곳이 아니질 않습니까?"

"네 말이 맞다. 헌데 말이다……."

슥, 해루의 코앞으로 다가와 그녀와 시선을 맞춘 향이 말을 이었다.

"내가 아무나가 아니라서 말이다."

"뭐 공갈 선비님이 이 나라의 왕세자라도 되신답니까?"

해루의 입가에 비웃음이 가득했다.

"바로 맞혔다."

향의 말에 해루의 표정이 굳어버렸다.

"그러니까…… 지금 공갈 선비님이 조선의 왕세자라고 말씀하시는 겁니까?"

"그래."

침묵이 흘렀다.

"……."

"……."

그렇게 얼마나 지났을까?

"하하하하하."

갑자기 웃음을 터트린 해루는 금세 뚝 웃음을 그친 얼굴로 향을 올려 보았다.

"말이 되는 소리를 하십시오. 공갈 선비님이 왕세자 저하시라니. 지나가는 지렁이 하품하는 소리를 제가 믿……."

"세자 저하."

"오시었사옵니까."

그때였다. 등 뒤에서 낯선 목소리가 해루의 말을 방해했다.

해루는 천천히 고개를 돌렸다. 이내 그녀의 눈에 녹색의 관복을 입은 십여 명의 환관들이 들어왔다. 궁에 환관이 있는 것이야 당연한 일이니 이상할 것은 없었다. 다만, 그 환관들이 공갈 선비의 앞에 머리를 조아리고 있었다. 게다가 그들이 공갈 선비를 부르는 호칭이 참으로 기이했다.

"세자 저하, 옥체 상하신 곳은 없으시옵니까?"

부산을 떨며 공갈 선비의 몸을 살피는 내관의 모습에 해루는 멍해졌다. 그러다 이내 정신을 차리고 무혁을 돌아보았다.

"저기 두목님. 저분들…… 방금 뭐라고 하셨습니까? 세자 저하라뇨?"

"네가 지금 듣고 보는 대로다."

해루의 입이 딱 벌어졌다.

그러나 쉽사리 믿을 수 없는 상황. 해루는 향을 가리키며 무혁에게 다시 눈으로 물었다.

정말로?

무혁이 고개를 끄덕였다.

순간, 생각 같은 건 할 사이도 없이 몸이 반응했다. 납죽 바닥에 엎드린 해루는 그 누구보다 큰 소리로 외쳤다.

"세자 저하아아!"

동궁전 근처의 작은 전각.

서안을 사이에 두고 향과 마주 앉은 해루는 연신 그를 훔쳐보았다.

"궁금한 것이 있거나 할 말이 있으면 말을 해라. 그리 보지만 말고."

"그리해도 되겠습니까?"

"지금까지 내내 그리하지 않았더냐?"

"그때는 저하께서 어떤 분이신지 몰라서 그리했던 것이고……."

"지금은 내가 어떤 사람인지 알아서 그리 못 한단 말이더냐?"

해루가 주위를 흘끔거렸다.

"저하께서 허락해 주신다면야."

향이 손에 든 찻잔을 내려놓으며 말했다.

"허락하마."

허락이 떨어지기 무섭게 해루는 향에게 상체를 기울이며 바싹 다가갔다.

"진작 말씀하시지 그러셨습니까. 소녀, 적잖이 당황하였습니다."

제법 음전한 태를 갖춘 해루의 말에 향은 미간을 찡그렸다.

"언제까지 그리 말할 테냐?"

"무얼 말씀이십니까?"

"말끝마다 소녀라는 말을 붙이고 있지 않으냐?"

"제가 여인이라는 걸 제대로 인식하지 못하시는 듯하여 알려드리는 것입니다."

"이미 충분히 알고 있다."

"하지만……."

아시는 분이 어찌 이리 박대하시는 겁니까?

속내를 읽기라도 한 듯 향이 말했다.

"너에게만 이리 대하는 것이 아니다. 나는 본디 모든 여인을 이리 보고 이리 대한다. 내게 중요한 것은 여인인지 사내인지가 아니라 사람, 그 자체다."

"아! 그러시군요."

해루는 태도가 돌변하였다. 여인인 것을 앞세워 행동하는 것이 전혀 도움이 되지 않는다니, 애써 그럴 필요가 없는 까닭이었다. 자세가 풀어지고, 말투도 달라졌다.

"왜 말씀 안 하셨습니까?"

"무얼 말이냐?"

"내가 이 나라 조선의 국본이다, 왜 진작 말씀을 안 하셨습니까?"

"내 긴히 조사할 일이 있어 정체를 숨겨야 했다."

"그래도 측근인 저에게까지 숨기실 필요는……."

해루의 은근한 말에 향의 눈매가 가늘어졌다.

"누가 측근이란 말이냐?"

"아시면서."

길 가다 주인 없는 금덩이라도 발견한 듯 해루의 얼굴에 웃음이
가득했다.

"그러다 입 찢어지겠구나."

"이깟 입 좀 찢어지면 어떻습니까?"

"뭐라……."

해루의 말에 향은 고개를 설레설레 젓고 말았다.

참으로 특이한 여인이었다. 보통의 사람이었다면 자신이 왕세자
라는 사실을 아는 즉시 바닥에 머리를 조아린 채 감히 말도 붙이
지 못했을 터. 그러나 해루는 마치 든든한 동아줄이라도 잡은 사
람처럼 좋아하는 속이 빤히 보였다. 그럼에도 밉지가 않았다. 아니,
어린 아우를 보는 듯 귀엽기만 했다.

그래, 그런 것이리라.

처음 저 녀석을 만났을 때 느꼈던 심장의 두근거림. 그것이 내내
걸렸었다. 어찌하여 심장이 뛰었을까, 궁금하였다. 그러나 이제는
알 것 같았다.

저 녀석, 자신의 누이를 닮았다. 차마 눈조차 감지 못한 채 생을
마감한 가엾은 누이를 많이도 닮았다. 그러기에 심장이 뛴 것이었
다. 그러기에 허튼짓을 해도 귀엽게 보인 것이었다. 향의 입가에 옅
은 미소가 그려졌다. 그 미소를 본 해루가 덩달아 생글생글 웃었
다. 밉지 않은 웃음이었지만, 향은 부러 헛기침과 함께 정색했다.

"잊고 있었구나. 이 계약서 돌려주마."

향은 소맷자락에서 서찰 하나를 꺼냈다. 그게 무슨 소리냐는 듯
해루가 두 손을 흔들었다.

"되었습니다. 그걸 제가 왜 받습니까?"

"계약이 끝났으니 돌려주는 게 당연한 절차일 터."

"계약이 끝나긴 왜 끝났습니까? 아직 유효합니다, 유효해요."

"계약서엔 분명 동구비보에 한해서라고 적혀 있다. 당연히 이곳
한양에선 쓸모가 없는 계약이지 않느냐?"

"그깟 계약 내용엔 신경 쓰실 필요 없습니다. 중요한 건 저와 공
감…… 아니, 세자 저하의 관계가 이토록 각별하고 특별하다는 것
입니다."

"너는 몰라도 나는 신경이 쓰이는구나."

"무릇 계약보다 우선하는 것은 사람과의 관계라 하였습니다. 그
깟 종이에 적혀 있는 내용보다 서로의 마음이……."

해루가 자신의 가슴을 소리 나게 두드리며 말을 이었다.

"이 마음이 아직 세자 저하께 매여 있다는 게 중요한 것이 아니
겠습니까? 비록, 계약은 끝났을지 모르나 각별하고 특별한 그 인연
만은 영원할 것입니다."

"좋다. 네 뜻이 정히 그렇다면……."

"잊지 마십시오. 저는 저하의 사람입니다."

"나의 사람이라?"

"저하를 위해서라면, 소녀 목숨도 걸 수 있습니다."

"그러느냐?"

향이 고개를 끄덕였다.

"목숨까지 걸 수 있다니, 잘되었구나."

"네?"

"실은 나도 너에게 이 일을 어찌 설명해야 하나 걱정하던 차였다. 그런데 네 결심이 그리 결연하다니. 크게 고민하지 않아도 되겠구나."

"……?"

사설을 길게 붙이는 향을 보고 있자니 괜스레 불안해졌다.

"저……."

"내가 네게 일할 곳을 마련해 준다 하였지?"

"그리 말씀하셨습니다."

"지금부터 네가 해야 할 일이 있다."

"해야 할 일이라니요?"

해루가 고개를 갸웃할 때였다.

"저하."

문밖에서 낯선 사내의 목소리가 들려왔다.

"들어오너라."

향의 말이 떨어지기가 무섭게 조심스레 문이 열렸다. 곧이어 잔뜩 흐트러진 매무새의 사내 둘이 안으로 들어왔다. 한 사람은 광대뼈가 돌출될 정도로 마른 사내였고, 다른 사내는 반대로 통통하게 살이 오른 뚱보였다.

향에게 절을 올린 두 사내는 이내 해루 옆에 나란히 앉았다. 어찌된 일인지 두 사람 모두 낯빛이 푸석하고 눈에 졸음이 가득했다.

두 사람을 번갈아 보던 향이 낮게 혀를 찼다.

"또 밤을 새운 것이냐?"

"최근 구한 서책에 신기한 구절이 있어 연구하다 보니 그만 잠을 못 이루었나이다."

"연구도 좋지만, 몸 생각도 좀 하여야지."

"명심하겠사옵니다."

대체 뭐 하는 사람들일까? 낯선 사내들을 보는 해루의 눈에 궁금증이 가득 어렸다.

그런 사정은 사내들 역시 마찬가지였다. 의문 가득한 눈으로 해루를 돌아보던 사내 중 마른 사내가 향에게 물었다.

"하온데 이자는 누구이온지요?"

"여인이다."

"여인요?"

사내들의 눈빛이 일변했다. 흐릿했던 눈동자에 번뜩 빛이 일었다.

"여인이라면…… 혹, 서신으로 알려주신……?"

"그래. 바로, 그 여인이다."

향의 말이 끝나기 무섭게 두 사내가 해루의 앞으로 바싹 다가왔다. 잔뜩 졸음을 달고 있던 눈빛은 온데간데없었다. 굶주린 날짐승이 먹잇감을 발견했을 때의 표정이 두 사내의 얼굴 위로 떠올랐다. 뚫어지게 해루를 응시하던 사내가 향을 보며 물었다.

"해도 되겠습니까?"

그의 물음에 답하는 대신 향은 해루에게 눈길을 던졌다.

"조금 전 너는 날 위해 죽음까지 불사하겠다고 하였다. 맞느냐?"

불길한 예감이 해루의 등줄기를 타고 올라왔다. 그러나 이제 와 발을 뺄 수는 없었다.

"물론입니다, 저하."

향은 흡족한 표정으로 사내들을 보았다.

"들었느냐? 죽음까지 불사하겠다는군."

"호오."

"참 잘되었사옵니다."

"그럼 알아보려면 어찌해야 하느냐?"

"일단……"

해루를 위에서 아래로 찬찬히 훑어본 마른 사내가 입가를 길게 늘이며 말을 이었다.

"옷부터 벗겨야겠지요."

해루의 두 눈이 휘둥그렇게 커졌다.

벗겨? 뭘? 설마…… 날?

사내들의 의미심장한 눈길이 소낙비처럼 쏟아졌다.

해루는 본능적으로 옷깃을 여몄다.

"무슨 짓을 하려는 겁니까?"

최측근과 최최측근

해루를 향한 사내들의 입가에 음흉한 미소가 걸렸다.

"왜, 왜 그런 눈으로 보세요?"

해루는 불안한 표정으로 주춤주춤 뒤로 물러났다. 옷고름을 쥐고 있는 손이 가늘게 떨렸다. 등줄기로 식은땀이 흘렀다. 대체 지금 무슨 일이 벌어지려는 걸까? 불안한 마음에 온몸이 오그라들지경이었다.

"공갈 선비…… 아니, 세자 저하. 저한테 왜 이러시는 겁니까?"

유유자적한 모습으로 차를 마시던 향은 되레 고개를 한옆으로 기울였다.

"좀 전에 분명 목숨까지 바칠 수 있다고 하질 않았느냐? 고작 이정도에 그리 불안해해서야 되겠느냐?"

말이 그렇다는 거지요. 말이. 향을 흘겨보던 해루는 아랫배에 단단히 힘을 주었다.

"왜 그런 눈빛으로 절 보시는지 모르겠습니다만……."

세상의 풍파라면 겪을 만큼 겪은 몸이다. 이대로 순순히 당하지는 않을 것이다. 의지를 다지며 해루는 불끈 주먹을 쥐었다.

"만약, 불순한 마음으로 그리 보시는 거라면 정말 호된 맛을……."

그때였다.

"찾아 계시옵니까?"

카랑한 목소리가 전각 안을 흔들었다. 해루를 비롯한 모두의 시선이 열린 문으로 집중되었다. 문앞에는 찔러도 피 한 방울 나올 것 같지 않은 노파가 서 있었다.

"김 상궁, 왔는가?"

노파가 향을 향해 다소곳하게 허리를 접었다.

"저쪽 아이일세."

"……분부대로 따르겠사옵니다."

해루를 위아래로 훑은 노파는 다짜고짜 그녀의 손을 잡아 잡아당겼다.

"할머니, 왜 이러세요?"

해루가 당황하며 물었지만, 노파는 묵묵부답이었다.

그리고 잠시 후. 우격다짐으로 해루를 끌고 간 노파가 큰 소리로 외쳤다.

"무게 여든 근."

어느새 저울 위에 올라가게 된 해루는 잠시 멍한 표정을 지었다. 그러다 이내 정신을 차리고는 노파에게 속삭였다.

"저기, 할머니."

"할머니가 아니고 김 상궁이다."

"네, 김 상궁님."

"……."

"제가 겉보기엔 이렇게 보여도 실은 여인입니다."

여인의 몸무게를 그렇게 큰 소리로 부르시면……. 차마 뒷말을 못 붙이고 있자니 김 상궁이 시큰둥한 얼굴로 대답했다.

"알고 있다. 그러니 저하께서 나를 부르신 것이지."

"그렇습니까? 그런데…… 대체 왜 부르신 걸까요?"

"당연히 저 시커먼 사내들을 대신하여 네 몸 검사를 맡기시려는 게 아니냐."

"아하, 그러니까 저 사내들 대신 김 상궁님이 제 몸 검사를……."

말을 하던 해루는 눈을 끔뻑거렸다.

"잠시만요. 지금 뭘 하신다고요?"

"몸 검사."

"그걸 왜 하는 겁니까?"

그보다…… 여긴 뭐 하는 곳입니까? 해루는 일그러진 얼굴로 향과 그 주위 사람들을 둘러보았다.

아무래도 나, 이상한 곳에 끌려온 것 같아.

사람들이 우러러보는 궁의 높은 담벼락 안은 수많은 것들로 그득했다.

자로 잰 듯한 격식과 규율, 숨 막히는 권위와 위엄, 명분과 욕망 그리고 질시와 탐욕. 그 어느 곳보다 치열하고 맹렬한 피와 땀내가 묻어나는 곳. 음모, 계략, 광기, 비탄이 욕심과 충심의 중간 어디쯤에서 정신없이 소용돌이치는 곳. 궁은 그런 곳이었다. 또한, 그러하기에 하늘 아래 가장 아름다운 곳이었다.

베어내듯 하늘을 가로지르는 거대한 전각은 물론이고 처마 밑에 달린 작은 풍경조차도 궁의 것에서는 우아한 품격이 묻어 나왔다. 세상에서 가장 치열하며 가장 아름다운 곳이기에 존재하는 모든 것에는 분명한 이유와 타당한 명분이 존재했다. 감히 우러러볼 수도 없는 왕실의 사람들은 물론이고 조정 대신들, 수천의 병사들, 그리고 궁녀와 환관들 한 사람, 한 사람 모두 존재 이유가 명확했다. 하다못해 물을 긷는 무수리도 그곳에 있어야 할 이유가 있었다.

하지만 한 곳. 해루가 있는 이곳, 신루(蜃樓)라는 작은 전각에 있는 사람들만은 예외였다. 집현전 산하 기관 중 한 곳인 신루.

동궁전의 구석진 한편. 으슥한 그늘 구석에 눈을 비비고 찾아야 겨우 현판을 찾을 수 있는 허름한 전각이었다. 완벽한 조화를 이룬 궁에서 유일하게 무질서한 모습을 보이는 건물. 이상한 것은 비단 전각뿐만이 아니었다. 신루에 있는 사람들 역시도 질서 정연한 궁과 조화를 이루지 못했다.

해루는 턱을 괸 채 눈동자를 좌로 굴렸다.

한없이 이어진 긴 종이 위에 수많은 점을 그리는 한 사내의 모습이 그녀의 시야에 들어왔다. 김담(金淡)이라 하였던가. 멀끔하게 생긴 사내였다. 그는 미간에 주름까지 지어가며 심혈을 기울여 작업에 임하고 있었다. 풍기는 분위기만 보면 이름 높은 화공이 필생의 역작을 그려내는 듯했다. 하지만 정작 그가 소매와 얼굴에 먹물까지 묻혀가며 그리고 있는 것은 검은 점이었다. 하얀 종이 위에 한 땀 한 땀 정성을 다해 붓으로 검은 점을 찍고 있었다.

대체 저게 무슨 해괴한 짓일까? 검은 점을 찍는 저 행위에 어떤 의미가 있는 걸까?

해루의 시선을 아는지 모르는지. 김담은 점 찍는 작업을 멈추지 않았다. 더욱 놀랄 일은 저 작업이 벌써 사흘째 계속되고 있다는 것이었다.

"대체 뭘 그리 열심히 그리십니까?"

궁금증을 견디다 못해 해루가 물었다. 둥근 점을 그리던 김담이 고개를 들었다.

"아, 해루로구나."

마치 어린 누이를 대하는 듯한 친근한 부름. 사람 좋은 웃음을 흘리는 김담을 보며 해루 역시 해사한 웃음을 보였다. 그의 맞은편에 쪼그려 앉은 해루는 막 그리기를 끝낸 점을 짚었다.

"이 점은 다른 것보다 크기가 크네요."

"그건 해라서 그런 거다."

"해요? 저 하늘의 해?"

"그래."

"그럼 이건 뭡니까?"

기다렸다는 듯 김담이 점을 하나하나 짚으며 설명했다.

"이건 달이고 이건 수성이다. 이 일곱 개의 원을 칠정(七政)이라 하는데……."

김담의 설명이 길어질수록 해루의 얼굴에선 표정이 사라지기 시작했다. 의미 없다 생각한 점들이 실은 하늘의 별들을 의미한다는 사실을 깨달았다. 그것으로 족했다. 하지만 김담은 밤하늘을 고스란히 옮긴 듯한 검은 점 하나하나에 정해진 이름과 의미를 알려주려 노력했다.

세상에나. 어떤 미친 작자가 저 많은 별들에게 일일이 이름을 붙여주고, 해괴한 해석까지 달아놓았단 말인가. 할 수만 있다면 그 사람을 찾아가 안 그래도 복잡한 세상사를 더 복잡하고 머리 아프게 만든 죄를 단단히 따져 묻고 싶은 심정이었다.

그 전에 굳이 자신이 알고 있는 바를 일일이 설명하려 노력하는 김담의 입부터 봉해 놓는 것이 급선무겠지만.

해루는 신이 나 설명하는 김담의 곁에서 슬금슬금 물러났다. 들어도 모를 이야기였고 한번 시작하면 좀처럼 끝나지 않을 이야기였다.

도망치는 해루의 낌새를 알아차린 것일까? 김담이 설명을 멈추고 해루를 바라보았다.

"해루야, 어딜 가느냐?"

"갑자기 급한 볼일이 생겨서요."

아랫배를 부여잡고 서둘러 문밖으로 걸음을 옮겼다. 이대로 잡혔다간 두 시진은 꼬박 앉아 저 이야기를 들어야 할 판이다. 이럴 땐 그저 도망치는 게 상책…….

"어?"

문밖으로 막 발을 디디던 해루는 느닷없는 장애물에 걸려 몸을 휘청거리고 말았다. 동시에 해루의 발밑에서도 앓는 신음이 흘러나왔다.

"아이쿠."

"심 학사님! 왜 거기 계십니까?"

학사 심운기였다. 해루가 처음 궁에 들어온 날, 그녀의 옷을 벗기겠다며 으름장을 놓았던 두 사내 중 하나이기도 했다. 비쩍 마른

몸에 키만 훌쩍 큰 심운기가 등을 문지르며 일어섰다.

"보며 모르느냐? 해의 길이를 재는 중이다."

"해의 길이를 잰다고요?"

해루는 고개를 들어 하늘을 올려다보았다. 황금빛 태양이 시리게 눈을 찔러왔다. 그녀는 가늘게 뜬 눈을 심운기에게로 내렸다. 어느새 바닥에 납작 엎드린 심운기는 자신이 만들었다는 자로 땅에 그려진 처마의 그림자를 재고 있었다.

아, 여긴 멀쩡한 사람이 하나도 없구나.

사흘째 원만 그리는 김담이나 해의 길이를 재겠다며 처마의 그림자를 재는 심운기나…… 하나같이 평범한 사람이 없었다. 그러나 그들보다 더 기이한 사람은 따로 있었다.

해루는 열린 문 안으로 고개를 돌렸다. 이내 한 사람의 모습이 그녀의 검은 눈동자에 또렷이 맺혔다.

전각에 흐르는 기묘한 기류와는 전혀 어울리지 않는 사내. 멀리서도 느껴지는 여름 숲의 향기. 청수한 느낌의 향이 입고 있던 겉옷을 벗었다.

"지난번보다 펼치기는 좋아졌으나, 장력의 편차가 심하구나. 아무래도 활대에 단 경첩 때문에 탄성이 줄어버린 모양이다."

향이 팔에 찬 활을 풀며 말을 이었다.

"차라리 시위를 풀고 팔목에 감아놓는 형태로 가는 것이……."

귀를 쫑긋거리며 향의 말을 엿듣던 해루가 고개를 끄덕였다.

저거였구나. 팔목에서 만져지던 딱딱한 물건. 산적들을 물리친 바로 그 흉기. 이제 보니 활을 팔에 차고 있었던 것이다.

신기하네.

모름지기 활이란 나무로 만든 긴 물건이라 알고 있었다. 보통 사냥꾼들이 쓰는 활은 작은 아이 키만 했다. 그런데 향의 활은 무척 작고 짧은 데다 접을 수 있는 구조로 되어 있어 소매 안에 숨길 수도 있었다. 그 밖에도 여러 발의 화살을 장전할 수 있는 등 일반적인 활과는 많은 면에서 사뭇 달랐다. 가만 귀를 기울여보니, 이곳 '신루'에서 제작한 물건인 모양이다.

그런데…… 그것은 시작에 불과했다. 해루가 놀랄 일은 따로 있었다.

향이 몸에 지니고 다니는 것은 활 하나가 아니었다. 소매를 걷고 옷을 벗을 때마다 몸에 걸친 무기들이 모습을 드러냈다. 어느새 탁자 위에 수북하게 쌓인 무기들을 보며 해루는 혀를 내둘렀다.

"저 많은 것들을 몸에 차고 다니셨단 말이야?"

해루는 저도 모르게 고개를 설레설레 젓고 말았다.

괴짜 중의 괴짜. 겉모습만 보면 이 기괴한 장소와 전혀 어울리지 않을 것 같은 저 사내야말로 바로 이곳 '신루'와 가장 잘 어울렸다. 다음 왕이 될 왕세자께서 기괴한 물건에 정신이 팔린 괴짜라니.

"이 나라가 어찌 되려는지."

해루가 혀를 끌끌 차며 낮게 중얼거릴 때였다.

"뭘 하고 있는 게냐?"

내내 활에 정신이 팔려 다른 일엔 미동도 않던 향이 해루를 보았다. 그와 눈이 마주친 해루는 해사한 웃음을 보였다.

괴상하든 어쨌든 저분은 이 나라의 국본. 또한, 해루의 튼튼한 동아줄이었다.

"그냥 있었습니다."

향의 물음에 해루가 씩씩하게 대답했다.

"……조사는?"

"처음엔 몇 분이 관심을 보이더니 이젠 영 시큰둥한 모양입니다."

"결국, 아무것도 없었단 말인가?"

"당연하죠. 그럼 미래를 본다는 헛소문을 정말로 믿으셨습니까?"

"그건 아니다만……."

점 찍기에 집중하던 김담이 해루를 힐끔 쳐다보며 지청구를 흘렸다.

"그거야 네가 좀처럼 집중하지 못하니 그런 것이 아니더냐. 물방울을 보라 하였더니 곯아떨어지질 않나, 추를 보라 하였더니 눈을 사시로 모으며 장난을 치질 않나."

"관찰이랍시고 쓸데없는 일만 시키시니 그러는 것 아닙니까."

해루가 억울하다는 듯 소리쳤다. 김 상궁이라는 무서운 노파에게 신체검사를 당한 해루는 그 이후 이곳 '신루'의 학자들에게서 이상한 행동을 강요받아야 했다.

"그것이 어찌 쓸데없는 일이라 생각하느냐? 그건 너의 집중력을 높이기 위한 일이었다. 사람이란 무릇 집중력이 높아지면 잠재된 능력을 발휘하게 되는 법이다."

"그런다고 미래를 본다는 말도 안 되는 능력이 발휘되진 않을 겁니다. 왜냐하면, 그건 처음부터 없는 능력이니까요."

"……흠흠."

"어쨌든 이제 제게 볼일 있으신 분도 없는 것 같으니, 잠시 바람 좀 쐬고 오겠습니다."

슬금슬금 걸음을 옮기던 해루가 문득 생각난 것이 있는 듯 향을 돌아보았다.

"저하."

"왜 그러느냐?"

"혹시 안 쓰시거나 버리는 패 같은 거 있으십니까?"

"패라니?"

"여기에만 있기 갑갑하여 뒤뜰이라도 가려 했더니 중문을 지키는 수문장이 신패가 없으면 아무 데도 갈 수가 없다며 깐깐하게 굴지 뭡니까."

"하하하."

"안 될까요? 역시…… 안 되겠죠?"

말은 그리했지만 해루는 두 눈을 까막까막하며 향을 애처롭게 응시했다.

"옛다."

향은 해루에게 작은 나무패 하나를 던져 주었다.

"네가 신루의 소속이라는 신패다. 그걸 차고 다니면 네가 가고 싶어 하는 뒤뜰 정도는 갈 수 있을 것이다."

"정말입니까?"

해루가 두 눈을 반짝이며 신패와 향을 번갈아 보았다.

"이곳을 비롯한 몇 곳만 안전할 뿐이야. 괜한 호기심에 돌아다니다간 쥐도 새도 모르게 잡혀갈지도 모른다."

"조심하겠습니다."

향의 말이 채 끝나기도 전에 해루는 종종걸음으로 자취를 감추었다.

"녀석……."

바람처럼 사라지는 해루를 보며 향은 미소를 지었다.

그런 그를 김담이 이상하다는 듯 바라보았다.

"어찌 그리 보느냐?"

여전히 시선조차 돌리지 않은 채 향이 물었다.

"웃고 계십니다."

"내가 웃는 게 처음 있는 일도 아닐 터."

"하오나 여인에게 진심으로 웃으시는 건 처음 보았사옵니다."

툭 내뱉는 김담의 말에 향의 표정이 굳었다. 입가에 드리웠던 미소도 지워지듯 사라졌다. 그러다 이내 무슨 생각이 난 듯 다시 부드러운 미소를 그렸다.

"저 녀석이 여인으로 보이느냐?"

"얼굴은 제법 곱질 않사옵니까."

"겉모습이 곱다 하여 온전한 여인이라 할 수는 없지. 저 녀석의 행실을 과연 여인이라 할 수가 있겠느냐?"

"……그렇군요."

납득된다는 듯 고개를 끄덕이던 김담은 다시 정신을 집중하며 점을 찍어나갔다.

"하긴, 세자 저하께서 여인에게 진심으로 웃을 리가 없지요."

땅으로 현현한 계절은 대지를 오색으로 물들였다. 전각 마당으로 나온 해루는 곧장 뒤뜰로 걸음을 옮겼다. 이곳에 온 지도 어느새 여러 날이 지나고 있었다.

운신이 자유롭지 못한 곳이라, 고작해야 마당과 이 뒤뜰이 그녀가 다닐 수 있는 전부였다. 하여, 몇 번이나 기웃거렸었다. 그러나 그럴 때마다 번번이 이곳에서 걸음을 멈춰야 했다.

"멈춰라!"

아니나 다를까. 오늘도 어김없이 수문장이 해루의 앞을 막아 세웠다. 얼굴의 절반이 수염으로 뒤덮인 수문장이었다. 이제는 낯이 익은 수문장을 향해 해루는 고개를 꾸벅 숙였다.

"안녕하세요."

"……."

"밥은 드셨습니까?"

"……."

"오늘은 볕이 제법 좋습니다."

여전히 돌아오는 답은 없었다. 그저 해루를 향해 부리부리한 눈을 치뜰 뿐이었다.

사교성 없으시기는.

하지만 오늘은 여기서 실망하여 돌아가지 않아도 되었다. 눈빛을 세우는 수문장을 향해 해루는 향이 준 신패를 흔들어 보였다.

"오늘은 이걸 가져왔습니다."

말을 하면서도 해루는 수문장의 눈치를 살폈다. 지엄하신 왕세자 저하께서는 어쩐 일인지 하찮은 자신을 골려먹는 걸 즐기셨다. 이번에도 그런 것이 아닌가 하는 일말의 의심이 있었다. 그런데…….

내내 꿈쩍도 않던 수문장이 한쪽 옆으로 비켜섰다. 믿기지 않는다는 얼굴로 수문장을 바라보던 해루가 안쪽을 가리키며 물었다.

"들어가도 되는 겁니까?"

수문장은 고개를 끄덕였다.

"패가 있으면 들어갈 수 있다."

"고, 고맙습니다."

수문장을 향해 크게 고개 숙인 해루는 안쪽으로 도망치듯 뛰어 들어갔다.

대체 어떤 대단한 것이 있기에 패가 없으면 들어갈 수 없다 한 걸까? 궁금증과 호기심이 반반 뒤섞였다. 그리고 얼마 지나지 않아 궁금증의 실체가 드러났다.

뒤뜰은 백 평은 족히 넘을 법한 커다란 화원이었다. 그 안에 연분홍 산철쭉, 자줏빛 자목련은 물론이고 해루가 한 번도 본 적 없었던 기이한 꽃들이 가득 피어 있었다. 마치 세상의 모든 꽃들을 한데 옮겨 심어놓은 듯한 광경.

"우와."

해루의 입에서 절로 탄성이 새어 나왔다. 수천 개의 오색 등롱에 불이 켜진 듯 햇살을 받은 꽃들과 그 위를 나풀거리며 노니는 나비들을 보고 있노라니, 천상의 세상에 발을 디딘 듯 아련하고 신비로웠다. 화원의 황홀한 풍경에 넋을 빼앗긴 해루의 입에서 문득 힘없는 혼잣말이 흘러나왔다.

"너희나 나나 다를 것이 없구나."

이 아름다운 풍광을 보아주는 이가 하나도 없었다. 신루의 학자들은 하나같이 세상을 살아가는 데 하등 필요 없는 일에 정신이 팔려 이 미려한 광경에는 시선조차 주지 않고 있었다. 저리 버려진 모습이 어쩐지 제 신세처럼 느껴졌다.

"휴."

해루는 고개를 내려 제 입성을 살폈다. 궁에 들어온 후, 입고 있던 사내복일랑은 진즉 훌훌 벗어버렸다. 그리고 동구비보에서는 상상조차 해보지 못했던 고운 비단옷으로 갈아입었다. 긴 머리도 곱게 땋아 내리고 머리끝에 붉은 댕기도 달았다. 그러나 보아주는 이가 없었다.

이리 고운 입성 하였노라 이야기 건넬 사람도 하나 없었다. 절로 한숨이 나왔다.

"휴……."

"에휴……."

꼬리를 물듯 들려온 한숨 소리에 해루는 고개를 돌렸다.

"어?"

언제부터였을까? 너른 화원 한쪽에 지어져 있는 정자 계단에 반백의 노인이 앉아 있었다.

"누구십니까?"

해루의 물음에 볕바라기라도 하듯 턱을 괸 채 쪼그려 앉아 있던 노인이 천천히 고개를 돌렸다.

"어르신은 누구십니까?"

"그러는 너는 누구냐?"

묵직한 저음의 목소리가 어디선가 들어봄 직했다.

내가 저 목소리를 어디서 들었을까? 기억을 떠올리려 애를 썼지만 좀처럼 생각나지 않았다. 금세 생각을 떨쳐낸 해루는 노인의 모습을 천천히 훑었다.

잔뜩 지친 기색이 역력한 표정. 눈가에 가득 묻어 있는 졸음. 막자다 일어났는지 하얀 잠방이 차림.

노인과 자신을 번갈아 보던 해루는 고개를 끄덕였다. 그녀는 허물없이 노인의 곁에 나란히 쪼그려 앉았다.

"여기서 일하십니까?"

해루의 물음에 노인은 잠시 생각하다 고개를 끄덕거렸다.

"그렇다고 할 수 있지."

"역시 제 짐작이 맞았군요."

이 할아버지 역시 자신과 마찬가지로 신루의 이상한 학자들의 관찰 대상이 틀림없었다. 대체 무엇을 알아보는지, 무엇이 궁금한지 말해 주지 않은 채 이거 해라, 저거 해라 하며 끊임없이 명령한 뒤 그 모양새를 지켜보았겠지.

동병상련. 동구비보에서 황 노인에게 느꼈던 감정을 반백의 노인에게서도 느낄 수 있었다.

"할아버지도 힘드시겠습니다."

"힘들어? 뭐가?"

"일하시는 것 말입니다."

"세상일이 힘들지 않은 게 뭐가 있겠느냐."

"힘내세요. 무슨 일로 그리 한숨을 쉬시는지 몰라도, 결국 다 지나갈 겁니다."

"그래, 그렇겠구나."

고개를 끄덕이면서도 노인은 연신 한숨을 내쉬었다.

"무슨 근심이라도 있으십니까? 어찌 그리 한숨을 쉬십니까?"

"나름 잘 살았다 생각했는데, 요즘 들어 그런 것 같지 않다는 생각이 드는구나."

"후회되는 일이라도 있으십니까?"

"자식 농사가 영 그른 것 같구나. 좀 더 신경을 썼으면 좋았으련만 하는 후회가 요즘 들어 부쩍 많아지는구나."

"자식이 말을 안 듣습니까?"

"말이야 너무 잘 들어 탈이지. 헌데……."

"헌데요?"

"큰아들 놈이 영 여인에게 관심이 없어. 이러다가 대가 끊길 판이니……."

"거참 큰일이로군요."

혀를 쯧쯧 차는 해루를 보며 노인이 고개를 갸웃했다.

"그런데 너는 누구냐?"

"저요?"

"궁에서 처음 보는 얼굴 같은데."

"저는 말입니다……."

잠시 주위를 둘러보던 해루가 작은 목소리로 말했다.

"아, 이런 말씀 드리면 어찌 생각하실지 모르겠습니다."

"무언데?"

"저로 말할 것 같으면…… 사실 세자 저하의 사람입니다."

"세자의 사람?"

"측근입니다. 아니, 단순한 측근 정도가 아니지요. 최측근. 바로 세자 저하의 최측근입니다."

"세자의 최측근?"

"네. 그러는 할아버지는 누구십니까?"

"나?"

해루의 물음에 잠시 주위를 둘러보던 노인은 누가 들을세라 작게, 아주 작게 속삭였다.

"나 역시도 세자의 사람이지."

"저하의 사람요? 그럼 할아버지도 저하의 최측근?"

노인이 검지를 흔들었다.

"아니."

"그럼?"

"최최측근."

최(最)를 하나 더 붙이는 노인의 입가에 의미심장한 미소가 피어올랐다.

❀

문틈 사이로 스며든 저녁 빛이 그의 어깨 위로 내려앉았다. 길게 드리워진 그림자를 눈길로 좇던 향은 마주 앉은 김담에게로 고개를 돌렸다.

"이리하면 한 번에 여러 발의 화살을 발사할 수 있단 말이더냐?"

"네. 이 수노기는 발사 손잡이만 앞으로 밀었다가 뒤로 당기면 연속적으로 화살이 발사되는 매우 간편한 활이옵니다."

"몇 발이나 연사할 수 있겠느냐?"

"아직은 서너 발에 불과하오나, 개량을 거듭하면 수가 늘어날 것이옵니다."

"적어도 대여섯 발은 가능하도록 개량해야 할 것이야."

두 사람이 활을 가운데 두고 대화를 주고받을 때였다.

"저하."

나직한 목소리가 문밖에서 들려왔다. 무혁이었다.

"들라."

향의 명이 떨어지기 무섭게 무혁이 안으로 모습을 드러냈다.

"무엇이냐?"

"그가 이것을 보냈습니다."

조용한 걸음으로 다가온 무혁이 향에게 작게 접힌 서찰 하나를 건넸다.

"이건……"

향의 눈빛이 돌변했다. 내내 느른하게 풀어져 있던 표정도 단단하게 조여졌다.

심연처럼 깊게 가라앉은 눈빛으로 향은 서찰을 읽어 내려갔다. 이윽고 그의 얼굴에 시리도록 차가운 미소가 맺혔다. 서찰에는 감히 입에 담을 수 없는 글귀가 쓰여 있었다.

필살본(必殺本)

보이지 않는 세계가 움직이기 시작했다. 그것은 치밀하게, 그리고 치명적으로 향을 향해 다가오고 있었다.

세자빈 한번 되어보지 않을 테냐?

길게 늘어진 오후 햇살이 전각 안을 통통 튀어 다녔다. 그러나 신루의 공기는 무겁게 가라앉아 있었다. 둥근 탁자에 둘러앉은 신루의 학자들은 무거운 공기보다 더 가라앉은 표정으로 서찰을 응시했다.

필살본(必殺本).

"기필코 국본을 죽여라."

팔짱을 낀 채 김담이 중얼거렸다.

"저들의 목적이 무엇인지 알 수 없지만, 목표는 명확하게 알게 되었사옵니다."

동의하듯 향이 고개를 끄덕거렸다.

"하오면 어찌하실 생각이시옵니까?"

김담의 얼굴에 걱정이 가득했다. 그러나 향은 이런 상황에서도 태연하기만 했다.

"이번에는 길을 잃을 필요가 없으니 잘되었구나."

"저하."

"그동안 저들의 꼬리를 잡기 위해 동분서주하였다. 그런데 이젠 편하게 내 집안 단속만 하면 잡을 수 있단 말이 아니더냐?"

"그렇게 쉽게 생각하실 일이 아닙니다. 놈들이 어떤 방법과 수단으로 접근할지 알 수 없지 않사옵니까?"

"생각해 내야지. 저들이 어찌 내게 접근할지."

침묵하던 심운기가 끼어들었다.

"저라면 가장 가까운 곳에서 기회를 엿볼 것 같사옵니다."

"나와 가장 가까운 곳?"

"대담하게 역모를 꾸미는 자들입니다. 필시 세자 저하의 곁을 노릴 것이옵니다."

"내 곁이라……."

왕세자는 나라의 미래. 향의 그늘엔 많은 사람들이 모여 있었다. 조정 대신들과 환관, 궁녀들과도 접촉이 잦았다. 향은 고개를 저었다.

"시기도 고려해야 할 문제다. 이 서찰이 왜 하필 지금 내 수중에 떨어진 것일까?"

"……."

"예전엔 할 수 없었다. 그렇지만 이젠 할 수 있게 되었다. 드디어 기회가 왔다는 뜻이기도 하다. 또한, 달리 표현하면 저자들이 내 곁에 접근할 수 있게 되었다는 의미가 되겠지."

향이 심운기를 돌아보았다.

"최근 조정 대신과 환관들 사이에 직위에 변동이 있었던 자는 없느냐? 내 주변으로 새로 들어올 예정인 사람이 있는가 말이다."

"없는 것으로 알고 있사옵니다."

"허면, 올해 과거가 있던가?"

"가을까지 과거는 없사옵니다."

"그렇다면 무엇일까. 내 곁에 새로운 사람이 접근할 기회가……"

침착하게 생각하던 향이 고개를 들었다.

"설마……"

"있습니다!"

김담이 손뼉을 쳤다. 왕세자 향이 무언가를 떠올린 순간, 그 역시 같은 것을 떠올렸다.

"조정 대신들 다음으로 저하와 가장 가까운 곳에 있을 수 있는 사람, 아니 조정 대신들보다 더 긴밀한 사이가 될 수 있는 사람이 딱 한 분 계십니다."

"빈궁."

"바로 그러하옵니다."

향의 표정이 딱딱하게 굳어졌다.

"그렇다면…… 저들이 노린 기회가 세자빈 간택이란 말이냐?"

청동 향로, 명국의 유명한 장인이 수개월에 걸쳐 만들었다는 능수금라, 붉게 옻칠한 가구와 햇솜을 틀어 만든 금침이 줄을 이어 빈궁전으로 들어갔다.

"정말 대단하다. 저것들이 모두 한 분을 위한 거란 말이야?"

해루의 물음에 궁궐 담벼락에 따개비처럼 따딱따닥 매달려 있던 어린 비자들의 고개가 저울에 달린 추처럼 위아래로 끄덕여졌다. 온실이라는 곳을 찾아가던 길이었다.

해루는 빈궁전으로 들어가는 물품들을 보며 벌어진 입을 다물지 못하고 있었다.

"말해 무엇하겠어요? 오직 빈궁마마를 위한 거지요."

"그런데…… 빈궁마마가 되는 것이 그렇게 대단한 거야?"

"당연하죠. 빈궁마마는 하늘에서 내린 분이래요. 듣자 하니 이번엔 주상 전하께서 전에 없이 성대하게 간택을 하여라 명을 내리셨다던데요."

"이러다 조선 팔도의 혼기 찬 여인들은 죄다 궁궐로 모이는 거 아니야?"

"아참! 그거 알아요? 빈궁마마가 되실 분은 태어날 때부터 몸에 그 표식이 있대요."

"에이, 설마."

못 믿겠다는 듯 해루가 말하자 동글동글한 인상의 비자가 제 가슴을 콩콩 쳐댔다.

"아이참, 속고만 사셨어요? 정말이라니까요."

"아무리 그래도 그렇지. 어찌 태어날 때부터 빈궁마마가 될 사람이 정해진단 말이냐?"

"그럼 우리같이 평범한 사람이 빈궁마마가 될 수 있겠어요?"

"그건 아니지만……."

하긴, 세자빈이 아무나 되는 건 아니지. 얼결에 해루가 고개를 끄덕이자 비자가 어깨를 으쓱해 보였다.

"그것 봐요."

"그래도 표식을 갖고 태어난다는 말은 허풍 같은데."

"아무리 궁벽한 변방에서 오셨다고 하지만 어찌 궁궐 물정에 이리 어두우실까."

비자가 주위를 둘러보곤 비밀 이야기 하듯 해루의 귓가에 소곤거렸다.

"이건 비밀인데, 사실 세자빈 간택을 하긴 하지만 이미 낙점된 분이 계시다는 소문이에요."

"그래?"

"네. 미리 빈궁마마 되실 분의 집안과 친분을 쌓기 위해 은밀한 움직임이 있다는 말도 여기저기서 나오고 있다고요."

"그렇구나."

역시 세상은 짜고 치는 투전판 같은 것이었어. 힘 있는 자의 말이 사실이 되고 거짓도 재물을 입히면 진실이 되는 세상. 뭐, 다 그런 거지.

씁쓸한 미소를 짓던 해루는 이내 표정을 풀었다.

"어찌 되었든 대단하신 분이 곧 빈궁마마가 되실 거란 말이지."

"그렇죠."

해루는 입에 침을 튀겨가며 맞장구를 치는 비자를 보며 의미심장한 미소를 지었다.

"아무리 그렇다고 한들 우리 공갈 저하, 아니 세자 저하보다야 못하시겠지?"

"네?"

"빈궁마마 말이야. 우리 세자 저하보다 대단하시진 않으실 거 아니야?"

"그건 그렇죠."

"그럼 됐어."

탁탁! 손에 묻은 먼지를 털어낸 해루는 미련 없이 돌아섰다. 그 뒤를 비자들이 병아리 떼처럼 뒤따랐다. 멋도 모르고 맨 뒤를 따라가던 어린 궁녀가 앞서 걷는 아이에게 물었다.

"그런데 저 사람 누구야?"

"모르셨습니까?"

나이는 소녀보다 많았지만, 신분이 낮은 비자였던지라, 소녀를 대하는 비자의 태도는 공손했다.

"모르는데. 어느 전각의 나인이야?"

"저분으로 말씀드리자면 세자 저하의……."

"세자 저하? 이상하다. 동궁전 나인이라면 나도 조금은 아는데. 저런 얼굴은 한 번도 본 적 없는걸."

"나인이 아닙니다."

"그럼?"

"이건 비밀인데, 항아님께만 말씀드리는 겁니다."

잠시 말을 멈추고 주위를 둘러보던 비자 아이가 소녀에게 속삭였다.

"저분, 세자 저하의 최측근입니다."

"세자 저하의 최측근? 정말?"

"네, 정말입니다."

"누가 그래?"

"본인 입으로 말하던걸요?"

"설마 그럴 리가."

"다른 분도 아닌 세자 저하입니다. 아무리 간 큰 사람이라도 감히 그분의 최측근이란 표현을 함부로 쓸 수 있겠습니까?"

"자칫하다간 목이 달아날 일이지."

214

"그러니 사실이 아닐 수 없습니다. 그게 아니라면 최측근이라는 말을 함부로 사용해도 될 정도로 친분이 있거나……."

"확실한 뒷배가 있다는 말이구나."

단언하는 비자와 해루를 번갈아 보던 어린 궁녀, 소쌍의 눈동자에 경이로움이 들어찼다. 해루를 쫓는 병아리 행렬이 조금 더 길어지는 순간이었다.

정오의 햇살이 짙어졌다. 해루가 처마 끝이 길게 늘어진 작은 기와집으로 조심스럽게 들어섰다.

"분명 이곳이라 했지."

처마가 특이하게 생기고 굴뚝에서 연기가 올라오는 곳이라 했으니, 이곳이 틀림없었다.

"계십니까?"

"……."

"아무도 안 계십니까?"

제법 큰 소리로 불렀음에도 대답이 들려오지 않았다.

"이곳에 오면 적당한 일거리를 준다고 하여 찾아왔습니다. 아무도 안 계십니까?"

이번에도 그녀의 말은 허무하게 공기 중으로 흩어졌다.

"거참, 사람을 보내 일을 시킬 것이면, 당연히 마중 정도는 나와야지."

신루와 화원을 들락거리며 빈둥거리길 여러 날이 지났다. 담벼락에 앉아 허송세월 보내는 게 괴로웠던 해루가 김담에게 소일거

리라도 달라고 청하였다. 물끄러미 그녀를 바라보던 김담이 알려
준 곳이 바로 이곳이었다.

"세 살 먹은 아이도 할 수 있는 단순한 일이니 무능력한 너라도
충분히 도움이 될 거라고? 참, 사람을 뭐로 보고 그런 말을 하시는
지. 내가 동구비보에서 어찌 불렸는지 알면 까무러치시겠네."

해루는 투덜대며 주위를 두리번거렸다.

"그나저나 이 집 참 특이하게도 생겼다."

기와집의 실내는 그녀가 알고 있는 어떤 집과도 달랐다. 보통의
기와집보다 천장이 낮고, 실내가 무척 밝았다.

"신기하네. 불도 밝히지 않았는데, 어찌 이리 밝을까."

무심코 고개를 올린 해루는 이내 그 연유를 깨달았다.

"아! 이제 보니 지붕과 벽에 이상한 게 달려 있었구나."

특이하게도 지붕과 벽 일부가 기름 먹인 종이로 만든 창으로 대
체되어 있었다. 그곳을 통해 은은한 햇살이 실내로 스며들었다. 실
내가 유독 밝다고 느낀 것은 그 때문이었다.

"아무도 안 계시죠? 그럼, 들어갑니다."

해루는 집 안으로 들어섰다. 밖은 봄인데 집 안은 한여름처럼 더
웠다. 집 안으로 들어선 지 얼마 지나지 않아 이마에 땀이 맺혔다.

"이게 웬 조화람?"

"온실이라는 거다."

등 뒤에서 들려온 목소리에 해루는 서둘러 몸을 돌렸다.

"어? 나리는?"

낯이 익은 사내였다. 처음 궁에 들어온 날, 심운기와 함께 해루
를 관찰하겠다면서 옷을 벗기려 했던 사내. 비쩍 말라 키만 큰 심
운기와 달리 통통하게 살집이 오른 양여섭은 해루에게 시큰둥한

216

눈빛을 보냈다.

"일손을 보내달라 했더니 고작 너를 보낸 것이냐?"

고작이라는 양여섭의 표현에도 해루는 싹싹한 표정을 잃지 않았다.

"무슨 일을 하면 될까요?"

팔을 걷어붙이는 해루를 양여섭은 미덥지 못한 시선으로 응시했다.

"되었다. 괜히 일을 시켰다간 사고나 치지."

"사람을 어찌 보고 그런 말씀을 하십니까? 이래 봬도 열 살 무렵까진 총명하단 소리도 간혹 들은 적 있는 몸입니다."

"열 살 이후로는? 간혹 듣던 총기가 떨어지기라도 했단 말이냐?"

"들리는 소문으로는 돌쯤까지는 천하에 다시없는 신동이었다는 소리도 들었다고……."

"황당한 녀석. 넉살이 좋구나."

"밉상이라는 소리는 안 듣는 편입니다."

"흰소리 그만하고……. 일을 하러 왔다 하였지?"

"말씀만 하십시오. 무엇이든 하겠습니다."

옷 벗는 것만 빼고요……. 뒷말을 작게 중얼거리며 해루는 배시시 웃었다.

"그럼……."

휘, 주위를 둘러보던 양여섭이 온실을 가로질렀다.

"우선 이곳에 무엇이 있는지부터 알아야겠지."

"마침 궁금하던 참입니다. 이곳은 무얼 하는 곳입니까?"

"겨울에 보리와 채소를 키우는 곳이다."

"겨울에 채소를 키운다고요?"

해루가 고개를 갸웃했다. 겨울은 춥고 서늘해 땅마저 얼어붙는 계절이다. 채소는 물론이고 나뭇잎조차도 남아나지 않는다. 그런 계절에 어찌 채소를 키운단 말인가.

"그래서 이곳이 특별한 것이다."

"어떻게 특별합니까?"

"우선 남쪽으로 난 창으로 사시사철 햇살이 들고, 온돌을 이용한 지중가온(地中加溫)으로……."

무심코 설명을 이어가던 양여섭이 문득 고개를 돌려 해루를 보았다. 이 녀석이 이런 설명을 과연 이해는 할까?

"……복잡한 이론은 됐고, 아무튼 추운 날에도 작물이 자랄 수 있도록 하는 곳이다."

"아! 그런 곳이었군요. 이해했습니다."

내내 구름 낀 듯 찌푸려 있던 해루의 얼굴이 금세 밝아졌다.

"추운 겨울에 작물을 키우는 곳이면…… 따뜻한 시기에는 쓸데가 없겠군요."

해루가 알은체를 하자 양여섭이 코웃음을 쳤다.

"미련한 녀석. 온실의 용도가 어찌 추운 겨울에만 국한되겠느냐?"

"따뜻한 봄날에도 쓸모가 있습니까?"

"모름지기 식물 중엔 봄의 서늘함조차 견디지 못하는 것들도 있느니라. 예를 들자면 서역에서 들여온 기화이초들이 그러하지."

양여섭이 걸음을 옮기며 온실에 심어놓은 특이한 꽃과 나무들에 대해 설명했다.

"이것들은 서역에서 가져온 기화이초들이다. 조선의 기후와 맞지 않는 더운 나라의 화초들이지. 이 화초는 기이하게 생기지 않았느냐?"

"잎은 없고, 바늘 같은 것이 뾰족하게 튀어나와 있군요."

"물이 적은 곳에서 사는 화초니라. 가시에 찔리지 않도록 조심해라."

"네."

"여기 있는 이 화초의 꽃을 달여 먹으면 복통에 효험이 있지."

"그렇군요."

"이쪽에 보이는 식물은……."

양여섭의 설명이 이어질 때였다. 어디선가 쩝쩝거리는 소리가 들려왔다. 고개를 돌리는 양여섭의 눈이 화등잔만 해졌다.

"너, 지금 뭐 하는 거냐?"

"네?"

"지금 뭘 먹고 있어?"

양여섭은 해루와, 그녀가 막 입에 넣고 있던 꽃을 번갈아 보았다.

"그걸…… 그걸 지금 먹고 있는 것이야?"

"네. 신기한 꽃이라 하시기에……."

"그걸 왜 먹어?"

"원래 처음 본 건 무조건 맛부터 보는 버릇이 있어서……."

어색한 웃음을 지으며 해루는 손에 쥔 꽃을 얼른 입안에 넣었다.

"그건 또 왜 먹어?"

"이왕 딴 거, 버릴 수는 없질 않습니까?"

"그걸 먹으면 어찌한단 말이냐? 그 귀한 걸……."

"이게 그렇게 귀한 것이었습니까?"

양여섭의 눈썹이 경련하듯 꿈틀거렸다.

"너, 너!"

그는 해루가 지나온 길을 되짚었다. 마치 메뚜기 떼라도 훑고 지나간 듯 곳곳의 식물이 감쪽같이 사라지고 없었다.

"저거, 저것도 먹은 거냐?"

"달콤하였습니다."

"저것도?"

"잎도 없는 화초에 꽃이 피어난 게 신기하여 어떤 맛일까 궁금했습니다."

"너…… 너…… 너……!"

"왜 그러십니까?"

무서운 얼굴로 쫓아오는 양여섭을 피해 해루는 슬금슬금 뒷걸음질 쳤다. 그러다 이내 걸음아 나 살려라 하며 냅다 달리기 시작했다.

"거기 서지 못하겠느냐!"

"학사님께서는 이런 상황에 서라면 서겠습니까?"

"그러게 왜 귀한 화초에 손을 대!"

"그리 귀한 것이었으면 미리 말씀해 주시면 되지 않습니까?"

"세상천지에 꽃을 먹는 놈이 있는 줄 내가 어찌 안단 말이냐?"

"모르셨습니까? 꽃도 먹을 수 있습니다. 제법 맛도 있습니다."

"누가 네놈의 괴이한 식성을 알고 싶다 했더냐?"

"시드는 것이 아까워서 먹었습니다. 그리고 몇 개 먹지도 않았습니다. 말 못하는 짐승도 먹을 때는 안 건든다고 하던데, 참으로 야박하십니다."

달리면서도 꼬박꼬박 대거리하던 해루는 신루 마당으로 들어섰다. 때마침 댓돌 아래로 내려서던 향과 마주쳤다. 그녀는 재빨리 그의 등 뒤에 몸을 숨겼다.

"무슨 일이냐?"

"저하께서 말씀 좀 해주십시오."

"보아하니 또 무슨 일을 벌인 모양이로구나."

"꽃잎 몇 장 뜯어 먹은 거로 저러십니다."

"뭘 먹어?"

"하늘조롱꽃을 먹었습니다. 지난해 서역에서 들여온 것을 겨우 겨우 살려 꽃을 피웠더니 저 녀석이 날름 먹어치웠지 뭡니까?"

양여섭이 가쁜 숨을 헐떡이며 말했다.

"한 장밖에 안 먹었습니다."

해루가 억울하다는 듯 소리쳤다.

"한 장이든 두 장이든 그걸 왜 먹어?"

양여섭이 빈주먹을 휘둘렀다.

"잠깐! 두 사람 모두 정지!"

가운데 서서 두 사람의 실랑이를 지켜보던 향이 양팔을 뻗었다. 오른손으로는 해루를, 왼손으로는 양여섭을 잡은 그가 싸움을 중지시켰다.

"양 학사는 잠시 물러가 있으라."

"하, 하오나……"

"잠시 물러가 있으라 하였다."

"알겠나이다."

왕세자의 으름장에 마지못해 물러가지만 양여섭은 해루에게 눈빛을 세우는 것을 잊지 않았다.

그가 물러가고 난 뒤, 해루와 눈높이를 맞춘 향이 말했다.

"아무거나 먹지 말라 하였지?"

"궁금하여 그랬습니다. 저리 아름다운 꽃은 어떤 맛이 날까 궁금해 견딜 수가 있어야지요."

"꽃은 보고 감상하는 것이지, 먹는 음식이 아니다."

"감상하는 것과 먹는 것의 구별이 처음부터 정해져 있답니까? 먹을 수 있으면 음식이고, 먹을 수 없으면 음식이 아닌 것이지요."

"아무리 그렇다 해도 꽃을 먹는다는 이야기는 금시초문이다."

"버릇입니다. 신기한 건 무조건 먹어봐야 직성이 풀리는 걸 어찌합니까?"

무엇이든 새로운 것은 입에 넣고 보는 건 해루의 오래된 습관이었다. 집을 잃고 떠돌 때, 먹을 것이 없어 굶기를 밥 먹듯 하였다. 그러다 보니 먹을 수 있는 것은 닥치는 대로 먹는 버릇이 생겼다. 꽃을 먹을 수 있다는 것도 그때 알게 된 사실이었다.

"그렇게 아무거나 주워 먹다간 죽을 수도 있다."

"또 공갈 협박이십니까?"

"사실을 말하는 것이다."

"유념하겠습니다. 그런데 제게 무에 하실 말씀이라도 있으십니까?"

"그래. 그렇지 않아도 널 찾아가려는 참이었다."

"무슨 일이신지……?"

"네가 나를 위해 긴히 해줄 일이 있다."

"그게 뭡니까?"

또 무슨 일을 시키시려고 이러시나? 궁금은 했지만 불안하지는 않았다.

지금까지 기이한 일들을 참으로 많이 했다. 몇 시진이나 떨어지는 물방울을 응시하고, 좌우로 왔다 갔다 하는 추를 보질 않나. 덕분에 괴상망측한 일에 대한 내성은 제법 쌓인 터였다. 이제는 못

할 일이 없었다.

"말씀하십시오. 죽는 것만 빼면 뭐든 하겠습니다."

이윽고 향의 한마디가 해루를 귓전을 파고들었다.

"해루야."

"네."

"너…… 세자빈 한번 되어보지 않을 테냐?"

"네?"

뭐가 되라고요?

적임자가 있습니다

나른한 바람이 회화나무 숲을 희롱했다.

법궁의 북쪽. 하얀 연꽃 봉오리처럼 보인다 하여 이름 붙여진 백악산 중턱에 거대한 저택 한 채가 웅크리고 있었다. 단단한 돌로 담을 두른 장방형의 저택은 오래된 성처럼 중후하고 묵직한 분위기를 자아냈다.

그 저택의 특이함은 비단 밖에서 보이는 외형만이 아니었다. 내부 구조도 독특했다. 특히, 심처로 가려면 무려 아홉 개의 중문을 거쳐야 했다. 허허로운 바람이 머무는 심처에 객이 찾아온 것은 태양 빛이 제법 영근 오후 무렵이었다.

"단주 어르신."

문풍지 위로 최 마름의 그림자가 어렸다. 저택의 거대한 살림을 도맡아 하는 최 마름은 조심스러운 목소리로 말을 이었다.

"시주하러 오신 비구니께서 단주 어르신을 뵙고 싶다 하십니다."

딱! 검은 암석을 깎아 만든 바둑판 위에 흰 돌을 내려놓던 민안선은 고개도 들지 않은 채 대답했다.

"아무도 들이지 말라 하였다."

반백의 수염이 그의 입술을 따라 들썩였다. 살집이라고는 한 줌도 찾아볼 수 없는 강퍅한 인상의 중년 사내.

"영월에서 오셨다 합니다."

검은 돌을 흰 돌이 지은 집 안으로 과감하게 들이려던 민안선의 손이 우뚝 멈췄다. 내내 바둑판 위에 고정되어 있던 그가 시선을 옮겼다.

"영월에서……?"

아무것도 담겨 있지 않은 얼굴에 반딧불이 같은 이채가 피어올랐다.

그러나 그것도 잠시뿐. 이내 표정을 지워버린 그는 다시 바둑판으로 고개를 내렸다.

"안으로 뫼시어라."

"네?"

안으로 뫼시라는 주인의 말에 최 마름의 눈이 벌어졌다.

주인의 명성을 듣고 온 비구니의 고집이라 생각했다. 혹시나 싶은 마음에 아뢰기는 하지만 이번에도 적당히 시주나 하실 줄 알았건만. 그러나 감히 그 연유를 물을 수는 없는지라, 조용히 읍하고는 뒷걸음으로 물러났다.

저택은 다시 고요 속에 침잠되었다. 이따금 민안선이 두는 바둑돌 소리만이 무겁게 가라앉은 정적을 흔들어줄 뿐이었다. 그렇게 얼마나 시간이 흘렀을까?

"장고(長考) 끝에 악수(惡手) 두는 법이라 하였지요."

손에 든 검은 돌을 좀처럼 내려놓지 못하는 민안선의 귀에 맑은 음성이 들려왔다. 언제 들어왔는지 황색의 가사를 입은 노년의 비구니가 그를 향해 합장했다. 비구니를 올려다보는 그의 눈빛이 문득 깊어졌다.

"오셨습니까?"

자리에서 일어선 민안선이 상석을 권했다. 비구니는 털털하게 웃으며 자리에 앉았다. 마치 그 자리가 원래 자신의 자리인 것처럼 자연스러운 모습이었다.

"사람을 보냈지만 이리 오실 줄은 몰랐습니다."

민안선의 말에 비구니의 얼굴에 유한 미소가 피어올랐다.

"한 번쯤 걸음을 해야겠다고 생각한 것은 벌써 삼 년 전이었습니다."

"그렇습니까? 헌데 어찌 이리 걸음이 더디었습니까?"

"아직 때가 무르익지 않았다 여겼지요."

"그럼…… 드디어 결단을 내린 것입니까?"

"그러는 단주께서는 결단을 내리셨습니까?"

바둑판 위에 그려진 흑백의 그림이 어지러웠다. 난전(難戰). 어느 한쪽이 우세라 볼 수 없는 백중지세였다.

"저는 이미 십 년 전에 결단을 내렸습니다."

"그렇지요. 그러하였지요."

조용히 염주를 굴리던 비구니가 자리에서 일어섰다.

"벌써 가십니까?"

"할 말을 마쳤으니 그만 가봐야지요."

짧은 한마디와 함께 문을 나서던 비구니가 민안선을 돌아보았다.

"그분 소식은 아니 물으십니까?"

잠시 침묵이 흘렀다. 무거운 정적을 깨고 민안선이 다시 입을 열었다.

"……잘 지냅니까?"

"잘 지내십니다."

"다행입니다."

그 말을 끝으로 더는 말이 없었다. 더 이상은 궁금한 것도, 궁금해할 수도 없는 사내는 소리 없는 인사로 비구니를 배웅했다.

잠시간 번연했던 방은 언제나처럼 다시 깊게 가라앉았다.

바둑판을 앞에 둔 채 눈을 감고 있던 민안선이 품속에서 작은 향낭을 꺼냈다. 이내 치자꽃 향기가 공기 중을 떠돌았다. 그와 함께 해사한 웃음이 뇌리를 파고들었다. 생시처럼 또렷한 목소리가 그의 귓가에 속삭였다.

—아버지.

불현듯 뜨거운 것이 명치 아래에서 솟구쳤다. 목구멍을 타고 올라오는 그것을 애써 꾹 누른 민안선은 눈을 떴다. 그는 손에 들고 있던 향낭을 품속으로 갈무리했다. 때마침 문밖에서 인기척이 들려왔다.

"무엇이냐?"

머뭇거리는 그림자를 향해 민안선이 목소리를 높였다.

"귀물이 도착하였습니다."

최 마름의 말에 민안선은 동창 문을 열었다. 댓돌 아래에 몸을 낮추고 서 있던 최 마름이 한쪽 옆으로 비켜섰다. 그의 등 뒤로 사인교가 놓여 있었고 그 곁에 개경 최고의 상단을 이끌고 있는 송 행수의 얼굴이 보였다.

"단주 어르신, 그간 강녕하셨습니까?"

송 행수의 인사를 한 귀로 흘리며 민안선은 사인교에서 눈을 떼지 않았다.

"저 아이인가?"

민안선의 물음에 송 행수가 고개를 끄덕였다.

"그렇습니다. 곧 있을 세자빈 간택에 들여보낼 것입니다."

송 행수가 뒤를 지키고 있는 여인에게 눈짓을 보냈다. 굳게 닫혀 있던 문이 열리고 하얀 버선발이 사인교 밖으로 드러났다.

"어떻습니까?"

송 행수의 물음에 민안선은 고개를 끄덕거렸다.

눈앞에 서 있는 어린 여인은 마치 만개한 매화꽃처럼 도도하면서도 우아한 기품을 풍겼다. 잠시 여인을 바라보던 민안선은 미처 놓지 못했던 흰 돌을 바둑판에 위에 내려놓았다.

"행마(行馬). 저 아이가 우리를 세상 밖으로 인도할 걸세."

"저하, 차라리 저를 죽여주시옵소서!"

김 상궁의 처절한 외침이 신루 마당을 가득 채웠다.

"그리 어렵더란 말인가?"

"차라리 고목에서 꽃을 피우는 것이 더 쉬울 것이옵니다. 하늘과 땅이 뒤바뀌지 않는 한 이건 절대 불가능한 일이옵니다."

대청마루에 서서 김 상궁을 내려다보던 향이 심각한 얼굴로 입을 뗐다.

"여인을 여인답게 만드는 일이다. 그게 뭐 그리 힘들다는 것이냐?"

세자의 지청구에 김 상궁은 휙 고개를 돌려 해루를 노려보았다. 다섯 살 어린 나이로 궁에 들어온 이후, 단 한 번도 법도에 어긋나는 일을 한 적 없었다. 모시는 상전이 내린 명을 이행 못 한 일도 지금껏 없었다. 그처럼 완전무결한 상궁 생활에 흠이 생기고 말았다.

이 모든 것이 저 아이, 해루 때문이었다. 저 천방지축을 여인답게 만들라는 세자 저하의 명만은 절대 이행할 수가 없었다. 어깨를 축 늘어트린 김 상궁은 피 끓는 목소리로 하소연했다.

"저하, 차라리 사내를 여인으로 만드는 편이 더욱 수월할 것이옵니다. 저 아이는…… 도저히 여인이 될 수 없사옵니다."

"그 정도란 말인가?"

향을 비롯한 신루 학자들의 시선이 김 상궁과 나란히 앉아 있는 해루에게로 향했다.

"하하하, 김 상궁님도. 표현이 조금 과하십니다."

머쓱하게 뒷머리를 긁적이는 그녀의 모습에 심운기가 고개를 절레절레 저었다.

"내 저럴 줄 알았지. 저하, 김 상궁의 고충, 저는 충분히 이해하고도 남사옵니다. 저 아이는 절대 그 일을 할 수 없사옵니다. 그러니 그만 명을 거둬주시지요."

팔짱을 낀 채 지켜보던 양여섭의 한마디가 해루의 폐부를 찔렀다. 기다렸다는 듯 김 상궁이 다시 나섰다.

"양 학사의 말이 옳사옵니다. 차라리 저하, 소인이 하겠사옵니다."

"……."

"소인이 이 아이를 대신하여 세자빈 간택에 나서겠나이다."

김 상궁의 절절한 충심을 듣던 향이 김담에게로 시선을 돌렸다.

"그럼 이 일을 어찌하면 좋겠는가? 정녕 저 아이를 여인답게 만들 수 없다면 차선책이 있어야 할 터."

"저하, 쇤네가 해루를 대신하여 간택에 참가할 것이옵니다. 허락하여 주시옵소서."

김 상궁의 간곡한 청이 허공을 뒤흔들었다.

먼 허공으로 시선을 돌린 향은 마른 헛기침을 흘렸다.

김 상궁의 나이 올해로 딱 쉰. 오죽 답답하면 저런 소리를 다 할까.

향은 김 상궁의 말을 흘려 넘기며 김담을 바라보았다.

"세자빈 간택에 나선 여인들을 감시하려면 믿고 맡길 수 있는 젊은 여인이어야 한다. 또한, 조정에 얼굴이 알려지지 않은 사람이어야 하지."

"그런 인물을 갑자기 찾을 수 없었지요. 그래서 어쩔 수 없이 해루를 선택하게 된 것이고요. 하지만 김 상궁조차 어찌하지 못한다하니……. 해루 저 아이를 지금 이대로 세자빈 간택에 참가시켰다간 도리어 일을 망칠 것이옵니다."

"그럼 어찌하면 좋겠느냐?"

향은 주위에 있는 사람들을 돌아보았다. 모두 하나같이 고개를 저었다. 해루를 알고 지낸 기간은 그리 길지 않았지만, 그녀의 성품이 얼마나 독특한지 모두 절실히 깨달은 까닭이었다.

그때였다.

"어쩌면 그 사람이라면 가능할지도 모릅니다."

그늘에서 들려온 목소리에 모두가 시선을 집중했다. 내내 침묵하던 무혁이 어둠 속에서 모습을 드러냈다.

"가능할지도 모른다?"

무혁이 고개를 끄덕였다.

"꼭 한 사람, 적임자가 있습니다."

❀

"어찌 그리 나를 못 믿으실까?"

개떡을 우물거리는 해루의 입에서 불퉁한 투정이 흘러나왔다. 향의 명으로 궁을 나온 그녀는 한양 거리를 홀로 걷는 중이었다. 다른 때라면 한양 구경하게 생겼다며 잔뜩 신이 나 있었겠지만, 지금은 상황이 상황인지라, 눈길은 저도 모르게 길을 오가는 여인들에게 꽂혀 있었다.

"내가 뭐가 어떻다고? 여인답지 않은 게 뭐가 있다고 그러는 건지, 원."

말은 그리했지만, 여인들에게 향한 시선을 떼지 못했다. 이렇게 눈여겨보니 한양의 여인들은 뭐가 달라도 달랐다. 걷는 걸음이나 하는 행동이나.

"어디 보자. 이렇게 걸음은 사뿐사뿐 가볍되 경망스럽지 않게 하면 되는 거 아냐?"

해루는 맞은편에서 오는 여인처럼 사뿐사뿐, 자박자박 걸음을 옮겼다. 그러나 이내 종아리에 엉기는 치맛자락에 걸음이 꼬여 버렸다.

"치마가 문제네. 이 치마가 문제였어."

투덜대며 한숨을 흘리던 해루는 다시 적당한 본보기를 찾아 눈동자를 굴렸다. 이내 장신구 가게에서 주인과 흥정을 하는 여인이 들어왔다. 무에 그리 좋은지 연신 손으로 입을 가린 채 웃는 모습이 천생 여인이었다.

"호호호."

몰래 여인을 따라 웃던 해루는 이내 입을 가리고 있던 손을 풀썩 내렸다.

"이건 도저히 못 하겠다. 온몸에 개미 떼가 기어 다니는 것 같아."

부르르 몸을 떨던 해루는 어깨를 펴고 주위를 둘러보았다.

대충 이쯤인 것 같은데. 주위를 두리번거리던 해루는 긴 담벼락을 따라 걸었다. 얼마 지나지 않아 화월루라는 현판이 눈에 들어왔다.

"맞게 찾아왔네."

문 닫힌 솟을대문을 보며 해루는 흠흠 목청을 다듬었다.

"계십니까?"

큰 소리로 불렀지만, 기척이 없었다.

"아무도 안 계십니까?"

쾅쾅 주먹이 아프도록 대문을 쳐댔지만 역시나 감감무소식.

"뭐야? 아무도 없는 거야?"

까치발을 한 채 담 너머를 기웃거렸다.

"본디 밤 장사를 하는 곳이라 지금쯤이면 한창 단잠에 빠져 있을 시각이오."

느닷없는 설명이 정수리 위에서 들려왔다. 고개를 돌리니 언제 왔는지 장신의 사내가 곁에 서 있었다.

조금은 특이한 복색과 상투를 틀지 않은 머리 모양, 검되 푸른 기운을 머금은 눈동자로 인해 이국적인 정취를 물씬 풍기는 사내였다.

신비한 아름다운 눈이 꿰뚫듯 해루를 응시했다. 그 눈을 보며 해루는 둥근 웃음을 지었다.

"이곳에 대해 잘 아십니까?"

"궁금한 거라도?"

"사람을 찾아왔습니다."

"사람?"

"네. 이곳 화월루에서 음악을 가르치는 선생을 뵈러 왔지요."

"음 선생은 왜?"

"그게……."

저도 모르게 묻는 말에 순순히 대답하던 해루는 얼른 입을 막았다. 처음 본 사내에게 시시콜콜하게 사연을 털어놓을 수는 없었다.

"기밀입니다."

"기밀?"

"네. 그분께만 말씀드릴 이야기지요."

물끄러미 해루를 바라보던 사내가 솟을대문 한쪽에 매달린 긴 줄을 잡아당겼다.

촤라랑, 촤라랑. 긴 줄에 달린 방울이 몸통을 흔들며 맑은소리를 쏟아냈다.

"그런 게 있었군요?"

눈빛을 반짝이고 있을 때였다. 내내 쥐 죽은 듯 조용하던 기루 안쪽에서 인기척이 들려왔다. 이윽고 분주한 발소리와 함께 굳게 닫힌 대문이 활짝 열렸다.

"오셨습니까?"

어느새 하얗게 분칠한 기녀가 달려 나와 사내의 팔에 매달렸다.

사내는 무심한 표정으로 고개만 끄덕였다.

"그런데 뉘신지요?"

뒤늦게 해루를 발견한 기녀가 물었다. 해루가 양손을 마주 비비며 대답했다.

"음 선생을 뵈러 왔습니다."

"음 선생을요?"

고개를 갸웃거리는 기녀의 등 뒤로 사내의 목소리가 들려왔다.

"내가 안내하지."

"아, 네."

저 사내, 이 기루에서 일하는 사람인가 보군. 해루는 종종걸음으로 사내의 뒤를 쫓았다.

잠시 후.

단 한 번도 상상하지 못한 화려한 세상이 해루의 눈앞에 펼쳐졌다.

화월루 안으로 들어선 해루는 여러 번 놀라야만 했다.

첫 번째는 눈이 뒤집힐 만큼 화려한 화월루의 모습 때문이었다. 형형색색 오색영롱하게 치장된 기루는 별세계란 말이 절로 나올 만큼 대단했다. 두 번째로 놀란 것은 기녀들의 아름다움이었다. 향긋한 분내와 함께 묻어나는 간드러진 웃음은 같은 여자가 보기에도 반할 정도였다. 마지막으로 놀란 것은 바로 해루의 안내를 자청한 사내의 인기였다.

화월루에는 적잖은 수의 기녀가 있었다. 그 많은 기녀 중 사내를 모르는 여인이 없었고, 사내에게 웃음을 아니 던지는 기녀가 없었다. 사내의 인기가 워낙 대단하다 보니 처음에는 의심도 했다. 혹여 사내가 기녀들에게 돈이라도 빌려준 건 아닐까? 그러나 사내를 바라보는 기녀들의 웃음엔 진심이 담겨 있었다.

해루가 흘끔 사내를 곁눈질로 쳐다보았다.

과연, 기녀들이 반할 만큼 대단한 용모였다. 하지만 해루는 속으로 혀를 찼다.

그림 속에서 툭 튀어나온 듯 헌헌장부 같은 용모와 달리 성품은 글러먹은 사내가 틀림없었다. 그렇지 않고서야 저리 애달파하는 여인들을 마치 길가에 뒹구는 돌 보듯 할 순 없겠지. 고개를 설레설레 저으며 화월루의 내실로 들어섰다.

제일 먼저 해루를 반긴 것은 향긋한 분내와 빠끔하게 열린 문틈 사이로 반짝거리는 호기심 어린 눈동자였다. 저를 보는 시선과 눈이 마주칠 때마다 해루는 환하게 웃으며 손을 흔들었다. 그럴 때마다 상대는 불에 덴 듯 서둘러 문을 닫아버렸다.

대문과 인접한 긴 행랑채를 지났다. 두 개의 중문을 통과하자 화려한 정자들이 자리 잡은 공간이 모습을 보였다. 그곳에 발을 디디기 무섭게 비단 자락 스치는 소리가 들려왔다.

"어서 오시어요."

반기는 인사가 사방에서 들려왔다. 나붓한 인사말과 함께 매력적인 눈웃음이 나비처럼 날아들었다. 쉼 없는 유혹의 손길이 사내의 몸을 스쳤다.

그러나 사내의 반응은 심드렁하기만 하였다. 그저 가볍게 고개만을 끄덕이며 묵묵히 걸음을 옮길 뿐이었다. 기녀들의 얼굴에 안타까움이 화석처럼 새겨졌다. 보다 못한 해루가 한마디 했다.

"목석도 이런 목석이 없습니다."

"……?"

"저 간절한 눈빛들이 안 보이십니까? 흔한 인사 한마디가 그리 어렵습니까?"

뜻밖의 말을 들었다는 듯 사내가 걸음을 세우고 해루를 응시했다. 그 서늘한 눈빛에 해루는 금세 꼬리를 내렸다.

"아니, 제 말은 인사를 건네면 마주 인사하는 것이 예의인 듯해서요."

"……."

날카로운 사내의 시선에 해루는 먼 허공을 응시했다. 괜한 소리를 한 듯싶었다.

"길을 알려주시면 혼자 가겠습니다."

사내의 시간을 뺏는 것 같아 마음이 불편했다.

그러나 사내는 대답이 없었다. 묵묵히 걷는 사내를 보며 해루는 다시 발길을 옮겼다.

그렇게 얼마나 걸었을까? 공기 중을 떠돌던 분내가 거짓말처럼 사라졌다. 대신 자리한 것은 짙은 사향 냄새.

"다 왔다."

내내 침묵하던 사내가 눈앞에 나타난 붉은 문을 눈짓했다.

매화나무가 정교하게 조각된 둥근 문. 사내는 당장에라도 후드득 매화 꽃잎이 떨어질 듯한 문 안쪽으로 미끄러지듯 들어갔다. 주춤거리자니 안쪽에서 사내의 목소리가 들려왔다.

"무얼 하고 있느냐? 음 선생을 찾아왔다고 하지 않았던가?"

주위를 둘러보던 해루는 문 안쪽으로 발을 내디뎠다. 사방에 휘장이 내려진 공간이 그녀의 눈앞에 나타났다.

외부와 철저히 차단된 은밀한 공간. 그 낯선 공간을 사내는 유려한 걸음으로 가로질렀다. 도포를 벗어 한쪽에 던져버린 사내가 안쪽 깊숙한 곳에 자리한 보료 위에 비스듬히 기대앉았다.

촉! 접선을 펼쳐 바람을 팔랑거리던 사내는 느른한 눈길로 해루를 바라보았다.

"그래, 무슨 얘긴지 들어보자."

"네? 하지만⋯⋯."

외로 고개를 틀던 해루가 두 눈을 크게 떴다.

"설마 당신이 그 음 선생?"

월인천강(月印千江) 1

"말해 봐라. 여기까지 온 연유가 무엇이냐?"

문틈으로 스며든 바람이 사내의 얼굴을 스쳤다. 어깨 위로 길게 늘어진 사내의 머리카락이 버드나무처럼 일렁였다. 눈동자에 잔물결이 일었다. 잔잔히 고인 그 눈에 해루의 모습이 담겨 있었다.

수렁처럼 깊은 시선을 마주한 해루는 사내의 얼굴을 찬찬히 살폈다.

반듯한 이마와 가파른 콧날, 어둠처럼 검고 깊은 눈동자와 붉은 입술이 정갈하면서도 흐트러진 미려함을 동시에 풍겼다. 각기 또렷한 아름다움을 가진 이목구비는 서로 어울리지 못하는 경우가 종종 있다. 그러나 사내의 이목구비는 개성이 강해 오히려 조화를 이루는 느낌이었다.

또한, 사내는 향기를 품고 있었다.

향이 청아한 초여름 대숲의 향기라면, 눈앞에 사내에게선 늦가을의 향기가 났다. 열매의 계절, 풍요의 달콤함과 겨울을 준비하는 가을 숲의 음울한 색채를 동시에 지니고 있었다.

그 깊은 눈이 해루에게 물었다. 이곳을 찾은 연유가 무엇인가? 서늘한 사내의 눈빛은 거미줄처럼 집요했다.

해루는 허리를 빳빳이 곧추세웠다. 발끝을 파고드는 예리한 감각이 그녀를 긴장시켰다.

그 미묘한 동요를 읽기라도 한 것일까? 내내 차갑던 사내의 얼굴이 마치 봄눈 녹듯 풀어졌다. 사내는 입가에 옅은 미소를 떠올렸다.

탕관에서 흘러나온 차향이 등파와 고랑을 넘어 순숙(純熟)으로 흩어졌다. 순간, 거짓말처럼 주위의 공기가 돌변했다. 위험한 향내를 풍기던 사내는 금세 무방비 상태가 되어 느른해진다. 바라보는 상대조차도 경계심을 풀 정도로. 물끄러미 사내를 바라보던 해루가 다시 물었다.

"정말 음 선생이 맞습니까?"

"그리 묻는 연유가 무엇이냐?"

"전설적인 인물이라 들었습니다. 소녀를 여인으로, 이름 없는 잡풀을 향 품은 꽃으로 거듭나게 할 수 있는 분이라 들었습니다. 그래서……."

"그래서 여인인 줄 알았다?"

사내의 자세가 느른해졌다.

"아직 너는 대답하지 않았다. 찾아온 용건은?"

"그게……."

해루는 말끝을 흐렸다. 머뭇거리는 그녀를 사내가 눈빛으로 재촉했다.

"여인이 되고 싶습니다."

"여인이 되고 싶어?"

무료한 빛을 담은 사내의 눈에 옅은 호기심이 떠올랐다.

"너…… 사내였던가?"

훑는 시선이 해루의 머리에서 발끝을 쓸고 지나갔다.

"여인의 행색에 제법 고운 미색인지라 영락없이 여인인 줄 알았더니. 깜빡 속았구나."

"어딜 봐서 제가 사내로 보인다는 겁니까? 여인입니다. 이리 봐도 여인, 저리 봐도 여인, 어떻게 봐도 여인이질 않습니까."

"그럼 좀 전의 그 말은 무슨 의미지?"

"이런 말씀, 제 입으로 드리기 뭣하지만 제가 아주 조금, 손톱만큼, 아니 쥐꼬리만큼 여인의 소양이 부족합니다. 그래서 도움을 조금 받고자 하는 겁니다."

"한마디로 말해 속까지 여인이 되고 싶다는 것인가?"

"네. 말하자면 그런 것이지요."

"기녀가 되고 싶으냐?"

"아닙니다."

해루가 고개를 열심히 흔들었다.

"그럼?"

"음전한 여염집의 규수가 되고 싶습니다."

"음전한 여염집 규수?"

사내, 위창의 반듯한 미간이 슬며시 찌푸려졌다. 해루의 목소리가 이어졌다.

"여염집의 규수는 어찌 걸어야 하는 겁니까? 어찌 밥을 먹어야

240

하며 어찌 차를 마셔야 합니까? 어찌 말을 하고 어찌 웃어야 합니까?"

해루의 물음이 위창을 향해 벌 떼처럼 달려들었다.

위창은 대답하지 않았다. 대신 뚫어져라 해루를 바라보다가 물었다.

"사내를 유혹하고 싶은 거로군."

"네?"

"연모하는 사내가 있을 터. 하여, 그 사내의 마음을 얻기 위해 이러는 것이냐 묻는 것이다."

"그건 아닙니다. 절대로."

해루가 거듭 고개를 저었다.

"들으면 들을수록 해괴하구나. 사내를 유혹하고 싶은 것도 아니면서 대체 무슨 연유로 여인이 되고 싶다는 거냐?"

"그게……."

어쩌다 일이 이렇게 된 것인지. 생각하자니 절로 한숨이 새어 나왔다. 그야말로 귀신에 홀린 기분이다. 아니지, 이번에도 공갈 저하의 농간에 홀린 게 분명했다.

문득 며칠 전의 일을 떠올리며 해루는 어금니를 지그시 물었다.

"너, 세자빈 한번 되어보지 않을 테냐?"

느닷없는 향의 물음에 해루는 제 귀를 의심했다.

내가 무얼 잘못 들었나? 황당한 마음에 귀를 후비적거리자니 향이 다시 말했다.

"해루야, 네가 세자빈 간택에 나가주어야겠다."

"지금 저한테 하시는 말씀입니까?"

"여기 너 말고 또 누가 있느냐?"

"그러니까 저더러 세자빈 간택에 나가란 말씀입니까?"

"그래."

선명한 향의 대답에 해루는 하늘을 보았다.

겨울을 마저 떨치지 못한 하늘은 청명하기 이를 데가 없었다. 아직 여름이 오려면 멀었건만 이 양반이 때아닌 더위를 잡수셨나?

"요즘 무리하셨나 봅니다."

"……."

"요 며칠 제대로 잠도 안 주무신다고 걱정하는 소릴 들었습니다. 내 이러실 줄 알았습니다. 저도 사람이질 않습니까. 사람이 어찌 그리 산단 말입니까? 무쇠로 만들어진 몸이래도 저하처럼 이리 쉼 없이 다그치면 부서지고 말 겁니다. 언젠가 이런 날이 올 줄 알았습니다. 이렇게 정신줄 놓으실 줄 알았습니다."

"자꾸 흰소리하지?"

향이 주절주절 긴말을 늘어놓는 해루의 볼을 주욱 잡아 늘였다.

"그럼 뭡니까? 자다가 봉창 두드리는 것도 유분수지, 갑자기 웬 세자빈 타령입니까? 막말로 세자빈 자리가 투전판에서 따는 것도 아니고. 그 자리가 어디라고 감히 제가……."

"너더러 진짜 세자빈이 되라는 것이 아니다."

향이 해루의 말허리를 잘랐다.

"그럼 왜 갑자기 세자빈이 되라 말씀하신 겁니까?"

"이번 세자빈 간택에 세작이 스며들 거라는 정보를 입수했다. 하여, 네가 그 세작을 찾아주었으면 좋겠구나."

"진짜 세자빈이 되라는 게 아니라 간택에 참가한 세작을 잡아내라, 이 말씀입니까?"

"바로 그렇다."

"그러니까 세작 때문이라는 거로군요."

"그 외에 다른 뜻이 있겠느냐?"

"……네. 저도 그럴 거라 생각했습니다."

그럼, 그렇지. 이제야 황당하게만 들리던 향의 말이 이해되었다. 언감생심 세자빈이라니, 말이나 될 법한 소리인가.

그때였다. 쓱, 하얀 손이 무람없이 해루의 이마를 짚었다.

"뭐, 뭐 하시는 겁니까?"

"열은 없구나."

"뜬금없이 그 무슨 말씀이십니까?"

"안색이 좋지 않아 물어보는 것이다. 어디 아프기라도 한 것이냐?"

"아프긴 어디가 아프다고. 건강하다 못해 펄펄 날 정돕니다."

"정말로 아픈 곳은 없느냐?"

심각한 표정을 짓는 향의 모습에 무안해진 해루는 한 발 뒤로 물러섰다. 그러다 이내 향의 입가에 떠오른 짓궂은 미소를 발견했다.

"뭡니까? 또 저를 놀리신 겁니까?"

시치미 뚝 떼고 저를 놀리는 향을 향해 눈을 가늘게 치떴다.

"어떠냐? 나를 위해 간택에 참가할 테냐?"

"……싫습니다."

세자빈 간택이라니. 괜히 그런 일에 끼어들었다간 사람들의 이목을 끌 수도 있었다. 남의 눈에 띄어 좋을 건 없었다. 행여 일이 잘못되면 자신을 쫓는 자들에게 발각될 수도 있었다.

"그렇게 아무 생각 없이 대답하지 말고 신중하게 생각해 보아라."

향이 다른 대답을 종용했다.

들은 체도 않은 채 해루는 등을 돌려 걸음을 옮겼다.

"말씀드리지 않았습니까? 싫습니다. 다른 사람 알아보십시오."

"너, 나를 위해 뭐든 한다 하질 않았느냐?"

"세자빈 간택처럼 중차대한 일은 그 뭐든지에 포함되지 않습니다."

우겨대는 해루에게 향이 비장의 무기를 꺼내 들었다.

팔랑. 향의 품에서 문서가 나왔다.

我取你.

또 나왔다, 너는 나의 것.

향은 보란 듯 문서를 흔들었다.

"네가 나의 것이라는 문서가 내게 있다는 것을 그새 잊은 것이냐?"

한심한 시선으로 향을 바라보던 해루가 심드렁하게 대답했다.

"그거 동구비보 한정인 거 모르십니까?"

"그런 건 신경 쓰지 말라고 말한 입이 과연 누구 입이었는지 모르겠구나."

"순진도 하십니다. 그 말을 곧이곧대로 믿으셨습니까?"

뻔뻔한 해루의 말에 향은 할 말을 잃고 말았다.

그를 곁눈질하던 해루는 잠시 멈췄던 걸음을 다시 옮겼다. 그러나 화원으로 돌아온 이후 내내 마음 자락이 편하지 않았다.

화원 한쪽의 정자 구석에 쪼그리고 있던 해루는 무릎에 턱을 괴었다. 소심한 반항으로 이번엔 어찌어찌 넘어가긴 했는데. 앞으로 이 일을 어찌한다?

아니다. 모질게 마음먹어야지. 아무리 세자 저하와 이 나라를 위한 일이라 해도 세자빈 간택이라니. 그 자리에 나갔다간 어떤 일이 벌어지게 될지 알 수 없었다. 한 번뿐인 인생. 가늘고 길게, 최대한 안전하게 살아야지. 계속 모르쇠로 일관하자. 그래, 무슨 말을 하든 모른 척하자.

마음의 결정을 내렸지만, 여전히 가슴 한구석엔 지게미 같은 앙금이 남았다.

그렇게 얼마나 지났을까? 상념에 빠지다 못해 까무룩 잠이 든 해루의 곁으로 긴 그림자가 다가왔다. 향이었다.

"해루야."

"……."

"자는 것이냐?"

대답은 없었다. 물끄러미 해루를 내려다보던 향은 문득 입고 있던 용포의 고름을 풀었다. 이내 황금빛 용이 수놓인 용포가 팔랑거리며 해루의 어깨 위로 내려앉았다. 사각거리는 비단의 감촉이 잠든 해루의 볼을 비볐다. 청명한 온기가 그녀를 포근히 감쌌다. 좋은 꿈을 꾸는지, 해루의 입가에 말간 미소가 맺혔다.

"녀석……."

덩달아 향의 얼굴에도 웃음이 그려졌다. 향은 잠든 해루의 곁에 앉았다. 만개한 꽃들을 둘러보던 그가 문득 혼잣말처럼 나지막한 음성으로 입을 열었다.

"내가 마음이 급했었다."

"……."

"오래 뒤쫓던 무리가 있었다. 어쩌면 이번에 그들의 꼬리를 잡을 수도 있을 거란 생각에 나도 모르게 마음이 다급해졌다. 하여, 네 생각을 못 했다. 위험한 일이 될 수도 있다는 것을 간과했다. 미안하구나."

잔잔한 목소리가 해루의 귓전을 파고들었다.

동시에 쓱, 머리를 쓸어내리는 따뜻한 손길.

순간, 무언가 툭 여린 것이 가슴을 간질이는 것만 같았다. 내내 눈을 감고 있던 해루는 살며시 실눈을 떴다.

물끄러미 해루를 바라보던 향은 이내 자리를 털고 일어나 걸어 갔다. 화원을 나서는 향의 뒷모습이 해루의 눈 속에 맺혔다.

달도 없는 캄캄한 밤. 어둠 속을 허위허위 걷는 향은 마치 신기루 같았다. 손에 잡힐 듯 잡히지 않는 그림자처럼 그대로 어둠 속으로 사라져버릴 것만 같았다. 자꾸만 얼마 전에 보았던 광경이 떠올랐다. 상처 입은 그의 모습이. 그런 모습을 하고도 자신에게 가라 말하던 그가…… 아련하게 뇌리를 채웠다.

가슴 한구석에 바늘이 한 움큼 돋아난 듯 따끔거렸다. 어깨를 덮은 용포의 온기가 단단했던 마음을 물렁하게 만들었다.

"하겠습니다!"

결국, 해루는 소리치고 말았다.

"응?"

막 화원을 나서던 향이 고개를 돌렸다.

"잠든 거 아니었느냐?"

"깼습니다."

"내가 또 네 잠을 방해했구나."

향이 어울리지 않게 미안한 표정을 지었다. 바람을 품은 듯한 그의 눈빛에 해루는 마음이 허물어지고 말았다.

"하겠습니다. 세자빈 간택에 참가하겠습니다."

어째 당한 것 같단 말이지. 해루의 입에서 낮은 한숨이 새어 나왔다.

"어찌 한숨이냐?"

위창의 물음에 해루는 서둘러 표정을 지우고는 미소를 지었다.

"제 신세가 답답하여 절로 한숨이 나왔습니다. 그보다 여인이 되려면 어찌해야 합니까?"

약조를 아니 하면 모를까, 하겠다 하였으니 어떻게든 세자빈 간택에 참가해 세작을 찾아내야 했다. 그러자면 남의 눈에 띄지 말아야 하고, 남의 눈에 띄지 않기 위해서는 싫어도 잘 교육받은 여염집 규수의 흉내라도 내야 했다.

"너는 아직 내 질문에 대답하지 않았다."

"복잡한 사정이 있어 연유를 말할 수 없습니다."

"이유도 모른 채, 널 여인으로 만들어달라 이 말이냐?"

"안 되겠습니까?"

위창을 바라보는 해루의 눈에 간절함이 들어찼다.

속내가 훤히 들여다보이는 눈동자. 물끄러미 바라보던 위창은 고개를 돌려버렸다.

"글렀다."

"무슨 뜻입니까?"

"네가 원하는 온전한 여인, 너는 그리될 수 없다 이 말이다."

"어찌 사람을 겪어보지 않고 그리 단정 지어버리는 겁니까? 편견입니다."

"오랜 경험에서 우러나온 식견이다. 척하면 척이라고. 넌 여인이 될 일말의 가능성도 없다."

위창의 단정에 해루는 잠시 말을 잃었다. 그러나 이내 여유로운 미소를 되찾으며 자리에서 일어섰다.

"역시 제 생각이 옳았습니다."

"……?"

"잘 알겠습니다."

미련 없이 돌아서는 모습에 되레 언짢아진 것은 위창이었다.

"거기 서라."

"볼일 없습니다. 그만 돌아가겠습니다."

"거기 서라 하였다."

"왜 그러십니까?"

"말해 봐. 무슨 생각이 옳았다는 것이냐?"

"자신이 없으신 거 아닙니까?"

"뭐?"

"여인에 관해서는 속속들이 알고 그 누구보다 여인다움을 잘 아는 분이라, 세상 어떤 왈가닥을 갖다 놔도 어떻게든 음전한 요조숙녀를 만드신다는 명성. 사실은 허명이 아닌지요?"

"……."

"비밀로 하겠습니다."

큰 인심 쓴다는 듯 해루가 말했다.

꾸벅 고개를 숙이고 돌아서는 해루의 모습에 위창은 잠시 멍해졌다. 그리고 다음 순간.

"하하하하."

느닷없는 웃음이 터져 나왔다. 그러나 웃음은 시작할 때와 마찬가지로 불시에 뚝 그쳐버렸다.

해루의 행동, 분명한 도발이었다. 눈에 빤히 보이는 어리석은 수작이 아닌가. 당돌한 아이다. 그러나 위창은 기꺼이 넘어가주기로 하였다. 아니, 흥미가 생겼다는 말이 옳을 것이다. 감히 자신을 도발하는 저 눈빛이 그리 싫지 않았다.

모처럼의 유희. 자리에서 일어선 위창은 성큼 해루의 지척으로 다가섰다. 작은 정수리가 가슴 어름에서 느껴졌다. 한 손에 들어올 것 같은 가늘고 하얀 목덜미도 보였다. 그야말로 그대로 쥐고 힘을 주면 바스러져버릴 힘없고 나약한 존재.

관조하는 시선으로 해루를 내려다보던 위창이 입을 열었다.

"좋다. 정히 원한다면 내 너를 온전한 여인으로 만들어주마."

"정말이십니까?"

반색하는 찰나.

"대신……."

고개를 숙여 해루와 눈높이를 맞춘 위창이 속삭였다.

"나를 유혹해라."

"네?"

"내 마음을 흔들어보란 말이다."

"……."

해루는 멍한 시선으로 위창을 바라보았다.

산 넘어 산이라더니. 이건 또 무슨 소리야?

위창은 이층 정자에 앉아 술잔을 기울였다. 그의 시선은 솟을대문 밖으로 나가는 해루에게서 떨어지지 않았다.

"재미있는 놀이를 시작하셨다고요?"

등 뒤로 비단 치마 스치는 소리가 들려왔다. 농염한 향내와 함께 다가온 여인이 다소곳이 위창을 향해 허리를 접었다.

술잔의 술을 입안에 털어 넣은 위창은 뒤늦게 여인을 돌아보았다.

"아, 음 선생."

서른 중반의 퇴기라 하기엔 여전히 눈이 시릴 만큼 화려한 미인이 그의 눈에 들어왔다. 이 여인이야말로 해루가 찾아왔던 진짜 음 선생이었다. 한때는 이 여인을 얻기 위해 한양의 내로라하는 권문세가의 사내들이 목숨을 걸었다고 했다.

고작 계집 하나 때문에 목숨을 걸다니. 코웃음이 절로 나왔다.

"오시었으면 기별을 주시지 그러셨습니까?"

"모처럼 재미있는 일이 있어서 말이다."

"저를 찾아온 아이라 들었습니다."

"온전한 여인이 되고 싶다더군."

어느새 작은 점처럼 멀어진 해루를 보며 위창이 말했다.

덩달아 시선을 돌리던 음 선생은 고개를 갸웃했다. 위창이 이런 일에 흥미를 보인 것은 처음 있는 일이었다.

"별일이십니다."

"그러냐?"

대답하는 위창의 눈에는 다시 무료함이 가득했다.

"알아보라 한 것은?"

"저 아이, 신루에서 보내온 아이입니다."

"신루라면…… 세자가 세상 물정 어두운 우유(迂儒)들을 모아 놓고 있다는 곳이 아닌가?"

"그러합니다."

"그렇단 말이지."

무언가가 있다 생각했는데, 세자와 연관된 아이라니. 이야기가 더더욱 재미있어지겠군.

위창의 붉은 입술이 길게 늘어졌다. 그는 이미 사라지고 없는 해루의 뒷모습을 좇아 먼 허공을 응시했다. 그의 눈 속에 반딧불이 같은 불빛이 반짝 떠올랐다 사라졌다.

월인천강(月印千江) 2

　각지에서 모은 진귀한 서적이 빽빽하게 들어찬 동궁전 서고. 묵향 가득한 그곳에 난데없는 비명이 울려 퍼졌다.

　"아아아아아!"

　허공을 뒤흔드는 파장에 각기 서책에 몰두하던 신루의 학자들이 일제히 고개를 들었다. 그러나 이내 비명을 내지른 주인공이 누구인지 확인하고는 여상한 모습으로 돌아갔다. 더러 쯧쯧 혀를 차는 학자도 있었다. 심각한 비명과 달리 학자들의 반응은 무심했다. 이미 비명에 익숙해진 까닭이었다.

　"이게 무슨 소리야? 암소가 간질이라도 일으킨 건가?"

　며칠 동안 궁 밖에 나갔다가 이제 막 신루로 돌아온 심운기가 깜짝 놀란 표정으로 물었다.

　"해루일세."

서책에 집중하고 있던 양여섭이 심드렁한 목소리로 대꾸했다.

"해루?"

심운기의 미간이 찌푸려졌다. 비명의 연유를 물었는데, 돌아오는 답이 해루라니.

"녀석이 책을 보고 있네."

"책을 보는 것과 비명이 무슨 상관인가? 설마, 저 녀석은 책을 보면 비명을 지르는 괴상한 병증이라도 있는 게야?"

"병증은 무슨."

"병증이 아니라면 책을 읽는데 왜 저런 기이한 비명을 질러? 혹시, 자네……."

심운기가 양여섭을 보며 눈매를 가늘게 여몄다.

"왜 그런 눈으로 보는 겐가?"

"자네, 설마 저 가엾은 놈한테 미치광이 풀이라도 먹인 게야?"

심운기의 어이없는 의심에 양여섭이 눈을 세모꼴로 만들었다.

"뭐야? 사람을 어떻게 보고."

"어떻게 보긴, 자네이라면 능히 그러고도 남을 위인이니 묻는 것이 아닌가? 내 온실에서 부릴 아이를 보내달라 할 때부터 알아봤지. 자네, 저 아이한테 약초의 효능을 시험해 본 게지?"

"내가 저 녀석에게 이상한 걸 먹여서 저리되었다는 거야? 말도 안 되는 소리."

"다른 사람은 몰라도 자네라면 그런 만행을 저지르고도 남을 것 같아서 이리 묻는 게 아닌가?"

"다른 사람은 몰라도 저 녀석한테는 그런 짓 안 한다네."

"왜?"

"효능이 없어. 약이 안 먹히는 녀석이야."

"해봤다는 얘기군."

"결정적으로 저 녀석은 내가 먹이기 전에 스스로 먹는 놈이야."

"뭐?"

"저 녀석 때문에 온실의 약초가 남아나질 않는다네. 내 살다 살다 저놈처럼 약 좋아하는 녀석은 처음 봤네."

"자네 소행이 아니야? 그럼 뭐야? 미치광이 풀도 안 먹은 아이가 왜 책을 보며 비명을 질러?"

"사내를 유혹하는 방도를 찾는 중이라고 하더군."

"뭐? 뭘 유혹해?"

"사내."

"누가? 해루, 저 아이가?"

풋, 심운기의 얼굴에 웃음이 걸렸다. 양여섭이 책장을 넘기며 말을 이었다.

"사내를 유혹하고 싶다기에 자고로 모르는 것이 있으면 응당 책에서 그 해답을 찾으라 하였지. 책에 세상 만물의 모든 길이 있다고 말이야."

"그랬더니 저 모양인가?"

"오늘은 그래도 상태가 좋은 걸세. 어제는 제 머리를 쥐어뜯으며 '가까이하면 불손해지고, 멀리하면 원을 품는다'라는 게 대체 무슨 헛소리야라며 소리쳤다네."

"공자님 말씀이로군."

"그제엔 '물에 빠진 형수를 구해주지 않으면 짐승과 같다고? 당연한 소리를 왜 하는 거야?'라며 소리치더군."

"남녀 간의 도리를 말하는 것인데, 맥을 잘못짚었군."

"어쨌든 공자 왈 맹자 왈 하며 저 난리라네."

254

"허허. 과연 저 아이답군."

심운기는 해루다운 행동이라며 고개를 끄덕였다. 양여섭을 비롯한 다른 학자들 역시 그의 말에 동의했다.

해루가 은둔한 학자들의 모임인 신루에 온 지 고작 한 달. 짧은 시간에도 불구하고 신루의 학자 중에 해루를 모르는 이는 단 한 사람도 없었다. 좋게 말하면 확실하게 자신의 존재감을 자리매김한 것이라 할 수 있었고, 나쁘게 말하면 그녀의 행실이 그만큼 유별나다는 의미이기도 했다.

"뭡니까? 왜 웃으시는 겁니까?"

언제 다가왔는지 해루가 입술을 내밀며 뾰로통한 표정을 지었다.

"사람을 봤으면 인사부터 해야지."

심운기의 지청구에 해루는 힘없이 머리를 숙였다.

"안동에 가신다고 하더니, 잘 다녀오셨습니까?"

"그래, 잘 다녀왔다. 그보다 요즘 책을 읽는다면서?"

고개를 끄덕이던 해루는 풀 죽은 표정으로 두 사람의 곁에 털썩 주저앉았다.

"궁에 다른 서고는 없는 겁니까?"

"다른 서고는 왜? 무에 찾는 서책이라도 있는 것이냐? 동궁전 서고에 없으면 조선 어디에서도 찾을 수가 없을 것이야."

심운기의 말에 해루의 낙심은 더욱 커졌다.

"서고만 이리 크면 뭘합니까? 정작 필요한 책은 없는데."

투덜대는 해루에게 심운기가 의미심장한 표정을 지었다.

"듣자 하니 사내의 마음을 흔들 방도를 찾는다고?"

"네."

"그런 일이 있으면 진즉 나를 찾아오지 않고선."

"혹시 그런 방도를 알고 계십니까?"

"아무렴. 그런 일에는 내가 전문가지."

"그렇습니까?"

심운기를 바라보는 해루의 두 눈에 기대가 들어찼다.

위창이라는 기생오라비 같은 사내를 홀리기 위해 단단히 작정한 지 어느새 이레. 갖은 방법을 다 동원해도 눈썹 하나 까딱하지 않는 위창으로 인해 해루는 날이 갈수록 의기소침해지고 있었다.

"뭡니까? 제발 알려주십시오."

"그건 말이다……."

심운기가 자신만만한 얼굴로 말을 이었다.

"은밀함이다."

"은밀함요?"

"그렇지. 사내들은 바로 여인의 은밀함에 마음이 흔들리지. 특히, 의도하지 않은 은밀한 노출을 즐긴단다."

"의도하지 않은 은밀한 노출? 뭘 의도하지 않고 노출한답니까?"

해루가 꺼림칙한 표정을 지었다. 저도 모르게 심운기에게서 한 걸음 물러서기까지 했다.

하지만 일단 이야기의 물꼬를 튼 심운기는 해루가 물러난 만큼 다가서며 속삭이듯 말을 이어갔다.

"의도하지 않은 은밀한 노출. 가령, 여인들이 사뿐사뿐 걸을 때 말이다. 치마 아래로 은근슬쩍 보이는 신!"

"설마, 신을 보며 좋아한단 말입니까?"

"아니다. 그 정도에 반응하면 어찌 성인이며 군자라 하겠느냐? 사내들이 좋아하는 것은 바로……."

"바로?"

"사뿐사뿐 걸을 때 치마 아래로 은근슬쩍 보이는 꽃신, 그 위쪽에 보일 듯 말 듯 살짝 비치는 은밀한 속사정. 바로 하얀 버선이니라."

"버선이라고요?"

해루는 고개를 내려 버선을 신은 제 발을 응시했다.

고작 버선이 사내를 유혹하는 방도라고? 애초에 치마 아래로 보이는 신과 버선에 어떤 차이가 있는지도 의문이다. 그녀의 궁금증을 꿰뚫어 보기라도 한 듯 심운기의 설명이 이어졌다.

"처마 끝처럼 하늘을 향해 도도하게 날을 세운 여인의 새하얀 버선발. 걸을 때마다 치맛자락 사이로 언뜻언뜻 보이는 하얀 버선발이야말로 사내의 심장을 요동치게 할 묘수 중의 묘수지."

"정말요?"

도무지 믿을 수 없다는 듯 해루가 거듭 질문했다.

"냄새나는 버선발을 왜 좋아하는 겁니까?"

"그러니까 새하얀 버선이라고 하질 않았느냐. 깨끗이 빨아 갓 신은 뽀송뽀송한 버선발."

"그, 그런 겁니까?"

"내가 아는 사람 중에서도 여인의 버선발에 현혹되어 가산 탕진한 자가 여럿 되느니."

"그렇군요. 그런 방도가 있었군요."

해루의 안색이 환히 피어났다. 풀리지 않는 문제의 해법을 찾았다.

"고맙습니다. 이 은혜, 잊지 않겠습니다."

꾸벅, 인사를 하고 해루는 종종걸음으로 동궁전 서고를 나섰다.

천하에 다시없을 난제를 해결한 해루의 얼굴은 그 어느 때보다도 밝았다.

❀

"버선발, 새하얀 버선발이란 말이지."

이거면 음 선생을 유혹할 수 있단 말이지?

절로 웃음이 새어 나왔다. 설마, 버선이었을 줄이야. 이런 간단한 이치를 모르고, 공자 왈 맹자 왈 책만 팠으니. 지난 이레 동안의 노력이 어리석게 느껴질 지경이었다.

"진작 물어볼걸. 그랬으면 이리 고생하지도 않았을 텐데 말이야."

여인의 도리 하나 배우는 데 무얼 이렇게까지 해야 하나, 불만이 없는 것은 아니었다. 그러나 어쩌겠는가. 이미 하겠노라 약조한 것을. 해루는 길게 한숨을 쉬었다.

"이놈의 팔자. 도대체 편할 날이 없구나."

그래도 어쩔 수 없었다. 당분간 그녀는 숨어 살 그늘이 필요하고, 세자 저하의 곁은 그 필요에 넘칠 만큼 충분한 그늘을 품고 있었다.

그러니 얼마 동안만 시키는 대로 고분고분 따르자. 더도 덜도 말고 딱 한 해만. 자신을 찾는 사람들이 지쳐 떨어질 때까지만, 궁이라는 황금 고치 속에 숨어 있으면 되리라.

"까짓것 일 년만 버티면 되는데, 뭐든 못 하겠어?"

해루는 버선발을 부르짖으며 발걸음을 재촉했다.

"버선발이라니? 대낮부터 무슨 헛소리냐? 네가 배운 여인의 도리가 말도 안 되는 혼잣말이냐?"

그때였다.

등 뒤에서 조용한 목소리가 들려왔다. 길을 재촉하던 해루가 뒤를 돌아보았다. 향이 언제나처럼 짓궂은 미소를 지은 채 그녀를 바라보고 있었다.

"오셨습니까?"

"어찌 날 바라보는 눈길에 불손함이 가득하구나."

"불손하지 않으려고 해도 절로 불만스러운 마음이 드니, 어쩔 도리가 없습니다."

"왜 그런 마음이 드는 것이냐?"

"제가 누구 때문에 이 고생을 하는지 아십니까?"

해루가 투덜거렸다. 그 불손한 태도에 향의 뒤에 그림자처럼 선 무혁이 눈빛을 세웠다. 시간이 흘러도 무혁의 날 선 시선은 좀처럼 적응되지 않았다. 뜨끔한 해루는 슬며시 고개를 돌려 그를 외면했다.

"여인의 도리를 배우는 것이 그리 힘들더냐?"

"말도 마십시오. 여인의 도리를 배우다 천하제일 대학사가 될 지경입니다."

"대학사? 그저 몇 가지 품성만 익히면 되는 것 같아 가벼이 생각했더니, 꽤 어려운 일인가 보구나."

"자칫했으면 동궁전 서고를 다 털어볼 뻔했습니다."

"너무 무리하는 거 아니더냐?"

"걱정 마십시오. 마침 심 학사님이 좋은 방도를 알려주었습니다."

"좋은 방도?"

"사내를 유혹할 방도 말입니다. 그걸 알지 못해 지금까지 고전했지 뭡니까."

"뭐라? 사내를 유혹하는 방도? 그걸 왜 찾는 것이냐?"

향의 미간이 한데로 모였다. 온전한 여인의 도리와 행동을 배우라 보냈더니 뜬금없이 사내를 유혹하는 방도를 찾아? 이건 또 무슨 일이란 말인가?

"화월루의 음 선생 말입니다. 제게 자신을 유혹해 보라고 하질 뭡니까. 그래야 온전한 여인의 도리를 알려준다고 말입니다. 아무래도 저를 시험하는 것이 틀림없습니다. 그 바람에 지금까지는 번번이 실패했지만, 오늘은 감이 좋습니다."

해루는 주먹을 꼭 쥐며 제법 야무진 표정을 지었다. 그러다 문득 생각난다는 듯 향에게 말을 건넸다.

"아참, 저하."

"왜 그러느냐?"

"오늘도 잠행 나가실 겁니까?"

"마침 새로운 수노기가 완성되어 인근 사냥터로 시험 삼아 나가려 한다."

"오늘은 가지 마십시오. 다른 날 시험하십시오."

"어찌하여?"

"얼마 안 있어 비가 올 겁니다. 제법 큰 비가요."

제 할 말을 마친 해루는 어느새 향의 시야 밖으로 자취를 감추었다.

그 모습을 지켜보던 향이 고개를 돌렸다.

"혁아!"

"네, 저하."

등 뒤를 지키고 섰던 무혁이 향의 앞으로 나왔다.

"너, 화월루로 가보아라."

"……."

"묘하구나. 온전한 여인의 도리를 배우고 오라 하였더니 사내를 유혹하는 방도를 궁리한다니. 그 음 선생, 여인이라 하질 않았더냐?"

"맞사옵니다."

"화월루에서 어떤 일이 벌어지고 있는지 궁금하구나. 대체 일이 어찌 돌아가는지 알아보거라."

해루, 그 아이가 유혹해야 하는 사내가 넌지도 함께.

무혁에게 명을 내린 향은 고개를 들어 하늘을 보았다.

"비라……."

청명한 하늘이었다. 손끝에 푸른빛이 묻어날 것처럼 새파란 하늘엔 그 흔한 구름 한 점 보이지 않았다. 하늘을 올려다보는 향의 입가가 부드럽게 말려 올라갔다.

"이리 맑은데 비가 온단 말이냐?"

사뿐사뿐, 자박자박.

하얀 버선발이 하릴없이 위창의 앞을 오락가락했다. 느른하게 보료에 기댄 채 오수를 즐기던 위창은 가만 실눈을 떴다.

'그 녀석이군.'

해루였다. 아니, 해루밖에 없었다. 감히 그가 자는 방에 무람없이 쳐들어와 저리 번잡을 떨 사람은 천하를 통틀어 오직 해루 한 사람밖에 없을 것이다. 이번엔 또 무슨 해괴한 방법을 시도하려는 걸까?

'실수였다.'

위창은 뒤늦게 후회했다.

그때 어찌 그런 내기를 하였을까?

여인의 도리를 알고 싶으면, 날 유혹해 보거라. 해루에게 그리 말했었다.

처음엔 단순한 치기였다. 사내를 유혹하려는 것도 아니면서 여인의 도리를 배우고 싶다 하는 연유가 궁금했다. 제법 당돌하고 당찬 것이 흥미가 생겨 가볍게 장난을 걸었던 것이다. 헌데, 그 가벼운 장난이 이리 귀찮은 일이 될 줄이야.

그날 이후로, 해루는 매일같이 그를 찾아왔다. 그리고 오늘이야말로 당신의 심장을 움직여보겠노라 호언장담하며, 해괴한 짓을 일삼았다.

첫날은 그와 눈이 마주칠 때마다 눈을 깔고 고개를 돌리며 부끄러운 표정을 지었다. 교태 섞인 여인의 모습이라. 제법이라 생각했다. 그러나 시도 때도 없이 부끄러운 표정을 짓는 통에 급기야 저도 모르게 시선을 피하고 말았다.

그러거나 말거나. 해루는 그날 온종일 위창의 뒤를 졸졸 따르며 시선이 마주칠 때마다 눈을 피하고 고개를 외로 틀었다. 그런 일이 밤늦도록 계속되자 나중엔 이 아이가 날 보고 부끄러운 연기를 하는 것인지, 아니면 비웃는 것인지 헷갈릴 지경이었다.

둘째 날은 첫날보다 더했다. 어디서 또 무얼 보고 왔는지, 자신만만한 기색이 역력한 얼굴로 이리 말하였다.

'오늘이야말로 공자님의 말씀을 제대로 실현해 보이겠습니다. 각오 단단히 하십시오.'

사내를 유혹하는 것과 공자님의 말씀이 무슨 관계인지 알 수 없었으나, 녀석의 기세등등한 모습에 조금 흥미가 생긴 것도 사실이었다. 그러나 그날 해루가 한 행동은 그의 뒤를 따라다니는 게 전부였다.

딱 삼 보. 세 걸음 뒤를 그림자처럼 따르며, 어딜 가든 어느 곳에 머물든 딱 세 걸음 간격을 유지하는 것이었다. 다른 행동은 일절 없었다. 눈이 마주치면 회심의 눈빛을 번뜩이기만 했다.

그 눈빛이 '어떻습니까? 이제 절 보면 심장이 벌렁거려 참을 수 없게 되었지요?'라고 묻는 것 같았다. 해루가 어미 뒤를 쫓는 어린 가압(家鴨, 집오리)처럼 온종일 그를 따라다니니, 궁금해진 사람들이 연유를 물었다. 해루의 대답은 간단했다.

공자님의 말씀을 실천하는 중입니다.

대체 삼 보 뒤를 따르는 것과 공자님의 말씀이 무슨 관계인지 알 도리가 없었다. 그 후로도 해루의 기행은 계속되었다. 그녀에게 시달리는 위창은 날이 갈수록 피폐해져 갔다.

하루 이틀 반응을 안 보이면 알아서 포기하겠거니 했는데, 이렇게 끈질길 줄이야.

심지어 해루는 약속을 물고 늘어지며 위창의 거처를 제집 드나들듯 하였다. 사내를 유혹하려면 모름지기 사내의 모든 것을 알아야 한다는 것이 구실이었다. 참다못해 그저께 저녁엔 이상한 행동을 그만두라 말하기도 하였다. 자질이 없으니 아무리 유혹해도 소용없을 거라는 말도 덧붙였다. 하지만 해루는 고개를 저었다.

'우리 약조에 기한은 정해져 있지 않습니다. 그러니…… 유혹되실 때까지 포기하지 않을 것입니다.'

거머리도 이런 찰거머리가 없었다.

그리고 오늘.

사박사박, 자박자박. 해루는 끊임없이 위창의 주위를 서성거렸다.

오늘은 또 무슨 해괴한 짓을 하려고 저러는 걸까?

위창은 이해보다 외면을 선택했다. 휙, 등을 돌린 그는 다시 잠을 청했다.

그러나…… 자박자박, 사뿐사뿐.

다시 귓가를 간질이는 발소리. 언제 잠에서 깰까 안달이 난 걸음이다. 견디지 못한 그가 기어이 몸을 일으켰다.

"정신 사납구나."

"드디어 깨셨네요."

날 선 지청구에도 해루의 얼굴에는 의기양양한 기색이 가득했다. 언제나 일어나시려나, 위창을 깨우기 위해 부러 작은 번잡을 떨었던 그녀는 보란 듯 그의 앞을 활보했다. 사각사각, 비단 치맛자락 사이로 새하얀 버선발이 언뜻언뜻 드러났다.

어떠십니까? 어때요?

걸음을 옮기는 틈틈이 해루는 위창을 곁눈질했다.

자, 이래도 마음 흔들리지 않으실 겁니까? 다 알고 있습니다. 사내들이 이런 거에 깜빡 넘어가는 것을요. 심장이 벌렁거리시지요? 벅찬 감동에 눈물이 왈칵 솟을 것 같지요?

속이 훤히 드러나 보이는 표정. 위창의 입에서 나른한, 그러나 심화가 섞인 한마디가 흘러나왔다.

"뭐 하는 짓이냐?"

"참으실 필요 없습니다."

"무슨 소리냐?"

"마음이 흔들리고 계시지요? 제 걸음을 보니, 손이 떨리고 가슴이 두근거려 참을 수 없지요?"

"네가 일으킨 먼지 때문에 기침을 참을 수 없구나."

"정녕, 이 새하얀 버선발을 보고도 아무런 동요가 없단 겁니까? 이 날렵하게 하늘로 치솟은 버선코, 치마 아래로 언뜻언뜻 드러난 하얀 속사정을 보고도 정녕 괜찮으신 겁니까?"

"사실, 괜찮지가 않다."

"역시! 마음이 흔들린 거지요?"

"그래. 내내 참고 있었다만 더는 참지 못하겠구나. 인내심이 바닥이다."

"그렇게 좋으셨습니까?"

"대체 뭘 보고 마음 흔들리라는 것이냐? 혹여 다 해진 버선을 보며 측은지심이라도 가지라는 거야?"

"그런 건 아닙니다."

"그럼 어떤 감정을 가져야 하느냐? 그보다 그 낡아빠진 것은 어디서 주워 신은 것이야?"

"중요한 건 낡은 것이 아닙니다. 핵심은 언뜻언뜻 보이는 새하얀 버선발이지요."

"그러니까 지금 나를 유혹하겠다고 이리 부산을 떨었다는 거냐?"

"네."

너무도 정직한 대답. 어이가 없어 실소가 터져 나왔다. 저도 모르게 웃음을 흘리던 위창은 이내 표정을 굳히고는 매정하게 말했다.

"그만두어라. 사람에겐 아무리 해도 안 되는 것이 있다. 너에겐…… 매력이 없다."

"잠시 보아서 어찌 알겠습니까? 차분히, 유심히, 찬찬히, 오래도록 보아주십시오. 그럼 발견할 수 있으실 겁니다."

"아무리 보아도 글렀다. 넌 단 일 푼어치의 매력도 없어."

위창의 단언에 해루는 입을 꾹 다문 채 그를 노려보았다.

저 못된 입. 사나운 말을 어찌 저리 잘하는지. 마음 같아서는 저 입을 봉해 버리고 싶었다. 그러나 함부로 속내를 드러낼 수도 없었다.

억지 미소를 짓고 있자니 고양이처럼 몸을 길게 늘이며 기지개를 켜던 위창이 자리를 털고 일어섰다.

"그만 마음 접어라. 너에겐 응당 모든 여인에게 있는 매력도, 향기도 없어. 그러니 여인의 도리를 배울 생각 또한 버리는 게 좋을 것이야."

"싫습니다. 배울 겁니다. 어떻게든 음 선생의 마음을 흔들 겁니다."

"마음을 흔들든 머리를 흔들든 그건 네 알아서 하고."

위창은 방 밖으로 걸음을 옮겼다.

"또 어딜 가십니까?"

"따라오면 가만 안 둘 것이야."

"그럼 예서 기다리겠습니다."

"그 또한 네가 알아서 할 일이다."

"먼 데 나가시는 거면 우의라도 챙겨 가십시오. 곧 비님이 내릴 겁니다. 맞을 채비를 하고 가십시오!"

그의 뒤통수에 대고 해루가 소리쳤다. 휘휘, 귀찮은 벌레 쫓듯 허공에 부채질한 위창은 그대로 마당을 가로질렀다.

❀

토독토독.

향은 한 손으로 턱을 괸 채 다른 한 손으로 탁자를 두들겼다. 그는 비가 내리는 동창 밖을 응시했다. 해루의 말대로였다.

구름 한 점 없이 맑은 날이었다. 그런데 정말로 해루의 말대로 비가 쏟아졌다. 그것도 보통 비가 아니라, 장대 같은 폭우였다. 녀석은 어찌 비가 올 것을 알 수 있었을까?

신기하지 않을 수 없었다. 하지만 정작 향의 신경을 곤두서게 하는 것은 따로 있었다.

"사내라고?"

향의 물음에 무혁은 고개를 숙였다.

"그러하옵니다."

"그러니까 해루 그 아이, 네가 말한 음 선생이 아니라 낯선 사내와 함께 있더란 말이냐?"

질문을 던지는 향의 목소리가 낮게 가라앉았다.

월인천강(月印千江) 3

"오늘도 실패했군요."

위창이 방을 나간 지 얼마나 지났을까? 열린 문 안으로 차랑차랑 장신구 부딪는 소리가 들어왔다. 이윽고 황금빛 떨잠으로 가체를 장식한 여인이 모습을 드러냈다. 화월루의 기생 어미인 매향이었다. 해루는 한숨을 쉬며 고개를 끄덕였다.

"음 선생은 대체 뭐가 마음에 안 들어 이런 심술을 부리시는 건지 알 수가 없습니다."

처음엔 여인의 도리를 배우기 위한 하나의 절차라고 생각했다. 그러나 자꾸만 거부되고 부정당하니, 이제는 오기가 솟았다. 당신이 언제까지 절 부정하는지 두고 보겠습니다.

그나저나 초간택까지 이제 얼마 남지 않았다. 끈기는 자신 있었다. 문제는 시간이 그리 여유롭지 않다는 점. 그렇다고 아무 준비

없이 초간택에 참여할 수도 없는 노릇이었다. 지금 이대로 초간택에 참여했다간 세작을 알아내기는커녕 되레 세작으로 의심받을 판국이다.

초간택 준비를 하려면 지금부터 열심히 배워도 시간이 부족한데.

"그리 서 있지 말고 여기 앉아 이것 좀 먹어봐요."

차와 간단한 다과를 내온 매향이 해루에게 자리를 권했다. 맞은편에 자리한 해루는 조급함이 어린 얼굴로 말했다.

"도무지 알 수가 없습니다. 좀 가르쳐주십시오. 대체 사내의 마음을 유혹하기 위해서는 어찌해야 하는 겁니까?"

지금은 뒷방으로 밀려난 퇴기라고 하지만, 매향 역시 기녀였다. 그러니 사내의 마음을 사로잡을 방도야 수백 가지도 넘게 알고 있으리라. 그러나 어찌 된 일인지 매향은 고개를 저었다.

"글쎄요."

그녀는 찻물에 입술을 적셨다. 그러다 고혹적인 미소를 지으며 말을 이었다.

"아가씨께선 그런 건 배우지 마시어요."

"하지만 음 선생의 마음을 유혹하지 못하면 여인의 도리를 배울 수가 없는걸요. 가르쳐주세요. 어찌하면 매력적인 여인이 될 수 있을까요? 이곳 화월루의 기녀들은 조선 최고라고 들었습니다. 그러니 사내들의 마음을 얻는 방법을 누구보다 잘 알고 계실 거라 봅니다. 저에게도 조금만 알려주세요."

매향은 들고 있던 찻잔을 탁자 위에 살며시 내려놓았다.

"아무것도 배울 필요가 없습니다."

어쩌면 해루의 말대로 사내를 매혹하는 데 화월루의 기녀를 따라올 여인은 없을지도 모를 일이다.

그러나 눈앞의 이 여인, 이 어린 여인에겐 그들에게 없는 것이 있었다.

정직한 눈빛. 정직한 웃음. 그리고 정직한 마음.

짙은 분내와 어지러운 향기로 뒤덮인 흐릿한 안갯속을 살아가는 기녀들에겐 없는 지고한 정념이 해루에게 존재했다. 그것만으로 충분히 매력적인 여인이었다. 매향의 얼굴에 흡족한 미소가 먹물처럼 번져 나갔다.

"왜 그리 웃으십니까?"

"그분 말이어요."

"음 선생 말입니까? 그 못된 양반은 왜요?"

"사람을 이리 오래 곁에 두는 모습을 보지 못했습니다."

"곁에 두는 것이 아니라 시험을 치르는 중입니다."

"물론 그분께서 사람을 살핀 일이 어디 이번 한 번뿐이겠어요? 지금까지 여럿 있었지요. 하지만 대부분 하루, 길어야 사흘을 넘기는 법이 없으셨지요."

"그분이 곁에 두지 않는 게 아니라, 다른 사람들이 떠난 것이 틀림없습니다."

"그런 걸까요? 어쩌면…… 그런 것인지도 모르지요."

"분명 그럴 겁니다. 누군들 그분 곁에 있고 싶겠습니까? 요즘 들어 느끼는 것인데, 음 선생은 짓궂고 심보 고약한 사람인 게 틀림없습니다."

내내 뾰로통한 표정을 짓던 해루는 밖으로 고개를 돌렸다.

❀

한두 조각, 드문드문 흘러가던 구름이 어느새 무리를 이루었다. 뒤늦게 정신을 차려보니 가늘게 빗방울이 떨어지고 있었다.

"정말 비가 오는군."

어깨를 적시는 비를 보며 위창은 마른 웃음을 지었다.

"비가 올 테니 준비하라 하더니."

해루가 그리 말했다. 오늘도 어김없이 하얀 버선의 매력이라느니, 언뜻언뜻 드러나는 은밀한 속사정의 욕망이라느니, 엉뚱한 말만 잔뜩 늘어놓던 녀석. 화월루를 나설 때, 멀리 외출할 것이면 비님 맞을 채비를 하라 하였다.

말짱한 하늘이라, 또 허튼소리를 하는구나 하였더니.

"웬일로 바른말을 하였군."

해루를 떠올리는 사이, 빗줄기가 굵어졌다. 대낮인데도 사위가 밤처럼 캄캄했다. 금세 그칠 비가 아니다.

"또 오마."

위창은 비석을 쓰다듬어주고는 산 아래를 향해 걸음을 옮겼다.

쏴아아! 세우로 시작된 비는 어느새 폭우가 되어 세상을 뒤덮었다. 쏟아지는 빗줄기가 회초리처럼 매서웠다. 적막한 숲은 돌연한 습격에 부연 수막을 일으키며 낮게 몸을 웅크렸다. 위창은 눈가에 맺히는 빗물을 닦으며 주위를 둘러보았다.

길을 잃고 말았다.

수시로 오가던 길이었다. 손바닥 손금 보듯 훤히 알고 있다 생각했다. 하지만 착각이었던 모양이다. 이리 쉽게 길을 잃다니.

폭우 속의 숲은 평상시의 모습과는 많이 달랐다. 소란스럽게 우울했다. 고즈넉한 운치는 외부로부터의 침략에 너무도 허무하게 제자리를 내주고 말았다. 젖은 땅은 끔찍하리만치 질척거렸다. 또한, 미끄러웠다.

바위 위에서 주위를 살피던 위창은 바닥으로 내려섰다. 그러다 그만 무언가에 걸려 미끄러지고 말았다. 흙이라 생각한 곳에 굵은 나무뿌리가 있었던 것이다. 나무에겐 든든한 생명줄인 뿌리였건만. 비 오는 날 위창에겐 그저 미끄럽고 번잡한 장애물에 지나지 않았다.

단순히 넘어지고 말 거라 생각했다. 툭툭 흙을 털어 내고 길을 재촉하면 될 거라고 생각했다. 이번에도 그의 예상은 틀렸다. 그가 넘어진 아래쪽은 풀이 낮게 자란 비탈길이었다. 중심을 잃은 그는 몇 번이나 구르고 미끄러지며 끝내 제법 높은 곳에서 추락까지 하였다.

아찔한 충격에 잠시 까무룩 정신을 놓았다. 불행 중 다행으로 그를 위태롭게 만든 차가운 빗줄기가 이번엔 그를 도와 정신을 차리게 했다.

엎드린 몸을 간신히 바로 하고 누웠다. 전신이 쑤시고 저렸다. 반듯한 얼굴 위로 떨어지는 묵직한 빗방울이 차라리 기분 좋은 두드림으로 느껴질 만큼 온몸이 뻐근했다.

위창은 그렇게 폭우 속에 가만히 누워 있었다. 고통이 사라지길 기다렸다.

"어처구니없군."

자신의 모습을 떠올리니 황당하고 어이가 없어 헛웃음이 나왔다.

지금 자신의 모습을 그 녀석이 봤다면 얼마나 비웃을까? 언제나 차가운 모습으로 타인을 비웃던 그가 참으로 꼴 우습게 되었다며 놀리겠지. 이깟 비에 길을 잃고, 미끄러지기까지 하다니.

평소라면 절대 일어나지 않을 일이었다. 아니, 있어서는 안 될 일이다.

마음이 풀어져버린 탓이다. 녀석의 묘비를 보고 갈 때면 마음 한구석에 앙금처럼 가라앉아 있던 그리움이 떠오르곤 하였다.

그것이 마음을 여리게 했나 보다. 아니, 아니다. 녀석 때문이 아니다.

녀석에 대한 미련과 슬픔은 이미 무심히 흘러간 시간 속에 충분히 무딜 대로 무뎌져버렸으리라. 이젠 이곳을 찾는 것조차 단순한 일상의 습관처럼 느껴질 만큼.

참으로 간사한 마음이었다. 나약하기 그지없는 각오였다. 영원히 잊지 않겠다, 가슴에 새기겠노라 그리 맹세했거늘. 대장부의 각오란 것도 결국 세월 앞에선 허무하고 무상한 존재였던가?

모르겠다. 오늘따라 왜 이리 마음이 번잡한지.

우르릉, 뇌성이 귓가를 두드렸다.

빗속에 오래 누워 있었더니 제법 몸이 차가워졌다. 땅에서 스며 나오는 한기에 뼛골마저 시렸다. 더는 무리였다. 고집을 부리며 누워 있다간 영영 이 자리에서 일어나지 못할 수도 있다.

그리할 수는 없지. 어떻게 이어온 목숨인데.

두 손으로 얼굴을 비비고, 물웅덩이 속에서 힘겹게 몸을 일으켰다.

우르릉.

갑작스러운 하늘 울음과 함께 주위가 잠시 환해졌다. 그러나 찰나에 불과한 밝음은 주위의 어둠을 오히려 확실하게 각인시킬 뿐이었다. 이대로 산에서 내려가는 것은 어려울 듯싶었다. 당장 비 피할 곳이 필요했다.

위창은 어둡고 음침한 숲을 헤매기 시작했다.

다행히 운이 좋았다. 기우뚱 누운 바위 아래 작은 동굴을 발견할 수 있었다. 그는 동굴 앞에서 잠시 안쪽의 기척을 살폈다.

동굴에 숨기 좋아하는 건 비단 사람만이 아니었다. 비 피할 요량으로 멋모르고 동굴로 들어갔다가 선객으로 자리 잡은 짐승에게 해코지당하는 경우가 드물지 않았다.

노련한 사냥꾼이나 알 법한 지식.

위창은 그런 것들을 많이 알고 있었다.

누군가에게 배워 익힌 게 아니었다. 오랜 세월 몸으로 습득한 것이다. 쫓기고, 숨고, 저항하고, 싸우는 일은 어린 시절부터 경험한 일상이었다.

위창의 입가에 미소가 피어났다.

처절했던 과거에 비하면 처량할지언정 살아 있는 지금의 현실은 차라리 낙원이었다.

동굴엔 다행히 선객이 없었다. 자갈을 동굴 안으로 던져봐도 아무런 반응이 없었다. 그러나 성급하게 굴지 않았다. 잠시 더 기다려 동굴의 상황을 지켜본 위창은 안전하다는 확신이 든 이후에야 비로소 안으로 발을 들였다. 동굴에 선객은 없었지만, 거처로 사용한 주인은 있었던 모양이다. 짐승 특유의 노린내가 곳곳에 배어 있었다.

그는 동굴 안을 뒤져 쓸 만한 것들을 모았다.

동굴은 곰의 거처였던 모양이다. 잘게 부서진 나뭇가지와 통째로 뜯긴 나무껍질이 어지럽게 널려 있었다. 이곳에 살던 곰이 어찌

274

되었는지 몰라도 위창에게는 곰이 남긴 물건들이 반갑기만 했다.

위창은 마른풀과 나무껍질을 모아 불을 붙였다. 젖은 옷을 벗어 모닥불 곁에 널어놓았다. 모닥불의 따뜻한 온기가 동굴 안을 훈훈하게 데웠다. 그제야 그는 동굴 벽에 기대앉은 채 한숨을 돌렸다.

노란 불꽃이 드러난 그의 몸 위로 일렁거렸다. 몸에 가득한 흉터가 일렁이는 불꽃을 따라 맹수의 무늬처럼 보였다.

찢어지고, 갈라지고, 강제로 뜯겨 나간 처절한 상흔들. 그중엔 죽어도 이상하지 않을 치명적인 부상의 흔적도 있었다. 이 흉터는 그의 삶이자 고단하고 지독했던 과거의 기록이었다.

그때 이겨내지 못했다면, 오늘 이렇듯 모닥불 가에 앉아 온기를 느끼는 호사도 누리지 못했겠지. 모닥불의 운치를 즐기다 보니 새삼 부싯돌을 가지고 있어 다행이란 생각이 들었다.

그러고 보니 이것도 그 녀석이 준 것이었지.

위창은 묘비의 주인을 떠올렸다. 번잡스럽게 무언가를 챙기는 걸 즐기지 않았던 그였다. 그래서 꼭 필요한 것이 아니면 챙기지 않았다. 그런 물건을 챙겨 주는 건 언제나 그 녀석의 몫이었다.

잘 있는 것이냐? 못난 녀석. 그 차가운 곳이 무에 좋다고 그리 오래 자고 있느냐?

노르스름하게 일렁이는 모닥불을 보고 있노라니 온갖 상념이 떠올랐다. 그렇게 떠오른 상념 중엔 놀랍게도 엉뚱한 얼굴이 있었다.

끈질기기가 아교풀보다 더 질긴 녀석. 적당히 하고 포기하면 좋으련만. 대체 언제까지 그 황당한 짓을 하려는지. 정말 내가 인정할 때까지 그러려나? 이 굳어버린 심장이 다시 뛰게 될 때까지…… 계속하려나?

어쩌면 녀석이라면 그럴지도 모른다는 생각이 들었다.

귀찮았다. 동시에 조금 기대도 되었다.

"말도 안 되는 소리."

곤하고 졸린 터에 따뜻한 불가에 앉아 있다 보니 별 쓸데없는 생각이 다 떠오르는군. 어이없는 생각을 지워버린 위창은 눈을 감았다.

잠시 평온한 시간이 흘렀다. 옛 생각에 잠긴 채 느른하게 몸을 늘이던 그가 별안간 몸을 일으켰다. 그는 돌 위에 대충 널어놓은 옷을 뒤졌다.

손끝에 걸리는 게 아무것도 없었다. 위창의 얼굴에 낭패한 기색이 떠올랐다.

없다. 사라지고 없었다. 그 녀석이 남긴 물건이.

다른 이에겐 아무것도 아니겠지만, 그에게 특별한 물건이었다. 그런데 사라지고 없었다.

어디에 떨어트린 거지? 비탈길을 굴렀을 때였던가? 그도 아니면 물웅덩이 속에 반쯤 잠겨 있을 때였던가.

어디에서 잃어버렸건 찾아야 했다. 언젠가는 놓아줘야 할 물건이지만, 지금 이곳에서 잃어버릴 수는 없었다.

위창은 아직 마르지 않은 옷을 집어 들었다. 급하게 상의를 걸치며 밖으로 향했다. 제대로 옷고름도 매지 못한 채 그는 걸음을 옮겼다.

그때였다.

"어딜 그리 급하게 가십니까?"

쏟아지는 빗줄기 너머에서 물어보는 음성이 들려왔다. 위창의 표정이 차갑게 가라앉았다.

"……누구냐?"

파랗게 날이 선 질문이었건만, 돌아오는 목소리는 여전히 맑고 명랑했다.

"그렇게 비를 맞으면 고뿔에 걸릴 겁니다. 그래도 가시렵니까? 그만큼 바쁜 일이 있으신 겁니까? 아니면……."

비를 뚫고 도롱이를 쓴 가녀린 인영이 모습을 드러냈다.

"넌……."

위창의 입에서 놀란 음성이 새어 나왔다.

"혹시 잃어버린 물건을 찾으러 가시는 겁니까?"

한 손에 둥근 옥패를 든 해루의 얼굴에 환한 미소가 맺혀 있었다.

월인천강(月印千江) 4

어둠이 내려앉은 산속은 고요했다. 들리는 건 오직 빗소리뿐. 한 없이 가라앉은 침묵 속에서 위창은 해루를 노려보았다. 머릿속을 꿰뚫어 보는 듯한 따가운 시선에도 해루는 미소를 지우지 않았다.

"어디 가십니까? 아직 빗줄기가 거셉니다."

묻는 해루의 목소리엔 걱정하는 기색이 역력했다.

위창은 눈매를 가늘게 여몄다.

왜? 왜 네가 그런 표정이지? 그보다…….

그는 해루의 손에 들려 있는 옥패로 시선을 내렸다.

녀석의 것이다. 잃어버린 줄 알았던 그의 소중한 기억이 담긴 옥 패. 그것이 왜 해루의 손에 있는 것일까?

의문이 뇌리를 가득 채웠다. 아니, 의문보다 의심이리라.

"이거 찾으러 가시려는 거 아닙니까? 제가 찾아왔습니다."

해루의 목소리에 위창은 머릿속이 더욱 복잡하고 생각이 많아졌다.

이 여인, 나에 대해 알고 있다.

"너, 누구냐?"

해맑게 웃는 해루의 멱살을 움켜쥔 것은 순식간에 일어난 일이었다. 가냘픈 목이 금세 한 손아귀에 들어왔다. 조금만 힘을 주어도 뚝 부러질 것 같았다.

"왜 이러십니까?"

놀란 해루가 얼굴을 찡그리며 발을 버둥거렸다. 하지만 위창의 날카로운 기세는 전혀 수그러들지 않았다. 오히려 더더욱 사납게 해루를 위협했다.

"말해라. 여긴 어떻게 왔지? 누가 보냈느냐? 내 뒤를 밟은 것인가? 나에 대해 어디까지 알고 있는 것이냐?"

잠시 방심했다. 설마 이 해사한 얼굴로 자신을 염탐할 줄은 상상도 하지 못했다. 이런 순진한 눈망울을 한 여인이 자신을 노리고 있을 줄은 꿈에도 몰랐다.

"무슨 소리를 하시는 겁니까? 보내긴 누가 보냅니까? 그냥 온 겁니다. 걱정되어서요. 그저 걱정되어……. 컥컥, 이것 좀 놔주십시오."

바둥거리는 해루를 보며 위창은 비웃음을 떠올렸다.

"나를 걱정하였다고?"

"네."

"그걸 나더러 믿으라는 거냐? 내가 걱정되어 이 빗길을 뚫고 여기까지 왔다는 말을 하면 내가 순순히 믿을 것 같아?"

"그럼, 무슨 이유로…… 찾아왔단…… 말입니까?"

해루의 안색이 파랗게 질렸다. 문득 해루의 얼굴 위로 녀석의 얼굴이 떠올랐다. 순진한 눈빛으로 진심을 헤아려달라며 애원하는 모습이 녀석과 똑 닮았다.

빙벽처럼 단단하게 얼어붙은 마음 한 귀퉁이가 갈라졌다. 툭, 해루를 잡고 있던 손아귀에서 힘이 빠졌다.

위창의 손아귀에서 벗어난 해루는 한동안 바닥에 엎드려 마른기침을 했다.

"하아, 하아. 이게 뭡니까? 정말 죽을 뻔했잖습니까. 고맙다는 말은 못 할지언정 사람을 죽이려 하다니요."

항의하는 해루에게서 옥패를 빼앗듯 낚아챈 위창은 동굴 안으로 들어갔다.

"저 양반이……."

밉지 않게 위창을 노려보던 해루는 종종걸음으로 그의 뒤를 쫓았다.

"같이 가십시오."

타탓, 타탓!

노란 불티가 허공으로 날아올랐다. 불가에 앉은 위창은 표정 없는 얼굴로 불을 뒤적거렸다. 그 맞은편에 해루가 당연하다는 듯 앉았다.

"뭐야?"

위창의 표정은 여전히 싸늘했다. 볼일이 끝났으면 그만 사라지라고 말하는 눈빛.

해루는 대답 대신 동굴 밖을 턱짓했다. 여전히 폭우가 쏟아지고 있었다. 밤이 깊은 데다 바람까지 불어 시간이 갈수록 그 기세가 사나워지고 있었다.

설마 이 날씨에 산에서 내려가라는 겁니까?

원망. 위창을 보는 해루의 눈길엔 원망이 서려 있었다.

"왜 그리 보는 것이냐?"

"몰라서 물으십니까?"

해루가 불만 가득한 표정으로 구시렁거렸다.

"길을 잃고 산을 헤맬까 걱정되어 굳이 어렵게 찾아왔더니, 난데없이 사람 멱살을 잡고 죽이려 들다니. 그쪽 동네에선 은인을 목 졸라 죽이라 가르치기라도 하는 겁니까?"

위창은 아무런 대답도 하지 않았다. 그저 말없이 모닥불을 뒤적이기만 했다.

해루가 다시 물었다.

"어깨는 괜찮으십니까?"

순간, 불을 뒤적거리던 위창의 행동이 멈췄다. 그는 고개를 들어 해루를 보았다. 상처 입은 맹수의 그것처럼 매섭기 그지없는 시선. 위창은 여전히 해루를 의심하고 있었다. 그리고 대화를 나눌수록 해루에 대한 의심은 깊어졌다.

"내가 다친 걸 어찌 알았지?"

아까 미끄러질 때 어깨를 다쳤다. 하지만 겉으로는 별다른 흔적이 없었다. 다치는 광경을 지켜보지 않았다면, 절대 눈치채지 못할 부상이었다.

"몸이 불편해 보여서요."

예상했던 대답. 위창의 목소리가 더욱 낮아졌다.

"······신경 쓸 것 없다."

"좀 전부터 표정이 왜 그리 사나우십니까?"

"몰라서 묻느냐?"

"모르니까 묻는 겁니다."

위창이 허리를 곧추세웠다.

"날 어찌 찾아왔느냐?"

폭우가 쏟아지고 있었다. 비 내리는 숲은 어둡고 음산하여 사람의 종적을 찾기 어려웠다.

그런데 해루가 그를 찾아왔다. 그것도 그가 잃어버린 옥패까지 찾아 들고. 게다가 어깨 부상은 어찌 알고 있는 것인가?

이 모든 물음에 가능한 대답은 오직 하나. 해루가 그를 지켜보고 있었다는 것. 아니, 그를 감시하고 있었다는 것이 옳으리라. 그 외엔 그 어떤 대답도 가능하지 않았다.

"우연입니다."

"뭐?"

너무도 엉뚱한 대답에 위창은 잠시 잠깐 멍해졌다. 그러나 이내 표정을 굳힌 그가 미간을 찡그렸다.

"그걸 지금 변명이라고 하는 거야?"

"우연을 우연이라 하지 그럼 뭐라고 말해야 합니까?"

"그럼 이 옥패를 찾은 건 어찌 설명할 테냐?"

위창이 손에 있던 옥패를 흔들며 물었다. 해루가 슬쩍 고개를 돌렸다.

"그것 역시 우연입니다. 우연히 물웅덩이 속에서 반짝이는 물건을 발견했지 뭡니까? 처음엔 보물인 줄 알고 덥석 주워 들었는데, 어디에선가 본 듯했습니다. 곰곰 생각해 보니 음 선생님이 이따금 들여다보던 물건과 똑같더군요."

"그래서 내 것인 줄 알았다?"

"우연히 음 선생님이 이곳에 있는 걸 발견했습니다. 무언가 잊어
버린 듯 서둘러 나가려 하는 걸 보고 틀림없이 옥패를 찾아 나서
는 것으로 생각했지요."

"그 모두가 우연이다? 그게 말이 된다고 생각하느냐?"

위창의 물음에 해루는 먼 허공으로 시선을 돌렸다.

당연히 그 모두가 우연일 수 없었다.

이실직고하자면 이 모든 것을 해루는 보았다.

두 시진 전, 화월루를 나와 궁으로 향하던 그녀의 발밑으로 피
안의 세계가 펼쳐졌다.

장대비가 쏟아지는 숲 속, 죽은 듯 누워 있는 위창의 모습이 보
였다. 어딘가에서 굴러떨어진 듯 온몸이 엉망진창이었다. 어깨에선
붉은 핏물이 연신 흘러나오고 있었다. 그런 상태에서 차가운 빗물
을 고스란히 맞고 있었다.

해루는 마음이 급해졌다. 그대로 두면 죽을지도 모를 거란 생각
이 뇌리를 스치고 지나갔다. 누군가에게 도움을 청할 정신도 없었
다. 그저 무작정 급한 걸음을 숲으로 옮겼다. 그리고 얼마 지나지
않아 위창이 누워 있던 장소에 도착했다.

그러나 정작 그곳에 위창은 없었다. 대신 작고 동그란 옥패 하나
가 놓여 있었다. 그것이 위창의 것이라는 걸 직감했다. 서둘러 주
위를 두리번거렸다. 다쳤으니 멀리 가지는 못했으리라. 그녀의 예
감은 적중했다.

얼마 떨어지지 않은 작은 동굴 안에서 노란 불빛이 흘러나왔고,
위창의 모습이 보였다. 이것이 그녀의 진실이었다.

하지만 이 모든 이야기를 위창에게 한다고 해도 믿어줄 리 없었다. 그러니 우연이라는 말로 변명하는 수밖에.

"고맙다며 우리의 내기는 없던 것으로 하겠다고 할 줄 알았는데……."

해루가 볼멘소리를 냈다. 하지만 사정을 알지 못하는 위창에게는 억지소리로 들릴 뿐이다.

그 모든 일이 우연이라니. 우연히 잃어버린 옥패를 찾아 우연히 이 동굴까지 찾아올 가능성이 대체 얼마나 될까?

"그런데…… 그 상처들 말입니다."

해루가 슬그머니 화제를 돌렸다. 위창의 고름 풀어진 저고리 사이로 흉터가 보였다.

날카로운 칼날에 베이고 찔린 참담한 상흔들. 평범한 싸움 정도로는 절대 생길 수 없는 끔찍하고 심각한 상처들이었다.

쓱, 고개를 내린 위창은 태연히 저고리 고름을 맸다. 지켜보던 해루가 호기심 가득한 얼굴로 물었다.

"혹시 사냥꾼이십니까? 예전에 제가 알던 분 중에 호랑이 잡는 사냥꾼이 있었습니다. 그분 몸에도 그런 상처가 가득했습니다. 하긴, 호랑이만큼 무서운 것도 없을 겁니다. 물론 캄캄한 밤중엔 호랑이보다 더 무서운 것도 있지만……."

해루는 향과 함께 만났던 산적들을 떠올렸다.

그때 향이 없었더라면 어땠을까? 상상하기도 싫었다. 으스스 어깨를 떨던 해루는 이내 길게 미소를 흘렸다. 그 밤에 보았던 향의 모습이 떠올랐던 까닭이다.

그가 죽은 줄 알고 엉엉 울던 제 앞에 다시 나타난 향은 신령의 현신처럼 아득했고 또한 아름다웠다.

"왜 웃는 거야?"

해루의 웃음이 마음에 들지 않는 듯 위창이 물었다.

"아, 아무것도 아닙니다."

해루가 서둘러 고개를 저을 때였다.

꼬르륵. 어디선가 익숙한 소리가 들려왔다.

"응?"

내 배에서 난 소리는 아니고. 해루는 모닥불 너머로 시선을 던졌다.

불빛 탓인지 위창의 볼이 아주 조금 붉어진 듯도 보였다.

저분도 사람이었군.

괜스레 친밀감이 생겼다. 해루는 등에 메고 있던 작은 보퉁이를 주섬주섬 풀었다.

"뭐냐?"

그 단순한 행동에 위창이 경계의 눈빛을 세웠다.

이제라도 본색을 드러내려는 것일까? 위창의 손이 품에 있는 비수로 향했다. 여차하였다간 가차 없이 이것으로 해치워버리……. 서늘한 빛을 번뜩이던 눈동자에 기묘한 빛이 떠올랐다.

노릇하게 구운 전, 손바닥만 한 육포, 인절미. 예상 밖의 물건이 해루의 봇짐에서 하나하나 나왔다.

"그건 또 뭐야?"

"아까 화월루에서 나올 때 챙겨 온 겁니다. 매향 아주머니가 먹으라고 주셨는데 다 먹을 수가 있어야지요. 그렇다고 남겨두기도 뭐하고. 나중에 출출할 때 먹으려고 했는데, 산을 헤매다 보니 벌써 허기가 지네요."

잠시 주위를 두리번거리던 해루는 긴 나무 꼬챙이 두 개를 주워 왔다. 그러고는 각기 하나씩 육포를 꿰어 모닥불 위에 살며시 올려

두었다.

타닥타닥. 이내 작은 동굴 안에 맛있는 냄새가 가득했다. 연신 침을 꼴깍꼴깍 삼키던 해루가 더는 참지 못하고 육포를 집어 들었다. 두 개 중 하나를 위창에게 내민 그녀는 허겁지겁 제 몫의 육포를 먹기 시작했다.

"드십시오. 아주 맛납니다."

"이것도 우연이냐?"

"이건 습관입니다."

"습관?"

"어릴 적에 굶기를 밥 먹듯이 했거든요. 그래서 먹을 게 생기면 만약을 대비해서 챙겨놓는 버릇이 생겼습니다."

위창은 육포와 해루를 번갈아 보았다.

대체 어떤 삶을 살면, 평상시에 음식을 챙겨두는 버릇이 생길 수 있단 말인가. 너, 어떻게 살아온 거냐?

그와 시선이 마주친 해루가 웃음을 보였다. 그녀의 경쾌한 웃음이 목에 걸린 생선 가시처럼 껄끄러웠다. 위창은 고개를 돌렸다. 그런 그에게 해루가 고소한 향기를 풍기는 육포를 건넸다.

"드십시오."

"생각 없다."

단호히 거부하는 찰나.

꼬르륵. 이성을 배신한 본능이 미친 듯이 아우성을 질러댔다.

해루는 다 안다는 듯 고개를 끄덕이며 그의 손에 육포를 꼬옥 쥐여주었다. 그러고는 제 몫의 육포를 맛있게 먹었다.

입가에 숯검정까지 묻히며 먹는 모습이 그대로 위창의 망막에 맺혔다. 따뜻한 온기가 추운 비에 젖은 그의 몸을 휘감는다. 그것이 모닥불의 온기인지, 아니면 해루에게서 전해지는 온기인지 구분되지 않는다. 그러나 확실한 건…….

따뜻했다. 오랜 세월 떠났던 고향에 돌아온 듯 아늑하고 포근했다. 참으로 오랜만에 마음이 느긋해진다.

타닥타닥. 노란 불꽃이, 맛있는 냄새가 기분을 나른하게 만들었다. 한없이…… 한없이…….

❀

작은 동굴 안으로 아침 햇살이 스며들었다. 공기를 부유하는 빛무리가 위창의 눈두덩에 내려앉았다. 위창은 두 눈을 번쩍 떴다.

"……!"

거칠게 세력을 뿜내던 비는 어느새 그쳤다. 오랜만에 단잠을 잔 듯 흡족한 표정으로 위창은 몸을 일으켰다. 그러나 이내 미간을 찡그리고 말았다.

가슴에서 느껴지는 묵직한 이물감.

그의 시선이 아래로 향했다. 이윽고 작은 버선발이 눈에 들어왔다. 무람없이 제 가슴을 침범한 발의 주인을 찾아 위창은 고개를 돌렸다. 멀지 않은 곳에 깊은 잠에 빠져 있는 해루의 모습이 보였다.

"저 녀석이……."

얼굴을 찌푸리던 위창은 문득 제 어깨로 눈을 돌렸다. 하얀 명주천으로 감싼 어깨가 보였다. 찢어진 상처엔 어디서 구한 것인지 약초가 붙어 있었다. 제법 야무지게 치료한 상처와 제 가슴에 얹힌 버선발을 번갈아 보았다.

'이 새하얀 버선발을 보고도 아무런 동요가 없단 겁니까? 이 날

렴하게 하늘로 치솟은 버선코, 치마 아래로 언뜻언뜻 드러난 하얀 속사정을 보고도 정녕 괜찮으신 겁니까?'

자신만만했던 해루의 목소리가 귓가를 맴돌았다. 위창은 저도 모르게 웃음을 흘리고 말았다.

사내의 마음을 사로잡는 방법으로 택한 것이 버선발이라니.

하지만 빗속을 헤맨 탓에 진흙으로 얼룩진 버선발을 보니 이상하게 가슴 한구석이 간질거렸다. 민들레 씨앗 하나가 가슴 언저리에 날아와 앉은 듯했다. 그러다 풀어진 자신의 마음에 놀란 위창은 탁, 거칠게 해루의 발을 쳐냈다.

"으응."

느닷없는 봉변에 해루가 눈을 떴다.

"이런 상황에 잘도 자는구나."

"어제 산을 헤맸던 탓에 곤했나 봅니다. 그러는 음 선생께서도 세상 모르게 주무시질 않으셨습니까?"

눈가에 맺힌 잠을 손등으로 비벼대며 해루가 중얼거렸다.

"속도 없는 녀석. 낯선 사내와 함께 밤을 보내는데 그리 경계심이 없어서야. 이러니 안 된다는 거다. 사내를 유혹할 수도, 온전한 여인이 될 수도 없다는 거다."

"낯선 사내가 아니질 않습니까? 그리고 저는 절대 포기하지 않을 겁니다. 기필코 선생님을 유혹해서 온전한 여인의 도리를 배울 것입니다."

의지를 다지는 해루를 보던 위창은 고개를 저으며 동굴 밖으로 나왔다. 상쾌한 햇살이 눈을 찔러 왔다. 언제 흐렸냐는 듯 비 갠 하늘은 맑고 푸르렀다.

"서둘러야겠습니다. 이러다 아침 끼니 놓치겠습니다."

뒤따라 나온 해루가 갑자기 걸음을 서둘렀다.

어이없는 표정으로 위창은 주변을 둘러보았다. 산세는 생각보다 험악하지 않았다. 동굴에서 그리 멀지 않은 곳에 그가 미끄러졌던 언덕이 보였다.

언덕에서 굴러떨어진 물웅덩이에서 동굴까지는 고작 백 보 정도. 이리 가까운 곳을 찾지 못해 그리 헤맸던가? 하지만 아무리 가까운 거리라고 해도 동굴은 주변을 샅샅이 뒤지기 전엔 찾을 수 없을 정도로 교묘한 곳에 자리 잡고 있었다.

위창은 나란히 걷는 해루를 돌아보았다.

"여길 찾아왔단 말이지?"

그와 눈이 마주친 해루가 웃음을 보였다. 의심하는 위창의 물음에 해루가 두 번 생각하지 않고 대답했다.

"우연입니다. 절대 우연입니다."

서둘러 발길을 옮기는 해루의 모습에 위창은 고개를 절레절레 흔들었다.

저 녀석만큼은 도무지 짐작할 수 없었다.

정말로 우연일까? 그럴 리 없었다. 세상에 그런 우연은 절대 존재하지 않으리라. 그렇다면 누군가 보낸 세작이란 말인가? 하지만…… 단순히 그리 생각하기엔 이상한 점이 너무 많았다.

세작이라 보기엔 해루의 행동은 너무도 단순했고 허점투성이였다. 세상에 그 어떤 세작이 자신을 의심하게 할 행동을 태연하게 할까. 게다가 저 순진한 눈빛이라니.

만일 해루의 지금 행동이 자신을 속이기 위한 연기라면, 그녀야말로 천하제일의 요녀이리라. 세상의 그 어떤 여인이 이토록 자신을 혼란스럽게 만들 수 있단 말인가. 공허한 웃음을 흘리며 위창은 걸음을 옮겼다.

그렇게 얼마나 걸었을까? 산 아래에서 작은 소란이 들려왔다. 제법 푸른 기운이 무성한 수풀 너머에서 사람 목소리가 들렸다.

사냥꾼인가? 궁금한 찰나. 수풀 사이로 두 사내가 모습을 드러냈다.

옷자락 끝에만 물기가 젖어 있는 걸로 봐서는 비가 그친 뒤에 숲에 들어온 듯했다. 사내들을 발견한 해루의 얼굴에 반가운 기색이 꽃처럼 피어올랐다.

"공갈 저…… 아니, 공갈 선비님. 그리고 두목님."

힐끔, 위창의 눈치를 살피던 해루는 향과 그의 뒤에 서 있는 무혁에게 쪼르르 달려갔다.

무심한 얼굴로 그녀와 나란히 걷던 위창의 표정이 굳어졌다.

갑작스레 비어버린 옆자리. 물끄러미 제 곁자리를 내려다보던 위창은 맞은편으로 고개를 돌렸다. 이내 그의 입가에 차갑지만 오만한 미소가 피어올랐다. 성큼성큼, 걸음을 옮긴 위창이 해루와 향의 사이를 파고들었다. 그러고는 향에게 가볍게 고개를 숙였다.

"오랜만에 뵙습니다, 세자 저하."

위창을 정면으로 응시하며 향이 대답했다.

"오랜만입니다, 태군."

오가는 눈빛이 칼날처럼 매서웠다. 어느 한쪽도 물러서지 않는 치열한 공방. 주변의 공기가 서서히 부풀어 올랐다.

그 사이에 선 해루가 해맑은 표정으로 끼어들었다.

"두 분, 아는 사이십니까?"

그들만의 방식

습윤한 바람이 불었다. 문틈으로 스며든 공기가 치맛단 아래 발목을 간질였다. 그러나 해루는 그 여린 장난에 신경 쓸 여력이 없었다. 맞은편에 앉은 향이 묵묵히 책장을 넘기고 있었다. 조금도 감정이 실리지 않은 침묵에 괜스레 마음이 불안해졌다.

새벽, 위창과 함께 안개 낀 산에서 내려오던 중 향과 만났다. 위창과 가벼운 인사를 건넨 향은 그 길로 해루를 이끌고 궁궐로 돌아왔다.

그러고 보니 간밤에 아무런 연락도 없이 산에서 밤을 지새우고 말았다. 나름 걱정된 모양이다. 해가 채 뜨기도 전에 찾으러 나온 것을 보면. 한바탕 지청구가 이어지리라. 그러나 향의 반응은 무심하기만 했다.

"저……."

기다리다 못해 해루가 먼저 입을 열었다.

"거긴 어찌 알고 오신 것입니까?"

"무얼 말이냐?"

"그러니까 산에서 말입니다."

"산?"

향이 미간을 찌푸렸다. 그리고 뒤늦게 기억을 떠올린 듯, 고개를 들어 해루를 바라보았다.

"그렇군. 오늘 널 만난 곳을 말하는 게로군."

"네. 바로 그곳 말입니다. 어찌 절 찾으셨는지 궁금하여……."

"그러는 너야말로 거긴 어찌 간 것이냐?"

해루는 마른침을 꿀꺽 삼켰다. 그렇지 않아도 자신의 능력을 의심했던 향이 아니던가. 행여 위창의 미래를 보고 산으로 갔다는 사실을 알면……. 저도 모르게 부르르 몸을 떨었다. 신루의 학자들에게 시달렸던 과거가 떠올랐다.

그러나 향의 집요한 눈길은 떨어질 줄 몰랐다. 무슨 변명이든 하지 않으면 내내 저리 바라보고도 남을 사람이었다. 망설이던 해루는 슬며시 눈을 돌리며 대답했다.

"우연이었습니다."

"우연?"

향의 눈가가 슬며시 가늘어졌다.

거짓.

"네. 궁으로 돌아오다 보니 갑자기 산에 가고 싶질 않겠습니까? 그래서……."

"우연히 그와 만났단 말이렷다?"

"네. 그겁니다."

거짓.

"정말로 그러하냐?"

"당연하지요. 우연이 아니라면 제가 어찌 그 무례한 사람과 함께 있을 수 있었겠습니까?"

모호.

거짓과 모호함이 한데 뒤섞인 해루의 대답에 향의 눈빛이 날카로워졌다. 그러나 해루는 고개를 돌려 모르쇠로 일관했다.

"그런데 저하께서는 음 선생과 어찌 아는 사이십니까?"

아까 산에서 만났을 때 향과 위창은 한눈에 서로를 알아보았다.

어떤 사이일까? 궁금증이 일었지만, 미처 물어볼 사이도 없이 궁으로 돌아왔다.

"그자는 음 선생이 아니다."

"네? 그게 무슨 말씀이십니까? 음 선생이 음 선생이 아니라니요?"

그때 무혁이 끼어들었다.

"너를 가르칠 사람으로 화월루의 음 선생을 추천한 것은 다름 아닌 나다. 내가 추천했던 음 선생은 여인이고, 어제 너와 함께 있었던 그 사내는…… 태군이라 불리는 자다."

"태군요?"

"태평관의 주인이라는 뜻으로, 태평관에 머무는 명나라 사신들은 물론이고 조선에 거주하는 명국의 사람들은 모두 그를 그리 부른다고 들었다."

아, 어쩐지 하고 다니는 행색이 조선의 사내와는 많이 다르다 했다. 워낙에 조선말을 잘해 감쪽같이 조선 사내인 줄로 알았더니. 이제 보니 명국 사람이었구나. 아니, 지금은 위창의 신분이 중요한 게 아니었다.

"음 선생이 아니라고요? 그럼 그 사내는 대체 뭡니까? 저한테 사기 친 겁니까?"

눈앞에 없는 위창을 떠올리며 해루는 주먹을 불끈 쥐었다.

온전한 여인이 되는 방도를 알려주겠다며 자신을 유혹해 보라더니, 그 모든 것이 장난이었다는 거야?

"세상에 믿을 사내 없다더니, 아주 감쪽같이 속았습니다."

향이 소리 나지 않게 혀를 찼다.

"정말 대단한 건 그런 어이없는 장난에 속은 너다."

"사람을 곧이곧대로 믿은 것이 잘못입니까?"

억울한 듯 해루가 항의했다. 향은 고개를 끄덕거렸다.

"잘못이다. 누구도 믿지 마라. 믿기에 앞서 의심하고 상대의 의도부터 파악하려 노력해야 한다."

해루는 불퉁한 표정을 지었다.

"말도 안 됩니다. 세상을 살면서 어찌 사람을 믿지 않는단 말입니까? 그리 사는 삶이 얼마나 팍팍하겠습니까?"

"그게 세상이고 그런 것이 삶이다."

무심하게 중얼거리던 향은 고개를 돌려 무혁에게 눈짓을 보냈다.

"혁아, 태군에 대해 알아볼 것이 있다. 그자의 속셈이 무엇인지, 우리 일에 대해 얼마나 알고 있는지. 그리고…… 어찌하여 저 아이에게 그런 장난을 친 것인지 소상하게 알아보거라."

"명 받들겠나이다."

무혁이 조용히 물러났다. 향과 해루만이 남은 신루에 다시 정적이 내려앉았다. 눈치를 살피던 해루가 슬그머니 몸을 일으켰다.

"그럼 저도 이만……."

향은 해루에게는 관심이 없는 듯 여전히 문서에 집중하고 있었다. 그 모습이 이상스레 서운했다.

간밤엔 어찌 들어오지 않았느냐? 여인이 세상 무서운 줄 왜 몰라?……라며 한바탕 설교하실 줄 알았는데. 아직 그리 친근한 사이는 아닌 모양이다.

아쉬운 얼굴로 뒷머리를 긁적거리던 해루는 살금살금 까치걸음을 옮겼다. 그녀가 문고리를 잡고 막 밖으로 나가려 할 때였다.

"그런데 해루야."

"네."

"별일 없었느냐?"

"별일요? 무슨 별일 말입니까?"

"위창, 그자와 무슨 일은 없었느냐?"

향의 물음에 잠시 생각하던 해루는 저도 모르게 제 목을 더듬었다.

"일이 전혀 없었던 건 아닙니다."

세자 저하의 미간이 살짝, 아주 살짝 찌푸려지는 것도 같았는데, 내가 잘못 보았나? 고개를 갸웃거리던 해루는 말을 덧붙였다.

"사소한 오해가 있긴 했지만 괜찮았습니다."

"오해?"

"네. 음 선생은, 아니 태군은 제가 미덥지가 못했는가 봅니다. 그래서 저를 의심하더라고요."

"그 외엔?"

"별다른 일은 없었습니다."

향은 해루의 눈을 가만 바라보았다.

참[眞實].

"설마, 절 걱정해 주시는 겁니까?"

해루의 눈이 초승달 모양으로 휘어졌다.

"글 읽는 데 방해되는구나. 그만 나가보거라."

단호한 향의 말에 해루의 입술이 뾰족 튀어나왔다.

관심 없는 건 알고 있지만, 굳이 저리 서늘하게 말할 필요까지
야. 말만이라도 걱정하였다 말씀해 주시면 얼마나 좋아?

"그럼 저는 처소로 돌아가 옷만 갈아입고 화월루로 가겠습니다."

해루는 몸을 돌려 문밖으로 발을 디뎠다. 몰래 미소 짓던 향이
다시 그녀의 발목을 잡았다.

"이제부터는 화월루에 가지 않아도 된다."

말은 자신에게 하고 있지만, 시선은 여전히 문서에 꽂혀 있는 향
을 보며 해루는 고개를 외로 기울였다.

"아직 온전한 여인의 도리를 배우지 못했습니다. 지금이라도 진
짜 음 선생을 만난다면……."

"화월루를 간다고 해도 진짜 음 선생은 만나지 못할 것이다."

"왜요?"

"화월루의 주인, 다름 아닌 태군이다. 그자가 있는 한 넌 절대 음
선생을 만나지 못할 것이야."

"그런 건 염려 마십시오. 태군과 약조한 것이 있습니다. 제가 그
를 유혹하면 제게 진정한 여인이 되는 방도를 알려주겠다고 했거
든요."

"그러니 더더욱 안 될 거란 말이다."

말 속에 숨은 뜻인즉, 넌 절대 태군을 유혹하지 못할 것이다, 였다.

"옛말에 열 번 찍어 안 넘어가는 나무 없다 했습니다."

"그래서? 네가 태군을 유혹할 수 있을 거란 말이더냐?"

향의 물음에 해루가 모처럼 의기양양한 낯빛을 했다.

"사실, 이건 저하께만 드리는 말씀인데요. 반쯤 넘어온 것 같습니다."

그 자신감 넘치는 말이 향의 주의를 끌었다. 그가 고개를 들어 그녀와 시선을 마주했다.

"누가? 네가 태군의 마음을 흔들었다는 것이냐?"

"어쩌면 조만간 그리될지도 모릅니다."

"하하하."

모호하기 짝이 없는 해루의 대답에 향은 기분 좋은 웃음을 터트렸다.

"왜 웃으십니까?"

지금 비웃는 거 맞죠? 괜한 오기가 생긴 해루는 의지를 불태웠다.

"이참에 보란 듯 유혹하겠습니다."

그러나 향이 그 의지에 찬물을 끼얹었다.

"쓸데없는 짓이다. 태군은 여인에게 절대 흔들리지 않는 사람이야."

"그런가요?"

해루가 졸린 강아지처럼 목을 긁었다. 무심한 시선에서 보통 사내는 아닐 거라 생각했지만, 공갈 세자께서 저리도 확실하게 말하는 걸 보니 정말로 그런 모양이다. 난감하다는 듯 그녀는 콧등을 찡그렸다.

"큰일이네요. 화월루가 아니라면 저는 대체 누구에게 여인의 도리를 배워야 합니까?"

처소로 돌아가 눅눅하게 젖은 옷을 갈아입은 해루는 다시 신루로 돌아왔다. 그 짧은 사이, 신루의 분위기는 돌변해 있었다. 언제나 세월을 좀먹는 사람들처럼 느긋하던 학자들의 눈빛이 모처럼 칼날같이 날카로웠다. 무언가 서책과 문서를 뒤지던 학자들과 그들이 올리는 문서를 심각하게 검토하는 향의 모습에 해루는 절로 위축되었다.

무슨 일이라도 생긴 것일까? 궁금해하는 해루에게 통통한 몸을 뒤뚱거리는 양여섭이 다가왔다.

"제가 뭐 도울 일은 없습니까?"

그녀를 쓱 위아래로 훑어보던 양여섭은 머리를 저었다.

"네가 나설 때가 아니다. 지금 당장은 걸리적거리니 저쪽 구석에 가 있어라."

신루 구석을 턱짓으로 가리킨 양여섭은 곧 어딘가로 뒤뚱거리며 사라졌다.

그사이, 심운기가 긴 두루마리를 향에게 내밀고 있었다.

"저하, 이것은 어떠하옵니까?"

매서운 눈초리로 두루마리를 읽어 내려가던 향이 세필 붓으로 주석을 달았다.

"이건 이미 시행착오가 있었던 일이다."

"이 부분과, 이 부분, 그리고 여기 이 부분만 적절히 보완한다면 충분히 승산이 있는 일이옵니다."

"허나, 지금 우린 최악의 상황이라는 것을 잊어서는 안 된다. 적절한 정도로는 어림도 없을 것이다."

"소인의 생각이 짧았나이다."

심운기가 물러가기 무섭게 이번에는 김담이 다가왔다.

"이건 저하의 말씀을 참고로 하여 대호영이 그린 설계도입니다. 이 설계도대로 진행한다면 큰 무리가 없을 것 같사옵니다."

턱을 만지작거리던 향이 수긍하듯 머리를 위아래로 흔들었다.

"얼마나 걸릴 것 같은가?"

"길면 나흘, 좀 더 서두른다면 이틀 안에 완성할 수 있을 것이옵니다."

"오늘 밤까지 시간을 주겠다."

"저하, 그리 빨리는……."

도저히 할 수 없는 일이라며 김담이 볼멘소리를 냈다. 그러나 향은 조용히 고개를 흔들 뿐이었다.

"우리에겐 시간이 없다."

"하오나."

"내 그대만 믿을 것이야."

향의 눈에 김담에 대한 믿음과 신뢰가 떠올랐다.

그 뜨거운 시선과 마주하자 김담의 머리가 절로 아래로 내려갔다.

"소인, 신명을 다해 저하의 명을 받들겠나이다."

뒷걸음질로 물러가는 김담을 지켜보던 향은 문득 눈을 감았다. 붉게 충혈된 눈을 쉬게 함이었다.

그것도 잠시.

이내 번쩍 눈을 뜬 향은 학자들이 모아 온 자료를 바탕으로 하여 무언가를 적어 내려갔다. 그렇게 쌓이기 시작한 문서가 어느덧 산을 이뤘다.

얼마나 시간이 흘렀을까?

마침내 향이 손에서 붓을 내려놓았다.

그의 주위로 신루의 학자들이 하나둘 모여들었다.

"드디어……."

운을 떼는 양여섭의 목소리가 떨렸다.

심운기가 미처 끝맺지 못한 양여섭의 말을 대신했다.

"드디어 완성했습니다."

말이 끝남과 동시에 향을 비롯한 모두의 시선이 전각의 후미진 구석으로 향했다.

지루한 얼굴로 꾸벅꾸벅 졸던 해루는 난데없는 관심에 어리둥절했다.

그런 해루에게로 향이 다가왔다.

"왜 그러십니까?"

"지금부터 너에게 온전한 여인이 되는 방도를 가르칠 것이다."

"누가요?"

묻는 해루를 물끄러미 내려다보던 향과 신루의 학자들이 동시에 미소를 지었다.

"우리다."

학자들의 미소에 해루의 심장이 덜컥 내려앉았다.

"누가…… 한다고요?"

혹시나 하던 예감이 역시나로 바뀌었다.

왜 불길한 예감은 어김없이 적중하는 것일까?

학자들의 미소를 본 순간, 벌레가 기어오르는 듯 등줄기가 선뜩

했다.

아니나 다를까.

향의 고갯짓에 문밖에서 찻상을 든 궁녀들이 신루 안으로 들어왔다. 일렬로 들어온 그녀들은 마치 한 몸이라도 되는 듯 같은 모습으로 신루 바닥에 찻상을 내려두고는 사라졌다.

"이건 뭡니까?"

해루는 길게 늘어진 찻상과 향을 번갈아 보았다.

"지금부터 세자빈 간택에서 중점적으로 살피는 몇 가지 행동에 대해 교육을 시작하겠다. 제일 먼저, 차 마시는 것부터 시작하자."

먼저 찻상 앞에 앉은 향이 해루에게 자리를 권했다. 순순히 그가 가리킨 자리에 앉은 해루는 두 눈을 빛냈다.

대체 어찌 가르쳐주시려나?

궁금증이 생길 때였다.

긴 두루마리를 든 양여섭이 향의 뒤편에 섰다. 두루마리를 턱짓하며 향이 말했다.

"다도법을 가르치는 것은 본래 양 학사의 몫이지만, 오늘은 처음이고 하니 특별히 내가 봐주도록 하마. 우선 차를 끓이는 순서부터 숙지하도록 해라. 너를 위해 상세히 적어두었으니 과히 어렵지는 않을 것이야."

"하지만……."

해루는 바닥에 끌리는 긴 두루마리를 보며 긴 한숨을 내쉬었다.

"열두 가지 종류의 차와 그것을 끓이는 법. 하안, 어목이…… 엄다의 법도엔 상투, 중투, 하투가 있는데……."

대충 두루마리를 훑어 내려간 해루가 혼란한 시선으로 향에게 물었다.

"이게 대체 무슨 말입니까?"

"지금부터 일다경의 시간을 주마. 그 안에 저 두루마리에 쓰인 모든 사항을 외워두는 것이 좋을 것이야."

"……그냥 읽는 데만도 반 시진은 족히 걸리겠습니다."

"노력하면 할 수 있다."

"노력해서 될 일이 있고, 안 될 일이 있습니다. 이건 가능하지 않은 일입니다."

"내 너를 믿는다."

믿지 마십시오, 제발.

해루의 항변에도 불구하고 향은 믿는다는 말을 연신 뱉었다. 그래도 못 하겠다며 해루가 울상을 지었다. 잠시 생각에 잠기던 향이 고개를 끄덕였다.

"열 번 듣는 것보다 한 번 보는 게 낫다 하였지. 내 직접 보여주마. 그리하면 이해하기 한결 수월할 것이다."

"애초에 모르는 말투성이란 말입니다."

"이것은 중전마마께서 즐기시는 차다. 이 차를 가장 맛있게 우리기 위해서는 무엇보다 물의 온도가 중요하다."

막힘없이 차의 이름과 맛, 그리고 우리는 방법과 음미하는 방법을 알려주는 향을 보며 해루는 연신 감탄사를 흘렸다. 그리고 정말 궁금하다는 듯 물었다.

"저하께서는 차를 좋아하시는가 봅니다."

"회강다례를 하긴 하지만, 즐기는 편은 아니다."

"즐기지 않으신다면 어찌 이리 잘 아시는 겁니까?"

슥, 향은 양여섭이 들고 있는 두루마리를 손으로 가리켰다.

"저기 쓰여 있질 않으냐?"

"그럼 지금 저걸 보고 하신 거란 말입니까?"

"한번 머릿속에 들어온 건 좀처럼 잊히지 않아서 말이다."

해루의 어깨가 아래로 축 내려갔다.

"자세가 좋지 않구나."

"의기소침해하는 중입니다."

"어찌 시작도 하기 전에 의기소침부터 하느냐?"

"말씀드려도 이해하지 못하실 겁니다."

"이 세상에서 내가 이해하지 못할 건 없다."

"이런 건 이해할 수 없을 겁니다. 절대로!"

"별소리를 다 하는구나."

한동안 향은 해루에게 다도에 대해 알려주었다. 하지만 해루는 좀처럼 실력이 늘지 않았다.

차의 종류에 따라 다도의 법도도 미묘하게 달라졌는데, 해루의 입장에서는 도무지 그 차이를 알 수 없었다.

"모르겠습니다. 이해할 수 없습니다."

"첫술에 배부를 수 있겠느냐? 차차 나아질 것이다."

향은 좌절한 해루를 다독였다. 그렇게 난해한 시간이 흘러갔다.

"다음 차례가 되었습니다."

김담이 조심스레 말했다.

"시간이 벌써 그리되었군."

잠시 후, 문이 열리고 간단하게 차려진 밥상이 들어왔다.

해루의 입속에 군침이 돌았다. 생각해 보니 오늘 온종일 제대로 끼니를 챙기지 못했다.

"다음은 밥을 먹는 방법과 자세다. 이 일은 심 학사가 맡을 것이다."

향이 자리를 털고 일어났다. 빈자리에 심운기가 앉았다.

"우선 이것을 참고하거라."

심운기가 예의 두루마리를 내밀었다.

"역대 세자빈에 간택된 분들의 자세와 식사 방법, 한 숟가락에 놓이는 밥의 양과 반찬의 양을 분석해 놓은 것이다."

"설마 이번에도 지금 당장 숙지하라는 건 아니시죠?"

"반 시진 주마."

큰 인심 쓴다는 듯한 심운기의 말에 더는 참지 못한 해루가 벌떡 일어섰다.

"안 합니다! 더는 못 합니다."

저벅저벅 돌아서는데 심운기의 매정한 한마디가 귀에 박혔다.

"오늘 밥, 없다."

움찔.

해루의 어깨가 떨렸다. 그러나 이내 평정을 되찾은 그녀는 심운기를 돌아보았다.

"괜찮습니다."

마침 처소에 갈무리해 둔 인절미가 있었다. 오늘은 아쉬운 대로 그거로 허기를 채우면 되리라. 그러나 뒤이어지는 심운기의 말에 해루는 걸음을 멈추고 말았다.

"오늘 김 상궁이 네 처소를 소지하라는 명을 내렸다지, 아마."

"네?"

갑자기 웬 청소랍니까?

"냄새나는 것, 냄새날 만한 것은 모두 치워버리라는 명도 내렸다던데."

"서, 설마……."

해루가 흔들리는 눈으로 고개를 들어 뒤편으로 물러선 향을 보았다.

학자들이 건네는 문서들을 살피던 향이 그녀를 향해 씩 미소를 지어 보였다.

당신이었군요, 공갈 저하. 당신께서 제 정보를 이 몹쓸 학자들에게 알려주셨군요.

"네가 먹을 것에 남다른 관심이 있는 것 같다 말해 준 것뿐이다."

정말이었구나. 해루가 소맷자락을 잘근잘근 씹으며 향에게 원망 어린 시선을 보내고 있을 때, 심운기의 목소리가 들려왔다.

"반 시진, 그 안에 두루마리 내용을 숙지하면 뭐든 마음대로 먹게 해주마."

"꼭 할 겁니다."

분하지만 따를 수밖에 없었다. 다른 건 모두 참을 수 있어도 배고픈 것과 졸린 것은 도무지 참을 수 없었다.

그나저나 공갈 저하, 나에 대해 너무 잘 아시는 거 아니야?

어느새 칠흑 같은 밤이 주위를 물들였다. 밤늦도록 불을 밝히던 신루 안에서 날카로운 비명이 터져 나왔다.

"이건 도저히 할 수가 없습니다!"

"해도 해도 너무합니다!"

"사람의 탈을 쓰고 어찌 이리 본능이 앞설 수 있단 말입니까?"

"불가항력은 이런 경우를 두고 하는 말입니다."

"어찌하여 김 상궁이 그리 처절하게 애원했는지 이제야 알 것 같습니다."

해루 여인 만들기에 돌입했던 신루 학자들이 하나둘 포기를 선언하고 떨어져 나갔다. 김담이 만든 허리를 꼿꼿이 세우는 기구를 찬 채 어설프게 걸음을 옮기던 해루 역시 기다렸다는 듯 소리쳤다.

"저도 더는 못 하겠습니다."

어느새 기괴한 기구를 훌훌 벗어버린 해루가 쪼르르 신루 밖으로 몸을 날렸다.

"해루야, 거기 서라. 해루야."

다급한 음성이 뒤쫓아 왔지만 해루는 걸음을 멈추지 않았다. 이대로 딱 죽을 것만 같았다.

진짜 세자빈이 되려는 것이 아니었다. 다만, 세자빈 간택에 참여하는 정체 모를 세작을 찾아내기 위해 거짓으로 간택에 참여하는 것뿐이었다. 하지만 조금의 빈틈도 허용하지 않는 왕세자께서는 만약의 상황에 대비하고 있었다.

'만약 초간택에서 네가 상대를 찾지 못하여 재간택까지 오른다면 어찌하겠느냐?'

듣고 보니 일리 있는 말이었다. 저도 모르게 고개를 끄덕인 것이 화근이었다.

차 마시는 법, 밥 먹는 법에 이어 말하는 법, 걷는 법, 심지어 웃는 법까지 배우고 있자니 없던 병도 생길 지경이었다. 단순히 배우기만 하는 것이면, 힘들고 괴로워도 참을 수 있을 것이다. 문제는 신루의 학자들이 학습에 기괴한 도구를 동원한다는 점이었다.

학습의 효율을 높이고, 삐뚤어진 근본을 바로 한다는 명목하에 허리를 꼿꼿이 세워주는 도구부터 해사하고 청초한 웃음을 만들어주는 기괴한 도구까지. 갖가지 도구를 만들어 시험하는 통에 힘들고 괴로워서 견딜 수가 없었다. 신루의 학자들은 세상의 부조리

하고 어설픈 모든 것을 신묘한 기구와 도구로 모조리 해결하려 드는 것 같았다.

괴짜들이라는 소문이 자자하더니. 이제야 그 이유를 깨달을 수 있었다.

결국, 해루는 도망을 택했다. 담벼락 아래 숨어 있던 그녀는 자신을 잡기 위해 무리를 지어 우르르 몰려가는 신루 학자들을 훔쳐보았다.

"못 말릴 양반들."

절로 몸서리가 쳐졌다. 이대로 있다간 갖가지 기구로 인해 사람이 이상해질 것 같았다.

"오늘 밤만 푹 자겠습니다."

자신을 위해 애쓰는 향을 떠올리며 혼잣말을 중얼거리던 해루는 동궁전으로 몸을 돌렸다. 동궁전 행랑채 중에 빈방 하나를 보아두었다.

등잔 밑이 어둡다고, 설마 자신이 세자 저하 계시는 동궁전에 숨어 있을 줄은 모르겠지. 어깨를 들썩이며 웃음을 흘리던 해루는 가볍게 걸음을 옮겼다.

그러나 무슨 낌새를 눈치챈 것일까? 대전 근처로 향하던 학자들이 돌연 해루가 숨어 있는 담벼락으로 몸을 돌렸다. 행여 잡힐세라 치마 끝자락을 잡쥔 해루는 서둘러 달음박질쳤다.

"저기다!"

"바로 저곳에서 소리가 들리네."

인기척을 느낀 발걸음들이 빠르게 가까워졌다. 발소리를 피해 이리저리 달린 지 얼마나 되었을까. 결국, 해루는 궁지에 몰리고 말았다. 좌우에서 쫓는 발소리와 목소리가 들리는데, 정작 피할 곳은 어디에도 보이지 않았다. 등 뒤로 굳게 닫힌 문이 있어 힘껏 밀어 보았지만, 꿈쩍도 하지 않았다.

"이를 어쩐다?"

이대로 잡히면 밤이 새도록 괴이한 노동을 해야 할 터인데. 초조해진 해루가 발을 동동 구를 때였다.

끼익. 굳게 닫힌 문이 슬며시 열리며 손 하나가 나와 해루의 뒷덜미를 당겼다.

"어? 어?"

느닷없는 사태에 해루는 저항할 여력도 없이 문 안으로 끌려 들어가고 말았다.

쿵! 해루를 삼킨 문이 다시 닫혔다. 직후, 사람들의 목소리가 해루가 사라진 곳으로 몰려들었다.

"그쪽은 김 학사가 아니오?"

"오는 길에 해루 그 아이를 보지 못했소?"

"보지 못했습니다. 그쪽으로 간 게 아닙니까?"

"어허, 분명 이리 온 것 같았는데."

"대체 그 아이가 어디로 사라진 게지?"

당황한 사람들의 목소리가 담벼락을 떠들썩하게 만들었다. 그러나 정작 해루는 그들의 목소리에 귀를 기울일 수 없었다.

"다, 당신은……."

해루가 휘둥그렇게 뜬 눈으로 자신을 구해준 사람을 올려다보았다.

"조용."

위기에서 구해준 사람이 손가락을 입술 위에 세웠다. 그러고는 문을 등지고 선 해루의 귓가에 속삭였다.

"소리를 내면 들키게 될 거다."

　속삭이는 목소리로 말을 건네는 이는 다름 아닌 위창이었다. 음선생이라는 말로 해루를 속인 바로 그 사내였다.

용포의 용도

지척에 위창의 서글서글한 눈이 있었다. 서로의 숨결이 사슬처럼 얽혔다.

"당신은……?"

이 사내가 왜 이곳에 있는 거지? 해루의 머릿속에 의문이 피어났다.

속내를 고스란히 드러내는 그녀를 보며 위창이 미소를 지었다.

"아침에 그리 헤어지고 이리 다시 만나니 반갑군. 어떠냐? 너도 내가 반갑지 않으냐?"

"당황스럽습니다."

"뭐? 하하하."

전혀 예상치 못한 반응에 위창은 마른 웃음을 흘렸다. 그러나 이내 웃음기를 지우고 그윽한 시선으로 해루를 바라보았다.

지미한 별세계를 한자리에 모아놓은 듯한 까만 눈동자. 빨려 들어가는 듯한 아름다운 시선과 마주했지만 정작 해루의 표정은 시큰둥하기만 했다.

"여긴 무슨 일로 오셨습니까?"

"너를 만나러 왔다."

"저를요? 왜요?"

"이리하라고 내 앞에서 버선발을 보인 게 아니었던가?"

"먼저 유혹하라 하시지 않으셨습니까?"

"그래서 여기 내가 있지 않으냐?"

"무슨 말씀을 하시는지 이해하기 어렵습니다."

"뭐라?"

예상 밖의 무덤덤한 반응. 당황한 위창은 미간을 한데로 모았다. 이 정도 하였으면, 적당히 반응할 법도 한데. 설마, 내 말을 이해하지 못한 것인가? 아니면 다른 이유로 경계를 풀지 않는 것인가?

"날 보는 눈빛이 그리 곱지 않구나. 왜 그러느냐?"

"제 눈빛이 좋지 않다고요? 그럴 리가요."

해루가 배시시 웃었다. 위창도 따라 웃었다. 그 순간, 해루가 위창의 팔을 암팡지게 깨물었다.

"헉!"

위창의 잇새로 앓는 신음이 흘러나왔다. 허술해진 결계 밖으로 그녀가 미꾸라지처럼 쏙 빠져나갔다. 내내 온기를 품었던 가슴이 금세 서늘해졌다.

"이게 무슨 짓이냐?"

위창이 물린 팔을 흔들며 물었다.

"그동안 절 속이고 고생하게 한 대가입니다."

"속여?"

"진짜 음 선생이 아니라는 걸 알았습니다."

"아, 그것 말이군."

별 대수롭지 않다는 듯 받아치는 위창을 보자 해루는 기가 막혔다.

"왜 그런 거짓말을 한 겁니까?"

"난 거짓말한 적 없다."

"음 선생이 아니시면서 음 선생이라고 하질 않았습니까?"

"난 한 번도 내 입으로 음 선생이라고 한 적 없어. 네가 멋대로 생각했던 거지."

"온전한 여인이 되는 방도를 알려준다고 하셨지요?"

"그 정도는 음 선생이 아니라도 충분히 알려줄 수 있으니까."

"사람 기만하지 마십시오."

"기만하는 것이 아니다. 그저 도와주고 싶었을 뿐. 그리고 보면 어쩌면 나는 처음부터 네게 관심이 있었는지도 모르겠구나."

위창의 뻔뻔한 대답에 해루는 고개를 설레설레 저었다.

"말장난은 그만두십시오. 그보다 이곳이 어딘 줄이나 아시는 겁니까?"

"내 아무리 네게 정신이 팔려 있다 해도 여기가 궁이라는 것 정도는 인지하고 있지."

"다행입니다. 그건 알고 계셔서. 그런데 저는 왜 보러 오신 겁니까?"

"사내가 여인을 보러 온 이유야 단 하나밖에 더 있겠느냐?"

"네?"

"아무래도 새로운 것에 눈을 뜬 모양이다."

"새로운 것이라니요?"

"다 해진 너의 하얀 버선발이 보고 싶었다."

"말도 안 되는 소리 마십시오."

"나도 말도 안 되는 생각이라 치부했다. 그러나 널 보니 비로소 명확해지는구나. 어떠냐? 너의 그 다 해진 하얀 버선발을 다시 보여줄 수 있겠느냐?"

위창의 은근한 속삭임에 해루의 안색이 하얗게 탈색되었다.

"맙소사."

"허허."

종종걸음으로 멀어지는 해루의 뒷모습에 위창은 어이없는 미소를 지었다.

당찬 것이 제법이었다. 그러나 언제까지고 저리 당찰 것인가. 그의 얼굴에 오만한 기색이 떠오를 때였다.

"참으로 재미난 구경을 다 하는군요."

담벼락 안쪽에서 여인의 목소리가 들려왔다. 바람결에 실려 오는 지분 향기와 낯설지 않은 음성.

"음 선생. 궁에 있다 하였더니. 이리 만나는군."

"곧 있을 명국의 사신단 맞을 준비를 돕던 참이었사옵니다."

"그랬던가?"

"일전에 보고를 올렸습지요."

"그랬었군."

무심한 그의 대답에 여인이 고개를 끄덕거렸다.

"그나저나 오늘 뜻하지 않게 귀한 구경을 하였습니다."

"귀한 구경이라."

여인이 태군을 바라보며 말을 이었다.

"세상 모든 일에 관심이 없으셨지요."

"……."

"그런 태군께서 궁으로 걸음을 하신다 하시니, 무슨 일인지 궁금해 자리를 지킬 수가 없었습니다. 하온데 이런 일이 생길 줄은 꿈에도 생각하지 못하였나이다. 태군께서 여인이라니요. 고작 여인을 보겠다고 궁으로 들어오시다니. 누구도 믿지 못할 이야기입니다."

높은 담벼락 위로 웃음이 나비처럼 날아올랐다. 웃음 날개가 채 사라지기 전에 위창이 대답했다.

"보통 여인이 아니다. 왕세자께서 관심을 기울이는 여인이지."

아침에 향과 마주했던 일을 떠올리며 위창은 묘한 미소를 지었다. 그는 해루가 사라진 방향으로 시선을 돌렸다.

세자께선 해루 저 아이를 이용하여 무슨 일을 꾸미시려는 것일까? 또 세자빈 간택에 저 아이를 내보내려는 저의는 무엇일까?

상념에 빠진 위창의 귓가에 다시 여인의 말소리가 파고들었다.

"저 여인을 이용하실 생각이시옵니까?"

여인의 말에 위창이 고개를 저었다. 그리고 낮게 속삭였다.

"이용이 아니라 활용이니라. 아니, 관심이라 하는 게 옳겠지."

"관심이 호기심이 되는 순간을 조심하셔야 할 것이옵니다."

여인의 당부에 위창의 입가에 예의 거만한 미소가 그려졌다.

"어차피 찰나에 지나지 않을 관심이야."

"나리, 나리."

여름도 아닌데 귓가에 앵앵 모기 우는 듯한 소리가 들려왔다. 서책을 읽다 잠이 든 심운기는 저도 모르게 미간을 찡그렸다. 모처럼의 단잠을 방해받고 싶지 않았다. 그는 모기를 쫓으려 휘휘 허공에 손을 내저으며 고개를 돌렸다.

"나리, 나리, 일어나보십시오."

그러나 모깃소리는 좀처럼 사라지지 않았다. 아니, 그것은 아까보다 더 선명한 울림으로 심운기를 깨웠다.

"누구냐?"

결국, 심운기가 눈을 떴다. 흐릿한 시야에 작고 하얀 얼굴이 들어왔다.

"해루구나. 공부하기 싫어 도망가더니, 마음 고쳐먹은 게냐?"

여전히 머리를 탁자에 뉘인 채 심운기가 물었다.

"지금 그게 문제가 아닙니다. 큰일 났습니다. 이 일을 어찌하면 좋겠습니까?"

"큰일?"

큰일이라는 해루의 말에 내내 흐릿하던 심운기의 눈이 번쩍 뜨였다.

"무슨 일이냐? 어디서 전쟁이라도 난 게야? 야인들이 또 국경을 넘어왔다더냐?"

당장에라도 뛰쳐나갈 태세를 하는 그에게 해루가 세상 고뇌를 다 짊어진 듯한 얼굴로 입을 열었다.

"전쟁보다 더 심각한 사태입니다."

"전쟁보다 더 심각한 사태라니? 대체 그게 뭐냐? 뭔데 그리 빙빙 말을 돌리는 거야?"

"일전에 제게 알려주었던 비책 있잖습니까."

"비책? 내가 네게 비책 같을 것을 알려줬어?"

기억나지 않는 듯 심운기가 볼을 긁적거렸다.

"사내를 유혹하는 방법을 알려주시질 않으셨습니까?"

"아, 그것 말이구나. 왜? 그 방법이 잘 안 통한 것이야? 다른 방도를 알려주랴?"

"아닙니다. 그것만으로 충분합니다. 아니, 너무 잘 통해서 문젭니다."

"그건 또 무슨 해괴한 소리냐?"

"글쎄 이 야밤에 제 버선발이 보고 싶다고 궁에 들어온 것이 아닙니까."

"어떤 미친놈이 그런 짓을 해? 너 혹시 꿈이라도 꾼 게야? 여기가 어디더냐? 궁이다, 궁. 보고 싶다고 어중이떠중이 아무나 들어올 수 있는 그런 곳이 아니야."

해루가 수긍하며 고개를 끄덕거렸다.

"제 말이 그겁니다. 여기가 어디라고. 제 버선발 하나 보겠다고 입궐하다니. 그게 말이 됩니까? 정말 태군인지 뭔지 하는 사내 때문에 제가 머리가 아픕니다."

길게 하품을 하던 심운기는 그대로 굳어버렸다.

"지금…… 뭐라고 하였느냐? 누가 왔다고?"

"태군요. 혹시 나리도 아는 사람입니까? 아까 세자 저하와 두목님이 하는 얘길 들으니 명나라 사람이라고 하던데요."

"설마, 네가 말하는 태군이 내가 아는 그 태군은 아니겠지?"

맞아, 그럴 거다. 그 태군이 뭐가 아쉬워 고작 여인의 버선발을 보겠다고 입궐을 한단 말인가. 보고자 한다면 스스로 달려와 그의 발치에 옷가지 쌓아놓을 여인들이 수두룩할 텐데.

심운기는 한숨을 쉬었다.

"그런데 그 사내가 정말 너한테 반한 건 맞는 거야?"

"제게 반한 게 아닙니다. 제 버선발에 관심을 보입니다."

"버선발?"

"네. 본인 입으로 그리 말했습니다. 벌건 대낮에 버선발 보여줄 수 없겠느냐며, 은근 청하기도 하였습니다."

심운기가 고개를 내려 해루의 발을 응시했다. 이내 그의 입에서 한마디가 흘러나왔다.

"미쳤구나."

"저도 그리 생각합니다. 이상한 사내입니다. 그러니 도와주십시오. 어찌해야 합니까? 어찌해야 그 사내를 떨쳐낼 수가 있을까요?"

그때였다.

"정말 이상한 녀석은 바로 너다."

멀지 않은 곳에서 잠을 청하던 김담이 두 사람의 곁으로 다가왔다.

"언제는 사내를 유혹하겠다고 수십 권의 책을 뒤지더니. 이제는 떨쳐내겠다는 것이야?"

"앗! 나리. 혹시 저 때문에 깬 겁니까? 제가 시끄러웠습니까?"

해루가 미안한 얼굴로 뒷머리를 긁적거렸다.

"진즉 깨어 있던 참이었다. 그건 그렇고. 말해 봐라. 태군 정도면 꽤 괜찮은 사내가 아니더냐? 그런 사내가 널 좋아한다는데. 이참에 너도 그 사내와 연모를 나누는 것도 나쁘지 않을 터."

"정말 연모하는 것이라면 상관없겠지요."

"아니란 말이냐?"

"지금까지 제가 하는 말을 어디로 들으셨습니까? 버선발입니다. 오로지 제 버선발에만 관심이 있다 했습니다."

김담이 해루의 발을 응시했다. 절로 튀어나오는 한마디.

"미쳤구나."

"그러니 이리 걱정하는 게 아니겠습니까?"

멀쩡한 사내를 버선발에 흠뻑 빠진 이상한 사람으로 바꿔놓았으니, 이 문제를 어찌 해결해야 할지 골치가 딱딱 아팠다. 혹시나 위창이 자신에게 진심으로 관심이 있는 것은 아닐까 생각하지 않은 것은 아니었지만, 이내 체머리를 흔들었다. 내 주제에 연모라니. 당치도 않을 일이었다.

있을 리도 없고, 있어서도 안 된다. 그저 오늘 하루도 무사히 지나가는 것에 감사하며 살아온 인생이 아니던가.

"버선이라니. 그 태군이 고작 버선에 넘어갔단 말이냐?"

도무지 이해되지 않는다는 듯 김담이 다시 물었다.

"믿기지 않으시지요? 저도 믿기지 않습니다. 하지만 사실인 걸 어찌하란 말입니까? 그리 얼굴 찌푸리지 마시고, 해결책을 알려주십시오."

"골치 아프구나. 넌 어쩌자고 그리 악착같이 그 사내를 유혹했던 것이냐?"

"그래야만 온전한 여인의 도리를 알려준다잖아요. 저하께서 모처럼 제게 특별한 임무를 맡기셨는데. 이왕이면 제대로 잘하고 싶었습니다."

"녀석, 저하를 생각하는 마음이 끔찍하구나."

"당연한 것 아닙니까? 제가 이래 봬도 세자 저하의 최측근이 아닙니까?"

"최측근? 어린 비자들 사이에 세자 저하의 최측근 이야기가 나와 기이하다 여겼는데, 이제 보니 네가 그 원흉이로구나."

김담이 아프지 않게 해루의 이마에 꿀밤을 먹였다.

"최측근을 최측근이라고 하지. 그럼 뭐라고 합니까?"

억울한 듯 해루가 항의했다.

"뭘 잘했다고 목청을 돋우는 게냐? 세자 저하께서 그리하라더냐?"

"그런 것은 아니지만……."

잠시 주위를 살피던 해루가 아주 작은 목소리로 속삭였다.

"사실 이런 말씀까지는 안 드리려고 했는데. 기왕 이리되었으니. 나리께서도 아시는 것이 좋을 듯싶습니다. 세자 저하께서 절 특별히, 아주 각별하게 여기시는 것 같습니다."

"어떻게 각별하게 여긴단 말입니까?"

"저만 믿는다고 말씀하는 건 예사고, 심지어 졸고 있는 저에게 그 귀한 용포까지 서슴없이 벗어 주셨습니다. 그러니 어찌 절 생각하는 마음이 각별하지 않겠습니까?"

해루의 얼굴에 우쭐대는 기색이 가득했다. 심운기가 두 귀를 바싹 세우고 끼어들었다.

"뭐? 용포를 덮어주셨단 말이냐?"

"네. 얼마 전 화원에서 까무룩 잠이 들었는데, 글쎄 눈을 떠보니 제가 세자 저하의 용포를 덮고 있질 뭡니까."

해루의 볼에 홍조가 떠올랐다.

"난 또 뭐라고."

뭔가 특별한 일이라도 있는 줄 기대했던 김담이 맥 빠진 얼굴로 말을 이었다.

"세자 저하의 용포라면 나도 덮은 적이 있다."

심운기가 질세라 손을 번쩍 들었다.

"그거라면 나도 덮었지. 뿐만 아니라 난 주상 전하께서도 용포를 덮어주신 적이 있다네."

여기저기 흩어져 졸던 신루의 학자들이 덩달아 하나둘 손을 들었다.

"나도 그런 경험이 있네."

"나는 두 번인가? 세 번인가?"

줄을 잇는 용포와 관련한 경험담에 해루는 말문이 턱 막혔다.

설마, 그 귀하디귀한 용포를 덮어본 사람이 이리 많을 줄이야.

자세히 사연을 들어보니, 그 깊은 속내가 더더욱 가관이었다. 하나같이 힘들고 무리한 일을 진행하고 있을 때, 그 요물 같은 용포가 등장하였다. 용포를 접한 학자들은 세자 저하의 배려에 감격하여, 성심을 다하여 노력했음은 물론이었다.

"이제 보니……."

왕세자 저하의 용포가 이런 식으로 사용될 줄은 꿈에도 생각지 못했다.

해루는 동창 밖으로 시선을 돌렸다. 창문 밖으로 동궁전 처마 끝이 아슴푸레 들어왔다. 애꿎은 처마를 향인 듯 노려보았다.

사람을 믿지 말라 하더니. 의심부터 하고 의도를 파악하라 하더니. 설마, 따뜻한 배려가 녹아있다 생각한 용포에 사심이 잔뜩 묻어 있었을 줄이야.

"속았다."

"역시 그럴 줄 알았어. 어쩐지 이상하다 했지."

천하의 공갈 저하께서 이상스러울 만큼 상냥하다 했더니. 역시나 그 내막이 숨어 있었다. 화원으로 향하는 해루의 입에서 연신 불퉁한 혼잣말이 새어 나왔다.

신루의 학자치고 용포를 못 덮어본 이가 없었다. 그리고 그건 집현자 학자들 역시 마찬가지였다.

그런 줄도 모르고 괜스레 들떠 있었다.

"하여간 이놈이고 저놈이고…… 아, 그래도 세자 저하께 이놈이라 한 건 너무했나? 어쨌든 이분이고 저분이고 믿을 분 하나 없네."

퉁퉁 부은 얼굴로 투덜대던 해루는 신루 밖으로 걸음을 옮겼다.

"너 또 어디에 가는 거냐? 배워야 할 게 산더미인데."

김담이 해루를 잡았다.

"저 안 합니다."

"무슨 소리야?"

"세자빈 간택이고 세작이고 저는 모르겠습니다. 안 해요."

존귀하신 세자께서 베푸신 작은 배려에 마음이 흔들렸었다.

비록 반 사기 계약으로 이어진 관계라고 하지만 그 속에 담긴 것은 진심이라 생각했다.

알고 보니 모두 거짓이었다.

세자 저하야말로 사람의 마음을 희롱하는 데 천부적인 사람이었다.

그것도 모르고 세자 저하의 마음에 보답하겠다며 화월루의 문턱이 닳도록 뛰어다녔다. 어디 그뿐일까? 그의 속내는 알지 못한 채 최측근이라며 혼자 좋아했으니.

쥐구멍에라도 숨고 싶은 심정이었다.

"죄송합니다, 나리. 하지만 저는 안 할 겁니다."

마음에 제법 깊은 생채기가 생긴 해루는 붙잡는 김담의 손을 뿌리쳤다.

더는 누구도 믿을 수가 없었다.

더는 아무도 믿고 싶지 않았다.

꾸벅 고개를 숙인 해루는 신루 밖으로 나섰다.

그때였다.

문지방을 넘는 그녀의 발밑으로 희뿌연 안개가 밀려들었다.

해루의 의지와는 상관없이 펼쳐지는 몽환의 세계.

처음에는 흐릿하던 세계는 점차 또렷하게 그리고 잔인하게 눈앞에 다가왔다.

"뭐, 뭐야?"

놀란 해루는 저도 모르게 주춤 뒤로 물러섰다.

궁이 불타고 있었다.

좀 전까지 해루와 담소를 나누던 김담은 연신 피거품을 게워내고 있었다.

"나리, 뭡니까? 무슨 일입니까?"

선명하게 보이지만 손에 잡히는 않는 김담의 환영을 향해 해루가 소리쳤다.

그러나 김담에게는 들리지 않았다.

그는 눈앞에 당면한 환란을 망연한 눈으로 바라보고 있을 뿐이었다.

그렇게 한참의 시간이 흐른 후.

김담의 입에서 비탄 어린 중얼거림이 흘러나왔다.

'그 사람을 막았어야 했다. 크흑, 설마 세자빈 간택으로 시작된 일이 이처럼 참담한 사건이 될 줄이야.'

끝없는 절망과 후회가 하얗게 들뜨고 갈라진 입술을 뚫고 끊임없이 나왔다.

깊고 가파른 죽음의 골짜기.

그 앞에 선 김담은 처연한 눈빛으로 허공을 응시했다.

'저하.'

나직한 부름을 마지막으로 김담은 밑동 잘린 짚 인형처럼 풀썩 앞으로 고꾸라졌다.

흉몽인 듯 잔인한 광경은 그것으로 끝이었다.

발밑을 가득 에워싸고 있던 안개가 거짓말처럼 사라졌다.

그러나 해루는 좀처럼 움직일 수 없었다.

그녀는 고개를 돌려 신루 안을 돌아보았다.

심운기와 머리를 맞댄 채 서책을 들여다보는 김담의 모습이 보였다.

"대체…… 세자빈 간택에서 무슨 일이 벌어지는 거야?"

지키기 위한 첫걸음

"예서 뭐 하는 것이냐?"

여름 숲의 향기가 코끝을 파고들었다.

환상에 사로잡힌 해루의 얼굴에 핏기가 돌아왔다. 발밑을 가득 채웠던 희뿌연 안개가 흩어지자 신기루처럼 일어난 환영들도 녹아들듯 사라졌다. 불길에 휩싸인 궁과 피를 흘리던 김담의 처절한 모습도. 모든 것이 거짓말인 듯 말끔하게 지워지고 없어졌다.

그러나 뇌리에 남은 잔상을 떨쳐내지 못한 해루는 여전히 그 자리에서 꿈적도 하지 못했다.

가슴이 떨리고 심장이 두근거렸다. 학질에라도 걸린 듯 손발이 떨렸다. 미래를 안다는 것은 설레고 흥미로운 일이라 생각할지도 모른다. 그러나 현실은 전혀 달랐다.

설렘과 호기심, 그것은 진실을 모르는 사람들의 착각일 뿐. 해루에게 있어 앞일을 본다는 것은 고통과 괴로움의 연속이었다.

깊은 물속에 잠겨 허우적거리는 것처럼 언제나 갑갑했다.

운명.

미래는 정해진 대로 흐르는 강물이었다. 해루가 할 수 있는 것이라고는 도도하게 흐르는 물줄기를 그저 지켜보는 것밖에는 아무것도 없었다.

미래란 거스를 수 없는 재난, 깨어나길 간절히 염원하는 악몽이었다. 그러기에 잔인한 미래를 볼 때면 그녀는 앞으로 나아가지도 그렇다고 도망치지도 못한 채 그 자리에 얼어버리고는 했다.

"해루야."

톡.

따뜻한 체온이 굳어버린 해루의 어깨에 내려앉는다. 얼어버린 그녀의 시야 안으로 반듯한 얼굴이 들어왔다.

멍하니 서 있는 모습이 이상하게 생각되어 해루를 불렀던 향은 고개를 외로 기울였다. 철없는 강아지처럼 쉴 새 없이 부산을 떨며 웃던 해루의 얼굴에 어쩐 일인지 그늘이 가득했다.

"해루야."

향의 얼굴이 바싹 다가왔다.

"세, 세자 저하."

"그래, 나다. 그런데 표정이 어찌 이리 어두운 게냐?"

그때, 기다렸다는 듯 김담이 고개를 내밀었다.

"그 녀석, 도망치던 참이었사옵니다."

"도망을 쳐?"

향의 미간이 한데로 모였다. 비로소 안정을 되찾은 해루가 저린 팔을 주무르며 푸념하듯 말했다.

"제 생각이 짧았습니다. 세상에는 노력해서 되는 일이 있고 안 되는 일이 있습니다. 그리고 이건 안 되는 일입니다. 백날 노력한들 제가 온전한 여인이 되는 일은 없을 것 같습니다."

아십니까? 사람에겐 운명이라는 것이 있습니다.

"그래서 포기하겠단 말이냐?"

"불가능한 일입니다."

하고 싶어도 할 수 없는 일이 있습니다. 바꾸고 싶어도 바꿀 수 없는 일이 있습니다.

"마지막 판단은 내가 할 것이다."

"괜한 일에 힘 빼지 마십시오."

어차피 미래는 정해져 있습니다. 저는 세자빈 간택에 참여한 세작을 찾지 못할 겁니다. 그리고 결국……. 뒷말을 꿀꺽 삼킨 해루는 떨리는 시선을 발치로 내렸다.

물끄러미 그녀의 정수리를 응시하던 향이 돌연 신루 안을 향해 소리쳤다.

"오늘은 모두 하던 일을 멈추고 잠시 쉴까 하네만."

"정말이시옵니까?"

양여섭이 한달음에 향의 곁으로 다가왔다.

"김담의 집에 잘 익은 과실주가 가득하다는 소식을 들었네. 오늘은 신루 식구들 모두 모처럼 바람이나 쐬러 가는 게 어떨까 싶군."

탁자에 엎드려 별의 행적을 그리던 심운기가 과실주라는 말에 냉큼 붓을 내려놓았다. 그렇게 하나, 둘, 학자들이 각자의 자리를 벗어나 신루 마당으로 모였다. 심운기가 김담의 어깨를 친근하게 치며 너스레를 떨었다.

"이보게, 김 학사. 우리 유희는 잘 있는가? 이번 과실주도 유희,

그 아이의 솜씨가 분명할 테고?"

"자네, 유희 안부가 궁금한 겐가? 아니면 그 아이가 담근 과실주가 궁금한 겐가?"

"두루두루 궁금한 게지."

겸연쩍게 대답하는 심운기에게 양여섭의 지청구가 날아들었다.

"말은 청산유수로군. 며칠 전부터 술타령하더니. 오늘 아주 소원 풀이 하겠어."

"거참, 아니래도. 나는 다만 지난번에 유희에게 물동이를 실어 나를 작은 수레를 만들어준다 약조하여서……."

심운기의 대답에 김담이 기분 좋은 웃음을 흘렸다.

"그런가? 어서 가세나. 우리 유희가 기다리겠네."

학자들은 그렇게 앞서거니 뒤서거니 하며 신루 마당을 가로질렀다. 중문 밖으로 사라지는 사람들을 보며 해루도 편안한 표정이 되었다. 다들 모처럼 쉬는 것 같으니 나도 오늘은 어디 한갓진 데 가서 늘어지게 잠이나 청해 볼까?

그러나 해루를 고분고분 놓아줄 향이 아니었다.

"뭐 하는 것이냐? 어서 따라오질 않고."

"저도 갑니까?"

"너는 신루 사람 아니더냐?"

"……."

신루 사람? 그 말에 왠지 모르게 가슴이 따뜻해졌다.

그러나…….

아, 잠시 마음이 흔들릴 뻔했다. 정신 차리자. 잊지 말아야 해. 용포의 용도.

분명 이번에도 비슷한 의도로 하신 말씀이 분명했다. 해루는 흐릿했던 머릿속을 맑게 하려 머리를 흔들었다.

"이번에는 안 넘어갑니다. 저는 이번 일 그만둘 겁니다. 다 부질
없단 말입니다. 다 부질없어요."

"시끄럽다."

무심한 한마디와 함께 향은 해루의 뒷덜미를 낚아챘다. 부질없
는 해루의 반항이 허공을 허무하게 갈랐다.

북촌, 김담의 집으로 느닷없는 객이 찾아들었다. 사잇문을 걸어
올린 사랑채에는 신루의 학자들로 가득했다. 저마다 작은 술상을
하나씩 앞에 둔 사람들은 달콤한 과실주와 함께 모처럼의 여유를
만끽했다. 전각에 틀어박혀 학문에 몰두하는 동안 들과 강엔 봄이
무르익고 있었다. 마당 한쪽에 무성하게 피어난 봄꽃을 보며 연신
감탄사와 아쉬운 한숨이 흘러나왔다.

대청마루 끝에 앉은 해루 역시 제 몫의 다과상을 앞에 두고 어
린 고양이처럼 봄볕을 즐겼다. 그런 그녀의 곁으로 어린 여인이 다
가왔다. 소박한 연분홍 무명 치마에 초록색 저고리를 입은 하얗고
말간 얼굴의 여인이었다.

해루와 눈이 마주치는 순간 해사한 웃음을 보이는 여인. 누굴까?

궁금해하는 해루의 옆자리에 여인이 자리를 잡았다.

"신루에 새로 오신 분이시죠?"

말을 걸어오는 목소리가 팔랑팔랑 노랑나비처럼 보드라웠다.

"저를 아십니까?"

진달래로 곱게 장식한 화전을 막 입에 넣은 해루는 목이 멘 듯

웅얼거렸다.

"오라버니께서 말씀해 주셨거든요."

"오라버니요?"

꿀꺽.

겨우 화전을 삼킨 해루에게 여인이 눈짓을 보냈다. 어느새 마당 한구석으로 우르르 몰려가는 학자들 사이로 김담의 모습이 보였다.

"아, 김 학사님의 누이셨군요."

"유희라고 해요."

유희의 해사한 얼굴을 보며 해루는 의문에 휩싸였다. 유희의 복색이 명문가의 여식으로 보기엔 너무도 남루했다. 의문의 속내를 눈치챈 유희가 아무렇지도 않게 대답했다.

"서녀랍니다."

"네?"

"첩의 딸이지요. 제 어미가 한양의 유명한 기녀였답니다. 어머니는 저를 낳다 돌아가시고 저는 이곳에 들어와 살게 되었지요. 사실……"

갑자기 해루에게 상체를 기울인 유희가 비밀 이야기를 하듯 낮게 속삭였다.

"오라버니를 오라버니라고 부르면 안 되는 거랍니다. 그렇지만 오라버니께서 워낙에 고집을 부리셔서요."

유희는 말끝에 기분 좋은 웃음을 덧붙였다.

그 맑간 얼굴에 해루는 잠시 넋을 잃었다. 그러나 이내 정신을 차리고 덩달아 웃음을 보였다.

"해루입니다."

"네, 알고 있어요. 오라버니께서 집에 오시면 입에 침이 마르도록 말씀해 주셨거든요."

"제 흉을 많이 보신 모양입니다."

되짚어보건대 칭찬받을 만한 일을 한 적이 없었다. 항상 반항하고 저항하고, 뛰쳐나가는 일이 다반사였다. 그러니 좋게 말해 주었을 리 만무.

"흉도 적당히 보셨죠."

"그럴 줄 알았습니다."

"하지만 은근히 좋아하시는 것 같았어요."

"좋아해요?"

"신루에 참 귀여운 누이가 들어왔다고. 덕분에 칙칙한 사내들로 가득했던 곳이 그나마 조금 보기 좋아졌다 말씀하시던 걸요."

"누이요? 누가요? 설마 저더러 누이라고 하신 겁니까?"

"그럼 누구겠어요?"

"하지만 전……."

말끝을 흐리는 해루의 모습에 유희는 당황하고 말았다.

"이런, 오라버니들이 아시면 실망이 크시겠는걸요."

"실망하지 않을 겁니다."

"하지만 저분들은 처음부터 해루 낭자를 누이라고 불렀는걸요."

유희는 마당에 옹기종기 모여 있는 신루의 학자들을 가리키며 말을 이었다.

"물론 처음에는 세자 저하의 명이 있었다곤 했지만……."

"저하께서요?"

역시, 그럴 줄 알았어. 물론 이것 역시 용포처럼 상대를 감동하게 해 충성을 맹약하게 하는 저하만의 비법이리라.

"그럼 저하의 명으로 그리 말했는가 봅니다."

그러나 유희는 고개를 저었다.

"저하의 엄명도 있었지만, 오라버니들은 진심으로 해루 낭자를 아끼는 것 같아요."

"······."

"모였다 하면 우리 해루가, 그 개구쟁이 녀석이······ 하던 걸요. 물론, 이따금 망할 녀석이라느니, 또 도망갔다느니, 하는 말씀도 많이 했지만요. 하지만 그런 말씀을 하실 때도 항상 웃고 있었으니, 분명 진심은 아닐 거예요. 모두 해루 낭자를 아끼고 있었어요."

"저를 아껴요? '우리 해루'라고 했다고요?"

무언가 따뜻한 것을 삼킨 것만 같았다.

그랬던 적이 있었다. 누군가 '해루야' 하고 불러주는 사람이 있다면 세상을 다 갖다 바칠 수 있을 만큼 외로웠던 적이 있었다. 하지만 그땐 누구도 자신을 그리 불러주지 않았다.

사람들에게 해루는 거친 욕지거리와 사납게 삿대질해도 좋을 상대였다. 귀찮은 천덕꾸러기, 말썽꾼, 더러운 비렁뱅이, 빌어먹을 녀석. 머리가 굵어지고 더는 외로움 같은 거 느끼지 않는다고 생각했던 시절에도 그 누구도 진심을 담아 '해루야' 하고 불러준 기억은 없었다.

그런데······ 오라버니라고? 웃으며 내 이야기를 하더라고?

이상하게도 코끝이 알싸하게 아려왔다. 매운 것을 삼킨 듯 눈가가 뜨뜻했다.

아닐 거야. 유희 낭자가 무에 잘못 알고 있는 걸 거야.

해루는 자꾸만 무너지는 스스로를 다시 무장시켰다.

그때 김담이 유희를 향해 손을 흔들었다.

"유희야, 이리 오너라."

"왜요? 오라버니."

"이것 좀 봐라. 이것만 있으면 밥때에 늦지 않을 거야."

오라비의 말이 채 끝나기도 전에 유희는 마당으로 내려섰다.

"이거 뭐여요, 오라버니?"

"해시계라는 거다. 해가 만드는 그림자의 길이를 따라 시간을 알 수 있단다."

자상하게 설명하는 김담과 연신 감탄사를 흘리며 듣는 유희의 모습을 해루는 텅 빈 얼굴로 지켜보았다.

평범한 오라비와 누이의 다정한 모습. 그 여상한 일상이 언제나 부러웠다. 언제나 뒤돌아보면 있어줄 단 한 사람이 그리웠다.

해루의 얼굴에 옅은 그림자가 드리워질 때였다. 불현듯 김담이 그녀에게 손짓을 했다.

"넌 게서 뭐 하는 것이냐?"

"구경합니다."

"기왕 할 구경이면 가까이서 할 것이지."

"저는 여기가 편합니다."

"이리 와라. 이런 건 원래 가까이서 봐야 하는 거다."

"괜찮습니다."

"오라면 올 것이지. 어찌 이리 말을 안 들어?"

꾸물대는 해루의 팔을 김담이 잡아당겼다. 어느 틈엔가 다가온 심운기가 그녀의 등을 밀었다.

톡!

심장에 작은, 아주 작은 파문이 일었다.

마치 빛으로 둘러싸인 세상에 발을 디딘 듯한 느낌.

따뜻했다.

몸도…….

그리고 마음도…….

시간은 거짓말처럼 빠르게 지나갔다. 능에색 노을빛이 하늘 끝을 붉게 물들였다.

일상으로 돌아갈 시간. 자리를 털고 일어선 학자들은 하나, 둘, 각자의 집으로 걸음을 옮겼다.

막 잠에서 깨어난 듯 여전히 몽혼한 표정을 한 해루의 곁으로 향이 다가왔다.

"어떠냐? 이제 기분이 좀 나아졌느냐?"

향의 물음에 해루는 물음으로 대답했다.

"하나 여쭈어도 되겠습니까?"

"무엇이냐?"

"가야 할 길을 알고 있습니다. 그러나 그 길이 험난하다는 것 또한 알고 있습니다. 이럴 땐 어찌해야 합니까?"

향이 움직임을 멈추고 해루를 쳐다보았다. 둘 사이에 침묵이 흘렀다.

그러나 침묵은 오래가지 않았다.

"나는 비록 가야 할 길을 알지 못했지만 한 번도 주저한 적이 없었다."

"그래서 툭하면 길을 잃으셨지요."

"에둘러 가긴 했지만 결국 원하는 종착지를 찾지 않더냐?"

"헤매는 것이 두렵지 않으십니까? 어쩌면 그 끝에 가시덤불이 있을 수도 있고, 깎아지른 낭떠러지가 있을지도 모릅니다. 그런데도 어찌 무턱대고 갈 수 있단 말입니까?"

"가시덤불은 치우면 그만이고, 낭떠러지는 내려갈 방도를 생각하면 될 일이다. 여정이 제아무리 험해도 그 끝에 내가 원하는 것이 있다면 가야겠지."

"설사 모진 여정 끝에 바라던 것이 없다 해도 말입니까? 고생만 하고 결국 아무것도 얻지 못한다 해도 말입니까?"

향이 소리 내어 웃었다.

"물론 결과도 중요하지. 결국, 이루지 못하면 아쉽기도 할 터. 하지만 보아라."

향은 해루의 턱 끝을 잡고 슬며시 고개를 돌려주었다. 해루의 눈동자에 신루 학자들이 들어왔다. 향의 목소리가 이어졌다.

"험한 길일망정 저들과 함께 걸으니 어찌 불행하다고만 하겠느냐?"

"함께이기에 그 결과가 불행하다 해도 좋다는 말씀이십니까?"

"내가 하고자 하는 일에 동참해 주는 사람이 있다. 내가 이루고자 하는 일에 동의하고 진심으로 함께 고민해 주는 사람이 있다. 저들과 저들의 마음을 얻은 것만으로도 결과가 무엇이든 실패했다는 생각은 들지 않는구나. 변화하려 노력하였으니 말이다."

"마음을 얻었으니 실패한 삶이 아니다. 변화하려 노력하였으니 만족한다. 그런 말씀이십니까?"

향의 한마디 한마디가 해루의 가슴에 묵직한 무게로 다가왔다.

"해루야."

향이 해루를 불렀다.

"무에 고민되는 거라도 있느냐?"

"네?"

"네 표정이 오늘따라 많이 어두워 보이는구나. 행여 홀로 하기가 어렵다면 언제든 얘기만 해라. 그것이 무엇이든 해결할 수 있도록 함께 고민해 주마."

해루는 향의 아름다운 얼굴을 올려다보았다.

"만약, 만약에 말입니다. 앞일을 미리 알 수 있다면 어찌하시겠습니까? 미래의 재앙을 알고 있지만 바꿀 수 없다면 어찌하시겠습니까?"

"노력해야지. 어떻게든 바꿀 수 있도록 고민해야지."

"그리해도 바뀌지 않는다면 어찌하시겠습니까?"

"바꿀 것이다. 내가 그리할 것이다. 혼자 안 되면 사람을 모아 바꾸도록 노력할 것이다. 열 명으로 안 되면 백 명, 백 명으로도 안 되면 더 많은 사람을 모아 고민할 것이다. 우리가 이룰 수 없다면, 다음 세대에게. 다음 세대가 안 된다면 그다음 세대에게. 언젠가, 누군가, 우리의 소망을 이룰 수 있도록 결코 노력을 멈추지 않을 것이다."

잠시 말을 멈춘 향은 신루의 학자들에게 시선을 던졌다.

"저들을 보아라. 그리고 날 보아라. 나와 저들이 무얼 하는 사람들 같으냐?"

"솔직히 말씀드려도 되겠습니까?"

"이번만 특별히 허락하마."

"쓸데없는 일에 매진하는 사람들 같습니다."

"그래. 틀리지 않았다. 모르는 사람들 눈엔 분명 그리 보이겠지."

"아는 사람 눈엔 달리 보인단 말입니까?"

"우리는 연구하는 사람들이다. 고민하는 사람들이다. 그리고…… 만드는 사람들이다."

"만드는 사람들……?"

"비록 지금은 허황하여 쓸모없어 보일지 몰라도, 불가능한 꿈과 이상을 실현하기 위해 열심히 발버둥 치는 사람들이다. 그런 사람들에게 바뀔 수 없는 미래란 존재하지 않는다. 불가능은 그저 지금까지 할 수 없었다는 말에 불과하지."

"바뀔 수 없는 미래란…… 존재하지 않는다?"

해루는 향의 말을 입속으로 곱씹었다.

신루의 학자들.

세상 사람들에게 세상 물정에 어두운 선비라 불리며 하는 일 없이 무위도식한다며 손가락질받던 그들은 사실 불가능에 도전하는 사람들이었다.

허망하고 이룰 수 없는 이상에 매달리는 사람. 새로운 무언가를 갈구하는 사람들.

저들에 비하면 난 얼마나 한심한 사람일까? 앞일을 알면서도 도망치기 바쁜데, 저들은 희미한 불빛조차 보이지 않는 불확실한 일에 신념을 가지고 매달리고 있었다.

해루는 향과 시선을 마주했다.

저도 할 수 있을까요? 제가 바꿀 수 있을까요? 할 줄 아는 것이라고는 도망치는 것밖에 몰랐던 제가…… 지금도 여전히 도망치고 싶은 마음뿐인 제가…… 저하와 저분들처럼 과연 할 수 있을까요? 꺾이고 쓰러지는 것을 두려워 않고 도전하고 또 노력할 수 있을까요?

저 멀리 앞서 걷는 김담의 뒷모습이 보였다. 심운기와 양여섭이 어깨동무를 한 채 갈지자로 걷고 있었다. 그리고…….

"해루야."

어깨를 두드리는 향의 체온.

톡!

또다시 심장에 따뜻한 파문이 일었다.

자신을 '해루야' 하고 불러주는 사람들. 그들의 잔인한 미래를 더는 운명이라며 외면할 수 없었다. 우둔한 얼굴로 고개 돌린 채 그저 하루하루 살아가기엔 너무 많이 따뜻해져 버렸다.

이젠 아무래도 좋았다. 이것이 설령 거짓이라 할지라도…… 좋았다.

어둡고 황량한 길. 나의 길은 언제나 앞이 보이지 않았다. 사방이 막혀 캄캄했다. 홀로 걷는 길은 항상 외로웠다. 믿고 의지할 것은 그 어디에도 없었다.

그런데…… 아니었다.

돌아보니 사람들이 있었다. 묵묵히 날 지켜봐주는 사람들이. 이제는 내게도 지켜야 할 것이 생겨버렸다.

그러니 바꿀 것이다.

미래를. 끔찍한 내일을.

불가능에 도전하는 사람들과. 공갈 저하와 함께…… 새롭게 만들 것이다.

"그만 돌아가자, 해루야."

향이 해루를 돌아보며 말했다. 어느새 무심한 얼굴로 앞서 걷는 그를 해루가 뒤쫓았다.

"네, 네! 저하."

해루는 향을 향해 환한 웃음을 보였다.

그녀는 힘찬 걸음을 앞으로 쭉 뻗었다. 그것은 소중한 것을 지키기 위해 해루가 내딛는 첫걸음이었다.

마음을 담는 법

녹음이 단단해졌다. 그물처럼 얽힌 나뭇잎 사이로 빛이 산란했다. 꽃씨에 묻은 빛살 한 줄기가 신루의 깊은 뜨락을 부유했다.

"잠이 덜 깼나?"

심운기는 연신 눈을 비볐다. 그러나 아무리 눈을 비벼도 눈앞의 광경은 좀처럼 나아지지 않았다.

"꿈은 아닌 거 같은데."

"왜 그러는가? 무슨 일이야?"

마침 지나가던 양여섭이 심운기의 혼잣말에 관심을 보였다.

"저거 보게."

심운기가 빠끔하게 열린 동창 너머를 턱짓했다. 그를 따라 고개를 돌린 양여섭의 시야에 해루의 모습이 들어왔다.

해루는 김 상궁과 다도 연습에 열중하고 있었다. 탕관에 물을 끓이고, 순숙한 물과 차를 다관에 떨구고, 삼호흡하여 차탕의 빛깔과 향취를 음미하는 동작이 쉼 없이 반복되고 있었다. 멍한 시선으로 지켜보던 심운기가 양여섭에게 물었다.

"이상하지?"

"많이 이상하군."

어제까지만 해도 힘들어서 못 하겠다고 기절하는 시늉까지 하던 녀석이었다. 그러던 녀석이 오늘은 무슨 이유에선지 이마에 구슬땀까지 매달며 열심이다. 하루아침에 사람이 달라졌으니, 이상하게 생각할 수밖에 없었다.

"자네 저 녀석에게 이상한 거라도 먹였나?"

심운기의 물음에 양여섭은 고개를 저었다.

"강제로 뭘 먹인 적 없네."

"강제로 먹인 게 아니면, 뭘 먹긴 먹은 모양이군."

"저 녀석의 식성은 정말 알다가도 모르겠다네."

"요즘에도 꽃을 따 먹는 모양이군."

"꽃뿐인가? 나무에 새순이 달리기 무섭게 날름날름 뜯어 먹곤 한다네. 온실의 기화이초가 남아나지 못할 지경일세."

"그리 먹어대도 용케 멀쩡하군."

"체질이 남다른 것 같으이. 내 살다 살다 저렇게 괴상망측한 녀석은 처음 보네."

양여섭이 두 손 두 발 다 들었다는 표정으로 머리를 흔들었다.

"이상한 걸 먹어서 저러는 게 아니면, 이유가 대체 뭐야?"

"난들 알겠는가?"

해루의 갑작스러운 변화에 석연찮은 표정을 짓던 두 사람은 뒤늦게 무언가 깨달은 듯 서로를 바라보았다.

"설마……."

"자네도 같은 생각 했는가?"

"세자 저하. 맞는가?"

"나도 그리 생각했네."

"역시 그렇군."

두 사람은 비로소 이해했다는 표정으로 고개를 끄덕였다.

"세자 저하께서 뭔가를 하신 모양이군."

"아무렴. 우리 저하시라면 충분히 가능한 일이지."

사람의 마음을 움직이는 데 천부적인 재능을 지니신 저하가 아니시던가. 그런 세자 저하가 관여했다면 해루의 심기 변화도 이해할 수 있는 일이다.

"그러고 보니 어제 느닷없이 김담의 집으로 가자 하셨지."

"왜 그러시나 했더니, 이런 이유 때문이었군."

"대체 무슨 수를 쓰신 걸까?"

"난들 알겠나? 확실한 것은 결과적으로 해루 저 녀석이 저리 변했다는 것이지."

"거참, 신기한 노릇이군."

물론, 해루의 태도가 변한 것은 향 때문이 아니라, 그녀 스스로의 심경 변화 때문이었다. 하지만 두 사람은 미처 그 사실을 알지 못했다.

심운기와 양여섭, 둘은 측은한 시선으로 해루를 바라보았다. 그 눈빛에 묘한 동질감이 어려 있었다. 세자 저하의 손에 걸려 스스로 고생문을 활짝 열어젖힌 불쌍한 여인이 그곳에 있었다.

궁에서도 깐깐하기로 소문난 김 상궁은 아주 작은 허점도 용납하지 않았다. 그녀는 해루의 자세가 조금만 흐트러져도 호되게 지적했다. 잠깐 사이에도 해루는 수차례 지적을 받았다. 그래도 힘든 기색 하나 없이, 아주 작은 불만도 없이 열심히 임했다.

애잔하게 지켜보던 양여섭이 불현듯 말을 꺼냈다.

"세자빈 간택 말일세."

"그것이 왜?"

"고작해야 차 마시고 밥 먹고, 몇 가지 하문에 답만 하면 되는 것이 아닌가?"

"그렇지."

"대충 해도 될 것 같은데, 어찌 저리 공을 들이는지 모르겠군."

고개를 갸웃하는 양여섭의 뒤로 긴 그림자가 다가왔다.

"하나만 알고 둘은 모르는 소리."

심운기와 양여섭의 고개가 동시에 뒤로 돌아갔다.

김담이었다.

"그건 또 무슨 소리인가?"

양여섭의 물음에 김담이 뒷짐을 지며 말을 덧붙였다.

"한 나라의 세자빈 간택일세. 전국 팔도에서 내로라하는 집안의 규수들이 모이는 자리가 아닌가? 어린 시절부터 사대부의 엄한 교육을 받고 자란 여인들일세. 아니, 태어나는 그 순간부터 숨소리조차 교육받으며 자라온 사람들이지. 해루는 그런 여인들과 경쟁해야 되는 걸세."

"하지만 해루가 세자빈 간택에 참가하는 이유는 세작을 잡아내기 위함이 아닌가? 세자빈이 될 것도 아닌데, 저리 엄하게 교육할 필요가 있을까?"

"세자 저하를 해하려는 음모일세. 놈들이 평범한 여인을 보냈겠는가? 틀림없이 제대로 훈련된 여인일 게야. 초간택 정도는 가볍게 통과할 수 있는 사람이겠지. 그런 세작을 잡으려면 해루도 초간택은 통과할 수 있어야 하지 않겠는가? 그것도 남들이 이상하게 생각하지 않을 정도의 수준이 되어야겠지."

"듣고 보니 옳은 말이군. 헌데 그게 그리 쉽게 될까? 노파심에서 하는 말이네만, 사람의 근본이라는 것이 그리 쉽게 바뀌는 것이 아니라서 하는 말일세."

"그러니 엄히 교육해야지. 습관이 되도록 말일세. 마치 타고난 버릇처럼 작은 손짓 하나, 발걸음 하나에도 기품을 담는 법을 배워야 하네."

"아하, 그래서 저렇게 온몸에 줄을 칭칭 매달고 있는 건가?"

양여섭은 해루의 손목엔 매여 있는 굵은 줄을 가리켰다.

줄은 두 가닥으로 나뉘어 각기 천장과 바닥에 고정되어 있었다. 그 줄 때문에 해루는 일정 이상 팔을 움직일 수 없었다.

"역대 세자빈마마들의 행동을 수치로 계산하여 만든 보조 도구일세. 줄이 이끄는 대로 움직일 수 있게 되면 다도의 기품 또한 완성될 것일세."

자긍심 담긴 김담의 설명에도 양여섭은 볼을 긁적이며 중얼거렸다.

"내 보기엔 줄에 달린 인형 같군. 과연 저리한다고 기품이라는 게 완성될까?"

마치 갓난아이가 된 듯하였다. 걷고, 말하고, 음식을 씹고, 차를 마시는 것 하나하나를 다시 배워가고 있었다. 아무렇지도 않게 해왔던 행동 하나하나가 어색하게 느껴졌다.

딸그락. 찻잔이 바닥에 닿는 마지막 순간까지 긴장을 놓지 않던 해루는 이마에 맺힌 땀을 손등으로 쓱 훔쳤다.

"또!"

기다렸다는 듯 김 상궁의 날카로운 지적이 뒤따랐다.

"아차."

저도 모르게 귀엽게 혀를 쏙 내밀며 해루는 저고리 고름을 들었다. 살며시 어린 새가 여린 부리로 모이를 쪼듯 그렇게 얼굴의 땀을 닦았다. 물끄러미 바라보던 김 상궁의 입에서 낮은 한마디가 흘러나왔다.

"이제 대충 모양은 잡힌 것 같구나."

"다행입니다."

해루의 얼굴이 환해졌다. 금세 돌변하는 그녀의 낯빛에 김 상궁은 미간을 찡그렸다.

"겉모습만 그렇다는 것이야. 내실은 여전히 남의 옷을 입은 듯 어색하기 짝이 없어."

카랑한 지청구에 해루는 시무룩해졌다. 어깨를 늘어트린 그녀가 힘없는 목소리로 김 상궁에게 물었다.

"제가 잘할 수 있을까요?"

"해야지. 어떻게든 해내야지. 그분께서 하시는 일이다. 조금도 실수가 있어서는 아니 되는 것이다."

김 상궁의 말에 해루는 크게 고개를 끄덕거렸다.

"열심히 하겠습니다."

내친걸음이었다. 이왕 시작하였으니 잘하고 싶었다. 아니, 김 상궁의 말대로 실수해서는 안 되는 일이었다. 이 궁이, 그리고 신루의 운명이 걸린 일이었다.

힐끔, 곁눈질로 쳐다보던 김 상궁이 조금은 누그러진 어조로 말했다.

"그런 모습은 가히 나쁘지 않구나."

"지금 칭찬하신 겁니까?"

평소 칭찬에 인색한 김 상궁이었다. 해루의 입이 꽃잎처럼 활짝 벌어졌다.

"칭찬은 무슨. 똑바로 하란 것이다."

반색하는 해루에게 김 상궁은 다시 날을 세웠다. 그러나 해루의 얼굴에는 이미 미소가 한가득 맺혔다.

상대방을 무장해제시키는 맑은 웃음인지라, 더는 눈빛 세우지 못하겠다는 듯 김 상궁은 획 고개를 돌렸다. 그러나 쌀쌀맞은 표정과는 달리 목이 마른 듯 보이는 해루에게 찬물을 건네주는 살뜰함은 잊지 않았다.

"잘하고 있는 모양이로군."

열린 문 사이로 긴 그림자가 들어섰다. 아침 햇살을 등에 진 채 향이 모습을 드러냈다.

해루는 반색하며 그 앞으로 달려갔다.

"저하!"

"열심히 하고 있느냐?"

"김 상궁께서 칭찬하실 정도입니다."

어린아이처럼 잔뜩 들떠 사랑하는 해루의 말끝에 김 상궁의 목소리가 따라붙었다.

"이제 겨우 볼만해진 정도입니다."

"그렇구나."

덤덤히 대답하며 향은 해루를 돌아보았다.

반짝거리는 눈망울. 이마에 맺힌 선연한 땀방울.

마치 온몸이 햇살 구슬로 이뤄진 듯 느껴졌다. 향은 맑은 총기로 반짝이는 해루의 머리를 가볍게 쓰다듬었다.

"너무 무리하지 마라."

부드러운 손길에 온전히 머리를 맡긴 채 해루가 물었다.

"그래도 되는 겁니까?"

"무리하지 않아도 된다. 간택만 되면 아무 문제 없느니."

"……"

무리하라는 말보다 그 말이 어찌 더 무섭습니다. 저도 모르게 불퉁하게 나온 입술을 삐죽댈 때였다.

"그보다, 인사드려라."

"네?"

영문을 몰라 반문하는 해루의 앞으로 초로의 사내가 다가섰다. 내내 향의 뒤편에 서 있던 사내였다. 얼결에 해루는 고개를 숙였다.

"해루라고 합니다."

"어험."

해루의 인사를 받은 사내는 못마땅한 안색으로 불편한 듯 연신 헛기침을 흘렸다.

왜 저러시지? 사내의 눈치를 살피던 해루가 향을 건너보았다.

"그런데 이분은……?"

이내 향의 대답이 들려왔다.

"이제부터 네 아버지가 되실 분이다."

"아, 제 아버지 되실 분이시로군요."

무심결에 향의 말을 따라 하던 해루가 두 눈을 휘둥그렇게 떴다.

"지금 뭐라고 하셨습니까?"

저분이 누구시라고요?

"이게 어찌 된 겁니까? 갑자기 아버지라니요?"

나, 출생의 비밀이라도 있는 거야? 난데없이 아버지라니?

궁금증과 황당함에 해루는 일그러진 얼굴을 펴지 못했다. 느닷없이 나타나 해루의 아비가 된 초로의 사내는 그녀의 인사를 받기 무섭게 신루에서 사라졌다. 너무나 짧았던 부녀간의 상봉에 아쉬운 마음 한가득하여야 하건만, 정작 해루는 어리둥절한 마음뿐이었다.

해루는 눈빛을 세운 채 향을 노려보았다.

"말씀해 주십시오. 이건 대체 무슨 경우입니까?"

그러나 해루의 목소리가 들리지 않는 듯 향은 살피는 문서에서 시선을 떼지 않았다.

"저하, 저하!"

기어이 해루가 손나발을 만들며 향을 불렀다. 여기 좀 봐주십시오. 바로 옆에서 묻고 있잖습니까. 제가 보이지도 않으시는 겁니까?

여전히 문서에 시선을 고정한 채 향이 입을 열었다.

"경기도 관찰사 김석기의 차녀. 조부가 병조판서를 지낸 집안이지."

"저하."

"좌의정 홍성규의 장녀, 조부가 한성판윤을 지냈고 큰숙부는 공신의 반열에 올랐구나."

"……."

"다음은 이조판서 최세훈의 삼녀, 조부는 물론이고 외조부 역시 공신이구나."

"지금 뭐 하시는 겁니까?"

해루의 물음에 향은 내내 살피던 문서들을 내려놓았다.

"이것이 무엇인 줄 아느냐?"

"무엇입니까?"

"팔도에서 올라온 처녀 단자다."

"처녀 단자요?"

"그래. 세자빈이 될 여인들의 내력이 담긴 문서지."

"지금 그게 중요한 것이 아닙니다."

"아니. 지금 이것보다 중요한 것은 없다."

"그게 팔자에도 없는 아비가 생긴 저와 무슨 상관입니까?"

향은 대답 대신 질문을 던졌다.

"네가 나가는 자리가 어떤 자리더냐?"

"세자빈을 정하는 자리입니다."

"훗날, 이 나라의 국모가 될 여인을 뽑는 자리다. 아무리 초간택이라 한들 어찌 근본도 없는 이를 뽑겠느냐?"

"그렇다면……."

"지금 너의 처지로는 초간택은커녕 제대로 처녀 단자도 올릴 수 없는 형편이다. 하여, 오늘 네게 위장 신분을 만들어준 것이다."

"위장 신분요?"

"그래. 처녀 단자를 올릴 위장 신분."

향의 대답에 해루는 한숨을 내쉬었다.

오전 내내 모습이 안 보여 이상하다 생각했더니, 이런 준비를 하고 계셨군요. 철두철미한 계획에 감탄을 금치 못할 지경이지만, 한편으로는 불만도 생겼다.

"표정이 좋지 않구나. 새로 생긴 아비가 마음에 들지 않느냐?"

"마음에 들고 안 들고의 문제가 아닙니다."

"그럼 뭐가 문제더냐?"

"갑자기 아버지가 생겼습니다. 지금 이 상황이 얼마나 혼란스러운지 저하께서는 모르실 겁니다."

"받아들이기 쉽지 않을 거라는 건 이해한다. 그래도 해야 한다. 아니, 억지로 받아들이는 정도가 아니라 누가 봐도 부녀지간이라 생각할 정도로 친분을 쌓아야 한다."

향의 태연한 설명에 해루는 잠시 잠깐 멍한 표정을 지었다. 갑자기 아비가 생긴 것도 모자라 친분까지 쌓으라고요?

"초간택에서 가장 많이 나오는 질문 중 하나가 집안에 관한 것이다. 그중에서도 부친에 관한 것이 많으니 아까 뵈었던 분에 대해 세세하게 알아두는 것이 좋을 것이야."

"고작 이레입니다. 그 이레 동안 어찌 친분을 쌓으라는 것입니까?"

"그래서 하루에 한 시진씩 서로 얼굴을 마주할 수 있도록 시간을 정해두었다."

막힘없는 향의 대답에 해루는 현기증마저 일었다.

"그분 표정 보셨습니까? 정말 하기 싫은 걸 억지로 한다는 표정이었습니다."

"하기 싫다 하더구나."

기가 막히고 말문이 막힌 해루는 제 가슴을 쾅쾅 쳤다.

"대체 그분께는 무슨 공갈 협박을 하신 겁니까? 또 어떤 문서를 쓰신 것이기에 족보에도 없는 딸을 덥석 받아들이기로 하신 겁니까?"

"문서 같은 건 안 썼다. 다만…… 사소한 약점 하나 잡았을 뿐이지."

"그거 아십니까?"

"무얼?"

"세자 저하는 조선 역사상 최고로 공갈 협박 잘하는 군주가 되실 겁니다."

해루의 악평에 향은 침울한 표정을 지었다. 그리고 아쉬움이 가득한 음성으로 대답했다.

"주상 전하를 따라가려면 아직 멀었다."

"……"

그렇게 아쉬운 표정 짓지 마세요. 그나저나 주상 전하는 어떻게 생긴 분이실까? 공갈 저하를 능가하는 공갈 협박을 하신다니. 대체 어찌 생긴 분이신지 궁금했다.

"도대체 어쩔 작정이십니까? 이러다 어머니도 생기고 얼굴도 보지 못한 동생까지 생기는 건 아니지요?"

"어찌 알았느냐? 곧 시간이 되는 대로 어머니와 동생도 만나보도록 하여라."

"저하, 절 어디까지 끌고 갈 생각이십니까?"

울상을 짓는 해루에게 상체를 기울인 향은 낮은 목소리로 속삭였다.

"네가 세작을 찾아낼 때까지 나는 어떤 지원도 마다치 않을 것이다. 그러니 해루야, 너는 나만 믿어라."

"그 지원, 제가 거절합니다."

"……."

"제 의견도 물어봐주십시오."

해루의 절규가 신루 안을 메아리쳤다. 늦봄은 그렇게 요란스럽게 지나가고 있었다.

❀

쏘아 올린 화살보다 빠르게 시간이 지나갔다. 어느덧 초간택일이 사흘 앞으로 다가왔다.

궁의 일상은 그 어느 때보다 가쁘게 흐르고 있었다. 여기저기 조급한 발소리가 연신 들려왔다. 숨 한 자락 느긋하게 내쉴 틈도 없을 만큼 부산한 하루가 이어졌다. 그러나 동궁전 근처의 작은 누각 아래에서는 긴 한숨만 메아리쳤다.

"하아."

늦은 오후. 남의 눈에 띄지 않도록 누각 아래에 쪼그리고 앉은 해루는 작대기로 부질없는 동그라미만 그려댔다. 위장 신분도 마련되었고 세자빈 간택에 필요한 모든 사항도 머릿속에 꽉꽉 채워 넣었다. 그런데…….

해루는 힘없는 눈으로 하늘을 올려다보았다. 눈이 부시도록 맑은 하늘이었다. 이내 고개를 숙인 그녀는 작게 혼잣말을 중얼거렸다.

"무슨 비가 이리 자주 내려?"

해루의 입에서 낮은 한숨이 함께 흘러나왔다.

그렇게 얼마나 지났을까? 하늘의 빈 귀퉁이로 먹구름이 우르르 몰려오더니, 이내 빗방울이 후드득 떨어졌다. 갑작스러운 빗줄기에 놀란 궁인들이 서둘러 비를 피하는 모습들이 보였다.

해루는 풀기 없는 얼굴로 그 광경을 지켜보았다. 언제부터인가 마음이 천근만근이었다. 이럴 때 누구한테라도 털어놓으면 마음의 무게를 조금은 덜 수 있으련만.

"요즘은 최최측근 할아버지도 보이지 않으시네."

푹, 한숨을 쉬며 무릎 위에 턱을 괴었다. 지난 닷새 동안 온전한 여인이 되기 위해 밤낮을 가리지 않고 노력했다. 그야말로 뼈를 깎는 듯한 고행의 연속. 덕분에 이젠 제법 겉모양은 그럴듯하다는 평을 들을 수 있었다. 그러나 한결같이 덧붙이는 한마디.

뭔가 부족해. 결정적인 무언가가 빠진 듯하군.

"그러니까 그 무언가가 대체 뭐란 말이야?"

해루는 하늘을 올려다보며 괜한 투정을 부렸다.

온전한 여인이란 것이 대체 무엇일까? 내게서 부족한 무언가는 또 뭘까?

그녀는 심운기가 준 두루마리를 펼쳤다. 세자빈이 되는 비기(秘器)가 적힌 두루마리였다. 두루마리에 적힌 대로 손짓을 해보았다. 눈을 새초롬히 아래로 내리깔고, 입가를 길게 늘이며 단아하고 상스럽지 않은 미소를 지었다. 그러다 이내 표정을 풀며 불퉁한 목소리를 내고 말았다.

"나무랄 데가 없잖아. 그런데 뭐가 부족한 거야?"

"마음이 빠졌다."

"마음? 마음이 뭐지? 차 마시는데 무슨 마음이 들어가야 하는 거야?"

그때 웃음기 실린 목소리가 들려왔다.

"진심이 담기지 않았는데 어찌 남에게 감동을 줄 수 있겠느냐?"

"그렇군요. 그럼 마음은 어떻게 담을 수 있는 겁니까?"

말을 하며 고개를 들던 해루는 놀란 눈을 했다.

당연히 향인 줄 알았다. 그런데 그가 아니었다.

"어? 사기꾼!"

묘한 아름다움을 지닌 위창을 보며 해루가 말했다.

"사기꾼이라니. 아무래도 내 이름을 잘못 알고 있는 모양이구나."

"사기를 밥 먹듯 치는 분이시니, 사기꾼이 아니면 무엇이겠습니까?"

"제법 뒤끝도 있군."

하지만 그 또한 매력. 무릇, 쉽게 얻을 수 있는 것은 흥미가 동하지 않는 법이다.

"여긴 어쩐 일이십니까?"

"갑자기 너의 다 해진 새하얀 버선발이 보고 싶더구나."

위창의 농담에 해루는 성큼, 뒤로 크게 물러났다.

"왜 이러십니까?"

"하하하, 농이다, 농."

유쾌하게 웃음을 흘리는 그를 보며 해루는 미간을 찡그렸다.

"재미없습니다. 그보다 아까 하신 말씀은 다 무엇입니까? 마음을 어찌 담을 수 있다는 겁니까?"

"그걸 알고 싶으냐?"

태군이 해루의 곁으로 다가섰다. 그가 다가온 만큼 해루가 다시 물러났다.

"거기서 말씀하십시오. 딱 거기 서서 움직이지 마십시오."

"왜? 부끄러우냐?"

"부끄러운 것이 아니라 경계하는 겁니다."

해루는 슬며시 자세를 낮춰 버선이 보이지 않도록 했다. 그 모습을 바라보던 위창이 돌연 그녀가 쥐고 있던 두루마리를 낚아챘다. 그러고는 빠르게 읽어 내려갔다.

"역시."

"왜요? 이상한 점이라도 발견한 것입니까?"

"신루의 학자들은 비상한 사람들이다. 하지만 그들은 보이는 외형에만 지나치게 치중하는 면이 있어."

"그건 또 무슨 소립니까?"

"이걸 만든 사람들 말이다."

"신루의 학자님들요? 그분들께서 왜요?"

"척 보니 알 수 있구나. 이 사람들은 여인을 글로 배운 자들이다. 이 사람들에게 배웠다간 백 년이 지나도 원하는 걸 얻지 못할 거다."

"어찌하여 그렇습니까?"

"마음이 담겨 있지 않기 때문이지. 진심이 없는 행동은 겉모습만 그럴듯해 보일 뿐이야. 내면을 들여다보면 빈 술독처럼 텅텅 비어 있어 남을 감동시키지 못하는 법이다."

"그렇습니까?"

위창의 말에 해루는 귀가 솔깃해졌다. 아무리 연습해도 채워지지 않는 무언가가 위창이 말한 마음은 아닐까?

"그럼 마음을 담으려면 어찌해야 합니까?"

"알고 싶으냐?"

해루를 바라보는 위창의 얼굴에 은근한 미소가 걸렸다.

"네. 알고 싶습니다. 아니, 알아야 합니다."

"그럼 내 너를 위해 기꺼이 희생하여 알려주마."

위창이 돌연 해루의 코앞으로 얼굴을 가져왔다. 어느새 그는 해루의 턱 끝을 잡고 있었다. 순식간에 그에게 사로잡힌 해루는 놀란 표정을 지었다.

즐기듯 입가에 짙은 미소를 떠올린 위창이 해루에게 고개를 숙였다.

"마음을 담는 것은 말이다, 바로 이런 것이다."

위창의 입술이 해루를 향해 천천히 다가왔다.

그렇단 말이지?

달콤한 숨결이 이마 위로 떨어졌다. 느른한 눈길에 사로잡힌 해루는 꼼짝도 할 수 없었다. 턱을 잡은 위창의 손길은 고개를 돌리는 것조차 허용하지 않았다.

이대로 두면 그대로 입맞춤이라도 할 태세.

느닷없는 사태에 해루는 크게 당황했다. 흔들리는 마음은 그녀의 눈동자에 고스란히 드러났다.

그 순수한 떨림에 위창은 가벼운 흥분마저 느꼈다. 그러나 그는 서두르지 않았다. 지금의 떨림과 흥분을 조금 더 느끼고 싶었다. 위창은 느긋하고 부드럽게 해루에게 다가갔다.

이대로 그녀의 입술을 마음껏 탐닉하리라. 그리고 그녀의 공허를 위창이란 이름으로 가득 채우리라.

바로 그 순간.

쿵! 해루의 이마가 위창의 콧잔등을 아프게 들이박았다.

"윽!"

느닷없는 일격을 날린 해루는 미꾸라지처럼 위창의 손아귀에서 벗어났다.

"다가오지 말라 하였습니다. 세 걸음입니다. 딱 세 걸음 떨어지십시오."

"너……."

"장난은 이쯤 해두십시오."

날 세운 해루의 눈빛에 위창이 항의하듯 중얼거렸다.

"알려달라고 해서 알려주려 하였거늘."

"마음을 담는 법을 알려달라고 하였지, 저를 희롱하라고 한 적 없습니다."

"그래서 알려주려던 것이 아니냐. 마음을 담는 법이란 말로 설명할 수 없단 말이다."

"말로 설명하십시오, 말로. 이래 봬도 영민하다는 소리, 제법 들은 몸입니다. 그러니 말로 하셔도 다 알아들을 수 있습니다. 그게 뭡니까? 여인이 마음을 담는 법이라는 것이?"

단단히 가시를 세우는 해루의 모습에 위창은 어깨를 으쓱했다. 잠시 꿰뚫는 시선으로 그녀를 바라보던 그가 입을 열었다.

"연모다."

"연모요?"

"여인이 진실로 아름다울 때가 언제인 줄 아느냐?"

"연모할 때란 말입니까?"

"그래. 바로 한 사내를 마음에 담았을 때야말로 여인이 가장 여인다워질 때지. 마음이 달라지니 몸가짐이 달라지는 것은 당연한 일. 자연 스스로 드러내지 않아도 성숙한 멋과 향이 우러나오게 된다. 부족한 것이 무엇이냐 물었더냐? 마음을 어떻게 채우느냐 물었더냐? 여인이 되면 된다. 연모를 하면 된다."

"그럼 저보고……."

"온전한 여인이 되고 싶다면 사내를 연모하거라."

위창의 말에 해루는 어이없다는 듯 웃음을 터트리고 말았다.

"사흘 남았습니다. 겨우 사흘인데 연모라니요? 어디서 사내를 만나 언제 연모에 빠진다는 겁니까?"

"무려 사흘이나 남았다. 그리고 멀리서 찾을 것이 무에 있겠느냐? 내 기꺼이 너에게……."

위창은 손을 뻗어 다시 해루를 잡으려 했다. 그때 무언가 진리를 깨달은 사람처럼 해루가 양 손바닥을 마주쳤다.

"그렇군요. 제가 생각이 짧았습니다."

그녀는 휙, 고개를 돌려 동궁전 처마 끝을 바라보았다.

"네, 무려 사흘입니다. 사흘이면 충분할 겁니다. 감사합니다."

꾸벅, 위창에게 고개를 숙인 해루는 그대로 몸을 돌려 달렸다.

"잠깐!"

부르는 소리에도 해루는 돌아보지 않았다. 그대로 어딘가로 사라지는 해루의 모습에 위창의 얼굴에 씁쓸한 미소가 피어올랐다.

위창은 텅 빈 제 손을 내려다보았다. 무언가 소중한 것을 쥐었다 놓쳐버린 기분이다. 이내 피식 웃음을 떠올린 그가 작게 중얼거렸다.

"녀석…… 부끄러운 건가?"

서책을 읽는 향의 미간이 한데로 모였다. 아까부터 그의 신경을 거슬리게 하는 것이 있었다. 참다못한 향이 드디어 고개를 들었다.

"무어냐?"

그는 탁자 맞은편에 앉아 턱을 괴고 있는 해루에게 시선을 보냈다. 기다렸다는 듯 해루의 작은 얼굴에 웃음이 꽃처럼 피어났다.

"왜 그리 사람을 쳐다보는 것이냐?"

향의 물음에 답하는 대신 해루는 괜스레 제 치맛자락을 살짝 잡아 들어 올렸다. 덕분에 새하얀 버선발이 조금 드러났다.

살짝살짝, 찰랑찰랑. 허공을 휘젓는 치맛자락을 보며 향은 복잡한 표정을 지었다.

"그건 또 무슨 엉뚱한 짓이냐?"

향의 물음에 해루가 생글거리는 얼굴로 물었다.

"어떻습니까? 신경 쓰이지 않습니까?"

"……"

향은 관심을 끄고 다시 서책에 몰두했다. 그러나 해루는 굴하지 않았다. 어느새 은근슬쩍 향의 옆에 자리한 채 연신 치맛자락을 들었다 놨다 반복했다.

"뭐 하는 것이냐?"

"보면 모르십니까? 연모하려 노력하는 중입니다."

"뭐라? 연모?"

"네."

"연모와 버선발이 대관절 무슨 관계인지 모르겠구나. 그보다 무슨 연유냐? 갑자기 연모 타령이라니."

"저에게 부족한 것이 무엇인지 깨달았습니다."

"설마, 그리 버선발을 드러내는 것이라 하진 않겠지?"

"물론입니다. 다만, 이건 사내를 유혹하는 한 방편일 뿐입니다."

"사내를 유혹하여 무얼 하려고?"

"제게 부족한 것이 마음이라는 것을 알았습니다."

"마음?"

"네. 사내를 마음에 품어야 온전한 여인이 되는 것을 이제야 깨달았습니다."

"헌데 왜 하필이면 내 앞에서 그런 해괴한 짓을 하는 것이냐?"

향의 물음에 해루가 꽤 진지한 얼굴로 대답했다.

"제가 어느 자리에 나가는 것입니까? 바로 세자빈을 뽑는 자리에 나가는 겁니다. 그러니 기왕 연모하려면 세자 저하를 연모하는 것이 순리가 아니겠습니까. 아니, 다른 사람은 아니 됩니다. 세자빈 간택이니 반드시 세자 저하를 연모해야 합니다."

"그래서 버선발을 그리 흔들었던 것이냐?"

"이렇게라도 해서 세자 저하의 관심을 끌려는 것이지요."

"그리하면 나를 연모하게 된다더냐?"

"혹시 육수를 어찌 뽑는지 아십니까?"

뜬금없는 소리에 향이 고개를 흔들었다.

"어찌 뽑느냐?"

"진한 육수를 우려내기 위해서는 좋은 뼈를 은근한 불에서 오래 고아내야 합니다. 제가 생각하기엔 연모란 육수와 다를 바 없습니다. 육수 뽑듯 지그시 바라보면 언젠가 없던 마음도 우러나오지 않겠습니까?"

"갈수록 모를 소리로구나."

괜한 일에 귀 기울였군. 후회하는 기색이 역력한 향은 다시 서책으로 시선으로 돌렸다.

"엉뚱한 짓은 그만하면 됐다. 이제 정말 시간이 얼마 남지 않았다. 허튼 생각으로 시간 낭비하지 말고 자세나 더 연습해 두어라. 그리고 권 대감과 만나는 일은 잘되고 있느냐?"

"제가 누굽니까? 해루입니다. 처음이 어색해 그렇지 일단 얼굴만 익히면 누구라도 금세 친해지곤 합니다."

"그래서?"

"그분의 집안 내력은 물론이고 취미, 습관, 좋아하는 날씨, 좋아하는 색, 좋아하는 음식, 싫어하는 것들. 필요한 모든 건 다 머릿속에 집어넣었습니다."

막힘없이 술술 대답하는 해루의 모습에 향은 흡족한 듯 고개를 끄덕거렸다.

"그만하면 됐다."

"그보다 어떻습니까? 정말 아무 느낌도 없습니까?"

탁자 아래로 버선발을 바동거리던 해루가 은근한 목소리로 다시 물었다.

향의 입가에 기어이 피식 웃음이 새어 나왔다. 못 말릴 녀석.

"연모에 빠질 사람은 넌데, 나를 유혹해서 어찌하겠다는 것이냐?"

"네?"

마치 허를 찔린 듯 잠시 멍한 표정을 짓던 해루는 제 이마를 쳤다.

"맞다. 제가 왜 그걸 생각하지 못했을까요? 연모에 빠질 사람은 저였습니다. 제가 세자 저하를 연모해야 하는 겁니다. 배운 게 유혹하는 법뿐이라 제가 잠시 헷갈렸습니다."

"이런 얼빠진 녀석."

소리 나지 않게 혀를 차는 향을 보며 해루는 입안의 고인 침을 삼켰다. 그러고는 모든 것들 다 받아들일 수 있다는 듯한 표정으로 소리쳤다.

"저는 이제 준비되었습니다."

"무슨 준비?"

"버선발을 보여주십시오."

해루의 황당한 주문. 향은 고개를 저었다.

"아무래도 내가 큰 실수를 하였나 보구나."

"무슨 말씀입니까?"

"넌 도저히 가망이 없다."

"그러지 말고 버선발을 보여주십시오. 그것이 아니라면 제가 한눈에 반할 무언가를 보여주십시오. 아니, 알려주십시오. 연모가 무엇입니까? 어찌하면 연모에 빠질 수 있는 겁니까?"

향은 뚫어지게 해루를 응시했다. 티 없이 맑은 눈에 비친 자신의 얼굴을 한참 들여다보던 그가 돌연 신루를 가득 채운 서책들을 손가락으로 가리켰다.

"저 서책 중에 내 손때가 안 묻은 것이 없다."

"……?"

"뿐만 아니라 동궁전의 서고에 있는 수만 권의 책들 역시 모두 이 머릿속에 빠짐없이 기억해 두었지."

"대단하십니다."

"그런데 말이다, 그리 많은 서책을 읽어도 알지 못하는 것이 하나 있었다. 그게 바로 연모라는 것이다. 그 어떤 책을 읽어도 연모라는 것이 무엇인지 도통 알지 못하겠구나."

"저하도 모르는 것이 있습니까?"

"나라고 세상일을 어찌 다 알겠느냐? 특히 세상에서 가장 어려운 것이 여인과 연모에 빠지는 일이다."

향의 고백에 해루가 낙심한 얼굴로 물었다.

"그럼 누굴 만나야 그걸 알 수 있을까요?"

"뭐 그런 거로 고민하느냐? 하하하."

유쾌한 웃음소리가 화원을 가득 메웠다. 어제 내린 비로 화원의 꽃들은 더욱 풍성해졌다. 형형색색의 꽃들이 작은 산을 이루었다. 아쉬운 것은 눈앞을 현란하게 하는 꽃들의 향연에 시선을 돌릴 마음의 여유가 없다는 점이다. 모처럼 세자 저하의 최최측근 노인을 만난 해루는 마음속의 근심을 털어놓았다.

산 넘어 산. 지금 처한 상황이 꼭 그랬다. 자신에게 부족한 것이 마음인 것을 겨우 알았건만 이번엔 연모가 무엇인지, 연모에 빠지려면 어찌해야 하는지 그 방법을 알 수가 없었다.

최최측근 노인은 푸념하듯 긴 넋두리를 하는 해루의 어깨를 토닥거렸다. 그저 가벼운 토닥거림이었건만, 이상하게도 마음이 든든해졌다.

"최최측근 할아버지, 혹시 그쪽 방면에 능한 사람을 아십니까?"

지푸라기라도 잡는 심정으로 해루가 물었다. 뜻밖의 대답이 들려왔다.

"물론이지."

"누굽니까?"

"바로 네 눈앞에 있질 않으냐?"

"설마 할아버지라는 건 아니시죠?"

"왜 아니겠느냐?"

"에이, 할아버지도 참……. 농도 잘하십니다."

"어찌 사람 말을 못 믿어? 그보다 너 왜 자꾸만 나를 할아버지라 부르는 것이냐?"

"할아버지를 할아버지라고 부른 것이 잘못입니까?"

"내 비록 고민이 많아 머리에 흰서리가 앉긴 했지만, 할아버지는 아니다."

"그렇습니까?"

"그래. 아직 한창나이지."

"그런 줄은 몰랐습니다."

"그러니 앞으로는 할아버지 말고 아저씨라 해라."

"……."

"왜 대답을 안 하는 것이냐?"

"차마 답이 안 나와서요."

"어허, 이런 고얀 녀석을 보았나."

최최측근이 자리에서 일어섰다.

"어디 가십니까?"

"그만 가련다."

"말씀은 해주고 가셔야지요. 이쪽 방면에 전문가라고 하지 않으셨습니까?"

"머리에 하얗게 서리 내려앉은 노인이 무얼 알겠느냐?"

"아저씨!"

"오냐."

다시 자리에 쪼그리고 앉은 최최측근은 입가에 만족스러운 미소를 지었다.

"……."

이 웃음, 어디서 많이 본 것 같은데. 그보다…….

"말씀해 주십시오. 정말입니까?"

해루는 최최측근 노인, 아니 아저씨의 용모를 살폈다.

조금은 육중한 몸매. 사람 좋아 보이는 웃음. 마음씨 좋은 옆집 아저씨처럼 보였다. 그러나 그게 다였다. 해루의 눈동자에 저도 모르게 의심의 빛이 끼어들었다.

눈치 빠른 최최측근이 그것을 놓칠 리 없었다.

"왜, 안 믿기느냐?"

"꼭 그런 건 아니지만. 뭐랄까요. 여인들이 한눈에 넋을 잃을 만큼의 용모는 아니어서요."

"어허. 그러니 네가 안 되는 것이다. 어찌 사람의 겉모습만 보고 판단한단 말이냐? 진정한 연모란 상대의 겉모습이 아니라 속마음을 보고 반하는 것이다. 내가 알고 보면 진국이란 말이지."

"그렇군요."

"아무렴. 이런 말 내 입으로 하기 뭐하지만, 이상하게도 내 앞에만 서면 여인들은 몸 둘 바를 몰라 하지. 어디 그뿐인 줄 아느냐? 내가 이리 눈길 한번 쓱 주면 허리를 숙이고, 심지어 바닥에 꿇어 엎드리며 평생을 바치겠노라 맹세까지 한단 말이냐."

"에이, 허풍이 심하십니다."

"허풍이 아니다. 내가 궁을 거닐기만 해도 나 좋다 하는 여인이 내 뒤로 길게 줄을 서며 졸졸 따라다닐 지경이야. 이 정도면 내가 얼마나 대단한 사람인지 알겠느냐?"

"말도 안 됩니다."

"보여주랴?"

최최측근의 당당한 모습. 단순한 허풍이라기에는 지나칠 정도로 자신감 넘치는 모습이었다.

"어찌 그렇게 할 수가 있습니까?"

"그게 다 나의 어쩔 수 없는 매력 때문이 아니겠느냐?"

"그렇군요. 그런데 왜 지금은 이리 홀로 계십니까?"

"평상시에도 그러면 얼마나 피곤하겠느냐? 나도 나만의 시간이 필요한 법. 하여, 요즘은 애써 매력을 억누르는 중이다. 그런데 너는 대체 누구와 연모에 빠지려는 것이냐?"

"그게……."

머뭇거리던 해루가 주변을 둘러보았다. 화원에는 두 사람 외에는 아무도 없었다.

"아저씨, 이건 비밀인데 말입니다. 제가 요즘 세자 저하의 특명으로 아주 긴한 일을 하고 있습니다."

아무도 없음에도 불구하고 괜스레 목소리가 낮아졌다.

"특명? 그게 뭔데?"

덩달아 음성을 낮춘 최최측근은 귀를 쫑긋 세웠다.

"비밀입니다."

"우리 사이에 그런 것이 어디에 있느냐?"

최최측근의 얼굴에 서운한 기색이 떠올랐다.

"정말 비밀인데."

"나는 너를 위해 무엇이든 조언을 해주었는데……."

"알겠습니다. 대신 비밀이라는 것을 잊으시면 안 됩니다."

"오냐. 내 비밀 지키마."

"아저씨가 세자 저하의 최최측근이니 말씀드리는 겁니다."

"그래. 어서 말해 봐라."

최최측근의 재촉에 해루는 비밀을 입에 올렸다.

"저 사실, 세자빈 간택에 나가게 되었습니다."

"뭐?"

아니나 다를까. 최최측근의 목소리가 절로 커졌다.

놀란 해루는 서둘러 검지를 입술 위에 세웠다.

"쉿! 목소리가 너무 큽니다."

"그, 그래. 내가 너무 놀라서……."

"그러실 줄 알았습니다."

"네가 어떻게 세자빈 간택에 나간다는 것이냐?"

"물론 제 처지로 어디 세자빈이 가당키나 하겠습니까? 다 위장입니다, 위장."

"위장?"

"네. 세자 저하께서 내린 비밀 임무와 관련한 위장 신분이지요."

해루의 설명에 최최측근 노인의 얼굴에 기묘한 표정이 떠올랐다. 무언가 조금 아쉬워하는 듯한 기색.

"그렇구나. 그런데 연모는 왜?"

"아무리 위장 신분이라도 제대로 해야 할 것이 아닙니까? 적어도 초간택에 통과하려면 지금보다 더 여인다워져야 하고 그러기 위해서는 사내를 연모해야 한다 하였습니다."

"그렇다면 지금 네가 연모하려는 상대가……."

"당연히 세자 저하시지요."

"세자도 이런 것을 알고 있느냐?"

"세자 저하께서 시키신 일인걸요. 세자 저하께서는 이번 일을 성

사시키기 위해서는 그 어떤 지원도 마다치 않겠다고 하셨습니다."

해루의 대답에 사그라지던 최최측근 노인의 얼굴에 다시 호기심이 피어올랐다.

"그래? 그렇단 말이지?"

최최측근 노인의 입가에 문득 짙은 미소가 내걸렸다.

초간택

이른 아침.

창덕궁 돈화문 앞으로 긴 가마 행렬이 이어졌다. 화려하게 치장한 삼십여 개의 사인교가 대궐 문 앞에 멈춰 섰다. 세자빈 간택에 참여하는 처녀들을 태운 가마였다. 가마가 당도할 때마다 문 앞을 지키고 선 상궁들과 궁녀들의 움직임이 분주해졌다. 가마에 탄 여인들의 신분과 아비의 품계에 따라 가마의 위치가 바뀌었다. 얼마간의 소요 후에 모든 가마가 제 위치를 찾았다.

"가마에서 내리십시오."

작은 속닥거림이 가마 안으로 흘러들었다. 가마 문이 열렸고 서른 명의 어린 여인들이 모습을 드러냈다.

여인들의 복색은 모두 같았다. 송화색 저고리에 다홍치마, 그리고 초록색 곁마기를 입고 머리는 길게 땋아 댕기를 드리웠다. 더러 머리꽂이로 치레를 덧붙인 이도 있었지만 보이는 겉모습은 비슷했다.

초간택에 참여한 여인들의 얼굴에 홍조가 가득했다. 기대와 흥분이 뒤섞인 눈빛들이 강물에 비친 별빛처럼 반짝였다. 그 사이에 해루가 있었다.

"저기 계신 분이 누군지 알아?"

주위를 두리번거리던 해루가 제 곁에 서 있는 어린 몸종에게 귓속말로 물었다. 이른 새벽부터 부산을 떨었던 터라 연신 졸린 눈을 비비던 덤이가 고개를 돌렸다. 덤으로 태어난 아이라 하여 '덤이'란 이름을 갖게 된 소녀가 심드렁하게 대답했다.

"호판 대감댁의 아가씨입니다."

"참으로 아름다운 분이시구나. 저기 저쪽에 계신 분은?"

"병판 대감댁의 아가씨지요."

"단아한 멋이 우러나는 분이시구나. 그럼 저쪽에 계신 분은?"

해루의 말에 덤이는 어이없다는 표정을 지었다.

"아가씨, 정신 차리십시오."

"무얼?"

"여기서 남을 칭찬하시는 분은 아가씨밖에 없을 겁니다요."

"아름다워 아름답다고 한 것인데, 그게 무에 잘못된 것이냐?"

"주위를 둘러보시어요. 경쟁심과 경계가 보이지 않습니까? 상대가 아무리 아름답게 느껴져도 그걸 인정하시는 분이 어디에 있습니까?"

아닌 게 아니라, 덤이의 말처럼 초간택에 참여한 소녀들은 곁눈질로 서로를 탐색하느라 여념이 없었다. 은근한 견제가 섞인 눈빛이었다. 행여 눈이 마주치더라도 고개를 돌려 외면하거나 경쟁을 담은 얄궂은 미소를 지을 뿐이었다.

"다들 작정을 하였구나."

해루는 혼잣말을 중얼거렸다.

"세자빈이 될 자리입니다. 욕심이 생기지 않을 리 없겠지요."

나지막한 목소리가 끼어들었다. 고개를 돌리자 백설처럼 새하얀 얼굴이 눈에 들어왔다.

유난히 커다란 두 눈과 새치름한 입술. 초간택에 참여한 여인 중 단연 돋보이는 미색을 갖춘 여인이었다.

"소은이라 해요."

소은이 해루를 향해 가볍게 고개를 숙였다. 도도한 생김과 달리 격 없이 건네는 말투에 친근함이 가득했다.

"해루입니다."

특유의 맑은 미소를 지으며 해루가 대답했다. 그런 해루를 소은이 찬찬한 시선으로 살폈다.

"못 보던 얼굴이네요."

"네?"

"여기 모인 사람들. 친분이 깊진 않지만 서로 알음알음으로 얼굴 정도는 알고 있거든요."

"그렇습니까?"

잠시 멈칫하던 해루가 말을 이었다.

"어릴 적부터 병약하여 바깥출입을 거의 하지 않았습니다."

"제가 결례를 하였어요. 그런 사연이 있는 줄은 미처 몰랐어요."

소은이 진심으로 미안하다는 듯 얼굴을 붉혔다.

"아닙니다. 모르시는 게 당연하지요. 하하하."

소리 내어 웃는 해루의 옆구리를 덤이가 가볍게 찔렀다.

"아가씨."

"왜? 내가 또 무얼 잘못했어?"

해루가 작은 목소리로 물었다.

"병약하신 분이 그리 씩씩하게 웃으시면 어쩝니까요?"

"아!"

"병약하게 웃으시어요. 병약하게……."

"알았다. 병약하게 웃으란 말이지. 병약하게."

그런데 병약하게 웃는 건 어떻게 웃는 거야? 갈피를 잡지 못한 해루는 입가를 파르르 떨며 어색한 표정을 지었다.

"그건 아픈 표정이 아니라 떨떠름한 표정이고요."

덤이가 잔소리와 푸념이 절반씩 섞인 핀잔을 끄집어내려 할 때였다.

"저리 비켜라!"

큰 소리와 함께 낯선 그림자가 다가왔다. 억센 힘에 밀린 덤이는 그만 엉덩방아를 찧고 말았다.

"아얏!"

"덤이야."

울상을 짓는 덤이를 해루가 얼른 감싸 안았다.

"아가씨, 도와주셔서 고맙긴 하지만 이러시면 품위가……."

이 와중에도 덤이는 잔소리를 잊지 않았다.

"괜찮아?"

"멀쩡합니다. 그러니 그만 이 팔 좀 놓아주십시오. 사람들이 다 보고 있질 않습니까요."

"대체 누가 이리 거칠게 행동하는지 모르겠구나."

날 선 말과 함께 해루는 고개를 들었다. 웬만한 여인들보다 머리

두 개는 더 큰 키에 떡 벌어진 어깨를 가진 중년의 여인이 해루를 내려다보고 있었다.

"잠시 비켜주시지 않겠습니까?"

묻는 듯 보였지만 실상은 강요였다.

"이보시게."

해루의 표정이 사나워졌다. 사람을 밀었으면 미안하다, 사과부터 할 일이지.

그 속내를 읽기라도 한 듯 중년 여인이 불현듯 덤이를 돌아보았다.

"감히 뉘 앞을 막고 있었던 게야?"

마땅한 사과 대신 핀잔이 돌아왔다.

해루의 이마에 그려진 사나운 기색이 더욱 깊어졌다. 그때 덤이가 해루의 팔목을 잡아당겼다.

"아가씨, 이쪽으로 오셔요."

"잠시만 있어보아라. 내 저 사람에게 갑자기 묻고 싶은 말이 있구나."

"저는 괜찮습니다요."

"대체 왜……."

해루의 말이 채 끝나기 전이었다.

"어찌 이리 시끄러우냐?"

앙칼진 음성이 들려왔다. 이어, 중년 여인이 터놓은 길을 따라 한 여인이 모습을 드러냈다.

꼿꼿하게 세운 허리, 한껏 내리깐 눈매, 그리고 신경질적으로 다물고 있는 입술. 해루와 마찬가지로 송화색 저고리에 다홍치마, 그리고 초록 곁마기를 입고 있는 걸로 보아 초간택에 참여한 규수였다. 힐끗, 해루와 덤이를 번갈아 보던 여인이 얼굴을 와락 일그러뜨렸다.

"유모, 왜 이리 번잡을 떨어?"

"아가씨, 무지한 것이 감히 앞을 막고 있어 소란을 떨고 말았습니다."

"그러기에 내 뭐라고 했어. 이런 데 나서기 싫다고 하질 않았어."

"대감마님 명이십니다."

"내가 왜 저런 것들과 섞여 있어야 하는 거야?"

"절차상 필요한 것이니까요. 조금만 참으시어요. 금방 끝날 것입니다."

"어쩔 수 없지. 절차라 하니."

가볍게 혀를 찬 여인은 곧장 맨 앞으로 나아갔다. 도도하고 거만한 눈씨가 초간택에 참여하는 사람이 아니라 지금 당장 세자빈이 된 듯한 행동이었다.

"뭐, 저런 사람이 다 있어?"

해루가 어이없다는 듯 중얼거렸다. 곁에 서 있던 소은이 작게 속삭였다.

"소문이 사실인가 봐요."

"소문요?"

"중궁전의 지밀상궁이 좌의정 댁을 다녀왔다고 하더군요."

"좌의정 댁이라면?"

해루의 물음에 소은이 대궐 문 앞을 눈짓했다. 한껏 눈을 내리깐 채 오만한 표정을 짓는 여인이 보였다.

"좌의정 댁의 금지옥엽이지요. 듣자 하니 이미 저분께서 세자빈이 되시기로 내정되었다더군요."

"그렇습니까? 그렇다면 간택이니 뭐니, 이런 건 왜 하는 겁니까?"

소은이 말간 미소를 지으며 대답했다.

"형식이지요."

"그럼 우린 새로이 세자빈이 되실 분을 빛낼 병풍 같은 겁니까?"

"병풍요?"

소은의 커다란 눈이 더욱 커졌다. 그러다 이내 풋, 작게 웃음을 터트렸다.

"왜 웃으십니까?"

"재미있어서요."

한참 입을 가린 채 웃던 소은이 불현듯 해루를 돌아보았다. 그리고 말했다.

"우리, 벗하지 않을래요?"

궁 안으로 들어온 여인들은 창덕궁 동쪽에 있는 대비전으로 안내되었다. 정식 간택을 시작하기 전에 가벼운 죽이 나왔다. 이른 아침부터 치장하느라 요기도 하지 못하였건만 긴장 때문인지 누구 하나 선뜻 죽에 입을 대는 이는 없었다. 그러나 해루만은 달랐다.

내내 시무룩하던 얼굴에 화색이 돌았다. 세자빈이 되려고 참여한 간택은 아니었지만, 그래도 이미 세자빈이 내정되어 있다는 말에 김이 새어버렸다.

기왕지사 이리된 거, 밥이나 먹자.

해루는 숟가락을 들었다. 고소한 잣죽 향이 코끝을 파고들었다. 음식 냄새를 맡자 뱃속에서 천둥이 쳤다. 서둘러 죽을 입안에 밀어 넣고 있자니 어디선가 쯧쯧, 혀 차는 소리가 들려왔다. 고개를 돌리자 한심하다는 눈길로 쳐다보는 좌의정 대감의 여식이 보였다.

현성이라고 하였던가. 저 여인은 태어날 때부터 사람을 깔보았던 것이 틀림없었다. 그렇지 않고서야 이제 고작 열여섯이 된 어린 사람이 어찌 저런 표정을 지을 수 있을까.

해루는 아랑곳하지 않고 죽을 마저 먹었다. 그녀의 곁으로 소은이 다가왔다. 해루와 머리를 마주한 소은 역시 죽을 먹었다. 해루처럼 맛나게 먹지는 않았으나, 기품을 잃지 않는 모습으로 느긋하게 제 몫의 죽을 깨끗이 비웠다.

따뜻한 죽 한 그릇에 긴장이 풀린 듯 온몸이 느른해졌다. 두 여인의 얼굴에 흡족한 미소가 피어올랐다. 그 와중에도 뒤통수에 꽂히는 따가운 눈길은 여전했다.

"그 녀석, 잘하고 있을까?"

동창 너머로 보이는 하늘은 푸르기 그지없었다. 서책을 읽다 문득 창밖을 내다보던 향이 혼잣말처럼 중얼거렸다. 맞은편 탁자에 앉아 있던 김담이 입을 열었다.

"걱정하지 마십시오. 잘하고 있을 겁니다. 지금껏 가르쳐본바, 집중력과 기억력이 남다른 아이였습니다."

"그렇겠지? 잘 해내겠지?"

재차 확인하는 향의 물음에 김담이 쐐기를 박듯 대답했다.

"그럼요. 녀석은 완벽합니다. 본능만 억제한다면 큰 무리 없을 겁니다."

발이 내려진 전각 안으로 네 명의 처녀가 들어섰다. 맨 앞에 서서 걷던 어린 소녀는 너무 긴장한 탓인지 몇 번이고 제 치마 끝을 밟았다. 그 뒤로 좌의정의 여식 현성이 뒤따랐다. 속내를 말끔히 숨긴 얼굴엔 온화한 미소마저 머금고 있었다.

사람의 표정이 저리 뒤바뀔 수 있다니. 놀람을 금치 못한 해루가 그 뒤를 따랐고 마지막으로 소은이 사뿐사뿐 걸음을 옮겼다. 네 사람이 안으로 들어서자 밖에서 문이 닫혔다. 당황하여 머뭇거리는 그들에게 상궁의 목소리가 들려왔다.

"중전마마께 예를 갖추십시오."

중전마마라는 상궁의 말에, 어린 여인들의 이마에 식은땀이 맺혔다. 고작 절을 올리는 일임에도 전신이 바르르 떨렸다. 결국, 맨 처음 전각을 들어섰던 어린 소녀는 중압감과 숨 막히는 긴장감을 이기지 못하고 혼절하고 말았다. 소녀는 상궁의 등에 업혀 밖으로 실려 나갔다. 전각 안의 분위기가 깊게 가라앉았다.

얼마나 지났을까?

"하나 묻겠다."

위엄 담긴 한마디가 발 안쪽에서 새어 나왔다.

"내 너희에게 죽을 보냈느니."

중전마마의 고개가 좌의정의 여식에게로 향했다.

"너는 어찌하여 죽을 먹지 않았느냐?"

조금은 날이 선 중전의 물음에 현성의 눈동자가 가늘게 떨렸다. 그 죽이 중전께서 보낸 것인 줄 어찌 알겠는가? 뒤늦은 후회가 현성의 뇌리를 뒤덮었다. 그러나 언제나 후회는 늦었다.

"송구하옵니다. 아침부터 속이 좋지 않았습니다."

구차한 변명을 읊은 현성이 머리를 조아렸다.

무심히 그 모습을 바라보던 중전이 이번에는 소은에게로 고개를 돌렸다.

"너는 어찌 그 죽을 먹었느냐? 세자빈 간택을 하는 중요한 자리다. 중대사를 앞두고 죽이 입에 들어가느냐?"

이번 질문 역시 날이 서 있었다. 죽을 먹은 것이 잘한 것인지, 잘못한 것인지 헷갈릴 지경이었다.

소은은 당황하지 않았다. 그녀는 입가에 잔잔한 미소를 지은 채 차분한 목소리로 답했다.

"어릴 적부터 아버지께 음식의 소중함을 배웠습니다."

"음식의 소중함이라 하였느냐?"

"농부가 땀 흘려 가꾼 곡식으로 만든 것이 아니옵니까. 쌀 한 톨이라도 헛되이 해서는 안 된다 배웠습니다. 작은 낱알 하나에도 백성의 고된 손길이 닿지 않은 것이 없는 줄 아옵니다."

"백성을 생각하는 어진 마음이구나."

중전의 고개가 아래위로 끄덕여졌다. 잠시 후, 해루에게 시선을 돌린 중전이 물었다.

"너는 제일 먼저 죽을 먹었다고? 아무도 먹지 않는 죽을 넌 어찌 먹을 생각을 하였느냐? 너 역시 음식의 소중함 때문이었느냐?"

해루가 대답했다.

"솔직히 말씀드리자면 백성을 생각하는 어진 마음은 잘 모르겠습니다."

"그럼, 어찌하여 먹었느냐?"

"배가 고팠습니다. 무엇보다 이번 기회가 아니면 제가 언제 궁궐

수라간의 음식을 맛볼 수 있을까, 하는 생각에서 먹었습니다."

"······."

발 안쪽에 침묵이 흘렀다. 해루는 속으로 아차 싶었다. 좀 더 고상한 대답을 할 것을, 저도 모르게 그만 속내를 거침없이 말하고 말았다. 신루의 학자들이 그리 입조심하라 당부하였거늘.

슬쩍 눈을 들어 상황을 살폈다. 발에 비친 중전마마의 어깨가 어째 부르르 떨리는 것처럼 보이시는데, 이러다 초간택도 통과 못하는 거 아니야? 초간택 정도야 무리 없이 통과할 줄 알았건만. 불안함이 슬금슬금 발목 언저리로 올라왔다.

그렇게 얼마나 시간이 지났을까? 문이 열리고 소박한 다과상이 안으로 들어왔다. 세 규수의 앞에 각기 하나씩 찻상이 놓였다.

"내가 좋아하는 차니라."

중전께서 발 안쪽에서 권하는 몸짓을 했다.

"차 맛이 어떠하냐?"

중전의 물음이 떨어지기 무섭게 현성이 대답했다.

"무척 훌륭하옵니다. 아버님께서 귀띔해 주시길, 이번에 명나라 사신들이 가져온 차 맛이 일품 중의 일품이라 하더이다. 이것이 바로 그것이 아닐는지요?"

"네 말이 맞다. 이번에 명나라 사신들이 가져온 차니라."

어쩐 일인지 중전의 목소리가 냉랭했다. 중전은 내내 미소 짓고 있는 소은에게 물었다.

"너 역시 차 맛이 좋으냐?"

"아뢰옵기 송구하오나, 소녀 다도에 관해 아는 바가 미천하옵니다."

"그렇구나."

역시나 이번에도 고개를 끄덕이던 중전이 해루를 보았다.

"너는 어떠하냐?"

"……."

"왜 대답이 없느냐?"

"저……."

해루가 어색한 표정으로 말끝을 늘였다.

"말해 보아라."

"더 주시면 안 될까요? 목이 타서 벌컥벌컥 마시는 바람에 맛을 제대로 보지 못하여……."

해루가 슬그머니 빈 찻잔을 내밀어 보였다. 중전의 얼굴에 황당한 빛이 떠올랐다. 해루는 중전과 시선이 마주치자 부끄러운 듯 서둘러 고개를 숙였다.

피눈물 나는 훈련의 성과였다. 지체 높은 분과 눈이 마주치면 어리둥절한 표정 대신 부끄러워하라. 김담이 일러준 내용대로 충실히 따른 것이었다. 안타깝게도 급조한 교육이었던 탓에 적절한 사용 시기를 판단하지 못한다는 단점이 있었다.

"저……."

해루는 빈 찻잔을 다시 한 번 쓱 앞으로 내밀었다.

입가를 실룩이던 중전이 차를 따라주었다.

찻잔을 든 해루가 정해진 자세와 동작으로 차를 마셨다. 찻잔을 공손히 들고, 팔을 움직여 차를 마시는 동작이 기계처럼 정확하였다. 반대로 말하면 기계처럼 딱딱하고 어색하였다. 항상 판자와 줄을 온몸에 감고 연습하다 보니 자연 차를 마시는 단순한 동작에도 절도가 넘치게 된 탓이다. 문제는 절도가 지나치게 넘친다는 점.

그 모습을 지켜보던 중전이 눈을 감고 잠시 숨을 골랐다.

"어떠……하냐?"

중전의 음성이 가늘게 떨렸다. 맛과 향을 음미하던 해루가 입을 열었다.

"훌륭합니다. 담백하게 시작하여 깊게 자리 잡고, 부드럽게 가라앉아 흩어지니, 향기는 봄과 같이 화려하고 맛은 가을과 같이 한결같습니다. 풍성하고 깨끗하여 무척 만족스럽습니다."

청산유수 같은 대답이 흘러나왔다. 심운기의 교육이 빛을 발하는 순간이었다.

조용히 해루를 바라보던 중전이 다시 물었다.

"……더 하겠느냐?"

중전의 말이 떨어지기 무섭게 해루는 급히 고개를 저었다.

"혀가 떫어서 싫습니다."

아뿔싸! 해루는 급히 손으로 입을 가린 채 중전의 표정을 살폈다. 역대 모든 세자빈 간택의 자료를 집대성하여 작성한 모범 답안을 제 생각인 양 늘어놓았다. 여기까지는 그야말로 완벽했다. 그러나 예기치 못한 상황이 벌어졌다.

다시 이어지는 중전의 권유. 예상 밖의 사태에 그만 본심이 나오고 말았다.

얼음장 같던 중전의 표정에 균열이 생겼다. 특히, 입가가 조금 뒤틀어져 있는 것이 화를 억지로 참고 있는 것이 분명했다.

어쩌지? 아무래도 큰 실수를 범한 것 같은데. 바보. 신루의 학사님들이 그리 당부하고 교육하셨는데, 중요한 순간에 엉뚱한 소리를 하면 어쩌란 거야?

편한 상황이었다면 제 머리를 마구 치며 괴로워했으리라.

"되었다. 모두 물러가 있도록 하라."

퇴실을 알리는 중전의 목소리는 차갑기 그지없었다.

❖

한 식경 후, 왕실의 웃어른들과 간단한 다과를 마친 규수들은
창덕궁 후원의 영화당에 모였다.

"그 죽이 중전마마께서 내리신 것이라는 걸 누가 알았겠어? 그
런 것이었으면 미리 귀띔이라도 해주면 좋았을 것 아닌가."

비록 발을 사이에 두고 있었지만 못마땅한 중전마마의 시선이
역력했던지라 비아냥대는 현성의 얼굴에는 불안함이 가득했다. 그
녀는 문득 소은에게로 고개를 돌렸다.

"넌 좋겠구나."

"무슨 뜻인지요?"

"중전마마께서 백성을 생각하는 어진 마음을 지녔다 하였으니,
얼마나 기분이 좋을까?"

"……"

"그러나 착각하지 마라. 그런다고 네가 세자빈이 될 것 같아?"

소은은 대답하지 않은 채 차분한 표정을 짓고 있었다.

현성의 입꼬리가 일그러졌다. 속을 긁어대도 반응이 없으니 시
시하기만 했다. 속에 쌓인 분기를 제대로 풀지 못한 현성이 화살을
해루에게로 돌렸다.

"넌 어디서 굶다가 왔느냐?"

"무슨 말입니까?"

"죽도 그러하고, 차도 그러하고. 주는 대로 넙죽넙죽 잘도 받아
먹더구나. 떫어? 봄이 어쩌고 가을이 어쩌고 하며 제법 그럴듯하게

대답하더니, 결국에는 본성을 드러내더구나."

해루의 대답을 떠올리던 현성이 어이없다는 듯 입가에 비웃음을 지었다.

"어디서 저런 지지리 궁상이 간택에 참여한 것인지."

대놓고 싫은 내색을 하는 현성을 그녀의 유모가 말렸다.

"아가씨, 보는 눈이 많습니다."

그제야 현성이 입을 닫았다. 아무리 세상 무서운 줄 모르고 자란 그녀라도 눈치 정도는 있었다. 중전마마와의 대면으로 속이 부글부글 끓었지만, 제집에서 하듯 편하게 화를 풀 수는 없었다.

"그래도 저 궁상맞은 것 덕을 좀 보았어."

현성이 시무룩한 표정의 해루를 보며 미소를 떠올렸다. 생각지도 못한 일로 손해를 보았지만, 지지리 궁상 짓을 한 해루 덕에 자신의 작은 실수쯤은 가볍게 지워졌으리라.

"어디에서 저런 망아지 같은 것이 나타났을까? 저 아이, 어느 집안의 아이야?"

궁금해하던 현성은 이내 고개를 가로저었다.

"아니다. 이제 두 번 다시 볼 일 없을 테니 신경 쓸 가치도 없겠지."

"하하하."

중전마마 방에서 웃음이 터져 나왔다. 한참이나 이어지던 웃음이 간신히 멎자, 누군가의 묻는 음성이 들려왔다.

"어떻소, 중전? 정말 재미있는 아이지 않소?"

"네, 그렇사옵니다. 말씀하신 대로 참으로 희한하고 유쾌한 아이입니다. 보는 내내 웃음을 참기 어려웠습니다. 어디에서 그런 아이를 발견하신 겁니까?"

"이건 비밀인데 말이오. 그 아이, 세자의 최측근이라더군."

"세자와 가까운 아이란 말이옵니까? 세자가 여인을 가까이 두다니 별난 일이군요."

"그러니 말이오. 어떻소? 그 아이, 좀 더 지켜볼 생각은 없소?"

"세자빈을 뽑는 자리이니 어찌 제 마음대로 할 수 있겠습니까?"

"그 아이가 마음에 안 드시오?"

"마음에 들고 안 들고 하는 문제가 아닙니다. 다만……."

"다만?"

중전의 입가에 묘한 미소가 떠올랐다.

"그 아이에게 조금 흥미가 생기는군요."

너가 뭐라 했느냐?

　선보이기를 끝낸 간택인(揀擇人)들은 부용지가 내려다보이는 영화당으로 자리를 옮겼다. 처녀들이 영화당으로 들어서기 무섭게 수십 명의 상궁과 환관들이 주위를 에워쌌다. 엄격한 궁의 권위로 무장한 그들의 모습에 처녀들은 긴장했다. 누구 하나 큰 소리 내는 이가 없었다. 차마 숨조차 제대로 쉬지 못하고 있노라니 영화당의 댓돌 위로 스물아홉 명의 궁녀들이 각자 작은 상을 들고 일렬로 올라왔다.

　간택에 참여한 처녀들이 먹을 점심 진지상이었다.

　처녀들의 앞에 상이 놓였다. 국수장국과 신선로, 화채로 차려진 점심상은 처녀들을 시험하는 또 하나의 과제였다. 사방 훤하게 뚫린 영화당 밖에는 매의 눈을 한 상궁과 환관들이 처녀들을 지켜보고 있었다. 그들은 작은 서책에 각자 자신들이 맡은 처녀들의 사소한 행동 하나하나를 기록했다.

숨소리마저 평가받는 자리. 음식상을 앞에 두고도 누구 하나 반기는 기색이 없었다. 서로의 눈치를 살피던 처녀들이 하나둘 숟가락을 들었다. 조용한 가운데 식사가 시작되었다. 어디선가 그릇과 숟가락 부딪는 소리가 들려왔다. 소리를 낸 처녀의 귓불이 붉어졌다. 바로 곁의 처녀는 연신 입술을 축였다.

'실수하였을 때 귓불을 붉히는 건 마음이 심약하다는 뜻, 긴장으로 입술을 축이는 것 또한 불만이 많을 때 생기는 현상이니, 이 역시 주의해야 할 행동이다.'

슬쩍 주위를 곁눈질하던 해루는 신루의 학자들이 일러주었던 이야기를 떠올렸다. 모든 것이 평가의 대상이었다.

처녀들의 눈빛, 입술의 색깔, 미간의 넓이, 인중의 길이뿐만 아니라 목의 두께와 가슴의 크기, 소리 내어 음식을 먹지는 않는지, 식사하는 태도는 어떠한지, 수저를 잡는 방식은 또 어떠한지마저도 기록되었다. 신루의 학자들은 어떤 경우 평가에 유리한 점수를 받을 수 있는지, 그리고 감점의 대상이 되는지 그 상황에 대해 상세히 알려주었다.

그래, 선보이기에서 범한 실수를 이번엔 만회할 수 있어. 잘해보자, 해루야. 수천 번도 더 했던 일이잖아.

스스로를 다독이며 해루는 숟가락을 움직였다. 그러는 한편 연신 처녀들을 살피는 것도 잊지 않았다. 제일 먼저 맞은편에 있는 좌의정의 여식, 현성이 눈에 들어왔다. 말본새나 눈빛은 고약하기 이를 데 없지만…… 인정하지 않을 수 없었다. 타고나길 귀하게 타고난 탓일까? 고작 음식을 먹는 단순한 행동에서도 고귀한 기품이 느껴졌다. 그리고 그 옆에 나란히 앉은 형조판서의 여식. 현성보다 못하긴 했지만 역시나 단아했다. 부드러운 미소를 한껏 머금은 얼굴엔 귀여움이 가득했다.

해루는 이번에는 제 옆자리에 있는 대제학의 여식에게로 시선을 돌렸다. 그녀는 스치듯 해루와 눈이 마주치자 부드럽게 미소를 보였다.

어진 여인을 형상화시키면 딱 저런 모습이리라. 듣기로는 또래라고 하던데. 눈빛이나 행동 하나하나 깊이가 느껴지는 처녀였다.

마지막으로 해루의 시선을 잡아끈 것은 무리의 가장 끝에 자리하고 있는 소은이었다. 공신 집안의 여식으로 눈에 띄게 아름다운 미모와 선한 눈빛, 그리고 차분한 행동이 사람들의 시선을 사로잡았다. 소은을 지켜보는 상궁의 입가에 여러 차례 흡족한 미소가 떠올랐다. 그리고 상궁의 미소와 닮은 웃음이 해루의 입가에도 피어났다.

긴장을 많이 한 탓인지 밥이 입으로 넘어가는지, 코로 들어가는지 모를 정도였다. 처녀들의 앞에 놓였던 점심상이 치워졌다. 어찌 식사를 끝냈는지 생각나지 않았다. 그러나…….

해루는 자신을 맡은 상궁을 보고 한숨을 내쉬고 말았다. 굳이 말을 하지 않아도 알 만큼 못마땅한 기색이 적나라하게 드러난 표정. 상궁과 눈이 마주친 해루는 겸연쩍은 미소를 지었다. 나름 잘 좀 봐달라는 뜻이 담긴 미소였건만, 각박한 상궁은 돌처럼 딱딱한 얼굴을 풀지 않았다. 아니, 되레 미간을 찡그리며 들고 있던 서책에 뭔가를 열심히 적어 내려갔다. 분명 좋은 내용은 아니리라.

걱정이 산처럼 쌓여갔다. 이대로 그간의 노력이 물거품이 되어 사라지는 건 아니겠지?

"이것으로 모든 일정이 끝났습니다. 퇴궐하실 수 있도록 아이들이 도울 것입니다."

최고상궁의 말이 떨어지기 무섭게 궁녀들이 양 갈래로 길게 늘어섰다. 후원 밖으로 향하는 길이 만들어졌다. 내내 자리에 앉아 있던 처녀들이 하나둘 일어섰다.

앉은 차례대로 신을 신고 댓돌 아래로 내려설 때였다. 가장 안쪽에 앉아 있던 현성이 무리를 가로질렀다. 차례를 기다리지 않은 그녀 때문에 작은 소동이 일었다. 그러나 누구도 불만을 입 밖에 내지 못했다. 초간택을 하는 동안 소녀들은 암묵적으로 인정하고 있었다. 좌의정의 여식 현성은 모든 규율에서 벗어나도 상관없다는 것을.

이미 세자빈으로 내정되어 있는 현성은 궁중의 법도 위에 군림하고 있었다. 그러기에 막 신을 신던 처녀는 현성의 길을 막지 않기 위해 한옆으로 물러설 수밖에 없었다. 현성 역시 당연하다는 듯 행동했다.

지켜보던 해루의 입에서 저도 모르게 혀 차는 소리가 흘러나왔다. 아무리 세자빈으로 내정되어 있다고 해도 그렇지, 어쩌자고 저리 오만한 것인지.

문득 향을 떠올리던 해루는 고개를 절레절레 저었다. 현성과 향이 나란히 서 있는 광경이 좀처럼 머릿속에 그려지지 않았다. 아니, 적어도 향의 곁자리를 지키는 사람이 현성은 아니었으면 좋겠다는 생각이 들었다. 해루의 시선이 영화당에 있는 처녀들을 하나하나 훑을 때였다.

"어맛!"

작은 외마디 비명이 댓돌 아래에서 들려왔다. 모두의 시선이 그곳으로 향했다. 이내 뜻밖의 상황이 시야에 들어왔다. 바닥에 넘어진 소은의 모습이었다.

그 옆에 서 있던 현성이 내려다보는 시선으로 소은을 응시했다.

"조심 좀 하지 그랬어?"

걱정하는 듯 말하고 있었지만 어쩐 일인지 목소리에 담긴 것은 비아냥이었다. 한껏 내려다보던 현성이 소리 나게 바람을 일으키며 몸을 돌렸다. 뒤돌아 걷는 현성의 얼굴에 만족스러운 표정이 떠올랐다.

"저 나쁜 계집애."

해루의 곁에서 나지막한 중얼거림이 들려왔다. 형조판서의 여식이었다. 동글동글 귀여운 눈동자에 성화가 가득했다. 해루와 눈이 마주친 그녀가 상황을 설명했다.

"현성이 저 아이가 소은이 발을 부러 걸어 넘어지게 했어."

"그랬습니까?"

"저 독한 건 어릴 적부터 자기 마음에 들지 않으면 어떻게든 밟아버렸다니까."

"……."

"하긴, 저리 독하니 그 짧은 기간에 살도 저리 쏙 뺐지."

"살을 뺐습니까?"

"몰랐어? 현성이 저 아이, 엄청난 먹보였거든. 그 바람에 살이 어마어마했었지. 제 아버지 닮아 포동포동했거든, 호호호."

현성의 뒷말을 하던 형판의 여식은 손을 가린 채 웃음을 터트렸다. 여기저기서 웃음이 들불처럼 일어났다.

해루는 미간을 한데로 모았다. 괜스레 다른 이를 괴롭히는 현성
도 마음에 들지 않았지만, 그런 현성의 과거를 입에 담으며 조롱하
는 모습도 가히 좋은 광경은 아니었다. 작게 고개를 저으며 해루는
소은에게로 다가갔다.

"괜찮습니까?"

손을 내밀어 바닥에 넘어져 있는 소은을 잡아 일으켰다.

"실수로 치맛자락을 밟는 바람에……."

아랫입술을 물며 수줍게 미소 짓던 소은이 별안간 미간을 찡그
렸다.

"앗."

"왜 그러십니까?"

"아뇨. 발목을 조금 접질린 것 같아요."

소은이 해루의 팔목을 잡으며 낮게 속삭였다.

"발목을요?"

해루가 걱정스럽게 시선을 아래로 내렸다.

"의원을 불러달라 할까요?"

소은이 황급히 고개를 저었다.

"안 돼요. 그러면 안 돼요."

"왜요?"

"조심성 없었던 제 행동을 문제 삼을 거예요."

"하지만…… 본인 탓이 아니잖아요."

이미 알고 있다는 듯 해루가 말했다. 그러나 소은은 부드럽게 웃
으며 고개를 저었다.

"후원 밖에 있는 가마까지만 가면 돼요."

말과 함께 소은이 발을 옮겼다. 저도 모르게 인상이 일그러졌지

만 소은은 이내 아무렇지도 않은 듯 표정을 바로 했다. 그러고는 아무 일도 없다는 듯 한 발 한 발 내디뎠다.

"대체…… 대체 왜 이렇게 열심인 겁니까?"

소은과 어깨를 나란히 하며 해루가 물었다.

그렇게 세자빈이 되고 싶어요? 얼굴 한 번 보지 못한 사내의 여인이 그렇게도 되고 싶은 겁니까?

"가문을 위한 일인걸요."

"네?"

"저를 낳아주시고 키워주신 분들을 위한 일이어요. 그분들께서 제게 베푼 은혜에 보답할 수 있다면 이깟 고통쯤은 아무것도 아니어요."

해맑게 대답한 소은은 다시 발을 내디뎠다. 이마에 식은땀이 송골송골 맺혀 있었다. 꽉 쥔 주먹도 바들바들 떨리고 있었다. 그럼에도 그녀는 조금도 아픈 기색을 내보이지 않았다.

가문을 위한 일. 소중한 사람을 지키는 일.

운명이라는 소용돌이 앞에서 언제나 도망치기만 했던 해루에게 소은은 또 다른 충격이었다. 그리고 배우고 싶은 스승이었다.

가문을 위해 기꺼이 자신을 희생하는 의지. 고결한 희생.

그 가냘픈 뒤태가 거대한 태산처럼 느껴졌다.

"같이 가요."

서둘러 달려간 해루가 소은에게 한쪽 팔을 내주었다.

"이 정도쯤은 아무도 눈치채지 못할 겁니다."

작게 속삭이며 해루는 한쪽 눈을 찡긋했다. 잠시 머뭇거리던 소은이 해루에게 비스듬히 기댔다. 마주 보는 두 소녀의 얼굴에 웃음이 피어올랐다.

신시초(申時初, 오후 3시).

늦은 오후의 햇살이 무거워졌다. 불어오는 바람에 습윤한 물기가 섞여 있었다. 하늘 끝자락으로 비구름이 얼굴을 내비쳤다.

초록의 대지 위로 빗방울이 떨어지기 시작할 무렵, 돈화문 밖으로 긴 가마 행렬이 나갔다. 초간택으로 번잡했던 궁은 평소의 평온함을 되찾았다.

밤이 늦도록 불 켜진 내반원으로 급한 발소리가 이어졌다.

"상선 영감."

중궁전 지밀상궁인 송 상궁은 초조한 기색으로 내반원 안으로 들어섰다. 그녀는 곧장 상선 정동이 있는 탁자 앞으로 다가갔다.

"대체 무얼 하고 계시는 것입니까?"

송 상궁의 목소리에 채근하는 기색이 역력했다. 내내 깊은 생각에 빠져 있던 정동이 그제야 고개를 들었다.

"아, 오셨는가?"

"중전마마의 성화가 이만저만이 아닙니다. 어찌하여 결과가 아니 나오는지 궁금하시어 아직 침소에 들지 못하시었단 말입니다."

오늘 치렀던 초간택의 결과가 아직 나오지 않았다. 예상대로라면 저녁 수라가 끝나기 전에 결과가 나왔어도 나왔어야 하건만. 송 상궁의 재촉에도 정동은 좀처럼 고민을 끝내지 못했다.

"상선 영감, 대체 무슨 일입니까?"

"그것이…… 이번 초간택에 문제가 좀 있으이."

"문제라뇨?"

"우선 이번 간택에 참여하신 분들의 됨됨이가 우리의 예상을 훨씬 뛰어넘었다는 것일세. 하지만 그것은 큰 문제가 되지 않으이. 훌륭하신 분들이 많이 참여했다는 건 그만큼 우리 세자 저하께는 큰 복일 터이니. 문제는 말일세……."

정동은 앞에 놓인 문서를 만지작거렸다. 초간택에 참여했던 한 처녀에 관한 문서였다. 문서 옆에는 그녀를 관찰했던 상궁과 환관들의 관찰 기록이 수북이 쌓여 있었다.

하나같이 미흡하다는 기록. 지금껏 많은 관찰 기록을 봐왔지만 이렇듯 한 명의 간택인에게 많은 지적의 기록이 있었던 것은 이번이 처음이었다.

"해루라……."

정동은 처녀의 이름을 손끝으로 짚으며 나지막이 읊조렸다. 덩달아 시선을 옮기던 송 상궁이 고개를 절레절레 저었다.

"그 규수라면 저도 기억이 납니다."

맑긴 하였지만, 행동이 어딘가 어색했던 여인이다. 아니, 정확히 말하자면 어색하다기보다 너무 활기찼다. 상궁과 환관들의 기록 역시 자신의 생각과 다름이 없었다.

재간택에서 당연히 제외되어야 할 대상. 그런데 상선께서는 어쩌자고 저리 고심하시는 것일까? 궁금한 찰나.

상선 정동이 이번에는 수북이 쌓인 기록 맞은편으로 눈을 돌렸다. 그곳에는 처녀를 후원하는 후원자의 서신이 있었다.

관례처럼 내려져오는 후원자의 서신. 익명을 표방하고 있었으나 은근히 자신이 뉜지 드러내는 서신은 일종의 압박용이었다. 이러저러한 사람이 뒷배에 있으니 알아서 재간택에 올리라는 뜻.

"그런 서신이야 하루 이틀 받는 것도 아니고, 무에 그리 신경을 쓰십니까?"

신경 쓰지 말고 그냥 떨어트리십시오. 속내를 숨긴 채 송 상궁이 말했다.

"나도 처음에는 신경 쓰지 않았네. 아니, 신경 쓰지 않으려 하였네. 허나…… 신경 쓰지 않을 수가 없었다네."

"대체 누구의 서신인데 그러십니까?"

송 상궁이 가장 위에 있는 서신을 펼쳤다.

"이건…… 영의정 대감의 서신이 아닙니까? 영의정께서는 좌의정 대감의 여식을 천거하지 않으셨습니까? 그런 분이 어찌하여 엉뚱한 분을 후원하신단 말입니까?"

"내 말이 그 말일세. 대체 뉘 영의정의 마음을 돌리게 했을까? 좀처럼 짐작이 가지 않으이."

"뭐, 그렇다고 해도 그리 크게 신경 쓸 것은 없질 않겠습니까?"

"나 역시 그리 생각했지. 허나, 다음 서신을 한번 보시게나."

"대체 뉘 서신이기에……."

조금 짜증 난 기색으로 송 상궁은 다음 서신을 펼쳐 들었다. 이내 그녀의 두 눈이 화등잔만 해졌다.

"이, 이건……."

"보셨는가? 바로 태군일세."

"태군이 어찌 조선의 세자빈 간택에 서신을 보낸단 말입니까?"

"난들 그 속사정을 어찌 알겠는가? 문제는 쉽게 생각할 상대가 아니라는 것이지."

정동의 말에 송 상궁이 고개를 끄덕였다.

깊은 시름이 내반원의 밤을 물들였다. 그리고 그 고민은 새벽이 될 때까지 계속되었다.

진시초(辰時初, 아침 7시).

드디어 간택 전교가 내려졌다. 궁 문이 열리기 무섭게 낙점자로 정해진 간택인들의 집으로 글월 비자들이 걸음을 옮겼다. 북촌 곳곳에서 희비가 엇갈린 탄성이 터져 나왔다.

같은 시각. 신루의 담벼락에 쪼그리고 앉은 또 다른 간택인인 해루의 입에서 난데없는 한숨이 새어 나오고 있었다.

"휴우."

"병든 닭 모양 웬 한숨이냐?"

언짢은 목소리에 고개를 들어 보니 위창이 뒷짐을 진 채 해루를 내려다보고 있었다. 입고 있는 옷자락이 부드러운 바람에 가벼이 날리고 있었다. 여인이라면 누구라도 한 번쯤 눈길이 머물 멋진 사내. 그러나 해루는 심드렁한 표정으로 간신히 인사말을 건넬 뿐이다.

"오셨습니까?"

위창의 미간에 주름이 깊이 새겨졌다.

마치 옆집 말복이를 본 듯한 반응. 마음에 들지 않았다.

"쓸데없이 밝은 녀석이 오늘은 어찌 그리 어두운 것이야?"

"아무 일도 아닙니다."

"아무 일도 아닌 게 아닌 것 같은데?"

"……."

"초간택 때문이로구나."

정곡을 찌르는 위창의 말에 해루는 순순히 고개를 끄덕였다.

"다른 곳에서는 다들 통보를 받았다는데, 저만 아직 결과가 나오지 않았습니다."

"고작 그깟 일로 고민이냐?"

"저에겐 그깟 일 정도가 아닙니다."

초간택을 위해 얼마나 많은 노력을 기울였던가. 아니, 혼자만의 일이라면 이리 고민하지도 않았으리라. 신루의 학자들 모두가 한마음 한뜻으로 그녀를 도왔다. 아니, 그것 또한 상관없다. 자신을 위해 노력해 준 사람들에겐 미안하다 사죄하고 갚아주려 노력하면 되니까.

문제는 그녀가 본 미래였다.

불길에 휩싸인 궁. 피 흘리며 쓰러진 김담. 세자빈 간택에서 무슨 일이 생기는 걸까?

막고 싶은 미래였다. 어떻게든 막아내야 할 미래. 하지만 초간택조차 통과하지 못한다면 막아낼 도리가 없었다.

"되었을 것이다."

위창이 해루 옆에 나란히 앉으며 말했다.

"괜한 기대 품게 하지 마십시오."

"괜한 소리가 아니다. 틀림없이 되었을 것이다."

"그걸 어찌 아십니까?"

"내가 추천했거든."

"네?"

해루가 눈을 동그랗게 떴다. 잠시 위창을 바라보던 그녀가 입술을 뾰족 내밀었다.

"농이 지나치십니다."

"……"

"설마 진심으로 하신 말씀이십니까?"

위창은 이번에도 대답하지 않았다. 그저 입가를 길게 늘이며 싱긋 웃었다.

그 미소를 어떻게 받아들여야 할까? 머릿속이 뒤엉킨 실타래처럼 혼란스러웠다.

그때였다.

"해루야!"

멀리서 부르는 목소리가 들려왔다. 고개를 길게 빼내고 보니 양여섭이 뱃살을 출렁이며 달려오는 모습이 보였다.

"해루야! 되었다! 되었단 말이다!"

"무엇이 되었단 말입니까?"

"초간택 말이다. 통과했다. 네가 재간택에 낙점되었다는구나."

"네? 그게 정말입니까?"

놀란 해루가 서둘러 위창을 돌아보았다. 위창이 보란 듯 피식 웃으며 어깨를 으쓱했다.

"내가 뭐라 했느냐?"

"결국, 낙점하셨더군요."

송 상궁의 말에 정동은 무거운 표정으로 고개를 끄덕였다.

"그리되었네."

"태군의 압력, 무시할 수 없었겠지요."

깊은 한숨이 늙은 상궁의 입에서 새어 나왔다.

"물론일세. 허나, 그뿐이었으면 좀 더 고민하였을 걸세."

"뭐가 더 있었단 말입니까?"

"오늘 새벽, 내시부로 은밀히 이것이 전해졌다네."

정동이 소맷자락에서 서찰 하나를 꺼내 송 상궁에게 건넸다. 서찰을 살피던 송 상궁은 사색이 되었다.

"이, 이것은……."

정동이 떨리는 음성으로 말을 이었다.

"어명일세."

언젠가 일어날 미래

해루는 멍한 표정으로 위창을 바라보았다.

"대체 정체가 뭡니까?"

위창이 대답했다.

"다들 날 태군이라 부르더구나."

"그리 부르는 건 이미 알고 있습니다."

"알면서 어찌 묻는 것이냐?"

"정확한 정체가 뭐냐는 겁니다. 대체 뭐 하는 분이시기에 세자빈을 추천하신단 말입니까?"

위창이 상체를 그녀에게 기울였다.

"알려주랴?"

"알려주십시오."

"허면, 따라오너라."

"저 머리 나쁘지 않습니다. 말로 하셔도 됩니다."

"백문이 불여일견이란 말이 있지. 백 마디 말보단 한 번 보는 게 더 이해하기 편할 것이야."

자리에서 일어선 위창은 그대로 해루를 끌고 어딘가로 걸음을 옮겼다. 그렇게 그가 향한 곳은 뜻밖에도 대전 앞이었다.

"여긴 뭐하러 오신 겁니까?"

"조급해하지 마라. 곧 알게 될 것이다."

말이 끝남과 동시에 위창은 너른 보폭으로 대전 이곳저곳을 활보하기 시작했다. 제일 먼저 만난 것은 붉은 관복을 입은 문관들이었다. 지체 높은 대신들과 서슴없이 이야기를 주고받는 위창의 모습이 새삼스러웠다. 궁 안에 있는 사람들 대부분이 그를 알고 있는 듯했다. 환관들은 물론이고 궁녀들 역시 그와 마주하면 고개를 조아렸다. 위창과 눈이 마주친 궁녀들은 얼굴을 붉히기도 했다. 해루는 위창의 등 뒤에 꼬빡연의 꼬리처럼 붙은 채 그 광경을 고스란히 지켜보았다.

위창이 해루를 돌아보았다.

"어떠냐?"

해루는 눈을 깜빡이며 위창을 올려다보았다.

"대단합니다."

"하하하. 이제 내가 어떤 사람인지 알게 된 모양이로구나."

아무렴. 이쯤 되었으면 아무리 눈치가 없어도 자신이 어떤 사람인지 모를 수 없었다. 그러나 막상 돌아온 대답은 전혀 엉뚱한 것이었다.

"장사라도 하십니까?"

"응?"

"어찌 그리 많은 사람을 알고 계십니까?"

"뭐라?"

해루의 물음에 되레 멍해진 것은 위창이었다.

그가 모르고 있는 것이 하나 있었다. 바로 해루가 궁의 실정에 대해 무지하다는 사실을.

관직이 어떻고 품계가 어떠하며, 어떤 사람이 높고 어떤 사람이 낮은 사람인지 해루는 아직 알지 못했다. 그러다 보니 위창이 만난 대신들도 그저 나이 많은 관인 정도라고만 짐작할 뿐이었다.

많은 사람을 알고 있으니 놀랍기는 했다. 하지만 그녀가 정작 놀란 이유는 위창이 기대한 것과 크게 달랐다.

"참 잘되었습니다. 궁에 아는 분이 그리 많으시다니, 앞으로 사람 찾을 일이 있으면 태군께 물어보면 되겠군요."

위창의 표정이 굳었다. 그제야 자신의 의도가 해루에게 통하지 않았음을 눈치챈 것이다.

"무언가 오해가 있는 듯싶구나. 난 장사치가 아니다."

"장사치가 아니었습니까? 그럼 어찌…… 아!"

해루가 제 머리를 콩 쥐어박으며 말을 이었다.

"잠시 잊고 있었습니다."

위창이 물었다.

"뭘 잊었다는 게냐?"

대체 이번에는 어떤 대답을 하려나? 그는 이 귀여운 여인이 범상치 않은 사람임을 조금씩 깨달아가고 있었다.

"화월루."

"화월루?"

"화월루의 루주이셨지요?"

"그게 무슨 상관이란 말이냐?"

"저도 다 알고 있습니다. 이따금 조정에서 기녀들이 필요한 일이 있으면 화월루에 도움을 받는다는 걸요. 태군께선 화월루의 루주이니, 당연히 조정의 관인들과 친분을 쌓을 수밖에 없겠군요."

"해루야, 네가 뭔가 오해한 것 같구나. 나는……."

이대로 두어서는 안 되겠구나. 위창이 서둘러 해명하려 할 때였다. 하늘을 올려다본 해루의 안색이 다급해졌다.

"어? 시간이 벌써 이리되었군요. 급한 일이 있어 그만 가봐야 할 것 같습니다."

위창에게 급히 고개를 숙인 해루는 신루를 향해 달리기 시작했다. 그러나 이내 걸음을 멈추고 위창을 돌아보았다.

"초간택 말입니다. 정말 추천해 주신 것이라면…… 도와주셔서 감사합니다."

다시 한 번 꾸벅 인사를 한 해루는 그대로 길 저편으로 사라졌다.

"정신 사나운 녀석. 사람 말을 끝까지 듣지 않고."

뭣에 홀린 듯 멍하니 서 있던 위창의 입에서 낮은 중얼거림이 흘러나왔다. 금세 멀어진 해루의 뒷모습을 지켜보는 그의 입가에 저도 모르게 한 줄기 미소가 그려져 있었다.

"아뜨뜨뜨, 뜨겁습니다. 조심하십시오."

김이 모락모락 피어오르는 개떡을 하얀 잠방이 차림의 사내에게 건넨 해루는 서둘러 제 귓불을 잡았다. 위창과 헤어진 해루는 곧장 신루의 화원으로 향했다.

그녀가 깜빡 잊고 있었던 중요한 볼일. 다름 아닌 세자 저하의 최최측근과 만나는 일이었다.

얼마 전, 사내를 연모하는 법을 몰라 당황하는 그녀에게 최최측근은 많은 조언을 해주었다. 덕분에 불안한 마음을 조금은 덜 수 있었다. 그날 이후, 감사의 마음을 전하기 위해 해루는 최최측근과 만나는 날이면 자신이 가장 좋아하는 개떡을 만들어 대접하곤 했다.

화원의 기화이초로 예쁘게 장식한 덕분일까? 최최측근은 해루의 개떡을 참으로 맛나게 먹어주었다. 오늘도 여느 때와 마찬가지로 두 사람은 방금 쪄낸 개떡을 사이좋게 나눠 먹었다.

"이게 뭘 뜨겁다고."

후후, 뜨거운 개떡에 가볍게 입김을 분 최최측근은 서슴없이 그것을 입안에 밀어 넣었다. 지켜보던 해루는 저도 모르게 인상을 찡그렸다.

"안 뜨겁습니까?"

그녀는 서둘러 차가운 물을 최최측근에게 건넸다.

"괜찮다."

"괜찮긴요."

"이 나이쯤 되면 뭐든 무뎌지는 법이다. 손끝의 감각도 무뎌지고 마음도 무뎌지고……."

개떡을 입에 넣고 우물거리던 최최측근이 해루를 돌아보았다.

"그보다 재간택에 낙점되었다고?"

"어찌 아셨습니까?"

"어쩌다 보니 듣게 되었구나."

"역시 세자 저하의 최최측근께선 궁 안의 소식에도 빠르시군요."

"그렇지. 세자의 최최측근이니 모를 리가 없지. 어쨌든 재간택에 낙점되었다니, 잘되었구나."

"아무래도 왕실 어른들께서 제 매력에 푹 빠지신 모양입니다."

"그러하냐?"

"네. 알고 보니 주상 전하도 그리 이상하신 분은 아닌가 봅니다."

"이상한 분?"

"사실, 제가 주상 전하께 편견 아닌 편견을 갖고 있었거든요."

"저런. 어쩌다 그런 것을 갖게 되었을꼬?"

"제가 동구비보에 있을 때 우연히 알게 된 분이 계셨거든요. 한양에서 꽤 높은 자리에 계시던 분이셨는데, 동구비보로 귀양살이 오신 분입니다."

"황가(黃哥)로군."

"네?"

"아니다. 그래서? 그 사람이 무슨 이야길 하더냐?"

"우연한 기회에 그분 살림을 도와드리면서 알게 됐는데 말입니다, 그분과 저의 신세가 닮았더라고요. 동병상련이라고나 할까요. 문서 하나로 세자 저하께 코 꿰인 저나 그분이나 사정이 다르지 않았습니다. 이건 비밀인데 말입니다, 주상 전하께서 사람을 무척이나 괴롭히시는 모양입니다."

"거참 처음 듣는 이야기구나."

"그러니까 비밀이지요. 글쎄 제가 아는 그 할아버지도 문서 하나로 반평생을 소처럼 일하셨다고 하더라고요."

"뭐, 그럴 만하니까 그런 것이 아니겠느냐?"

"황 할아버지 연세도 있으신데 너무하셨지요. 게다가 듣자 하니 주상 전하께서는 밤잠도 없으시다고 하십니다. 이게 또 겪어보지 않은 사람은 모르는 고통이 있습니다. 사람이 밤에 잠을 안 자고 어찌 버틴단 말입니까?"

별 보러 가자며 밤이면 밤마다 자신을 들들 볶던 향이 떠올랐다. 해루는 저도 모르게 몸을 부르르 떨었다.

"부전자전이라고, 세자 저하만큼이나 주상 전하도 밤잠이 없답니다."

"적게 자도 숙면만 취한다면 굳이 많이 잘 필요가 없지."

"그렇습니까? 어쨌든 그때의 일로 주상 전하께 조금 편견이 있었는데 말입니다. 이번 일로 그 편견이 조금 깨졌습니다. 알고 보니 주상 전하께선 상당히 공평하신 분인 거 같습니다."

"오해가 풀렸다니 다행이구나."

"주상 전하는 물론이고 왕실의 어르신들 모두 최고로 멋진 분들이 틀림없습니다."

양 엄지를 치켜들며 해루가 말하자 최최측근이 두 볼에 홍조를 띠었다.

"뭘 또 그렇게까지 말하느냐? 하하하."

"하하하, 왜 수줍어하십니까?"

"하하하, 내가 언제?"

최측근과 최최측근의 웃음소리가 화원을 가득 메웠다.

"그런데 해루야."

"네, 할아버지."

버릇처럼 해루가 할아버지라고 하자 최최측근이 팽 앵돌아진 얼굴로 자리에서 일어섰다.

"할아버지 아니라고 했지?"

"죄송해요. 제가 또 깜빡했습니다, 아저씨."

슬그머니 도로 앉은 최최측근이 말을 이었다.

"너, 이러다 세자빈 되는 거 아니냐?"

"세자빈요?"

해루가 어이없다는 듯 미소를 지었다.

"아저씨도 참. 세자빈이라뇨? 말도 안 됩니다. 아시지 않습니까? 저는 다만 세자 저하의 명으로 간택에 참여한 것입니다."

"그래도 혹시나 하는 일이 생기지 않겠느냐?"

"그건 아저씨가 몰라서 하시는 말입니다."

"몰라? 내가 뭘 몰라?"

"사실, 저도 이번에 알았는데 말입니다. 이미 세자빈에 내정된 규수가 있다고 합니다."

"에이, 설마……. 누구냐? 누가 세자빈에 내정되었다더냐?"

"이건 비밀인데 말입니다."

해루가 주위를 둘러보며 말을 이었다.

"최최측근 아저씨니까 말씀드릴게요. 좌의정 대감 댁의 아가씨가 진즉 결정되었다고 합니다. 중궁전의 지밀상궁이 이미 좌의정 댁으로 몇 번이나 걸음하였다고 하던걸요."

"……."

문득 침묵이 흘렀다. 한동안 말이 없어진 최최측근이 갑자기 자리를 털고 일어섰다.

"벌써 가시려고요?"

"그래. 갑자기 해야 할 일이 생각나서 말이다."

"아, 그렇습니까?"

해루의 얼굴에 아쉬운 기색이 역력했다.

"내일도 개떡 드실 거죠?"

"당연하지."

"내일은 어떤 꽃으로 장식할까요? 굳이 추천을 드리자면, 서역에서 들여온 화초가 있는데요. 잎에 뾰족한 가시가 잔뜩 난 기이한 녀석으로 오늘 아침에 꽃을 피웠지 뭡니까. 듣자 하니 수년 만에 처음 꽃을 피운 것이라 합니다."

"그러냐?"

"생긴 모습을 보아하니 상당히 달고 맛날 거 같습니다."

입맛을 다시는 해루를 보며 최최측근은 크게 고개를 끄덕였다.

"그럼 내일은 그걸로 한번 먹어보자."

"네. 내일 늦으시면 안 됩니다."

"오냐."

해루에게 손을 흔들어 보인 최최측근은 유유히 화원을 떠났다.

그 뒷모습을 향해 해루는 한없이 손을 들었다. 어느덧 하얀 잠방이를 입은 최최측근의 모습이 점처럼 아주 작아졌다.

"저이가 뉜데 그리 배웅을 하는 것이냐?"

언제 나타났는지 향이 물끄러미 해루를 내려다보고 있었다.

"세자 저하!"

해루의 얼굴에 반색이 피어올랐다.

"누구냐?"

향은 저 멀리 형체가 흐릿한 사내를 보며 다시 물었다.

하얀 잠방이 차림? 궁에 저런 복색으로 다니는 자가 있었던가?

해루의 맑은 목소리가 향의 상념을 깨웠다.

"누구긴 누구겠습니까. 세자 저하의 최최측근이시지요."

"나의 최최측근?"

향의 미간이 한데로 모였다.

"네가 최측근이라 떠들고 다니는 건 알고 있다만, 최최측근이라고?"

"모르십니까?"

"모르겠구나."

"이상하다. 저분은 세자 저하에 대해 모르는 것이 없으시던데."

해루가 작은 머리를 외로 기울였다. 그러다 이내 복잡한 생각을 털어내듯 고개를 저으며 화제를 돌렸다.

"그보다 들으셨습니까? 저, 재간택에 낙점되었습니다."

"고생했구나."

"저만 믿으라 하질 않았습니까. 물론, 신루 학사님들의 도움이 전혀 없었던 것은 아니었습니다. 그래도 역시 결정적인 건 저의 치명적인 매력이겠지요."

"그래, 그렇구나. 앞으로도 잘 부탁하마."

"맡겨만 주십시오. 세자 저하께 위해가 되는 세작은 제가 꼭 찾아내겠습니다."

자신만만하게 대답하던 해루가 문득 새삼스러운 시선으로 향을 보았다.

"그런데 저하……."

"왜 그러느냐?"

"용포는 어디에 두고 그런 차림이십니까?"

언제나 단정한 차림을 하던 향의 복색이 여느 날과 달랐다.

입고 있던 용포를 어찌하였는지, 하얀 바지저고리를 입은 그의 모습을 해루는 의아한 시선으로 바라보았다. 그녀의 눈길을 좇아 고개를 내리던 향이 피식 웃음을 지었다. 그러고는 심드렁한 표정으로 대답했다.

"필요한 사람이 있어 잠시 빌려주었다."

해루는 저도 모르게 입술을 불퉁하게 내밀고 말았다.

"그러지 마십시오."

"무슨 소리냐?"

"그러시면 안 됩니다. 왜 사람 헷갈리게 그러십니까?"

"뭐가 헷갈린다는 것이냐?"

"사람이 왜 그러십니까? 어찌하여 사람의 마음을 그렇게……."

해루의 목소리에 울컥하는 열기가 들어찼다. 향이 덮어준 용포에 마음이 흔들렸던 과거가 떠올랐다. 하찮은 자신을 위한 세자의 배려에 마음이 뭉클했었다. 하여, 세자 저하를 위해서라면 무슨 일이든 하리라 다짐하였더랬다. 그러나 해루의 다짐은 그리 오래가지 못했다.

알고 보니 세자 저하의 배려는 드문 일이 아니었다. 신루의 학자들은 물론 집현전 학자들에겐 한 번씩 다 용포를 덮어주었던 것이다. 아니지, 어떤 이는 두어 번씩 덮기도 하였다.

"용포가 신루의 이불도 아니고……."

"무슨 소리냐?"

"그럴 일이 있습니다. 어쨌든 용포는 안 됩니다!"

버럭 고함을 지른 해루는 불퉁한 표정으로 고개를 돌려버렸다. 저리 아름다운 얼굴로, 저리 선한 눈빛으로 호의를 베푸시니 누군들 넘어가지 않을까. 천하의 나조차도 속았으니.

"이 일만 끝나면, 그리고 안전한 곳만 마련되면 최측근 자리도 미련 없이 벗어던져야지. 이용당하는 건 질색이야."

해루는 향에게 들리지 않을 만큼 낮은 목소리로 투덜거렸다.

향이 다정하게 그녀를 불렀다.

"해루야."

"네."

"해루야."

"왜 자꾸 부르십니까? 왜요? 또 무슨 말씀 하시려고요?"

잔뜩 부아가 치민 듯 해루가 고개를 돌렸다. 하지만 그곳에 향은 없었다. 따뜻한 햇살이 비치던 화원도 보이지 않았다.

불현듯 주위가 온통 어두컴컴해지더니, 발아래에서 짙은 안개가 연기처럼 피어올랐다.

"또 시작이구나."

해루가 불만스럽게 중얼거렸다.

이 돌연한 상황. 필시, 누군가의 앞날이 펼쳐지는 것이리라.

오직 자신만 볼 수 있는 광경. 그녀와 같은 것을 보지 못하는 향은 지금쯤 고개를 갸웃하고 있을 것이다. 자신이 돌연 텅 빈 눈으로 멍하니 서 있을 터이니 말이다.

"또 바보 같은 표정으로 서 있을 거야."

그야말로 시도 때도 없이 벌어지는 일. 선택의 여지조차 없는 해루에게는 여간 불만스러운 일이 아닐 수 없었다.

아니, 사실은 두려웠다. 남의 미래를 보는 것은 결코 흥미로운 일이 아니었다. 그 미래가 좋은 일보다 나쁜 일이 더 많았던 터라, 더더욱 무서울 수밖에 없었다. 그녀가 몸을 떠는 사이 안개는 더욱 짙어졌다.

'해루야.'

다시 부르는 목소리가 들린다. 그것은 곁에 서 있는 향이 아닌 저 안개 너머에서 들려온 음성이었다.

피안의 세계. 선명하게 보였으나, 손이 닿지 않는 저 너머의 세상에 향이 서 있었다.

언젠가 벌어질 미래의 모습. 향이 얼굴 가득 아득한 미소를 떠올린다. 녹아내릴 듯 따뜻한 웃음이었다.

'해루야, 많이 기다렸느냐?'

나른한 속삭임과 함께 향이 용포를 벗어 안개 너머에 있는 자신에게 덮어주는 것이 보였다. 그 모습을 지켜본 해루는 저도 모르게 콧방귀를 뀌었다.

"아무리 그런 눈으로 보신다고 하여도 어림없습니다. 이번엔 속지 않을 겁니다. 이미 그 용포의 용도를 알아버렸습니다. 그러니 절대 속지 않을 겁…… 어?"

투덜대던 해루는 저도 모르게 숨을 멈추고 말았다.

저건……. 해루의 눈이 휘둥그렇게 커졌다. 용포를 둘러준 향이 문득 고개를 숙였다. 천천히, 느리게 다가온 그의 입술이 자신의 입술을 덮었다.

안개 너머 피안의 세계.

그 속에서 이뤄진 아릿한 입맞춤. 그것은 언젠가 일어날 미래…….

심장이 툭, 바닥으로 떨어졌다.

세 가지 이유

뽕나무의 잎이 무성해졌다. 가지마다 빼곡하게 열린 초록의 열매가 농염한 붉은빛으로 변해갔다.

봄과 여름의 경계. 바람에 묻어오는 습윤한 물기가 짙어졌다. 이틀에 한 번꼴로 비가 내렸다. 물의 계절이 시작되었다. 오늘도 어김없이 비가 쏟아졌다. 처마에 부딪힌 물방울이 부연 수막을 일으켰다. 해루는 멍하니 그 광경을 바라보았다.

등 뒤에선 신루 학자들의 목소리가 들려왔다.

"좌의정의 여식과 대제학의 여식, 그리고 창녕현감의 여식과 형조판서의 여식, 마지막으로 해루. 이렇게 다섯의 처녀가 재간택에 낙점되었습니다."

초간택이 끝나고 여러 날이 흘렀다. 신루 학자들은 초간택을 통과한 간택인들을 검증하는 데 여념이 없었다.

필살본(必殺本).

나라의 근본을 없애려는 크나큰 역모의 움직임이 있었다. 세자빈 간택은 세작이 숨어들 가능성이 가장 큰 경우의 수. 신루의 학자들이 신경을 곤두세우고 뒷조사에 들어간 이유는 바로 그 때문이었다.

"초간택을 통과한 간택인 중에서 수상한 전력이 있는 자는 없는가?"

"간택인들의 집안은 물론이고 일가친척까지 모두 살펴보았습니다만, 딱히 수상한 사람은 없었습니다."

심운기의 보고가 끝나자 김담의 보고가 이어졌다.

"그들의 행실과 과거 기록에서도 특별한 내용은 없는 듯합니다. 굳이 수상한 점이 있는 자를 찾으라면……."

김담이 고개를 돌려 해루를 바라보았다. 향과 신루 학자, 모두의 시선이 해루에게로 집중되었다.

해루는 대청마루에 앉은 채 밖을 내다보고 있었다.

"저 녀석은 아니야."

김담이 고개를 저었다.

"절대 아닐세."

"놈들도 사람 보는 눈은 있을 터이니."

"애초에 우리 도움이 아니었으면 초간택 통과는 어림도 없었지."

신루의 학자들은 이구동성으로 외치며 고개를 저었다. 다른 사람은 몰라도 해루는 절대 아니다. 세작 역할을 할 수 있을 만큼 영악하지도 못했고, 초간택을 통과할 만큼의 깜냥도 없던 아이가 아니던가.

"그럼 달리 의심이 가는 사람은 없었단 거로군."

"그렇습니다."

묵묵히 고개를 끄덕이던 향이 해루에게로 눈을 돌렸다.

"해루야, 네 생각은 어떠냐?"

"무엇이 말입니까?"

해루는 여전히 먼 허공으로 시선을 던진 채 물었다.

향과 시선을 맞추기가 어려웠다. 안개 너머로 보았던 그의 얼굴이 자꾸만 떠올랐다. 용포를 덮어주며 자신을 바라보던 향의 눈동자 속엔 뜨거운 불길이 타오르고 있었다. 그 눈길이 너무도 뜨거워 바라보는 것만으로도 온몸이 녹아내릴 것만 같았다. 그는 그런 불길을 담은 눈으로 고개를 숙여 입맞춤했다.

신기루 같았던 피안의 세계. 언젠가 벌어질 미래의 입맞춤을 떠올리며 해루는 저도 모르게 볼을 붉히고 말았다.

"또 딴생각이로구나."

향의 목소리가 정수리 위로 떨어졌다.

무심코 고개를 든 해루는 흠칫 놀라고 말았다. 향의 반듯한 얼굴이 바로 위에 있었다. 흐릿하게 근심을 담은 흑백 선명한 눈동자에 당황하고 있는 자신의 얼굴이 가득 고여 있었다.

"왜, 왜 이러십니까?"

해루는 저도 모르게 뒤로 물러났다. 궁궐 담벼락을 따라 경주라도 한 것처럼 콩닥콩닥 심장이 뛰었다. 얼굴이 붉어지고, 목 위로 열이 올라왔다.

"어디 아픈 게냐?"

어느새 다가온 향이 해루의 이마에 손을 올렸다.

부드러우면서도 따뜻한 감촉. 두텁고 든든한 느낌에 해루는 다시 한 번 흠칫 놀랐다. 등줄기를 따라 얼음송곳이라도 박힌 듯했다. 이상하게 와스스 몸이 떨리고 전신에 소름이 돋았다.

"열이 있구나. 몸도 떨고."

"고, 고뿔에 걸린 듯합니다!"

슬그머니 향의 손을 피한 해루는 과장되게 큰 목소리로 소리쳤다.

"고뿔?"

"지난밤부터 몸이 좋지 않습니다. 그러니 제 곁에 오지 마십시오. 고뿔이라도 옮으면 큰일 아니겠습니까?"

"많이 아프냐? 그깟 고뿔쯤은 상관없다."

"제가 상관있습니다. 그보다 조금 전 뭐라고 하셨습니까?"

"세자빈 간택에 통과한 처녀 중에 수상해 보이는 사람이 없는지 물었다. 정말 괜찮으냐? 얼굴이 붉은 걸 보니 열이 많은 모양인데."

"트, 특별히 이상해 보이는 사람은 없었습니다. 그리고 전 정말 괜찮습니다."

"많이 아파 보이는데."

향이 해루의 이마를 짚으려 했다. 해루가 스윽, 몸을 낮춰 그의 손길을 피했다.

"아닙니다. 실은 무척 아픈 듯합니다. 콜록콜록. 보십시오. 기침도 쉴 새 없이 나오는 것이 아무래도 많이 아플 모양입니다. 부탁이니 쉴 수 있게 해주십시오."

"그래? 그럼 오늘 하루는 쉬어도……."

향의 대답이 채 끝나기도 전.

"감사합니다."

꾸벅 고개를 숙인 해루는 신루 밖으로 쪼르르 사라졌다.

향은 그런 해루의 뒷모습을 바라보았다. 고뿔이 옮을까 염려한다며 피하는 듯한데, 요리조리 미꾸라지처럼 빠져나가는 것이 영

마음에 걸렸다. 머리를 쓰다듬어도 얌전한 강아지처럼 헤헤 웃곤 하던 녀석인데.

"저 녀석 요즘 좀 이상하네."

양여섭의 혼잣말에 김담이 물었다.

"뭐가 이상하단 말인가?"

"요 며칠 온실에 콕 처박혀서 도통 나올 생각을 안 해."

"고뿔에 걸려서 그런 거 아닌가? 온실은 따뜻하니, 차가운 기운을 몰아내기 적격인 곳이지."

"그건 자네가 저 녀석을 잘 몰라서 하는 말일세."

"뭘 모른단 게야?"

"해루는 말이야, 강아지 같은 녀석일세. 호기심도 많고, 넉살도 여간 좋은 게 아니야. 그동안 어떻게 살았는지 체질도 대단하고 말이야. 그런 녀석이 고작 고뿔에 걸렸다고 온실에 처박혀 있을 것 같은가? 내가 보기엔 저 녀석이라면 병을 쫓아낸다며 새벽부터 밤까지 발발거리고 뛰어다닐 걸세."

"고뿔 때문이 아니면, 왜 갑자기 저런단 말인가?"

"난들 아나? 한 가지 확실한 건 몸이 아파서 저러는 게 아니라는 걸세."

"정말 알다가도 모를 녀석이로군."

김담이 고개를 설레설레 저었다. 두 사람의 대화를 조용히 듣던 향은 해루가 사라진 곳으로 다시 시선을 던졌다.

"몸이 아픈 것이 아니라면…… 대체 어디가 아픈 것인가?"

저 녀석, 무슨 고민이라도 있는 건가?

해루가 살아온 기구한 운명의 작은 편린을 알기에 향은 마음이 마냥 편하지만은 않았다.

"하아……."

온실 한구석에서 깊은 한숨 소리가 연신 들려왔다. 쪼그려 앉아 있던 해루는 무릎에 얼굴을 묻으며 앓는 소리를 흘렸다.

이상했다. 향과 입맞춤하는 미래를 본 이후부터 좀처럼 그와 얼굴을 마주할 수가 없었다. 괜스레 얼굴이 붉어지고 심장의 박동이 빨라졌다.

단 한 번도 경험한 적 없는 생경한 감정. 무얼 어떻게 해야 할지 알 수가 없었다. 하여, 피하고 있었다. 어떻게든, 무슨 핑계를 대서라도 향과의 접촉을 피하고 있었다.

이번엔 고뿔에 걸렸다고 하였으니, 당분간 얼굴 마주하지 않아도 되리라. 하지만 언제까지 그럴 수가 있을까? 언제까지…….

"하아……."

"그러다 땅 꺼지겠구나."

등 뒤에서 들려온 목소리에 해루는 반사적으로 고개를 돌렸다.

"어? 태군 아니십니까?"

위창의 등장에 해루는 어리둥절한 표정을 짓고 말았다.

"어떻게 들어오셨습니까? 여긴 관계자 외 출입금지 구역입니다."

"알고 있다."

"그런데 어떻게 여길……?"

"나도 관계자가 되었거든."

위창이 해루에게 손바닥만 한 나무패를 흔들어 보였다.

"그건 뭡니까?"

"당분간 이곳을 드나들 수 있다는 신분패지."

"그걸 왜 태군께서 가지고 계신 겁니까?"

"명나라와 조선의 우호 관계 유지를 위한 일환이라고나 할까. 이래 봬도 내가 명나라를 대표하는 사람이거든."

"그렇군요."

모처럼 혼자만의 공간을 갖게 되었다 생각했는데, 느닷없는 불청객에 해루의 표정이 어두워졌다. 실망하는 해루의 모습에도 아랑곳하지 않은 채 위창은 그녀의 곁에 자리를 잡고 앉았다.

"무슨 일이기에 그리 한숨이냐? 세자빈 재간택에도 낙점되었겠다, 지금쯤이면 펄펄 날아다닐 줄 알았는데."

"별일 아닙니다."

"말해 봐라."

"정말 별일 아니라니까요."

"……."

마치 다 알고 있다는 듯한 표정. 잠시 고민하던 해루는 길게 한숨을 내쉬며 마음속에 응어리져 있던 말들을 조심스레 풀어놓았다.

"그게 말입니다."

"그래."

"이건 제 얘기가 아니고 제 동무 이야긴데요."

"뭐, 그렇다고 치자."

"제 동무가 우연히…… 그러니까 정말 우연히 자신의 미래를 알게 되었대요."

"우연히 미래를 알게 돼? 그런 것도 우연히 알 수 있는 것이냐?"

"……점(漸)입니다."

"점?"

"인생의 길흉화복을 기가 막히게 알아맞히는 판수가 있답니다.

사람을 척 보자마자 신들린 듯 그 사람의 과거와 미래에 대해 말하는데, 그게 기가 막히게 잘 들어맞는답니다."

"그리 대단한 사람이 있으면 나도 꼭 한번 만나 보고 싶구나."

"하여간 제 동무가 그 판수를 만나고 난 이후에 그 사내를 제대로 바라볼 수 없게 되었다고 합니다."

"네 동무가 판수에게 마음이 있었던 게냐?"

"그게 아닙니다. 판수에게 무슨 이야기를 듣고 다른 어떤 사내를 볼 수 없었다는 게지요."

"판수가 뭐라 했는데?"

"그러니까 제 동무가 어떤 사내와 입술이……."

"입술이……?"

묻는 위창의 얼굴에 호기심이 어렸다. 잠시 눈동자를 굴리던 해루가 말을 정정했다.

"자, 장래 연모하는 사이가 될 것 같다고 말했답니다."

"그래서?"

"그 말을 듣고 난 이후로 그 사내의 얼굴을 보기 어려워졌다 합니다. 가슴이 막 이렇게 뛰고, 괜히 얼굴이 붉어지고……. 하여간 그렇다는데 어찌해야 하는 겁니까?"

"신경이 쓰이게 된 게로군."

"그, 그런 모양입니다. 이, 이럴 때는 어떻게 해야 합니까?"

"어떻게 할 필요 없다."

"네?"

"판수가 네 말대로 그리 용한 사람이라면 결국 그리될 것이 아니냐? 그러니 미리 신경 쓸 필요 없다. 어차피 그리될 터이니. 설혹, 그리되지 않는다 해도 상관없다. 판수가 잘못 점친 것일 테니 말이다."

"무슨 말씀이 그렇습니까?"

"미리 걱정할 필요 없단 말이다. 그보다 중요한 건 따로 있지."

"중요한 게 따로 있다고요?"

위창이 해루를 보며 말을 이었다.

"네 동무와 그 사내 말이다. 연모하게 된다 했지?"

"그렇습니다. 판수가 분명 그리된다 했답니다."

"그런데 그 연모 말이다. 어떤 관계일까?"

"연모가 연모지, 그것에 관계까지 필요한 겁니까?"

"모름지기 사람이 다른 사람에게 관심을 두게 되는 것엔 세 가지 이유가 있다."

위창이 손가락을 하나씩 꼽아가며 설명했다.

"첫째, 탐욕이다. 상대의 능력이나 지위, 재물이 필요한 경우지. 둘째는 바로 허영이다. 날 돋보이게 하고 과시하며 위안을 얻기 위함이다. 마지막 셋째는 욕정이다. 제아무리 대단한 성인군자라 하여도 본능을 완전히 억제하지 못하는 법. 때가 되면 자연의 이치에 따라 나비가 꽃을 찾듯 정욕을 해소하려 들지."

위창의 설명이 끝나자 무에 마음에 들지 않은 듯 해루가 불퉁한 표정을 지었다.

"어찌 사람의 마음을 욕심으로만 구분하십니까? 순수하지 못하십니다."

"애초에 사람이란 존재가 그렇게 생겨먹은 걸 어찌하느냐?"

"그럼, 셋 중에 무엇이 제일 좋습니까?"

"무엇이 가장 좋은지는 모르나, 무엇이 가장 나쁜 줄은 알고 있다."

"무엇입니까?"

"욕정이다."

"어째서 욕정이 가장 나쁜 것입니까?"

"목을 축인 나비는 다른 꽃을 찾아 떠나기 마련이거든."

"하지만 나머지 두 가지는 순수하지 못하지 않습니까?"

"순수하지 못하기 때문에 오히려 오래갈 수 있는 것이다. 욕정은 쉬이 풀 수 있어도 욕심은 결코 없앨 수 없는 법이거든."

"그렇다면 태군께선 세 가지 욕심을 구분할 수 있습니까?"

"물론이다."

"어찌 구별할 수 있습니까?"

"탐욕을 가진 사람은 과장되고 웃고, 허영을 가진 자는 교활하게 미소 지으며, 또한 턱을 들고 사람을 아래로 내려다본다."

"그럼 욕정을 품은 사람은요?"

위창이 손으로 자신의 눈을 가리켰다.

"눈동자가 다르다."

"눈동자가요?"

"구름 낀 듯, 안개 낀 듯 흐리고 탁해지지."

그의 말이 끝나자 해루는 가만히 위창을 바라보았다.

꿰뚫는 듯한 시선에 위창이 웃음을 터트렸다.

"하하하, 어찌 사람을 뚫어지게 보는 것이냐?"

"태군께선 제게 필요하신 거라도 있으신 겁니까?"

"무슨 소리냐?"

"과장되게 웃으시니까요."

정곡을 찌르는 해루의 말에 위창은 오히려 더 크게 웃었다.

"틀리지 않았다."

"무엇이 필요하십니까?"

"한번 맞혀보아라. 내가 너에게 원하는 것이 무엇일까?"

곰곰 생각에 잠겼던 해루가 무언가를 깨달은 듯 손뼉을 쳤다.

"그러고 보니 요즘 절 계속 따라다니시는 듯하더니, 급기야 온실까지 찾아오신 걸 보니 아무래도……"

위창은 크게 고개를 끄덕였다.

"그래. 바로 맞혔다. 내가 원하는 것은 바로 너의 관심과 마음……"

"개떡이 드시고 싶으신 거로군요."

해루의 엉뚱한 대답에 위창은 어리둥절해졌다.

"응? 무슨 떡?"

"최최측근 아저씨에게 몇 번 만들어 드린 게 그사이 소문이라도 난 모양입니다."

"뭐?"

"알겠습니다. 다음에 화원으로 오시면 하나 만들어 드리겠습니다. 그리고 좋은 말씀 감사합니다. 제 동무에게 그 사람을 제대로 관찰하라 하겠습니다."

꾸벅 머리를 숙인 해루는 손을 흔들며 온실 밖으로 뛰어나갔다.

마치 봄날의 아지랑이처럼 사라지는 해루. 황망한 표정을 짓던 위창은 버릇처럼 텅 빈 제 손을 내려다보았다.

"정말 이상한 녀석이로군."

해루는 물 같았다. 잡을 수 없는 안개 같았다. 뜨락에 고여 있는 물처럼 언제든 가질 수 있을 것처럼 가깝고도 쉬운 듯 보이나, 정작 만질 수도 가질 수도 없는 존재.

"설마 부끄러워하는 게 아니라 정말로 내게 관심이 없는 건가?"

뒤늦게 사태를 파악한 위창의 얼굴에 심각한 표정이 떠올랐다.

해루는 초여름 꽃이 피기 시작한 화원을 빙글빙글 쉼 없이 맴돌았다. 사람의 속내를 알기 위해서는 얼굴을 봐야 한다던 위창의 말이 작은 머릿속을 떠나질 않았다. 그러자면 다시 봐야 했다. 미래의 자신에게 입맞춤하던 향의 얼굴을…….

그때의 일을 떠올리자 다시 저도 모르게 두 뺨이 발그레해졌다. 그 감미로운 느낌이 생시인 듯 다시 느껴졌다.

"아니, 내가 이럴 때가 아니지."

해루는 머리를 흔들어 잡념을 지워냈다. 지금 중요한 건 다시 한 번 미래를 보는 것이다. 안개 너머, 피안의 세계에서 자신을 바라보던 향의 눈빛을 확인해야 했다.

"나타나라, 나타나라, 나타나라."

원하지 않을 때는 시도 때도 없이 앞을 가리며 나타나던 미래가 정작 필요할 때는 좀처럼 보이지 않았다.

"왜 안 나타나는 거야? 제발 좀 나타나라. 제발……."

"무얼 그리 애타게 기다리는 것이냐?"

혼잣말을 중얼거리는 해루의 뒤편에서 향의 목소리가 들려왔다.

"저하."

얼결에 고개를 돌린 해루는 향과 눈이 마주치자 본능적으로 뒷걸음질을 쳤다. 그러나 얼마 가지 못해 향에게 붙들리고 말았다.

"어딜!"

양손으로 해루의 양어깨를 감싸 쥔 향은 무릎을 굽혀 그녀와 눈높이를 맞췄다.

"대체 왜 이리 도망치는 것이냐?"

향의 물음이 해루에게로 날아들었다. 해루는 대답 대신 고개를 푹 숙이고 말았다. 그와 얼굴을 마주할 수가 없었다. 향을 볼 때마다 자신에게 입맞춤하던 그의 모습이 떠올랐다. 그 아련한 감각이, 온몸을 간질이는 듯한 감촉이 생각나 절로 얼굴이 붉어졌다.

그때, 불현듯 위창의 목소리가 해루의 뇌리를 두드렸다.

─사람이 사람에게 관심을 두는 이유는 세 가지 욕심 중 하나 때문이다.

탐욕과 허영 그리고 욕정.

미래의 세자 저하가 무슨 욕심으로 나와 입맞춤한 것인지는 지금 당장 확인할 수 없었다. 하지만 현재 저하의 마음이라면 알 수도 있지 않을까?

궁금증이 일었다. 아랫배에 단단히 힘을 준 해루는 천천히 고개를 들었다.

이내 향의 선연한 얼굴이 그녀의 까만 눈동자에 오롯이 들어왔다. 너무나 아름다워 차마 생시처럼 느껴지지 않는 그의 미소가, 그리고 그의 눈빛이 해루를 향해 날아들었다.

나를 보는 세자 저하의 마음은 무엇일까? 저 눈빛에 담긴 저의는 대체 무얼까?

입안에 고인 단침을 삼키며 해루는 향의 얼굴을 찬찬히 들여다보았다.

저분이 왜 여기 있는 거야?

우거진 숲의 비탈길을 따라 두 사람이 내려오고 있었다.

제법 험한 산세. 수풀 사이로 뚫린 길도 제대로 된 길이 아니었다. 산짐승들이나 이용했을 법한 샛길이었다. 그마저도 한쪽은 깎아지른 듯한 낭떠러지라, 자칫 발이라도 헛디뎠다간 천 길 절벽 아래로 떨어질 판국이었다. 두 사람은 그런 아슬아슬한 길을 벌써 세 시진 넘게 걷고 있었다.

좀처럼 긴장하는 법이 없는 향도 이번만큼은 식은땀을 흘렸다.

"정말 제대로 가고 있는 거 맞느냐?"

"물론입니다. 저만 믿고 따라오시면 됩니다."

앞서 걷던 해루가 해맑은 미소를 보였다. 말을 타거나 숲길을 걸을 때 편하도록 치마일랑은 벗어버린 채 두건에 바지저고리를 입은 모양새가 영락없이 자태 고운 소년이었다. 향과 해루는 선비와 그 선비의 시중을 드는 종자(從者)의 모습을 한 채 숲길을 걸었다.

가도 가도 끝나지 않는 숲길에 향은 조바심이 일었다.

"한 시진 전에도 같은 말을 들은 것 같구나."

"힘내십시오. 얼마 남지 않았습니다."

"그 말은 두 시진 전부터 했던 말이고. 정확히 얼마나 더 가야 하느냐?"

향의 물음에 해루가 고개를 들어 하늘을 보았다.

도성에서 말을 타고 반나절을 달렸다. 그곳에서 새로 말을 갈아 타고 다시 달리려는데, 해루가 지름길을 안다며 향을 붙들었다. 안 장이 불편해서 더는 말을 타지 못하겠다고 하였다.

향은 웃으며 흔쾌히 해루를 좇았다. 어차피 길 안내를 하는 사 람은 해루였다. 게다가 시간도 반 이상 절약할 수 있다는데, 마다 할 이유가 없었다. 그렇게 시작된 산행이었다.

하지만 벌써 세 시진.

쉼 없이 이어진 산행에 향은 한계를 느끼고 있었다. 그에 반해 해루는 생기발랄한 날다람쥐 같았다. 험한 숲길을 걸었음에도 힘 들어하는 기색은 전혀 없었다. 아니, 되레 콧노래까지 흥얼거렸다.

"기분이 좋아 보이는구나."

"아무렴요. 마치 고향에 돌아온 기분입니다."

"궁이 무척 갑갑했던 모양이로구나."

"사람 사는 곳을 여럿 보았지만, 그곳만큼 경직된 곳은 처음 보 았습니다. 해서는 안 되는 일이 어찌 그리 많은지."

말을 하며 해루는 몸을 부르르 떨었다.

"궁에 비하면 산은 한없이 자유로운 보물창고 같습니다."

"보물창고?"

"먹을 것이 지천으로 깔렸으니 보물창고가 아니면 무엇이겠습니까?"

해루는 숲 곳곳을 둘러보았다.

눈길 닿는 곳마다 야생화와 봄나물이 한가득이었다. 양지꽃, 꿩의바람꽃, 샛노란 피나물, 기린초, 둥근이질풀 등등. 해루는 길을 가는 내내 꽃과 아직 익지 않은 나무 열매로 배를 채우고 있었다.

남달리 먹을 것에 대한 집착이 강한 아이니, 산이 보물창고처럼 느껴지는 것도 당연하리라.

"세자 저하께서는 이곳이 좋지 않습니까?"

"싫어하지는 않는다만, 난 이렇게 어수선한 곳보다 정갈한 내 서재를 더 좋아한다."

"그렇게 방구석에만 콕 처박혀 계시면 탈 날 겁니다. 가끔은 산책이라도 하십시오."

"하하. 내가 그랬던가?"

"그랬던가가 아니라 그랬습니다. 한동안은 그래도 이상한 활을 시험하신다고 사냥터도 가시곤 하시더니, 근자에는 동궁전과 신루만 오가시지 않으셨습니까."

"벌여놓은 일이 많다 보니 그랬던 모양이구나. 그나저나 아직 멀었느냐?"

"다 왔습니다."

"그 말을 두 시진 전부터 들었대도."

"이번엔 정말입니다."

해루가 길옆으로 비켜서며 손을 펼쳐 보였다. 늘어진 나뭇가지 너머로 제법 큰 길이 나타났다. 정처 없이 숲을 헤매던 향은 잘 닦여진 길이 그렇게 반가울 수가 없었다.

"그렇게 좋으십니까?"

"아무렴. 어딘지 알 수도 없는 곳을 헤매는 것보다는 백배 낫지. 그나저나 여긴 어디냐?"

"이곳에서 반 식경만 가면 여미골에 도착할 수 있습니다."

"반 식경?"

향은 믿기지 않는다는 표정을 지었다.

"정말 반 식경이면 여미골이란 말이냐? 말을 타도 오늘 밤에나 도착할 수 있는 곳인데."

"사람의 길은 편하고 수월한 대신 이따금 먼 길을 돌아가지요."

"어찌하여 그러느냐?"

"쓸모에 의해 만들어진 길이니 그렇습니다. 마을에서 마을로 물건을 나르는 상인이나, 물길을 따라 길이 만들어지다 보니 험하고 거친 길을 피하고 물이 흐르듯 구비구비 돌아가는 경우가 많습니다."

해루의 설명에 잠시 생각하던 향은 고개를 끄덕였다.

"과연 그렇구나. 그런데 넌 어떻게 이런 길을 알고 있느냐?"

"……그저 숲에서 놀기 좋아하다 보니 그렇게 되었습니다."

슬쩍 시선을 피하며 해루가 대답했다.

해루를 보는 향의 눈빛이 깊어졌다.

거짓.

단순히 놀기 좋아해서 이런 길을 알게 된 것이 아니었다. 대체 저 아이의 과거에 무슨 일이 있었기에 짐승들이나 다닐 법한 산길을 헤맸던 것일까?

"먼저 가십시오."

큰길에 다다르기 무섭게 해루가 한옆으로 비켜섰다. 향이 쳐다

428

보자 입가에 머쓱한 웃음을 띠웠다.

"아시지 않습니까? 전 누가 뒤에서 따라오는 것을 싫어합니다."

"숲길을 올 때는 신경 쓰지 않는 듯하더니."

"숲에서는 자신 있거든요."

"자신이 있어?"

"깊은 산속이라면 누가 쫓아와도 도망칠 자신이 있습니다."

해루가 자신만만하게 웃었다.

"녀석……."

피식 웃으며 해루를 돌아보던 향이 앞으로 나갔다. 그의 뒤를 졸졸 따르며 해루가 물었다.

"물어볼 것이 있습니다."

"무어냐?"

"왜 하필 저입니까?"

초간택에 통과한 지 이레가 지난 오늘 아침. 향이 해루의 처소로 찾아왔다.

'여미골을 알고 있느냐?'

묻는 향의 말에 해루는 고개를 끄덕거렸다.

'여미골이라면 정 판수 아저씨를 따라 몇 번 가본 적이 있습니다.'

'잘되었구나. 급히 그곳에 갈 일이 생겼다. 서둘러 떠날 채비를 하여라.'

그렇게 느닷없이 시작된 여정이었다. 다소 어리둥절한 사대였지만, 그래도 궁 밖을 벗어나 좋아하는 숲을 마음껏 걸을 수 있기에 해루는 마냥 즐거웠다. 그러다 문득 의아한 생각이 들었다. 신루의 명석한 학자들을 두고 왜 하필 나일까?

그녀의 속내를 읽기라도 한 듯 향이 입을 열었다.

"길 안내 말이더냐?"

"저 말고도 세자 저하껜 많은 사람이 있지 않습니까?"

"내가 아는 사람 중에 네가 제일 길 안내를 잘하기 때문이다."

"그럴 리가요."

"어쩌면 다른 길잡이 중에 더 뛰어난 사람이 있을지도 모르지. 허나, 내가 믿고 있는 사람 중에선 네가 최고였다."

"……."

그저 말뿐이라는 걸 잘 알고 있었다. 위창에게서 들은 조언대로 향의 표정을 보았을 때, 해루는 그 사실을 뼈저리게 느낄 수 있었다.

자신을 바라보는 향의 얼굴. 그의 얼굴엔 탐욕도 허영도 정욕도 아닌, 그저 담담한 미소만이 존재했다. 그 어디에도 위창이 말한 감정의 편린을 찾아볼 수 없었다. 덕분에 마음만 더 복잡해졌다. 그러다 해루는 쓴웃음을 짓고 말았다.

처지에 어울리지 않는 마음이었다. 분수도 모르고 날뛴 감정이었다.

감히 뉘를 상대로 가슴이 뛴단 말인가. 감히 어디서 얼굴을 붉힌단 말인가.

하여, 한숨 푹 자는 걸로 가슴속에 쌓인 감정을 훌훌 털어냈다. 덕분에 향을 볼 때마다 미친 듯 가슴이 뛰고 얼굴이 붉어지는 증상은 거짓말처럼 사라졌다.

"그래도 이렇게 먼 길을 어찌 혼자 가시는 겁니까? 워낙에 누군가 달고 다니는 걸 즐기지 않는 건 알고 있지만, 하다못해 두목님 정도는 데리고 나오셔야 하는 거 아닙니까?"

"무혁은 진즉 할 일이 있어 궁을 나갔다. 또한, 이번 일은 은밀히 처리해야 할 일이라 다른 사람을 동행하기 어려웠단다."

해루는 고개를 갸웃했다.

은밀하게 처리해야 할 일이라니. 왕세자쯤 되면 어지간한 일은 아랫사람을 부리면 해결되지 않을까?

그 깊은 속내를 해루로서는 감히 짐작도 못할 일이었다.

"그런데 괜찮을까요?"

"무엇이 말이냐?"

"혹시 깜박 잊고 계신가 본데요. 저 재간택에 낙점되었습니다. 이리 다니다가 행여 아는 이를 만나기라도 하면……."

"너야말로 잊었느냐? 넌 그저 초간택에 간신히 통과한 것뿐이다. 재간택까지는 아직 보름의 시간이 있으니. 이리 다닌다고 하여 허물이 될 것은 없으니 걱정하지 마라."

"그런 겁니까? 그럼 다행이고요."

향의 말에 해루의 표정이 금세 밝아졌다. 얼굴에 드리웠던 근심일랑 깨끗하게 거둬낸 해루는 손에 들고 있던 꽃 한 송이를 입에 물었다.

"아무거나 먹지 말라 하였지."

"맛있습니다."

"어찌 꽃을 먹는 나쁜 버릇이 생긴 것이냐?"

"그런 말도 못 들어봤습니까? 한 번도 꽃을 안 먹은 사람은 있다. 그러나 한 번만 꽃을 먹은 사람은 없다."

"무슨 말이냐?"

"꽃은 맛있다……라는 뜻입니다."

해사하게 웃으며 해루는 남은 꽃을 마저 입안으로 날름 넣었다.

"또!"

향의 한쪽 눈썹이 올라갔다.

움찔, 목을 움츠리던 해루가 문득 향의 턱밑으로 다가왔다. 느닷없는 향기에 향이 움찔 놀란다.

"뭐냐?"

당황하는 향을 올려다보며 해루가 해사한 웃음을 지으며 말했다.

"한번 드셔보시겠습니까?"

싱그러운 햇살이 해루의 얼굴 위를 굴러다녔다.

코밑을 파고드는 달콤한 향내. 저도 모르게 입안에 단침이 고였다. 단단하던 향의 얼굴에 미세한 균열이 일었다. 그러나 은은하게 일어나는 파동을 순식간에 잠재운 향은 애써 무심한 얼굴로 고개를 돌렸다.

"나는 됐구나."

향은 입안에 고인 단침을 서둘러 삼켰다.

두런두런 대화를 나누다 보니 어느새 목적지가 나타났다.

산허리에 자리 잡은 여미골은 겉으로 보기보다 제법 규모가 큰 마을이었다. 마을 어귀에 들어서자 빼곡하게 들어찬 수십 채의 가옥이 눈에 들어왔다. 제법 잘 정리된 길을 따라 걸으며 해루는 연신 고개를 갸웃했다.

"어째 분위기가 예전과 조금 달라진 듯합니다."

"판수를 따라 몇 번 온 곳이라 했지?"

"판수 아저씨를 따라 전국 팔도를 누볐습니다. 사람 산다는 동네라면 안 가본 곳이 없을 지경입니다."

"어찌 그리 돌아다녔더냐?"

"그게 판수 아저씨가 워낙 공사다망하신 분이라."

돈과 관련한 사건 사고가 무척이나 많은 사람이었다. 특히, 노름판에서 쫓기고 도망 다니는 일이 잦았다. 그러다 보니 자주 마을을 옮겨 다녀야 했다.

"헌데, 이곳 분위기가 예전과 달라졌다고?"

"네. 예전에는 뭐랄까…… 무척 활기가 넘치는 곳 같았는데요."

해루는 연신 고개를 갸웃거렸다.

막 해가 진 시각. 사위가 어두워지기도 전임에도 마을은 쥐 죽은 듯 고요했다.

"듣고 보니 그렇구나. 사람 사는 마을치곤 너무 조용하구나."

잠시 날카로운 눈길로 마을을 둘러보던 향은 마을 어귀에서 멀지 않은 곳에 있는 작은 초가로 걸음을 옮겼다.

"아무도 없소?"

때마침 툇마루에 앉아 있던 노파가 굽은 등을 한 채 마당으로 내려섰다.

"뉘시유?"

"송 선비를 찾아왔소만."

"송 선비라면……. 송 선달님 말씀이시유?"

주름진 눈으로 향과 해루를 물끄러미 바라보던 노파가 사립문을 열었다.

"뒤채로 가보시유."

노파는 초가 뒤쪽에 있는 작은 행랑채를 가리켰다. 뒤통수에 노파의 시선을 매단 채 두 사람이 행랑채로 다가가자 책을 읽는 맑은 목소리가 들려왔다.

"송 선달."

향의 낮은 음성이 행랑채 안으로 날아들었다. 방 안에서 분주한 움직임이 일었다. 얼마 지나지 않아 문이 열리고 의관을 정제한 젊은 선비가 후다닥 밖으로 뛰어나왔다.

"오시었사옵니까?"

맨발로 댓돌 아래로 내려선 송 선달은 서둘러 향을 안으로 안내했다. 그러다 문득 고개를 돌려 멍하니 서 있는 해루를 돌아보았다.

"거기서 뭐 하고 있느냐? 들어오지 않고서."

해루를 대신하기라도 하듯 송 선달이 나섰다.

"이번 일은 기밀을 유지해야 하는 일이옵니다."

낮은 속삭임이 향의 귓전을 파고들었다. 향은 송 선달을 돌아보았다.

"저 아이는 믿어도 된다."

송 선달은 두말하지 않고 물러섰다.

"듭시지요."

송 선달의 안내를 받으며 해루 역시 안으로 들어섰다.

사방이 책으로 둘러싸인 작은 방에는 짙은 묵향과 작은 서안이 전부였다. 향이 자리에 앉자 펼쳐놓은 서책을 한옆으로 미뤄놓은 송 선달이 무언가를 꺼냈다.

"이것이 그것이냐?"

향은 굳은 표정으로 송 선달이 보여주는 가죽 주머니를 펼쳤다. 내용물을 확인한 향의 표정이 딱딱하게 굳었다.

"이것은……."

"화약입니다."

화약은 나라에서 엄격하게 관리하는 물품 중의 하나였다.

"이것이 어디에서 났는가?"

"최근 여진의 보부상들이 자주 이 마을에 들르는 것이 수상해 보여 조사해 봤습니다."

"보부상의 짐에서 이것이 나왔다?"

"그들이 머물렀던 곳에 떨어져 있었습니다."

"화약이라……"

향의 눈이 예리하게 빛났다. 여진에서 왔다는 보부상들이 화약을 가지고 있었다.

화약을 가지고 온 것인가? 아니면 화약을 가지고 나간 것인가? 어느 쪽이 되었건 가볍게 생각할 문제는 아니었다.

"보부상들이 거래한 자들이 누군가?"

"매번 장소가 바뀌고 있는 데다, 경비가 삼엄하여 자세히 살펴볼 수 없었습니다. 다만, 의심 가는 자는 몇 있습니다."

"말해 보아라."

곧 송 선달이 몇 사람의 이름을 말했다. 하나같이 범상치 않은 자들이었다.

"화약이라. 보부상들이 여러 번 오갔다면, 구한 양이 적지 않을 터. 그 많은 화약을 어디에 쓰려 하는 것일까."

향이 생각에 잠겼다. 무거운 정적이 내려앉았다.

"저……"

정적을 깨며 해루가 조심스럽게 입을 열었다.

"궁금한 게 있습니다."

"말씀하시오."

"마을의 분위기가 어째 좋지 않은 것 같습니다. 예전에 몇 번 왔을 때만 해도 이렇지 않았던 것 같습니다만."

해루의 말에 송 선달이 한숨을 쉬었다.

"여인들이 실종되어 그러는 것이오."

"여인들이 실종되었다고요?"

기이한 이야기에 향도 관심을 보였다.

"그게 무슨 이야기냐?"

"한 달 사이에 열셋 이하의 어린 여인들이 무려 스무 명이나 실종되었습니다."

"실종? 어린 여인들만 사라졌다 하니, 짐승의 짓은 아닌 듯한데. 고을 사또는 어찌하고 있는가?"

"백방으로 노력하고 있습니다만, 워낙 광범위한 지역에서 일어나는 일이라. 이렇게 많은 사람이 실종되었다는 것도 며칠 전에야 알게 된 사실입니다."

"범상한 일은 아니군."

작은 마을에서 범상치 않은 일이 연달아 일어나고 있었다.

이것이 과연 우연일까? 향과 송 선달의 이야기가 깊어졌다.

지루해진 해루는 슬그머니 방 밖으로 나왔다. 그사이 날이 저물고 둥근 달이 떴다.

"달 참 밝구나."

뒷마당에 나와 휘영청 밝은 달을 올려다보니, 괜스레 기분이 착잡해졌다. 어린 여인들이 무려 스무 명이나 사라졌다고 한다. 대체 어디로 사라진 것일까? 스스로 몸을 숨긴 것이 아니라면 필시 누군가에게 끌려간 것이 틀림없을 터. 열셋, 한창 꽃다운 나이에 어딘가에 갇혀 두려움에 떨고 있을 거라 생각하니 마음이 불편했다.

"답답하네. 이럴 때 실종된 사람들이 어디 있는지 볼 수 있다면 좋을 텐데 말이야. 정말 쓸모가 없다니까."

해루가 제 머리를 두드리며 안타까워할 때였다. 사립문 밖에서 뭔가 희뿌연 것이 휙 하고 지나갔다. 중년의 사내였는데, 꽁지가 빠져라 하고 달리는 모양새가 무언가 급한 용무가 있는 듯했다. 곧이어 거친 목소리가 꼬리처럼 사내의 뒤를 따랐다.

"저놈 잡아라!"

"저기 저쪽이다!"

"게 섯거라!"

덩치가 산만 한 사내들이 험악한 표정을 지은 채, 앞서 달려간 사내의 뒤를 쫓았다. 앞서 부리나케 달려간 중년 사내는 이 사내들로부터 도망가는 중임이 틀림없었다. 그런데…….

"어? 저 사람은……."

무심코 달아나는 사람을 지켜본 해루가 눈을 반짝였다. 뛰는 뒷모습이 어딘지 모르게 익숙했다.

"저분이 왜 여기 있는 거야?"

작은 시골 마을에 낯선 소동이 일었다.

"이 녀석 대체 어디로 사라진 거야?"

"잡히기만 하면 다리를 부러뜨려주마!"

큰 덩치의 사내들이 어깨를 들썩거리며 주위를 두리번거렸다. 쫓던 사내를 찾는 모양이었다.

"쥐새끼 같은 녀석."

"제 놈이 튀어봤자 벼룩이지."

"이봐. 저쪽에 샛길이 있어. 분명 저리로 간 듯하이."

사내들이 샛길로 우르르 달려갔다. 조심조심 그들의 뒤를 따르던 해루는 인기척이 사라지자, 골목의 낮은 담 너머로 고개를 내밀었다.

"그만 나오세요."

속달거리는 목소리. 아무런 반응이 없었다.

해루가 조금 목청을 높였다.

"장독 뒤. 소맷자락이 조금 나왔습니다."

"누, 누구야?"

당황한 음성이 돌아왔다.

"접니다. 해루."

"누구라고?"

장독 뒤에서 염소수염의 사내가 고개를 불쑥 내밀었다.

"해루? 너 정말 해루가 맞는 게냐?"

"당연히 저죠. 제가 아니면 누가 아저씨 숨은 곳을 단박에 찾아낼 수 있겠어요."

"네가 여기에 어쩐 일이야?"

"아저씨야말로 이곳에서 뭐 하는 거예요? 그리고 저 사람들은 또 뭐고요?"

"거기엔 깊은 속사정이……. 이크, 저놈들이 또 오네. 해루야, 어서 이리 와 숨어."

"쫓기는 건 아저씨잖아요. 제가 왜 숨어요?"

"잔말 말고 어서 이리 와. 어서!"

염소수염의 사내가 워낙 간절하게 부르는 통에 해루는 하는 수 없이 담을 넘어 장독대 뒤에 엎드렸다. 잠시 후, 씨근덕거리는 숨소리가 먼 곳에서 달려왔다.

"이곳에서 놈의 종적이 묘연해졌어. 근방을 샅샅이 뒤져."

"혹시, 아예 옆 마을로 간 건 아닐까?"

"젠장, 다 잡은 물고기를 놓쳤군."

"행여나 못 잡으면 대감 어른에게 큰 경을 치를 거야. 무슨 수를 써서라도 놈을 잡아야 하네."

"설사 놈이 이곳에 숨어 있었다 해도 설마 지금까지 있겠어? 벌써 다른 곳으로 내뺐지."

"일리 있군. 그럼, 아랫마을로 향하는 길로 가보세. 지금이라면 지름길로 가서 앞을 가로막을 수 있을 거야."

걸쭉한 목소리들이 또다시 멀어졌다.

해루와 염소수염 사내가 장독대 위로 고개를 빼꼼 내밀었다. 사람들의 인기척이 완전히 사라지자 두 사람의 입에서 동시에 안도의 한숨이 터져 나왔다.

"하이고, 살았다. 하마터면 잡힐 뻔했네."

"대체 또 무슨 일을 벌이신 겁니까?"

"무슨 일은. 별일 아니야."

"설마, 투전판에 가신 건 아니죠?"

"하늘에 맹세코, 석 달 열흘 전에 투전은 딱 끊었다."

"고작 석 달 열흘 전이라고요?"

"어찌 되었건 투전 때문에 쫓기는 건 아니야."

"그럼, 왜 쫓기는 거예요?"

"그게……. 어쩌다 보니 그렇게 됐구나. 하하하."

어색한 표정으로 뒷머리를 긁는 염소수염, 그는 다름 아닌 정 판수였다.

이게 최선이란 말이냐?

희미한 등잔불이 방을 밝혔다. 뒤늦게 송 선달의 거처로 돌아온 해루는 향의 곁에 있는 무혁을 발견하고는 반색했다.

"어? 두목님! 언제 오신 겁니까?"

두목님이라는 말에 무혁의 이마에 힘줄이 돋았다. 그러나 그뿐, 더는 말이 없었다. 힐끗 그를 보며 송 선달이 재미있다는 표정을 지었다.

"두목님요?"

"그럴 일이 있었소."

무혁을 대신하여 대답한 향은 해루를 보며 말을 이었다.

"이자는 동구비보에서 너와 함께 있던 자가 아니더냐?"

"네. 공갈 선비님. 선비님도 기억하시나 봅니다? 그때 저와 함께 윤 진사에게 잡혀 있던 아저씨입니다."

해루는 '선비님'이라는 말을 꾹꾹 힘주어 말했다. 아직 정 판수에게 향의 신분을 밝힐 수 없었던 까닭이었다.

"헌데 이 사람이 어찌 여기에 있는 것이냐?"

"이곳에서 정말 우연히 만났습니다."

"우연히……?"

향의 한쪽 눈썹이 위로 올라갔다. 그는 턱을 괸 채 정 판수와 해루를 번갈아 보았다.

향과 시선이 마주친 정 판수는 화들짝 놀라 바닥에 머리를 납작 엎드렸다.

"정, 정 판수라고 합니다요."

이상하게도 심장이 덜컥 내려앉는 기분이었다. 판수 노릇 수십 년이었지만, 이리 눈빛 하나로 상대를 제압하는 이는 보던 중 처음이었다. 등골이 서늘해진 터라, 정 판수는 감히 고개를 들어 올리지 못했다.

그런 정 판수를 향은 복잡한 얼굴로 응시했다. 그가 기억하는 정 판수는 말썽이 많은 사내였다. 자칫 일이 복잡해질 수 있었다. 잠시 생각에 잠겨 있던 향이 돌연 몸을 일으켰다. 정 판수를 제외한 모두가 덩달아 일어섰다.

"송 선달은 내가 말한 것을 알아보도록 하고."

"하오면 저는 먼저 나가보겠습니다."

송 선달이 나가고 난 뒤 향은 해루와 정 판수를 건너보았다.

"일이 급하니 이야기는 나중에 하자."

"저는 어찌합니까?"

해루가 방문 앞까지 따라가며 물었다. 향이 그녀를 돌아보았다.

"너는 이곳에서 기다려라."

"하지만 제가 길잡이를 해야 하는 것이 아닙니까?"

"길은 혁이 저 아이도 알고 있으니, 너무 염려 마라."

향이 대답하자 해루는 걱정스러운 표정으로 고개를 끄덕였다.

"조심하십시오."

"걱정하지 마라."

"걱정 안 합니다. 두목님이 곁에 계시는데 제가 무슨 걱정을 하겠습니까. 그래도 조심하십시오."

"알았느니."

해루를 쓱 돌아본 향은 그대로 방문 밖으로 걸음을 옮겼다. 송선달에 이어 향과 무혁까지 나가버린 방 안에 깊은 침묵이 내려앉았다. 그때까지도 머리를 조아리고 있는 정 판수를 보며 해루가 말했다.

"그만 일어나셔도 됩니다. 나가셨습니다."

"그래?"

그제야 빼꼼 고개를 든 정 판수가 주위를 둘러보았다.

"휴우. 이제야 숨통이 트이는구나."

"아저씨답지 않게 뭘 그리 긴장하시고 그럽니까?"

"그러게나 말이다. 아까 그 선비님, 대체 뭐 하시는 분이냐? 어찌 책상물림이나 하는 양반의 눈매가 그리 매서워? 등줄기에서 식은 땀이 다 흐른다. 내 판수 노릇 수십 년에 저런 관상은 처음이다."

"공갈을 좀 치시긴 해도 그렇게 나쁜 분은 아닙니다."

"나빠서가 아니라 그 기운이 유독 강해서 그런 거다."

"기운이 강해요?"

"뭐, 그런 사람이 있다. 너는 말해 줘도 몰라. 그나저나 저 양반들은 이 밤에 다들 어딜 저리 가시는 것이냐? 좀 전에 들으니, 향교 장의 댁에 간다는 것 같던데."

"그 말은 또 언제 들으셨어요?"

"너와 함께 들어오기 전에 두 사람이 나누는 이야기를 들었지. 알다시피 내가 귀 하나는 좀 밝지 않느냐?"

"은밀히 뭔가 하실 모양이니, 들어도 못 들은 척하세요. 아니, 아예 머릿속에서 지워버리세요."

해루의 말에도 정 판수는 턱을 쓰다듬으며 혼잣말을 중얼거렸다.

"향교 장의라면……. 전 예조판서를 지내셨던 최경묵 대감 댁인데……."

"아는 곳입니까?"

"내가 모르는 곳이 있더냐?"

"그렇긴 합니다만."

"그나저나 거긴 왜 가신다는 것이야?"

"자세한 건 잘 모르겠어요."

해루는 모르쇠로 일관했다. 향에게 따로 언질 받은 건 없지만, 함부로 떠벌릴 일이 아니라는 것쯤은 알고 있었다.

"무슨 일인지는 모르겠지만, 최경묵 대감 댁이면 좋지 않은데 말이야."

"뭐가 좋지 않다는 거예요?"

"요즘 이 동네 인심이 예전 같지가 않아서 말이다."

"왜요?"

"듣지 못했느냐? 이 동네에서 자꾸만 사람이 사라지는 일이 생겼단다."

"그 이야긴 아까 들었습니다."

"사정이 그러다 보니 집집마다 경계가 보통 삼엄한 게 아니야. 최경묵 대감 댁에도 귀한 금지옥엽이 있으시니. 게다가 그 집 하인들이 워낙에 거칠어서, 수상한 자가 보이면 불문곡직하고 방망이부터 휘두른다고 하더구나. 자칫하다가 큰일 치르는 건 아닐까 걱정되네."

"그 집 하인들이 그렇게 거칠어요?"

"말도 마라. 조금 전, 나를 쫓아왔던 녀석들은 그 집 하인들에 비하면 갓 시집온 새색시지. 전에 시장통에서 싸움이 붙은 걸 봤는데, 아주 사람을 죽일 기세더구나. 최경묵 대감은 대체 무슨 생각으로 그런 자들을 하인으로 부리는지 모르겠어. 나 같으면 돈을 싸 짊어지고 와서 써달라 해도 싫을 텐데 말이야."

"……!"

해루는 긴장한 표정으로 문밖을 봤다.

설마, 별일 없겠지?

두 개의 은밀한 그림자가 최경묵 대감 댁의 높은 담벼락을 따라 걷고 있었다. 불을 대낮같이 밝혀놓은 정문을 제외하고도 저택의 경비는 삼엄하기 그지없었다.

"이쪽입니다."

향은 낮은 목소리로 이끄는 무혁을 따라 걸음을 옮겼다. 향보다 앞서 여미골에 와 있던 무혁은 그간 최경묵 대감을 살펴보고 있었다. 미리 봐두었던 자리에 다다르자 무혁은 향에게 작금의 상황을 보고했다.

"집을 지키는 호위 무사의 수가 무려 쉰 명이 넘습니다."

"호위 무사의 수가 쉰이라. 거의 사병 수준이구나."

"하루 세 번 번을 교체하는데, 지금이 번을 교체할 시간이옵니다. 그 틈을 타 안으로 들어갈 작정이옵니다."

"그러냐?"

무혁의 설명을 듣던 향의 눈빛이 깊어졌다.

"헌데 오늘은 교체 시간이 달라졌는가 보구나."

"네?"

무혁은 향의 시선을 좇아 고개를 돌렸다. 분명 공백이 있어야 할 앞쪽에 지키고 있는 자들이 보였다. 그 와중에 저쪽 담벼락 끝에서 사람의 발소리마저 들려왔다. 이대로라면 들키는 건 둘째 문제고, 앞뒤로 포위까지 당할 판국이었다.

무혁이 허리춤에 차고 있던 검에 손을 올렸다. 차가운 검날이 검집을 절반쯤 빠져나왔다. 행여나 좋지 않은 일이 벌어질 기색이 보이면 가차 없이 손을 써야만 했다.

향이 손을 들어 그를 말렸다.

"그만둬라."

"하오나 이러다 잘못하면 번거로운 일에 휘말리게 될 것이옵니다."

"확실하지 않은 일에 피를 볼 수는 없다."

"저하……."

그사이 두 사람을 에워싼 발걸음이 점점 가까워지고 있다. 오십 보 밖에서 들려오던 발소리들이 어느덧 지척에서 들려왔다.

향이 결단을 내릴 시간이었다. 어찌해야 하나? 향의 눈빛이 낮게 가라앉았다.

바로 그때였다.

"이보게!"

팽팽하고 부풀어 오른 공기 속으로 느닷없는 목소리가 끼어들었다. 정 판수가 손을 흔들며 모습을 드러냈다.

"이보게, 응복이!"

정 판수는 향과 무혁을 그대로 지나쳐 새로 번을 서러 오는 호위 무사들에게 곧장 달려갔다. 오늘따라 예정보다 일찍 나온 호위 무사 중 한 사람이 정 판수에게 알은체를 했다.

"정 판수가 아닌가? 이 늦은 시각에 무슨 일인가?"

"이보게. 내가 정말 중요한 얘길 한다는 걸 깜빡 잊고 있었다네."

"무슨 소리야?"

"왜 며칠 전에 자네 사주와 관상을 보아주지 않았나. 그때, 중요한 이야기를 깜빡 잊고 하지 않은 게 있질 뭔가."

응복의 옆에 서 있던 다른 무사가 덩달아 관심을 보였다.

"이 밤에 여기까지 찾아온 걸 보면 보통 중요한 일이 아닌가 보군."

"내 말이 그 말일세."

정 판수가 턱까지 올라온 숨을 고르게 쉬었다.

"무슨 일인데 그리 허겁지겁 뛰어온 게야? 설마, 좋지 않은 일은 아니겠지?"

"그게 말일세……."

호위 무사들의 시선이 정 판수의 입에 집중되었다. 잠시 생각을 굴리던 정 판수가 드디어 입을 열었다.

"자네, 응복이."

"왜?"

"이건 자네만 알고 있게나."

"뭔데 그래?"

"자네 마누라, 바람났네."

"뭐이?"

응복의 눈썹이 휘어졌다. 옆에서 귀를 기울이고 있던 다른 호위 무사가 고개를 갸웃거리며 끼어들었다.

"응복이 저 친구 마누라가 죽은 지 석삼년이 지났네."

"아…… 그런가?"

정 판수의 얼굴에 당황한 기색이 들어찼다.

그러나 그가 뉘던가. 수십 년 판수 생활에 닳고 닳은 자였다. 순간적인 노련함으로 아주 가볍게 위기를 모면했다.

"아니, 아니. 죽은 본마누라 말고. 자네, 지금 만나고 있는 사람 있지 않은가. 바람이 난 건 바로 그 여인일세."

"뭐이?"

응복의 미간이 더욱 일그러졌다. 옆에 서 있던 호위 무사가 다시 고개를 절레절레 흔들었다.

"말도 안 되는 소리 말게. 이 친구가 좋아하는 여인은 말일 세……."

잠시 주위를 두리번거리던 호위 무사가 말을 이었다.

"저기, 아랫마을에 사는 진 부자 작은마누라일세. 이미 지아비가 있는 계집이 바람은 무슨 바람이야?"

말도 안 되는 소리 말라며 손을 흔들었다.

응복은 아예 인상까지 찡그리고 있었다. 중요한 이야기가 있다며 한밤에 불쑥 나타나더니, 기껏 한다는 말이 이깟 엉터리라니. 불신 가득한 두 사내의 표정에 정 판수가 엄한 표정을 지었다.

"어허! 자네들은 아무래도 내 말을 오해한 듯하군."

"무슨 오해?"

"관상에선 말일세. 누가 누구와 함께 살고 있느냐는 중요하지 않아. 정을 통하는 사람이 여염집 과부건 남의 마누라건 상관없지. 다만, 지금 현재 정을 나누는 이에게서 마음이 돌아서 다른 곳으로 정을 흘리고 있다는 것이 중요한 것이지."

"그, 그런가?"

"진 부자 작은마누라라 했지? 그 여인이 잠시 잠깐 자네에게 관심이 있었는지 모르지만, 이젠 아닐세. 십중팔구 마음이 변했어."

"그, 그게 정말인가?"

"내 말이 틀리면 손가락에 장을 지지겠네!"

정 판수는 열 손가락을 활짝 펴 보이며 강조했다. 그렇게까지 하자 응복도 흔들렸다.

"그러고 보니 지난번부터 표정이 냉랭한 것이 예전 같지가 않더니……."

고기가 미끼를 물었다. 정 판수는 기다렸다는 듯이 낚싯대를 당겼다.

"그것 보게나. 내 말이 그 말일세."

"그럼 어찌하면 좋겠나?"

"방법이 전혀 없는 건 아닌데……."

"그 방법이 뭔가?"

"부적을 쓰는 거네."

"부적?"

"자, 이쪽으로 오게나. 내 자네에게 오는 여자 막지 않고 가는 여자 잡는 기가 막힌 부적 하나 써 줌세."

정 판수가 호위 무사들을 데리고 담벼락 저쪽으로 걸음을 옮겼다. 가는 도중 향과 무혁이 숨은 곳을 향해 열심히 눈짓을 보내는 것도 잊지 않았다.

세 사람이 사라지고 얼마 후. 밤의 그늘 속에서 향과 무혁이 모습을 드러냈다.

"저자가 어찌……?"

향은 정 판수가 사라진 곳을 응시하며 미간을 찡그렸다.

처소에서 기다리고 있어야 할 자가 어찌 이곳에 나타난 것일까? 혹시 내 뒤를 밟기라도 한 걸까? 많은 생각이 향의 뇌리를 스치고 지나갔다.

"어찌 되었든 좋은 기회입니다. 이 틈을 타 담을 넘는 것이 좋을 듯하옵니다."

"알았다."

향은 무혁과 함께 담벼락을 향해 몸을 돌렸다. 아니, 돌리려 하였다. 갑자기 어두운 구석에서 불쑥 튀어나온 시커먼 형체가 그의 옷자락을 잡았다.

무혁이 급히 향의 앞을 가로막았다. 그의 손에는 어느새 반쯤 뽑힌 검이 들려 있었다.

"잠깐만요, 공갈 저하. 접니다. 해루."

"해루?"

해루가 향을 향해 성큼 한 걸음 다가왔다. 흑백이 선명한 커다란 눈동자가 그를 올려 보았다. 향은 기가 막힌다는 표정을 짓고 말았다.

"네가 어찌 이곳에 있느냐?"

묻는 향의 목소리에 날카롭게 날이 서 있었다. 위험한 곳이라 부러 데려오지 않았다. 그런 곳을 제 발로 찾아온 해루에게 괜스레 화가 났다.

"걱정되어 도통 기다릴 수가 있어야지요."

"그렇다고 해도 예가 어디라고 찾아온 것이야?"

"그럼 어찌합니까? 위험한 곳에 가신 걸 뒤늦게 들었는데 어찌 신경 쓰지 않을 수가 있겠습니까?"

"네가 왜?"

반문하는 향에게 해루가 당연하다는 듯 대답했다.

"제가 누굽니까? 세자 저하의 최측근이 아닙니까."

말과 함께 해루의 얼굴에 해사한 웃음이 걸렸다. 그 웃음을 보자 단단하게 굳어 있던 향도 표정을 풀 수밖에 없었다.

"못 말릴 녀석."

그는 고개를 설레설레 저었다. 그러다 문득 궁금하다는 듯 물었다.

"혹시, 정 판수도 날 돕기 위해 온 것이냐?"

"판수 아저씨가 아는 사람이 있어 다행입니다. 그보다 어떻습니까? 저희가 도움이 됐습니까?"

두 눈을 반짝거리며 올려다보는 눈빛에는 칭찬을 바라는 기색이 역력했다. 향의 입에서 낮은 한숨이 흘러나왔다.

"그래. 네 말대로 정말 큰 도움이 되었다."

"……."

말갛게 올려다보는 얼굴이 무에 부족하다 말하고 있었다.

"왜 그러느냐?"

"그뿐입니까?"

"녀석……."

향이 쓱쓱, 해루의 머리를 가볍게 쓸어주었다. 그제야 만족한 듯 해루는 얼굴 가득 웃음을 지었다.

"이젠 그만 돌아가거라."

향은 해루의 등을 떠밀었다.

그러나 해루는 꿈쩍도 하지 않았다. 대신 향과 무혁이 막 넘으려던 담벼락을 가리키며 물었다.

"지금 이 담을 넘으실 생각이셨습니까?"

"그렇다."

향을 대신하여 무혁이 대답했다. 그럴 줄 알았다는 듯 해루가고개를 끄덕거렸다.

"지금 그 담을 넘었다간 온몸에 활이 박혀 자위(刺蝟, 고슴도치)가 되고 말 겁니다."

"뭐?"

"이 댁의 경비가 실로 빈틈이 없다 합니다. 허술한 곳이라 생각되는 곳도 알고 보면 일부러 그리 보이게 버려둔 곳이라는군요."

"그럴 리가. 누가 그렇게 말했느냐?"

무혁이 미간을 찌푸리며 물었다. 해루는 그의 서늘한 눈초리에도 미소를 잃지 않았다.

"정 판수 아저씨가요."

"그가 어찌 저택의 내부를 그리 잘 알 수 있다는 것이야?"

"앞날이 불안한 것은 높은 사람이나 낮은 사람이나 다를 바 없습니다. 무언가 불확실하고 의심스러운 게 있으면 누구나 남에게의지하기 마련이지요. 그런 일을 전문적으로 하는 사람이 바로 판수이고, 점쟁이입니다."

"무슨 말이냐?"

"한마디로 정 판수 아저씨가 점을 보러 이곳에 몇 번 들락거렸단 말입니다. 말이라는 게 요상해서, 하다 보면 할 말 안 할 말 죄다 쏟아져 나오기 마련이지요. 그렇게 이 집 안방마님과 행랑채 식구들의 점을 봐주다 보니 이 집안의 사정에 대해 대충 알게 된 모양입니다."

"……."

향과 무혁은 서로를 보았다. 설마 이토록 삼엄한 저택을 자유자재로 드나들 수 있는 사람이 있을 줄이야.

"이 집의 경비가 그리 대단하다니. 허면, 안을 어찌 살펴본다?"

향이 난감한 얼굴로 중얼거렸다.

해루가 검지로 어둠 속을 가리켰다.

"이쪽입니다. 이쪽으로 오십시오."

경계하는 눈으로 주위를 살피던 그녀가 익숙하게 걸음을 옮겼다.

잠시 머뭇거리던 향과 무혁도 몸을 움직였다.

그리고 얼마 후, 세 사람은 인적이 드문 곳에 다다랐다.

"여기 담벼락 사이로 난 작은 구멍 보이시지요? 여기로 가면 됩니다."

해루가 담 아래의 작은 개구멍을 가리켰다.

"설마, 날 더러 여길 들어가라는 말이냐?"

"조용히 최 대감 댁 안으로 들어가셔야 한다면서요."

"그렇지."

"이 구멍으로 들어가는 게 최선이라고 들었습니다."

"허나, 아무리 그래도 내 어찌……."

명색이 일국의 왕세자였다. 아무리 사정이 있다고 하지만 선뜻 개구멍으로 들어갈 수 없었다.

그의 사정에는 아랑곳하지 않은 채 해루는 작은 몸을 개구멍 안으로 쏙 집어넣었다.

향은 고개를 돌려 무혁을 보았다.

'어찌 좀 해보아라. 정녕 이게 최선이란 말이냐?'

'다른 방도가 없사옵니다.'

두 사내 사이에 말 없는 대화가 오갔다.

무혁이 시선을 먼 곳으로 돌렸다.

향의 입에서 불편한 헛기침이 연신 새어 나왔다.

그렇게 얼마나 지났을까? 향이 별수 없이 몸을 숙여 개구멍 안으로 머리를 들이밀 때였다.

"뭐 하십니까? 얼른 오시지 않고……."

재촉하는 목소리와 함께 해루의 얼굴이 구멍 안에서 쏙 되돌아 나왔다.

순간. 들어가는 향의 얼굴과 돌아 나오는 해루의 얼굴이 맞닿았다.

"어?"

해루의 외마디가 향의 귓전을 두드렸다.

동시에 향의 눈이 커졌다.

"……!"

입술에 느껴지는 여린 감촉.

언제나 무심하던 그의 눈동자에 커다란 파문이 일었다.

왜 그러십니까?

보드레한 감촉이 향의 입술에 와 닿았다.

이게 무엇이지? 처음에는 낯선 감각의 정체를 알지 못해 당황했다.

다음엔 동공에 맺힌 해루의 동그란 눈동자가 그의 머릿속을 하얗게 만들었다.

해루의 뺨이, 발갛게 달아오른 보드라운 볼이 향의 입술을 간질였다.

전신이 뻣뻣하게 굳어버렸다.

그의 사고는 언제나 냉정하고 고상했다. 얼음 강처럼 차갑고 도도하였으며 나무뿌리처럼 깊고 단단했다. 그렇게 광대하고 유장하던 흐름이 거대한 둑을 만난 것처럼 정지해 버리고 말았다.

세상에서 가장 고귀한 존재로 태어나 최고의 학자들에게서 최상의 교육만을 받아왔다. 말문이 트이는 그 순간부터 천재라 입에 침이 마르도록 칭찬을 들어왔다. 난제는 있을지언정 좌절은 존재 하지 않았다. 그러나 지금 이 순간만큼은 무엇을 어찌해야 할지 알 수 없었다.

그렇게 만든 상대가 해루라는 사실이 그의 머릿속을 더욱 혼란 하게 만들었다.

선머슴 같은 아이. 거친 태를 많이 벗어났다고 하지만 여전히 고삐 풀린 망아지처럼 어디로 튀어 나갈지 종잡을 수 없는 존재. 항상 신경 쓰이고, 보듬어주어야 할 것 같은 여인. 어째서인지 잃어버린 누이를 떠올리게 하는…….

그런 여인과의 가벼운 스침일 뿐이다.

그저 하찮은 접촉.

그런데…….

주위의 공기가 부풀어 오르고 감각마저 확장되었다. 숱이 풍성한 긴 속눈썹, 머루알처럼 까만 눈동자, 적당히 도톰한 콧방울, 붉은 입술, 작은 찡그림, 당황한 웃음, 동글게 말리는 입 모양까지.

해루의 모든 것이, 사소한 변화 하나하나가 눈동자에 박히듯 선명하게 다가왔다.

어찌하여? 그저 작고 사소한 접촉일 뿐인데. 하찮기만 한 충돌일 뿐인데.

밤이 그려낸 사소한 장난. 그래, 그런 것이 틀림없었다.

"저하."

정지해 버린 향의 귓가로 염려 섞인 해루의 음성이 들려왔다.

"저하, 왜 그러십니까?"

해루는 딱딱하게 굳은 향의 눈치를 살피고 있었다. 연신 그를 살피느라 정작 그녀는 제 볼에 맞닿은 부드러운 감촉의 정체를 채 느끼지 못했다. 다만, 얼굴이 부딪치는 돌연한 사고에 긴장하고 있었다.

세자께서 마음 불편하신 것은 아니겠지?

염려되었다. 힐끗, 곁눈질로 향을 살폈다. 역시나 향은 석상처럼 굳어 있었다. 이럴 땐 그저 시치미 뚝 떼는 것이 상책이리라. 행여 불벼락이 떨어질세라 해루는 서둘러 몸을 돌렸다.

"이쪽입니다. 번을 서는 무사들이 돌아올 겁니다. 그리 꾸물대다간 잡히고 말 겁니다."

해루는 담벼락 안으로 작은 몸을 감추었다.

"녀석……."

코끝을 간질이는 달콤한 향내가 멀어졌다. 그제야 향의 입에서 마른 숨이 새어 나왔다. 그런데…… 뭔가 이상했다.

해루의 얼굴이 코앞에 있을 때는 거북하였건만, 그 어색한 공기가 멀어지니 이번에는 서운한 감정이 들어찼다.

이율배반적인 느낌.

손에 쥐고 있던 하늘 복숭아를 채 입에 머금기도 전에 누군가에게 빼앗긴 것만 같았다. 무슨 연유인지 모르겠다.

이 텅 빈 공허는.

높은 담벼락 안에 자리한 최경묵의 세상은 여느 사대부와는 전혀 다른 얼굴을 하고 있었다. 마치 집 안 전체가 홀림길로 이뤄진 듯 보였다.

안채에서 사랑채까지 이어진 길은 비교적 찾기 쉬웠다. 그러나

456

다른 길은 아는 자가 아니면 도저히 찾을 수 없을 만큼 복잡했다.

"정 판수 아저씨가 그러는데 이 집 주인이 이런 요상한 길 만드는 걸 즐긴다고 합니다."

나무와 풀, 석상과 담벼락으로 만들어진 복잡한 길을 해루는 용케도 잘 찾아다녔다.

"예전에 와본 적이 있더냐?"

"이번이 처음입니다."

"그런데 어찌 그리 잘 아느냐?"

"정 판수 아저씨에게 들었으니까요."

"남의 말을 한 번 들은 것만으로 이 복잡한 지형을 모두 파악했다는 말이더냐?"

"네."

해루가 고개를 끄덕였다. 그 순진한 모습에 향은 웃음을 흘렸다.

"책을 외우라면 온종일 끙끙거리면서, 길은 이리 잘 찾다니. 타고난 길잡이인 모양이로구나."

"많이 해본 일이니까요."

"많이 해봤다?"

"서책을 많이 보신 저하께서 빽빽한 글을 보고도 어찌 기억하고 어찌 활용해야 할지 금세 아시는 것처럼, 전 여기저기 많이 돌아다닌 경험이 있다 보니 그저 남의 말을 듣는 것만으로도 금세 지형을 파악할 수 있는 겁니다."

"익숙한 것이 중요한 것이란 말이로구나. 옳구나."

향이 고개를 끄덕였다.

"여깁니다."

짙은 어둠 속. 붉게 옻칠한 대문을 올려다보며 해루가 말했다.

향이 살펴보길 원했던 최경묵의 곳간이었다.

"그런데 들어가기가 쉽지 않을 것 같습니다."

해루가 곳간 문을 가리켰다. 굳게 닫힌 나무문은 자물쇠로 잠겨 있었다. 그런데 자물쇠의 크기가 보통 보아오던 게 아니었다.

어린아이 머리통만 한 크기. 특별히 주문하여 만든 것이 틀림없었다.

해루가 고개를 설레설레 저었다.

"이건 전문적인 꾼이 와도 열기 어려울 것 같습니다."

"그렇게 대단한 물건이냐?"

그녀의 등 뒤에 서 있던 향이 느긋한 걸음으로 문 앞으로 다가섰다. 그러고는 무에 재미난 장난감이라도 발견한 듯 자물쇠를 이리저리 살펴보았다.

"그리 보신다고 열릴 자물쇠가 아닙니다. 아무래도 그만 포기해야 할⋯⋯."

철컥! 낯선 쇳소리와 함께 묵직한 자물쇠가 바닥으로 툭 떨어졌다.

"어?"

해루의 눈이 동그랗게 뜨였다.

"그, 그걸 어찌 여셨습니까?"

향이 해루를 흘낏 돌아보며 미소 지었다.

"아무래도 내 실력이 전문적인 꾼보다 조금 나은 모양이구나."

해루가 황당한 표정을 지었다.

"대체 어디서 뭘 배우고 다니신 겁니까?"

설마, 심심풀이로 자물쇠 따기 수행 같은 걸 하신 건 아니시죠?

"원리만 알면 아주 간단한 것이다."

"……."

간단한 일이라고 하기엔 솜씨가 상당했다.

"대체 못 하시는 게 뭡니까?"

왕세자가 되기 위해선 이런 것도 배워야 하는 걸까? 아니면 향의 취향이 특이한 걸까?

"남의 눈에 뜨여 좋을 건 없을 터. 그만하고 어서 들어가자꾸나."

향은 해루의 뒷덜미를 잡아끌었다.

"네, 들어갑니다. 들어가요."

향과 해루가 곳간 안으로 들어가기 무섭게 무혁이 안에서 문을 닫았다.

캄캄한 어둠이 세 사람을 맞이했다. 다행히 곳간 문틈으로 달빛이 스며들어 대강이나마 내부를 확인할 수 있었다.

"여기가 틀림없느냐?"

곳간엔 비단과 면포가 켜켜이 쌓여 있었다. 겉으로 보기엔 여느 곳간과 다를 것이 없었다.

"혹시 저 사이에 무언가 있는 것은 아닐는지요?"

무혁이 조심스럽게 의견을 말했다.

"확인해 보면 되겠지."

세 사람은 곳간을 수색했다. 혹여 놓치는 것이 있을까 꼼꼼하고 세심하게 살폈다. 그렇게 반 시진이 흐르고, 다시 한 시진이 훌쩍 지나갔다.

"아무래도 잘못 짚은 모양이다."

비단과 면포. 곳간에 있는 것은 그것이 전부였다. 처음에는 무언가를 숨기기 위한 위장으로만 생각했다. 그러나 곳간을 채운 것은 순수하게 비단과 면포뿐이었다.

헛다리를 짚은 것인가? 하지만 말로 설명하기 어려운 께름칙한 기분을 지울 수가 없었다.

향의 미간에 깊은 주름이 그려졌다.

무엇일까? 자신이 놓쳐버린 것이…….

상념에 빠진 향이 턱을 만지작거릴 때였다.

쾅! 요란한 소음과 함께 굳게 닫혀 있던 곳간 문이 활짝 열렸다. 놀라 고개를 돌리는 세 사람의 앞으로 횃불을 든 사내들의 모습이 보였다. 낫과 곡괭이를 든 사내들이 험상궂은 표정으로 물었다.

"네놈들은 대체 누구냐?"

"세자 저하셨군요. 하하하, 세자 저하셨어요."

호탕한 웃음소리가 최경묵의 사랑채를 가득 채웠다. 눈앞에 있는 향의 존재가 여전히 믿기지 않는다는 듯 최경묵은 했던 말을 하고 또 했다.

"하하하, 이런 일이 생길 줄 그 누가 알았겠습니까. 아랫것들이 반갑지 않은 양상군자가 집 안에 들었다기에 혼찌검을 내주려 했더니, 설마 세자 저하께서 계실 줄이야. 하하하."

무엇이 그리 좋은지 최경묵은 박장대소를 터트렸다. 곳간으로 들이닥친 자들은 다름 아닌 최경묵과 그의 호위 무사들이었다. 흉험한 표정으로 불청객들을 살피던 최경묵은 이내 표정이 굳고 말았다. 불청객 중에 낯익은 얼굴이 하나 있는 까닭이었다.

신비하면서도 괴이하다는 소문이 자자한 왕세자 향.

"궁 안에서도 좀처럼 뵙기 어려운 세자 저하를 제집 곳간에서 뵐 줄은 상상도 못 했습니다. 하하하."

무엇이 그리 좋은지 최경묵은 연신 웃음을 터트렸다.

그와 다담상을 마주하고 있는 향도 고개를 끄덕이며 미소 지었다. 최경묵이 부러 저리 호들갑스레 웃고 있음을 뻔히 알고도 남음이었다. 최경묵은 향의 죄책감을 건드는 중이었다. 그의 속셈에 말려들어 고개를 숙이고 싶지는 않았다. 향은 눈치 없는 척 웃음만 흘렸다.

"그나저나 여전히 달필이시오."

사랑채 곳곳엔 최경묵이 쓴 글씨가 여러 장 걸려 있었다. 한때 호조판서를 지냈던 그는 조선에서 유명한 명필가 중의 한 사람이었다. 그러나 유려한 글씨와 달리 그는 험상궂은 인상에 단정하지 못한 몸가짐을 가진 사내였다.

전장에서 잔뼈가 굵은 장수처럼 행동 하나하나가 거칠고 난폭했다. 유난히 큰 키에 커다란 몸집 때문인지 단지 찻잔을 들어 올리는 단순한 행동에도 심약한 사람은 겁을 집어먹고는 했다.

향은 덥수룩한 수염에 부리부리한 눈을 가진 최경묵을 바라보았다.

모르는 사람이 봤다면 영락없이 무관으로 오해했을 생김새. 겉모습에 걸맞게 최경묵의 웃음은 종을 두드리듯 요란했다. 그런 최경묵이 웃음을 말끔히 지우며 향과 시선을 마주했다.

"하온데, 저하께서 누추한 곳엔 어쩐 일이시옵니까?"

묻는 말투는 지극히 공손했지만, 향을 바라보는 최경묵의 눈빛은 날짐승처럼 사나웠다. 자신의 영역을 말없이 침범한 향에 대한 불만이 고스란히 담겨 있었다.

향은 그의 성난 눈빛을 담담하게 받아냈다.

"내 수하의 말이 이곳에 수상한 물건이 있다 하여 확인차 들어와보았소."

"……"

최경묵의 미간이 일그러졌다. 약한 모습을 보였으면, 응당 변명이나 핑계가 튀어나오는 것이 당연하건만. 향은 달랐다. 구석으로 몰렸음에도 불구하고 왕세자는 오히려 직설적으로 치고 나왔다.

뻔뻔한 것인가? 아니면 멍청한 것인가? 그도 아니라면 지나치게 현명한 건가?

꿰뚫어 보는 듯한 향의 시선이 꺼림칙하게 느껴졌다. 최경묵은 신경질적으로 차를 입안으로 털어 넣었다. 추궁하려다 오히려 추궁받게 된 상황인지라, 심사가 편치 않았다. 간신히 동요를 잠재운 그가 다시 물었다.

"수상한 물건이라니요?"

대답 대신 향은 가슴팍에서 작은 가죽 주머니 하나를 꺼냈다.

"그것이 무엇이옵니까?"

"이 집에서 나온 화약이오."

"화약이라 하시었사옵니까? 그것은 나라에서 엄히 관리하는 물품이 아니옵니까. 그런 것이 어찌 소신의 집에서 나올 수 있단 말이옵니까?"

"나 역시 그것이 궁금하여 찾아보던 참이었소."

"하여, 찾으시었사옵니까?"

최경묵의 눈동자에 미세한 파문이 일었다. 그것은 일렁이는 등잔불 빛에 묻힐 만큼 작은 것이었다. 상대의 눈빛을 물끄러미 바라보던 향은 찻잔에 입술을 축였다.

"아무것도 찾지 못했소."

딸각. 다담상에 찻잔을 내려놓은 일련의 행동에 군더더기가 없었다. 그 무엇보다도 정확하고 단정한 향의 모습은 감히 범접할 수 없는 위엄을 갖고 있었다.

저도 모르게 긴장하던 최경묵이 다시 웃음을 터트렸다. 긴장할 때면 버릇처럼 나오는 과장된 웃음이었다.

"하하하, 당연한 일이 아니옵니까. 화약이라뇨? 말도 안 됩니다. 어느 자가 소신의 집안을 모함하려 저하께 그런 불민한 것을 올렸는지 모르겠사오나, 하늘을 우러러 소신은 한 점 부끄러움이 없사옵니다. 저하께서도 아시지 않사옵니까? 집안 대대로 공신의 집안이옵니다. 이 조선을 세우는 데 소신의 아비와 조부의 피가 디딤돌로 쓰였사옵니다."

"그거야 알고 있는 일, 그대와 그대의 집안이 이 나라를 위해 얼마나 많은 일을 했는지 잘 알고 있소."

"그걸 알아주시는 분께서 이리하시니. 소신, 조금은 서운한 마음이 듭니다."

"그렇소?"

두 사람의 시선이 허공에서 맞부딪쳤다.

숨 막히는 침묵이 흘렀다.

침묵을 깬 것은 최경묵이었다.

"그런데 말이옵니다. 듣기로 세자 저하께선 상대를 보면 참과 거짓을 구분할 수 있다는 재미난 이야기를 들었사옵니다. 하오면, 저하의 눈에 소신은 어찌 보이십니까?"

"솔직히 말해도 되겠소?"

"당연한 말씀을요."

최경묵이 기대에 찬 얼굴로 향을 응시했다. 물끄러미 그의 눈빛을 정면으로 받아내던 향이 입을 열었다.

"그대는 거짓이 너무 많아 오히려 어떤 것이 참이고, 어느 것이 거짓인지 구별하기 어렵소."

날이 선 향의 말에 최경묵의 표정이 일순 굳어졌다. 그러다 이내 경직된 얼굴을 풀고 웃음을 터트렸다.

"하하하. 세자 저하께선 농도 잘하시옵니다. 제가 어찌 저하께 거짓을 아뢸 수 있겠사옵니까?"

"그렇소?"

"그렇고말고요. 소신이 저하께 거짓을 아뢰다니요. 천부당만부당한 말씀이옵니다."

"그렇다면 내가 잘못 본 모양이오."

"네. 그렇사옵니다. 소신을 믿어주시옵소서."

"……."

정적이 내려앉았다. 불편한 침묵이 이어지자 향의 얼굴에 지루한 표정이 드리워졌다. 그는 고개를 돌려 동창 밖을 응시했다. 멀지 않은 곳에 무혁과 나란히 서 있는 해루의 모습이 들어왔다.

"아무래도 허탕 친 것 같죠?"

문풍지 위로 향의 그림자가 그려졌다. 양손을 모은 채 댓돌 아래에 서 있던 해루는 무혁을 돌아보았다.

"어쩌면 그럴지도 모르지."

"그런데 말입니다."

해루가 귀밑 자분치를 만지작거리며 말을 이었다.

"집주인 양반 말입니다."

"최경묵 대감 말이냐?"

"겉보기엔 산적처럼 생겼는데, 실은 무척 치밀한 위인인 것 같습니다."

"그리 생각하는 연유가 무엇이냐?"

잠시 주위를 훑어보던 해루가 귓속말로 소곤거렸다.

"집을 지은 모양새나 지나치게 많은 호위 무사나……. 겉보기엔 호탕해도 속은 좁쌀영감일 겁니다."

"그를 돕는 사람들이 치밀한 것인지도 모르지."

해루가 고개를 가로저었다.

"절대 아닙니다."

"어찌 그리 확신해?"

"그렇게 생겨먹었거든요."

"그렇게 생겼다고?"

해루가 손으로 자신의 얼굴 이곳저곳을 만지며 설명을 이어나갔다.

"최 대감은 말이죠, 일단 미간이 좁고 눈썹이 거칩니다. 속이 좁고 화를 잘 낸다는 뜻이지요. 코는 위로 들려 있고, 콧구멍이 잘 보입니다. 허세에 씀씀이도 헤픈 성격. 귓불은 작고, 콧날은 협소하며, 입술은 얇습니다. 말이 험하고 인덕이 부족한 사람이죠. 무엇보다 삼백안이라는 게 문제입니다."

"삼백안?"

"눈동자가 작아서 검은자 양옆과 아래쪽으로 흰자위가 보인다는 의미입니다. 보통은 눈동자 좌우 양쪽으로만 흰자위가 보이지 않습니까?"

"눈동자가 작으면 어떻다는 거냐?"

"성품이 독하고 사기꾼 기질이 있지요."

무혁이 눈살을 찌푸렸다.

"생긴 것은 타고난 것인데 어찌 겉모습만 보고 성품을 판단한다는 거야?"

"물론, 생긴 됨됨이는 타고난 것이지요. 그래서 아이의 관상은 보는 게 아닙니다. 하지만 불혹이 넘으면 관상은 곧 그 사람의 성품입니다. 살아온 삶이 그 사람의 얼굴에 고스란히 녹아 있거든요. 이해가 안 가시죠? 하지만 생각해 보십시오. 무려 사십 년입니다. 그 긴 세월 동안 많이 웃은 사람은 웃는 얼굴이 될 것이고, 많이 울고 화낸 사람은 우울하고 성난 기색이 주름과 인상으로 고스란히 얼굴에 새겨지지 않겠습니까?"

"일리가 있구나."

"판수들 사이에 이런 이야기가 있습니다. 사람을 볼 때 가장 우선으로 살피는 것이 관상이고, 다음이 족상이고, 마지막이 타고난 사주다. 나이를 먹으면 먹을수록 사주보다 그 사람의 됨됨이가 더 중요하다는 이야기지요."

"넌 그런 이야기를 어디에서 배웠느냐?"

"그쪽 방면으로 도가 튼 양반을 따라 팔도를 떠돌아다녔거든요."

"아무튼, 최 대감 생긴 게 마음에 안 든다는 말이렷다."

"뭔가 구린 게 있습니다. 지금 당장은 없을지 몰라도 장래 반드시 그런 일을 하게 될 겁니다."

해루가 장담했다.

"어쩌면 그럴지도 모르지. 이 집의 경계, 지나치게 삼엄해."

"그러게요. 호위 무사가 어찌 이리 많을까요?"

"최근 이 근방에서 불미스러운 일들이 있다 하지 않았더냐? 이

댁에도 금지옥엽이 있어 특별히 신경 쓰는 모양이더구나."

"그렇다 쳐도 지나친 감이 없질 않은데……."

해루의 말에 수긍하듯 무혁이 눈을 빛냈다.

"무릇 숨기고 싶은 것이 있거나 비밀이 많은 자는 집안 담벼락이 높은 법이지."

"무얼 숨기고 싶은 걸까요?"

"그걸 알아내려고 저하께서 저런 고생을 하시는 것이지."

"아, 그렇군요."

해루가 슬쩍 안을 살펴보았다. 최경묵의 큰 웃음이 이어지고 있었다.

"아무래도 세자 저하께서 나오시려면 시간이 걸리겠지요?"

"그럴 게다."

"그럼 잠시만 다녀오겠습니다."

"어딜 가려는 것이냐?"

무혁의 물음에 해루가 손을 저었다.

"모르십니까? 여인에겐 저마다 높은 담벼락이 있습니다."

"무슨 말이냐?"

"제게도 숨기고 싶은 비밀이 있다는 뜻이지요."

"비밀?"

무혁의 표정이 서늘해졌다.

"비밀이라니? 너 혹여 속이는 것이라도 있는 거냐? 무엇이냐? 무엇을 감추고 있는 것이야?"

눈가를 가늘게 여민 채 무혁은 해루를 추궁했다.

해루가 난감한 표정으로 대꾸했다.

"설마 측간까지 따라오실 생각인 건 아니시겠지요?"

"측간? 험험……."

저도 모르게 얼굴이 붉어진 무혁은 괜스레 먼 허공을 응시했다. 조선 최고의 무사라 불리던 그였건만. 해루의 일격엔 맥없이 무너지고 말았다.

자신이 무슨 짓을 한 것인지 생각도 하지 못한 채 해루는 측간을 향해 재게 발을 놀렸다.

"분명, 이 담벼락 끝에 있었지?"

혼잣말을 중얼거리던 해루의 눈에 무언가가 들어왔다.

별채로 이어지는 중문 앞. 달빛에 희끄무레하게 빛나는 것이 보였다.

"저건 뭐지?"

해루는 허리를 숙여 그것을 집어 들었다.

"이건 댕기잖아."

달빛을 받아 반짝거렸던 건 댕기 끝자락에 수놓인 작은 제비꽃이었다. 수줍게 막 봉오리를 벌리기 시작한 제비꽃을 들여다보며 해루는 고개를 갸웃거렸다.

"이 댁 아가씨 댕긴가?"

작은 혼잣말이 허공에 다 퍼져 나가기도 전.

스스슷.

짙은 회색빛 안개가 그녀의 발밑으로 몰려들었다. 이내, 누군가의 미래가 눈앞에 펼쳐졌다.

신기루를 헤매던 해루가 다시 정신을 차렸을 때, 그녀는 곳간 앞에 서 있는 자신을 발견할 수 있었다. 좀 전에 향과 몰래 숨어들었던 바로 그곳이었다.

어찌하여 이곳으로 왔단 말인가?

발을 돌리려던 해루의 머릿속으로 은밀한 속삭임이 들려왔다.

신기루 속에서 보았던 끔찍한 광경이었다.

어둠, 두려움, 협박, 발소리, 낯선 사내들, 음흉한 웃음, 낯선 장소, 두건 너머로 보이는 사내들 간의 거래, 신음, 비명……

그것은 두건을 뒤집어쓴 한 소녀의 끔찍한 기억이자 앞으로 벌어질 미래였다. 아니, 그녀는 혼자가 아니었다. 굴비처럼 새끼줄에 줄줄이 묶인 여러 명의 소녀가 있었다.

그녀들이 경험하게 될 끔찍한 기억들. 막 피어나는 꽃봉오리들이 처참하게 밟히는 광경과 구슬픈 울음이 해루의 뇌리와 심장에 낙인처럼 새겨져 있었다.

해루는 곳간 문에 손을 올렸다.

이곳이다. 이곳에서 모든 것이 시작된다.

무언가에 홀린 듯 해루는 곳간 문을 열었다. 그러고는 곧장 면포가 쌓인 곳간 구석으로 걸어갔다.

해루는 높이 쌓인 면포 상자를 밀었다. 힘에 부쳐 한참을 끙끙거린 후에야 면포 상자를 한옆으로 치울 수 있었다. 그녀는 드러난 바닥을 손으로 더듬더듬 더듬었다. 잠시 후, 해루는 바닥의 어느 한 곳에 손을 깊숙이 넣었다. 손끝에 둔탁한 고리가 만져졌다. 그것을 잡아당기자 거짓말처럼 바닥이 들어 올려지고 숨겨진 공간이 모습을 드러냈다.

곳간의 바닥 아래, 텅 빈 동공처럼 어둡고 음습한 공간이 존재했던 것이다.

해루는 허리를 숙여 어둠 속을 응시했다. 커다란 두 눈에 반짝거리는 무언가가 들어왔다.

저게 무얼까?

눈가를 더욱 가늘게 여몄다. 짙은 어둠 탓에 제대로 보이지 않았다. 보이지 않으면 않을수록 진득한 호기심이 해루를 부추겼다. 그녀는 좀 더 가까이서 들여다보기 위해 한 발을 앞으로 내디뎠다. 그러나 발밑엔 아무것도 없었다.

휘청.

허공을 허방 디딘 해루는 몸을 휘청거렸다.

"어어어!"

다급한 외마디가 어둠을 진동시켰다. 이대로 어두운 공간으로 고꾸라질 것 같은 상황.

"조심해!"

부드러운 목소리와 함께 손 하나가 나타나 그녀를 낚아챘다. 허공을 휘청거리던 해루의 몸이 듬직한 손길에 이끌려 빙글 돌아섰다. 탄탄한 가슴이 얼굴에 와 닿았다. 따뜻한 숨결이 정수리 위에 내려앉았다.

동시에 등 뒤를 감싸는 단단한 느낌.

놀란 해루는 고개를 들었다. 이내 향의 아름답고도 반듯한 얼굴이 들어왔다.

"고개 돌리지 마라. 아무것도 보지 마."

속삭이는 향의 목소리.

향은 해루의 얼굴을 한껏 끌어안았다. 마치 어미 새가 어린 새를 품듯.

세상의 사나운 기운이 범접하지 못하도록 단단한 결계를 치듯 그리 끌어안고는 팔에 힘을 주었다.

"저, 저하……."

당황한 해루는 향의 가슴팍에서 배트작거렸다. 그러나 그의 품에서 좀처럼 벗어날 수 없었다. 오히려 시간이 지나면 지날수록 그의 포박은 쇠사슬처럼 단단해졌다.

마치 절대 품에서 놓아주지 않을 것처럼.

향은 옥쥔 팔을 풀지 않았다.

즐거우냐?

처음에는 그저 지루함을 잊기 위함이었다. 온통 거짓뿐인 최경묵과의 대화에서 벗어나기 위한 방책. 해루를 바라본 것은 단지 그런 이유 때문이었다. 그러던 어느 순간, 해루에게서 눈을 떼지 못했다.

달빛 아래, 순진하게 웃는 그 하얀 얼굴을 따라 시선을 움직였다. 그녀는 무혁과 대화를 나누고 있었다. 무에 그리 즐거운지, 때로는 웃으며 때로는 귓속말을 하며 웃고 있었다.

대체 무슨 이야기를 저리 재미있게 하는 것일까?

저도 모르게 미간을 찌푸리고 말았다. 그러다 문득, 해루가 시야 밖으로 사라졌다.

측간이라는 망측한 이야기가 언뜻 들려왔다. 엉뚱한 녀석, 그런 소리를 아무렇지도 않게 하다니. 식어버린 차로 입술을 축였다. 잠시 잊었던 최경묵의 허튼소리가 다시 귀를 어지럽혔다.

녀석이 언제 다시 오려나. 사라졌던 해루가 다시 나타난 것은 잠시 후였다.

그런데 어찌 걷는 모습이 평상시와 달랐다. 터벅터벅 걸음을 옮기는 것이 꼭 혼백이 나간 허깨비 같았다.

무슨 일이라도 있는 걸까? 신경이 쓰였다. 마침 최경묵도 대꾸 없는 혼잣말에 지친 듯 불편한 헛기침만 연발하고 있었다.

향은 자리에서 일어섰다.

"어딜 가시옵니까?"

최경묵이 엉거주춤한 표정으로 물었다.

"잠시 볼일 좀 보고 오겠소."

짧게 대답한 향은 해루의 뒤를 따랐다.

해루는 여전히 힘없이 걷고 있었다. 넋을 잃고 걷는 모습이 꼭 뭔가에 홀린 사람 같았다.

지나칠 정도로 생기발랄하던 녀석이 왜 저런 것일까? 분명 무슨 곡절이 있다 싶었다.

향은 말없이 그녀의 뒤를 따랐다. 힘없이 걷던 해루가 도착한 곳은 곳간이었다.

저곳은 또 왜? 무언가 떨어트린 물건이라도 있는 걸까?

의문을 떠올리는 사이, 해루가 곳간 안으로 들어갔다. 그리고 무슨 영문인지 켜켜이 쌓여 있는 면포와 비단을 옮기기 시작했다. 그렇게 한참을 끙끙거리며 면포를 한옆으로 밀어둔 해루는 능숙하게 바닥을 더듬었다.

잠시 후. 끼이익, 오래된 나무문 소리와 함께 곳간 바닥이 위로 올라가고 은밀하게 숨어 있던 공간이 드러났다. 향의 얼굴에 놀란

빛이 떠올랐다.

저걸 어찌 알았을까? 그러나 놀람은 이내 다급함으로 돌변했다. 허공을 허방 디딘 해루의 휘청거리는 모습이 그의 시야를 사로잡았다.

위험해.

반사적으로 몸을 움직인 향은 단숨에 해루를 낚아챘다. 놀란 해루의 숨결이 향의 가슴팍에 와 닿았다. 동그란 두 눈이 그를 올려 보았다.

향은 그 눈을 오롯하게 마주 보았다. 아니, 보려 하였다. 해루의 등 너머로 보이는 반짝거리는 눈빛들을 보지 못했다면 분명 오래도록 그녀를 두 눈에 담고 있었을 것이다.

해루가 찾은 곳간 바닥. 동굴처럼 농도 짙은 어둠이 가득 들어찬 그곳에서 쏟아져 나오는 절망 어린 간절한 눈빛들을 보지 못했다면 말이다.

"저것은……."

향의 미간에 놀람이 새겨졌다.

곳간 아래에서 흘러나오는 반짝임의 정체는…… 소녀들이었다. 온몸이 묶인 여인들은 입에 재갈이 물린 채로 곳간의 은밀한 공간에 갇혀 있었던 것이다. 그 광경이 차마 눈에 담기 어려울 만큼 참담했다.

"고개 돌리지 마라, 넌 아무것도 보지 마."

향은 행여 놀랄세라 해루의 얼굴을 제 가슴으로 더욱 밀착시켰다.

"저, 저하. 왜 그러십니까?"

해루의 당황한 음성이 향의 귓전으로 날아들었다.

"아무래도 네가 찾은 것 같구나, 해루야."

최경묵의 높은 담벼락 안에 숨겨져 있던 비밀을.

그의 집 안에서 일어나고 있던 은밀하면서도 잔인한 거래를 해루가 찾아냈다.

화약의 대가. 그것은 바로 어린 여인들이었다.

조용하던 최경묵의 안채 마당이 소란스러웠다.

수십 개의 횃불이 마당을 훤하게 밝혔다. 곳간에 갇혀 있던 어린 소녀들이 대낮처럼 환하게 불을 밝힌 마당으로 들어섰다. 하나같이 입에 재갈이 물린 채 포박당한 모습이었다. 무혁이 서둘러 그녀들의 몸을 옭아매고 있는 포승줄을 풀어주었다.

"이게 어찌 된 일이옵니까?"

덩치에 어울리지 않게 종종걸음 치던 최경묵이 돌연 목소리를 높였다.

향은 찌르는 듯한 눈빛으로 최경묵을 노려보았다.

"내가 그대에게 묻고 싶은 말이오. 대체 이게 어찌 된 일이오? 이 아이들이 어찌하여 이 집 곳간에 있었던 것인지 내게 설명해 주어야겠소."

시퍼렇게 벼린 칼날과 같은 추궁이었다. 잠시 당황한 표정을 짓던 최경묵이 돌연 고개를 돌려 그림자처럼 뒤따르는 수하를 보았다.

"이게 대체 무슨 일이냐? 이 곳간을 책임지고 있는 자가 뉘더냐? 저 아이들이 왜 저기 있는 것이냐? 어서 앞으로 썩 나서지 못할까?"

그의 불호령이 떨어지기 무섭게 늙은 초로의 사내가 앞으로 나섰다. 최경묵의 집에서 육십 평생을 살아온 성 영감이었다.

"대, 대감마님. 그 곳간은 소인이 관리하고 있었습니다요. 하지만 저것은……."

"네 이노옴!"

벼락같은 소리와 함께 돌연 핏방울이 튀었다. 어느 사이 곁에 서 있는 호위 무사의 검을 빼앗은 최경묵은 단칼에 성 영감의 가슴을 내리그었다.

놀란 해루는 아이들의 눈을 가렸다. 동시에 향과 무혁이 해루와 아이들의 앞을 병풍처럼 막아섰다.

"이게 무슨 짓이오!"

향의 목소리가 높아졌다.

최경묵이 피 묻은 칼에 시선을 고정한 채 대답했다.

"송구하옵니다, 저하. 아무래도 아랫것들이 엉뚱한 일을 저지르고 있었던 모양이옵니다. 이 모든 것이 소신의 탓이옵니다. 집안을 제대로 다스리지 못한 죄, 무슨 벌이든 달게 받을 것이옵니다."

향의 표정이 싸늘하게 변했다. 최경묵의 변명이 이어졌다.

"다만, 제 손으로 직접 처리하고 싶습니다. 제가 직접 아랫것들을 문초하여 소상히 보고드리도록 허락하여 주시옵소서."

향은 단칼에 최경묵의 청을 거절했다.

"그럴 수는 없소."

"하오나 저하, 이것은 제 집안의 일이옵니다. 이런 경우 소신이 먼저 조사를 하고……."

"그대의 곳간에서 무고한 여인이 스무 명이나 나왔소. 이 어찌 그대 집안 사정이라 할 수 있겠소? 이번 일은 내 특별히 직접 처리할 것이니, 곧 궁에서 사람이 내려올 것이오."

"……심려를 끼쳐 송구하옵니다."

최경묵은 바닥에 고개를 묻었다.

물끄러미 내려다보던 향이 몸을 돌렸다. 그러다 문득 다시 입을 뗐다.

"대감은 정녕 이 일에 대해 아는 바 없소?"

최경묵이 고개를 들었다. 그는 진심으로 억울하다는 듯 대답했다.

"정말 알지 못했사옵니다."

"……."

향의 눈가가 싸늘하게 여며졌다.

거짓.

향은 도포 자락을 휘날리며 걸음을 옮겼다.

"그대는 그 말에 책임을 져야 할 것이오."

이른 새벽.

거친 파공음이 최경묵의 사랑채를 가득 채웠다.

최경묵은 잡히는 대로 부수고 집어 던졌다. 그의 광기 서린 화풀이는 꽤 오랜 시간 이어졌다.

다시 잠잠해졌을 때, 책장의 서책이 바닥을 나뒹굴고 집안 대대로 전해오던 귀한 자기들은 쓸모없는 파편으로 변해 있었다. 겨우 분을 삼킨 최경묵은 버릇처럼 목덜미를 어루만졌다.

연치 어린 왕세자가 한마디 한마디 할 때마다 어쩐 일인지 목덜미가 서늘했다.

그 아비에 그 아들이라더니. 범의 새끼는 어려도 범이었다. 아니,

왕세자는 어린 범 따위가 아니었다. 이미 대신들 사이에서는 어린 범이 날개를 달았다는 둥, 범이 용을 낳았다는 식의 말들이 흘러나오고 있었다.

흑백이 분명한 서슬 퍼런 눈동자.

향을 떠올리자 눈두덩에 잘게 경련이 일었다. 와락, 빈 허공을 움켜쥐며 최경묵은 입을 열었다.

"일이 조금 꼬였구나. 도성으로 연통을 넣어라. 일이 틀어졌으니 계획을 수정해야겠다고 말이다."

"네, 대감마님."

그의 발치에 머리를 조아리고 있던 수하가 서둘러 대답했다.

"제대로 정리를 해야 할 것이야."

"걱정 마십시오. 뒤탈 없이 처리하겠습니다."

"적당히 던져 줄 먹이도 잊지 말고."

"이미 적당한 자들을 물색하고 있습니다."

제법 발 빠르게 대처하는 수하를 최경묵은 한심하다는 시선으로 응시했다.

"쯧, 다른 일은 이리 빈틈이 없는 놈이 어찌 이 일은 허술히 하였느냐?"

"설마 그 숨겨진 공간을 찾아낼 줄 뉘 알았겠습니까? 참으로 기이한 일입니다. 대체 세자께서 어떻게 거길 찾은 것일까요?"

"어딘가 허술한 구석이 있었으니 찾아낸 게 아니겠느냐? 바로 네놈이 일을 망쳤단 말이다."

최경묵이 손에 잡히는 대로 물건을 던졌다.

큼직한 벼루가 수하의 이마에 떨어졌다. 머리가 깨지고 피가 나는데도 수하는 그 흔한 앓는 소리 한 번 내지 못했다.

"소, 송구하옵니다."

"그만 물러가라."

최경묵의 손짓에 수하는 곧 뒷걸음질로 방을 나갔다. 그 모습을 지켜보는 최경묵의 눈빛은 여전히 곱지 않았다.

쓸모없는 버러지들.

마음 같아서는 모조리 찢어 죽이고 싶었다. 그러나 지금 당장 급한 것은 왕세자의 눈을 가리는 일이었다. 솟구치는 성화를 가라앉히기 위해 최경묵은 깊게 숨을 들이마셨다. 이윽고 다시 숨을 내쉬던 그는 불현듯 눈매를 가늘게 여몄다.

"그런데……"

버릇처럼 수염을 쓸어내리며 그는 푸르게 밝아오는 새벽빛을 바라보았다.

"세자의 곁에 있던 그자, 낯이 익단 말이야. 분명 어디서 보았는데……. 내가 그자를 어디서 보았더라?"

최경묵은 좀처럼 잡히지 않는 기억의 파편을 꿰맞추기 위해 미간을 찡그렸다.

황금빛 햇살이 산자락을 노랗게 물들였다. 이슬을 머금은 풀잎마다 빛살이 파고들었다. 여린 초록의 잎 사이로 상쾌한 바람이 부는 이른 아침. 완연한 초여름의 공기를 머금은 마을은 간밤의 소란이 거짓인 듯 고요했다. 그러나 이 고요함이 얼마 가지 못하리라는 것을 마을 사람 누구나 알고 있었다.

한마디로 폭풍 전야.

이 마을에 거대한 폭풍을 일으킬 사람들이 마을 어귀에 서 있었다. 커다란 밤나무 아래에서 향은 앞으로의 일을 무혁에게 지시했다.

"최경묵의 집을 조사할 사람이 곧 도성에서 내려올 것이다. 그들이 올 때까지는 네가 이곳에 남아 뒷정리를 해야겠구나."

"네, 알겠습니다."

무혁이 고개를 조아렸다.

"최경묵은 이 모든 상황에 대해 모르쇠로 일관할 것이다. 그자의 죄를 밝혀내기 위해서는 그자의 밑에서 수족 노릇을 하던 자들의 증언이 필요할 터. 무엇보다도 증언할 자를 확보하는 것이 급선무다."

"노력하겠습니다."

"아마도 입을 열게 하기가 쉽지 않을 것이야."

"제가 돕겠습니다."

밤나무 곁의 커다란 바위 위에서 촐랑대는 목소리가 들려왔다. 정 판수였다. 능청스레 해루의 곁자리를 차지하고 앉은 정 판수는 연신 빙글거리며 향과 무혁을 번갈아 보았다.

"무엇이냐?"

향이 미덥지 못한 시선으로 정 판수를 응시했다.

"접니다, 정 판수. 간밤에 아주 결정적인 도움을 주었던 사람입지요."

제 공로를 강조하며 정 판수는 말을 이었다.

"제가 이 바닥에선 알아주는 판수입지요. 물론 공사다망하여 이런저런 일에 끼어들기가 쉽지 않지만……."

"그럼 가던 길 가시오."

향은 정 판수의 말을 단칼에 잘라냈다.

순순히 물러날 정 판수가 아니었다.

"이 정 판수가 누구입니까? 우리 해루를 친자식처럼 아끼는 사람이 아닙니까. 해루가 믿고 의지하는 분들이시니, 내 아무리 바빠도 기꺼이 도움을 주어야 할 터. 다행히 제가 최 대감의 집안사람들을 두루두루 알고 있답니다. 입 가벼운 놈과 입 무거운 놈, 쓸데없이 의리 있는 놈과 의리라고는 쥐똥만큼도 없는 놈들 할 것 없이 죄다 소상히 알려드릴 것입니다요."

무에 그리 좋은지, 말을 하는 정 판수의 입가엔 연신 웃음이 빙글거렸다.

"아저씨."

해루가 걱정스럽게 그를 불렀다.

"응? 왜?"

"그러지 마시고, 저랑 함께 한양으로 가시는 건 어떠세요?"

여기서 또 무슨 사고를 치고 다닐지 걱정된단 말입니다.

"허허허, 녀석. 나랑 헤어지는 것이 그리 아쉬운 게야? 우리 해루가 이렇다니까요. 내가 없으면 아무것도 못 해요."

정 판수는 누구도 수긍하지 못할 이야기를 입에 올렸다. 해루의 입에서 절로 한숨이 새어 나왔다.

"그게 아니라……."

근처에 있어야 돈을 받아낼 것이 아닙니까? 해루는 목 언저리까지 올라온 말을 꿀꺽 삼켰다.

속사정을 알 리 없는 정 판수가 눈치 없이 해루에게 친근한 척을 했다.

"걱정 마라, 인석아. 곧 다시 만날 게야."

"정말이시죠? 또 도망치는 건 아니시죠?"

"인석아, 속고만 살았느냐?"

"네."

"걱정 말라니까."

연신 빙글빙글 웃던 정 판수가 은근한 눈길로 향을 힐끔거렸다.

"너한테 이렇게 든든한 뒷배가 생겼는데, 내가 가긴 어딜 가겠느냐? 네가 가라고 해도 절대 안 간다. 너야말로 앞으로 모른 척하기 없기다. 알았지?"

"무슨 말씀 하시는 겁니까?"

"뭐, 그런 게 있다."

흐흐, 웃음을 흘리던 정 판수를 향이 매서운 눈으로 노려보았다.

찔끔한 듯 정 판수가 목을 움츠렸다.

"하여간 못 말린다니까."

해루는 고개를 설레설레 저었다.

"그만 가자. 이러다 해넘이 전에 산을 넘어가기 어렵겠구나."

재촉하는 향의 목소리가 들려왔다.

"그럼 두목님, 정 판수 아저씨. 저는 먼저 가보겠습니다."

꾸벅 고개를 숙인 해루가 걸음을 옮겼다.

왔을 때는 멀고 제법 험난하다 생각했던 길이건만. 돌아가는 걸음은 올 때보다 가뿐했다. 향과 해루는 산책이라도 하는 듯 느긋한 걸음으로 산길을 따라 걸었다.

어느새 야생화를 한 움큼 딴 해루가 향을 돌아보았다.

"그런데 저하, 그 아이들은 어찌 되는 겁니까?"

"그 아이들?"

"네. 어젯밤 구해낸 그 소녀들은 앞으로 어찌 되는 겁니까?"

"조사해서 집으로 돌려보낼 아이들은 집으로 돌려보낼 것이다."

"그럼 갈 곳 없는 아이들은 어찌합니까?"

"적당한 곳을 마련해 주어야겠지."

"저하께서 하시는 일이니, 틀림이 없겠지요?"

"믿어라."

"네, 믿습니다."

해루는 기분 좋게 다시 걸음을 옮겼다.

그 뒷모습을 묵묵히 지키고 있던 향이 문득 그녀를 불렀다.

"그런데 해루야."

"네."

아직 여물지 않은 나무 열매에 눈독을 들이며 해루가 대답했다.

"어찌 알았느냐?"

"무얼 말입니까?"

"그 아이들이 그곳에 잡혀 있다는 것을 어찌 알았느냐?"

향의 물음에 해루는 흠칫 어깨를 떨었다. 잠시 향의 눈치를 살피던 그녀는 눈동자를 옆으로 굴렸다.

"그게……. 아! 볼일을 보러 측간을 찾다가 우연히 알게 되었습니다."

"우연히 말이냐?"

"네. 우연히요."

"……."

거짓.

묘한 표정이 향의 얼굴에 떠올랐다.

거짓을 듣고도 기분이 나쁘지 않았다. 아마도 녀석의 거짓이 어떤 속셈이 있어 하는 말이 아니기 때문이겠지.

"정말입니다. 정말로 우연히 발견했습니다."

해루가 강조하듯 다시 말했다.

향의 입가에 미소가 떠올랐다.

어찌 이런 감정이 되는 것일까? 왜 자꾸만 이 녀석에게 너그러워지는 것일까?

"왜 그런 표정이십니까?"

"아무것도 아니다."

뒷짐을 진 채 향은 먼 허공을 응시했다. 해루에게 제 속내를 들키고 싶지 않은 까닭이었다.

구태여 묻지 않으리라. 언젠가 알게 되겠지. 언젠가 말해 주겠지. 그때까지 묵묵히 참고 기다려보련다.

속내를 알지 못한 해루는 고개를 갸웃거렸다. 어쩐 일인지 저와 시선을 마주하지 않는 향이 마음에 걸렸다.

"혹여 제가 무슨 실수라도 하였습니까?"

"그런 것 없다."

"그럼 다행입니다."

금세 밝아진 해루는 통통거리며 산길을 올라갔다.

그 뒤를 향이 느긋하게 뒤쫓았다.

그렇게 얼마나 걸었을까? 앞서 달려가던 해루가 되돌아왔다.

"서두르십시오."

해루는 좀처럼 재게 걸음을 놀리지 않는 향을 재촉했다.

"이러다 산을 넘기도 전에 해 떨어지겠습니다."

마음이 급해진 해루는 향의 팔을 덥석 잡았다.

무람없이 자신의 손을 잡는 해루를 향은 물끄러미 응시했다. 조금도 허물이 느껴지지 않는 손길이었다. 오롯이 자신을 향해 뻗어

오는 하얀 손을 보며 향이 묻는다.

"즐거우냐?"

"네?"

"나와 함께하는 것이 즐거우냐?"

일말의 망설임 없이 해루가 대답했다.

"즐겁습니다."

참[眞].

물끄러미 바라보던 향이 해루의 손을 고쳐 잡았다.

서로의 손바닥이 온전히 맞닿았다.

손에서 손으로 전해지는 온기를 느끼며 해루가 그에게 묻는다.

"저하는 어떠십니까? 즐거우십니까?"

"글쎄다. 딱히 즐거울 것도, 즐겁지 않을 것도 없구나."

거짓.

향의 입안에 단침이 고였다.

입술에 말간 미소가 맺혔다.

톡톡, 심장에 번지는 간질거리는 느낌.

나쁘지 않았다.

향은 해루의 손을 좀 더 단단히 잡았다.

　너는

　봄이 만든 무지갯살 아지랑이

　밤이 그려낸 아스라한 꿈

　바람 불면 흩어질 생의 파편

　눈 뜨면 잊힐 한 편의 꿈 자락

찬란한 봄날이여

아릿한 꿈결이여

내 곁에 머물기를……

내게서 떠나지 말기를……

주상 전하의 암행인

푸른 물내가 가득 피어올랐다.

무더운 여름을 코앞에 둔 계절.

습기로 눅눅해진 옷가지를 빨기 위해 궁녀들이 우물가로 모여들었다.

"그거 들었어?"

세답방의 궁녀 은심이 말문을 열었다.

"무슨 이야기?"

같은 처소를 쓰는 달래가 작은 얼굴을 빼꼼히 돌리며 관심을 보였다.

"세자빈마마 간택 말이야. 이번 재간택에 주상 전하의 명으로 다섯 분의 아가씨를 더 뽑았다고 하더라."

"진짜? 왜? 어차피 좌의정 대감 댁 아가씨가 내정된 거 아니야?

그저 형식적으로 치르는 간택이라 들었는데, 어쩌자고 다섯 분이 나 더 낙점하셨대?"

달래의 말에 나인 은심이 빨래를 한옆으로 밀어둔 채 제대로 수 다를 시작했다.

"말도 마. 대전 지밀 궁녀 각금이 알지?"

"알지. 너와 이웃집에 살던 그 아이 말이잖아. 그 앤 벌써 대전의 지밀나인이 되었지만 넌 여전히 세답방이나 지키고 있지."

"지금 그 얘길 왜 해?"

눈을 흘기는 은심을 보며 달래가 아차 하는 표정을 지었다.

"미안, 미안. 나도 모르게. 그나저나 각금이가 뭐라고 하였는데?"

"몰라. 말 안 해."

"미안해. 농으로 한 말이야. 다신 안 그럴게. 그러니까 말해 보아. 대체 각금이가 뭐랬어?"

달래가 양손을 모은 채 싹싹 비는 시늉을 했다. 그제야 마음이 풀린 듯 은심이 앵돌아진 표정을 누그러트렸다.

"한 번만 봐주는 거야."

"응."

"각금이가 그러는데 말이야, 어쩌면 이번 세자빈에 좌의정 대감 댁 아가씨가 안 될 수도 있대."

"그게 무슨 말입니까?"

그때 궁녀들의 대화에 낯선 목소리가 끼어들었다. 궁녀들의 고 개가 뒤로 돌아갔다.

우물가 한쪽에 해루가 앉아 있었다. 넉살 좋게 궁녀들 사이로 끼 어든 그녀는 은심이 빨던 빨랫거리를 손에 잡았다.

"어쩌다 그리되었단 말입니까?"

빨래를 비비는 해루를 멍하니 보던 은심이 고개를 갸웃거렸다.

"처음 보는 얼굴인데, 뉘시어요?"

"어? 아직 저 모르세요?"

"누구신데요?"

"저는……."

그때 맞은편에 있던 달래가 알은체를 했다.

"혹시 신루에 새로 들어오신 분 아니시어요?"

"신루에 새로 들어오신 분?"

"전에 내가 말했잖아. 세자 저하의 최측근."

달래가 한쪽 눈을 찡긋하자 은심이 생각났다는 듯 고개를 주억
거렸다.

"아, 그분이 이분이셔?"

"아마도……. 맞죠? 세자 저하의 최측근 맞으시죠?"

"네, 맞습니다."

보란 듯 크게 고개를 끄덕이던 해루가 은심에게 다시 물었다.

"그런데 좀 전에 무슨 말입니까? 좌의정 아가씨가 세자빈이 안
될 수도 있다니요?"

"세자 저하의 최측근이라면서 아직 궁의 소문에는 어두운가 봅
니다. 얼마 전에 초간택이 있었던 건 알고 계시지요?"

"네, 알고 있습니다."

간택인으로 참가하여 재간택에 낙점까지 되었는걸요.

그러나 궁녀들은 그 사실을 알 턱이 없었다. 간택에 참여한 처
녀들의 얼굴을 볼 수 있는 것은 왕실 사람들과 그리고 간택인들을
돕도록 선택된 소수의 궁인밖에는 없었다. 세답방의 신분 낮은 어
린 궁녀들에게 간택인들은 그야말로 별세계에 발을 디디고 사는

사람들이었다.

"말도 마셔요. 원래 세자빈 간택이라는 것은 이미 내정자를 두고 벌이는, 형식적으로 치르는 행사였답니다."

"그렇다고 들었습니다."

"그런데 이번에 그것이 엎어졌다지 뭐여요."

"왜요?"

"세자빈 자리에 이미 내정된 사람이 있다는 사실을 알고 주상 전하께서 진노하셨다지 뭐여요."

"전하께선 모르셨던 일인가 봅니다."

"주상 전하께서는 워낙에 연줄이니 하는 것들을 싫어하시니까요. 하여, 이번에는 중전마마와 종친들 사이에서만 이야기가 오갔던 모양이어요. 간택이 끝날 때까지 절대 주상 전하의 귀에 들어가지 않도록 했다던데……."

"그런데 그걸 주상 전하께서 아시게 된 거란 말입니까?"

해루가 정말 궁금하다는 표정으로 물었다.

은심이 고개를 끄덕거렸다.

"내 동무 각금이 말로는 주상 전하께 은밀히 궁 안의 사정을 전해주는 암행인(暗行人)이 있다고 합니다."

"암행인요?"

"네. 그 암행인이 주상 전하의 눈과 귀가 되어 궁은 물론이고 궁 밖의 사정까지 세세히 전해준대요."

"정말?"

달래가 끼어들었다.

"응. 내가 어디 없는 말 한 적 있어?"

"그건 어디서 들은 얘기야?"

"어디긴 어디야, 각금이가 그러던걸."

"대전 지밀에서 나온 이야기니, 틀림없는가 보네."

"당연하지. 주상 전하께서 그 암행인을 총애하는 마음이 남다르다 하시더라고."

"그렇습니까?"

해루의 커다란 눈동자가 호기심으로 연신 움직였다.

"그럼 그 암행인은 주상 전하의 최측근이겠네요?"

"말해 무얼 하겠어요? 그분이야말로 주상 전하의 최최측근이 틀림없지요."

"누군지 몰라도 참 부럽네요. 주상 전하의 최최측근이라니."

은심의 말에 해루는 진심 담긴 한마디를 중얼거렸다.

"그러게요. 정말 부럽습니다."

나른한 오후. 눅눅한 바람 탓인지, 전각을 지키던 어린 비자들이 하나둘 꾸벅꾸벅 졸기 시작했다. 달콤한 오수의 유혹이 짙은 시각. 신루 후원에 있는 화원에서 두런거리는 이야기 소리가 들려왔다.

"암행인?"

"못 들어보셨습니까?"

해루의 말에 최최측근은 고개를 갸웃거렸다.

"처음 듣는구나."

"아이고, 세자 저하의 최최측근이시면서 그 소식도 아직 못 들으셨어요?"

"내가 요즘 이런저런 일로 바빴거든. 그런데 주상에게 암행인이 있다더냐?"

최최측근 아저씨의 물음에 해루가 돌연 주위를 살펴보았다. 아무도 없는 것을 확인한 그녀가 작은 목소리로 소곤거렸다.

"있답니다, 암행인이."

"뭐 하는 사람이라는데?"

"궁 안팎의 소식을 주상 전하에게 전하는 일을 하는 사람이랍니다."

"어허! 그 누군지는 몰라도 대단한 사람이구나."

"말해 무얼 합니까? 그 사람이야말로 주상 전하의 최최측근이지요."

"그렇구나."

"이건 아저씨가 세자 저하의 최최측근이시니까 말씀드리는 건데요. 이미 세자빈에 내정된 좌의정 댁 아가씨 말입니다."

"그 아가씨가 왜?"

"세자빈 내정이 어쩌면 무산될지도 모른다고 합니다."

"그래?"

"그게 다 암행인이 주상 전하께 고했기 때문이랍니다."

"허허. 그 누가 암행인인지 몰라도 참으로 장한 일을 하였구나."

"그렇습니까?"

"그렇다마다."

"어쨌든 부럽습니다. 주상 전하의 암행인이라니."

"그러냐. 허허허."

해루의 말에 최최측근의 입가에 의미심장한 웃음이 피어올랐다.

늦은 오후 햇살이 신루 안으로 비집고 들어왔다. 여느 때라면 각자 맡은 일을 하거나 저마다 공부에 집중하느라 조용했을 신루가 오늘따라 소란스러웠다.

"보폭은 정확히 한 자, 또는 한 자 반. 속도는 물방울이 세 번 떨어질 때마다 한 발짝씩 떼면 되는 것이네."

서책을 살피며 심운기가 말하자 양여섭이 고개를 흔들었다.

"그걸 누가 모르는가. 허나, 저 아이를 보게나."

양여섭은 신루 한가운데서 뒤뚱뒤뚱 걷고 있는 해루를 손가락으로 가리켰다.

"자네가 말하는 보폭이 저 아이에게는 너무 크다네."

"대체 이유가 뭐지?"

심운기의 고민이 깊어졌다. 답답하다는 듯 양여섭이 가슴을 치며 불쑥 말을 내뱉었다.

"무얼 그리 고민하는가? 척 보면 모르는가? 다리가 짧은 것이 아닌가, 다리가……."

"어허, 해루도 작은 키는 아니라네."

차마 '양여섭, 자네보다 해루가 더 크질 않은가……'라고는 말할 수가 없기에. 심운기는 한 호흡 숨을 들이마셨다.

그런 속내를 알지 못한 채 양여섭은 나름의 분석을 내놓았다.

"그렇다면 분명 상체가 긴 것이 틀림없네."

"저 양반이!"

김담이 만든 기구를 몸에 매단 채 어기적어기적 걸음을 옮기던 해루가 양여섭을 밉지 않게 흘겨보았다.

"저 안 짧습니다."

번쩍 다리를 들어 보이는 그녀의 행동에 김담이 허허 웃음을 터트렸다.

"녀석하고는. 그런데 재간택까지는 얼마나 남았는가?"

김담의 물음에 양여섭이 불만 가득한 얼굴로 대답했다.

"이제 고작 사흘 남았으이, 사흘. 어찌어찌 재간택에 낙점되었다고 하지만 이대로라면 삼간택은 어림도 없을 걸세."

양여섭이 불안하게 중얼거렸다.

"정말 큰일이군."

심운기도 심각한 표정으로 고개를 주억거렸다. 듣고 있던 김담이 다시 너털웃음을 흘렸다.

"이보게들. 우리가 저 아이를 세자빈으로 만들겠다는 게 아니질 않은가."

"......!"

김담의 말에 심운기와 양여섭의 표정이 일순 멍해졌다. 서로 마주 보던 두 사람은 큰 깨달음을 얻은 듯 자신들의 이마를 쳤다.

"아하, 우리가 그걸 깜빡 잊고 있었군."

"이보게, 심 학사. 그렇다면 저 아이에게 세자빈 간택에 필요한 교육을 하는 것보다 세작 교육을 하는 것이 어떻겠는가?"

김담의 의견에 심운기와 양여섭의 입가가 길게 늘어졌다.

"세작? 세작이란 말이지."

"그런 것이라면 우리에게 맡겨두시게. 그쪽으로는 우리가 전문가 아니던가."

두 사람이 해루를 향해 다가갔다.

"해루야."

"네."

해루가 해맑은 표정으로 두 사람을 돌아보았다.

"너의 세자빈 교육을 끝내도록 하겠다."

심운기의 한마디에, 해루의 얼굴에 반색하는 표정이 꽃처럼 피어올랐다.

"드디어 끝난 겁니까?"

"아니."

"하지만 좀 전에 말씀하시지 않았습니까? 세자빈 교육을 끝내겠다고 말입니다."

"그래. 세자빈이 되는 교육은 끝낸다. 대신 지금부터 너는 세작이 되는 교육을 받아야 할 것이다."

"세작요?"

"그래. 이번 세자빈 간택에 참여하는 진짜 이유를 잊지 않았겠지?"

해루가 결연한 표정으로 대답했다.

"감히 세자 저하를 위해하고, 평화로운 신루를 해코지하려 함과 동시에 궁에 커다란 불화를 일으킬 세작을 잡기 위해서입니다."

지나치게 진지한 해루의 태도에 심운기가 당황했다.

"아니, 네게 나라를 지키라고 한 것은 아니고……."

"아무튼, 그래서요?"

"세작을 잡으려면 당연히 세작을 잡는 법을 알아야 하지 않겠느냐?"

"아하! 그래서 세작이 되어봐야 한다, 이 말씀이지요?"

"그렇지. 홀아비 마음은 과부가 알고 세작은 같은 세작이 알아보는 법이니까."

"알겠습니다. 그런데 제가 세작이 될 수 있겠습니까?"

해루가 불안하게 중얼거리는 찰나, 어느새 수노기를 든 양여섭이 다가왔다.

철컥. 활을 장전한 수노기를 해루에게 건네며 양여섭이 말했다.

"무릇 훌륭한 세작이란 훌륭한 도구가 만드는 법. 너는 걱정일랑 푹 놓아라."

"도구만 있으면 훌륭한 세작이 될 수 있는 겁니까?"

"물론."

양여섭이 자신만만한 표정으로 말을 덧붙였다.

"세작이 별거냐? 수상한 자가 보이면 은밀하고 신속하게, 쓱싹 해치우면 되는 거지."

"아! 세작이 그런 것이로군요."

"그렇다. 그러니 우선 활쏘기 연습부터 하자. 이 물건은 보다시피 활대가 짧고 둥글게 말 수 있어서 쏘기 쉽단다. 대신 조준하기 만만치 않으니 정확하게 표적을 맞히는 게 쉽지 않단다. 그러나 끊임없이 연습하면 백발백중할 수 있을 것이야."

심운기도 빠지지 않았다.

"한 사람씩 상대할 때는 물론 활도 좋지. 하지만 여럿을 한꺼번에 상대할 때는 화포만 한 물건이 없다. 이걸 보아라. 이것은 은밀히 소지할 수 있도록 작게 만든 화포니라."

"화포가 이렇게 작은 것도 있었습니까?"

"하하하. 당연히 없지. 하지만 이곳이 어디냐? 신루가 아니더냐? 세상에 없는 물건도 있게 만드는 곳이 아니더냐?"

"화포를 이렇게 작게 만들 수 있다니, 정말 대단합니다."

"위력은 더 대단하단다. 훈장님 곰방대만큼 작고 얇지만, 한 번

쏘면 천둥 치는 소리가 십 리 밖에서도 들릴 정도다."

"십 리 밖에서도요?"

"어쩌면 백 리 밖에서도 들릴지 몰라."

"훌륭합니다."

그 이후에도 양여섭과 심운기는 해루에게 신루가 제작한 기발한 무기들을 보여주고 그 사용 방법을 알려주었다. 그 모습을 물끄러미 바라보던 김담이 고개를 저었다.

"이 사람들아, 세자빈 간택일세. 적장을 암살하러 가는 게 아니란 말일세."

유감스럽게도 양여섭과 심운기의 귀에는 아무것도 들리지 않았다. 두 사람이 그 사실을 깨달은 건 사흘이나 지난 후의 일이었다.

"말려야 하지 않겠습니까?"

향의 곁을 지키던 무혁이 낮은 목소리로 말했다. 신루 학자들이 벌이는 엉뚱한 일에 휘말리는 해루가 이제는 안쓰럽게 느껴질 정도였다.

서책에서 시선을 떼지 않은 채 향이 대꾸했다.

"놔두어라."

"하온데 저하, 무엇을 그리 보십니까?"

궁으로 돌아온 이후, 향은 내내 서책에 파묻혀 있었다.

"궁금한 것이 생겨서 말이다."

무혁은 향이 읽는 서책의 제목을 훑었다.

"신선술, 도법……."

하나같이 허황한 이야기들을 기록한 책이었다. 탁자에 산처럼 쌓인 서책들을 넘겨다보며 무혁이 말을 이었다.

"증명할 수 없는 것들은 믿지 않으셨잖습니까?"

"믿지 않는다. 다만…… 최근에 갑자기 관심이 생겨서 말이다."

향이 고개를 들어 해루를 바라보았다.

그날 최경묵의 집에서 어린 소녀들을 발견한 해루의 행동, 절대 우연이 아니었다. 우연이 아니라면 대체 무엇일까? 저 아이에겐 분명 남들과 다른 특별한 능력이 있었다. 그 본질이 무엇인지 알고 싶었다. 멀리하던 잡서를 읽기 시작한 건 그 때문이었다.

"혁아."

"네, 저하."

"너는 말이다."

향은 읽던 서책을 덮었다.

"미래를 보는 사람이 있다는 말에 대해 어찌 생각하느냐?"

향의 물음이 떨어지기 무섭게 무혁이 대답했다.

"터무니없는 이야깁니다."

"허나, 점술가나 판수들은 다른 이들의 길흉화복을 점치지 않느냐."

"물론 그들이 점을 치긴 하지만, 그것은 어디까지나 관찰과 통계를 통해 나온 뻔한 이야기일 뿐입니다."

"그렇지. 그런 것이겠지."

향은 자신의 손을 내려다보았다.

해루의 손을 잡았던 자신의 손. 그 작은 손을 그리 서슴없이 잡았을 땐 나름의 생각이 있었던 까닭이다. 혹여 말로 형언할 수 없는 특별한 감각이 느껴지지 않을까 하는 엉뚱한 기대. 만약 해루가 미래를 본다면……. 그렇다면 자신에게도 전해지는 무언가가 있지 않을까?

아쉽게도 느껴지는 것은 없었다. 아니, 전혀 없었던 것은 아니었다.

가슴 한쪽 끝을 간질이는 야릇한 감각. 그러나 그건 분명 그가 원했던 느낌은 아니었다.

향은 해루를 바라보았다.

어찌하여 저 아이가 미래를 보는 것 같다는 생각을 지울 수가 없는 걸까? 그리고…….

어찌하여 자꾸만 저 아이가 눈에 밟히는 거지?

울울창창한 숲으로 뒤덮인 거대한 저택. 저택의 가장 내밀한 곳에 자리한 별채에 두 사내가 마주 앉아 있었다.

"내가 이번에 큰 고초를 당했다네."

"큰일 치르셨습니다."

"세자의 명민함이 도를 넘더군. 이번에 본 피해를 복구하려면 꽤 시간이 걸릴 듯하이."

최경묵은 사방 덧문이 내려진 별채를 둘러보았다. 외부와 완벽하게 차단된 그곳은 아무나 접근할 수 없는 금지(禁地)였다. 그 특별한 금지의 주인, 민안선이 최경묵을 향해 고개를 끄덕거렸다.

"걱정할 것이 무어가 있겠습니까? 대감께서 하시는 일에 보탬이 된다면 무엇이든 도울 것입니다."

민안선은 서안 옆에 놓인 커다란 나무함을 최경묵의 앞으로 밀었다.

"이게 무언가?"

"약소합니다. 우선은 마음을 다독이는 데 쓰십시오."

최경묵이 나무함을 열었다. 누런 황금들이 얼굴을 내밀었다. 내내 울상을 하던 그의 입가에 비로소 웃음이 떠올랐다.

"이런이런. 내 이런 것을 원해 찾아온 것이 아니었거늘."

"제 마음입니다."

"그런가? 하하하, 그렇다면 자네의 마음, 내 고맙게 받겠네."

"……"

"아참! 그러고 보니 지난번 궁에 사람을 심어놓는다 하더니, 제법 자리매김을 한 모양일세."

황금이 든 나무함을 무릎 위에 올려놓으며 최경묵이 말했다.

"무슨 말씀이신지?"

"그 아이 말일세, 세자 저하의 곁에 나란히 붙어 있더군."

"나란히 붙어 있다니요?"

"어허. 굳이 나한테까지 숨길 필요 있겠는가?"

"송구하오나 소인, 대감의 말씀을 도통 이해할 수가 없습니다."

"아닌가?"

워낙에 의뭉스러운 자라, 이번에도 속내를 숨기는 거라 생각했다. 그러나 의뭉을 떠는 것치곤 민안선의 표정이 너무 말끔했다. 최경묵은 고개를 갸웃거렸다.

"분명히 이곳에서 본 얼굴이 세자의 곁에 있던데."

그는 서둘러 시선을 별채 한쪽에 있는 족자로 옮겼다.

"처음에는 어디서 본 얼굴인지 기억나질 않아 애를 좀 먹었지. 그러다 자네에게 연통을 넣으며 생각이 났다네."

최경묵은 방 한구석에 걸려 있는 여인의 초상화를 가리켰다.

"저 아이 말일세, 저 아이가 세자 저하와 함께 있는 것을 내가 보았네. 사내 차림을 하고 있었지만, 계집이라는 것을 한눈에 알 수 있었지. 자네도 알다시피 내가 계집 냄새 하나만큼은 기가 막히게 맡지 않던가. 계집이 어찌 저런 복색일까 궁금하였건만. 이제야 궁금증이 풀리는군. 저 아이가 틀림없네, 틀림없어."

민안선은 최경묵의 손끝을 좇아 시선을 돌렸다. 그의 표정이 돌처럼 딱딱해졌다.

"저 아이를…… 보셨단 말입니까?"

네가 원한 것이 이런 것이냐?

이지러진 달에 살이 차올랐다.

사흘은 그야말로 눈 깜짝할 사이 흘러갔다.

재간택의 날, 밤과 새벽의 경계의 시간. 검푸른 빛으로 물든 세상은 간밤의 곤함을 떨치지 못한 채 깊은 잠에 빠져 있었다. 그러나 세상 모두가 곯아떨어진 것은 아니었다. 해루는 눈가에 덕지덕지 묻은 잠을 애써 지워내며 무혁의 뒤를 쫓았다. 초간택에 참여했을 때와 마찬가지로 궁 밖으로 나가는 길이었다.

창덕궁 후원, 앵두나무 숲 한쪽에 나 있는 작은 문은 해루를 궁 밖의 세상으로 인도하는 은밀한 통로였다. 또한, 향이 잠행을 나갈 때면 이용하는 문이기도 했다. 붉게 옻칠한 작은 나무문을 넘던 해루는 문득 걸음을 멈췄다. 앞서 걷는 무혁의 눈치를 보며 그녀는 소맷자락에 있던 뾰족한 꼬챙이를 꺼냈다. 그러고는 눈에 띄지 않을 만큼 작은 표식을 문기둥에 새겨 넣었다.

해루 나름의 의식이었다.

나갈 때 한 번, 돌아올 때 한 번. 아무도 자신을 찾는 이는 없겠지만 이렇게 자신이 이곳을 무사히 드나들었다는 것을 표시하고 싶었던 마음이었다.

"무얼 하느냐?"

걸음이 느려지자 무혁이 날카로운 눈빛을 보냈다.

"갑니다, 가고 있습니다."

해루는 서둘러 무혁의 뒤를 쫓았다. 그렇게 궁을 빠져나간 두 사람은 북촌 어귀에 있는 거대한 고택 안으로 들어섰다. 너른 마당에는 사인가마가 그녀를 기다리고 있었다. 궁으로 들어갈 때 해루가 탈 가마였다.

"이리 늦으시면 어찌합니까?"

해루의 모습이 보이기 무섭게 덤이가 한달음에 쪼르르 달려 나왔다. 초간택을 함께한 덤이는 이번에도 해루와 궁으로 들어가기로 되어 있었다. 좀처럼 오지 않는 해루를 기다리느라 꽤나 조바심이 일었는지, 얇은 입술이 하얗게 말라 있었다.

"기다렸어?"

"기다리다 뿐입니까요. 어서요, 할 일이 태산이어요."

덤이가 해루를 잡아끌 때였다.

"많이 늦었구나."

대청마루로 긴 그림자가 드리워졌다.

"대감마님."

덤이가 황급히 허리를 접었다.

"송구합니다. 서둘러 온다고 한 것이……."

덩달아 고개를 숙이는 해루의 목덜미로 쯧쯧 혀 차는 소리가 떨어졌다. 대감의 얼굴에 못마땅한 기색이 역력했다.

세자 저하의 청만 아니었다면, 이 도깨비놀음에는 발도 디디지 않았으리라. 하지만 어쩌다 세자께 약점이 잡혀 이 모양이 되었다.

권 대감은 저도 모르게 미간을 일그러뜨렸다. 왕세자께서 무탈하게 뒤를 봐주겠다고 장담하였지만, 그는 여전히 불안하기만 하였다. 행여 들키기라도 하는 날엔⋯⋯. 혹 주상 전하께서 이 도깨비장난을 눈치채기라도 했다간 그야말로 뼈도 못 추리리라. 노기 성성한 왕을 떠올리던 그는 저도 모르게 몸을 부르르 떨었다.

"어찌 그리 서 있느냐? 어서 궁으로 갈 채비를 하지 않고."

일이 일인지라, 해루를 보는 눈길이 곱지 않았다. 마루에서 내려온 그는 별채로 걸음을 옮겼다. 굼뜨게 움직이는 해루를 별채까지 데려가려 함이었다.

"어찌 그리 서 있는 것이야? 서둘러 오질 않고서."

"네."

저를 탐탁지 않아 하는 사내의 태도에도 해루는 입가의 미소를 거둬들이지 않았다. 목소리에 비록 가시가 서 있는 듯해도 사실 나쁜 분이 아니라는 걸 해루는 잘 알고 있었다.

누구보다 마음이 넓고 정도 많은 분이었다. 무엇보다 아비이질 않은가. 비록 이 일이 끝나면 봄눈처럼 허무하게 잊힐 거짓 관계이지만, 지금 당장은 그가 해루의 아버지였다.

아버지, 아버지, 아버지⋯⋯.

작게 입속말을 곱씹던 해루는 말갛게 부풀어 오르는 감정을 애써 삼켰다. 아버지라는 이름을 언제 불러봤는지 기억조차 나지 않았다. 다만, 그저 부르는 것만으로 거대한 바람벽을 두른 듯 든든

해졌다. 아버지란 이런 존재이려나? 괜히 삐져나오는 웃음을 서둘러 갈무리한 채 걸음을 옮겼다. 옷이 마련된 별채로 들어서기 무섭게 그녀의 팔을 잡는 따뜻한 손길이 있었다.

이 댁 안방마님인 최씨 부인이었다.

"급히 온 모양이구나. 머리가 엉망이야."

"부인, 시간이 없소."

최씨 부인은 넉넉한 미소를 입가에 지으며 말을 덧붙였다.

"대감, 어찌 하나는 알고 둘은 모르십니까?"

"무슨 말이시오?"

"억지로 하는 일이라 하나 이 아이, 우리 집안을 대신하여 세자빈 간택에 나가는 겁니다. 정성을 들여야 하지 않겠습니까?"

아내의 말에 사내의 입에선 연신 험험 불편한 헛기침이 흘러나왔다. 그러나 더는 반박하지 않은 채 그는 고개를 돌렸다.

힐끔, 지아비를 넘겨보던 최씨 부인은 그대로 해루의 손을 잡고 별채 안으로 들어갔다. 별채에는 해루가 입을 옷가지와 장신구가 준비되어 있었다. 덤이의 도움을 받아 옷을 갈아입고 나오자 최씨 부인이 해루를 곁에 앉혔다.

"머릿결이 곱구나."

해루의 긴 머리카락을 빗겨주며 최씨가 칭찬했다.

따뜻한 음성과 다정한 손길. 익숙하지 않은 생경한 대우에 해루는 어찌할 바를 몰랐다.

기억이 나는 그 순간부터 사내처럼 살아왔다. 거칠고 험한 일이 일상이었고, 툭하면 사달을 일으키는 정 판수 덕에 야반도주를 밥 먹듯 했다. 그런 날이 반복되자 나중엔 오히려 여인의 행색이 불편하게 느껴질 지경이었다. 대충 편하게 살자 한 것이 여인도 사내도 아닌 험하고 투박한 삶이 되어버렸다.

그런 해루에게 최씨의 따뜻한 배려는 그리우면서도 불편했고, 감사하면서도 어색한 것이었다. 해루의 속내를 읽기라도 한 듯 최씨가 조곤조곤 나직한 목소리로 말했다.

"오래전부터 딸이 있었으면 좋겠다고 생각했단다. 햇살 고운 날엔 마루에 앉아 이리 머리를 빗겨주고, 두 손 잡고 거릴 거닐기도 하고."

"그러셨어요?"

"네 덕에 하고 싶던 일의 절반은 한 셈이니, 참으로 고맙구나."

"제가 오히려 감사합니다."

해루의 대답에 최씨가 돌연 어깨 너머로 얼굴을 내밀었다.

"고마우면 나머지 절반도 해주련?"

"네?"

해루의 눈이 커졌다.

그 동그랗고 순진한 눈망울에 최씨의 웃는 얼굴이 온전히 맺혔다. 어디에서 이런 아이가 나타났을까. 그냥 하는 빈소리가 아니라 진정 여식으로 삼고 싶은 아이였다. 아쉬운 기색을 숨김없이 떠올리며 최씨는 다시 해루의 머리를 빗겨주었다.

"무슨 연유로 네가 이런 복잡한 일에 말려들었는지 모르겠구나. 허나 조심하거라. 일단 우리 집안의 이름을 걸고 나가는 자리이니, 부디 몸가짐을 가지런히 하였으면 좋겠구나."

"노력하겠습니다."

"바른 여인의 자세란 그리 어려운 것이 아니야. 그저 바른 여인을 닮고자 노력하면 언젠가 그리된단다."

해루가 최씨를 돌아보며 미소 지었다.

"네, 그리하겠습니다."

❁

몸치장을 마친 해루는 마당에 준비된 가마에 올랐다.

"두목님은 어딜 가셨나?"

사라지고 없는 무혁을 찾아 해루는 주위를 두리번거렸다. 해루가 가마 타는 것을 돕던 덤이가 의아한 얼굴로 물었다.

"누굴 찾으시어요?"

"나랑 여기 함께 오셨던 무사님, 못 보았어?"

"그분이라면 아까 아가씨 모시고 오기 무섭게 다시 돌아가셨어요."

"그래? 혹여 무슨 말씀 하신 건 없으셨고?"

"그분, 말은 하실 줄 아는 분입니까?"

워낙에 말수가 없었던지라, 덤이는 무혁이 말을 하지 못한다고 생각한 모양이다. 저도 모르게 웃음을 흘리던 해루는 궁이 있는 곳으로 시선을 돌렸다. 해루를 안전하고 은밀하게 이곳까지 호위해 주는 것. 그것이 오늘 무혁의 임무였으리라. 할 일을 마쳤으니 세자 저하의 곁으로 돌아가는 것은 당연했다.

"그래도 인사 한마디 없이 사라지다니."

내심 서운한 마음에 해루는 저도 모르게 불퉁하게 중얼거렸다. 그러는 사이, 가마 문이 내려지고 해루를 태운 가마는 궁을 향해 출발했다.

드디어 시작인가? 내내 평온하던 심장이 갑자기 두근거렸다. 어차피 세작을 잡기 위해 참여한 간택이었건만, 마치 정말로 세자빈이 되기 위해 궁으로 들어가는 사람처럼 심장이 뛰었다.

두근거리는 심장 탓일까? 괜스레 몸도 기우뚱기우뚱 좌우로 움직이는 것 같았다.

내가 왜 이럴까? 나 정말 긴장한 거야?

그때 가마 밖에서 걱정하는 덤이의 목소리가 들려왔다.

"아가씨, 아가씨, 괜찮으세요?"

"응?"

"가마 말이어요. 이리 흔들리는데, 아가씨 괜찮으셔요?"

"가마가 흔들려?"

해루는 그제야 시선을 정면으로 향했다. 연신 몸이 기우뚱하는 것이 긴장하여 그런 줄 알았는데, 이제 보니 가마가 흔들린 것이었구나.

가마꾼들이 끄는 가마는 보기보다 편하지 않았다. 가안(家雁, 거위)이 걷듯 뒤뚱뒤뚱 흔들리는 터라, 가마 옆을 나란히 걷는 덤이는 입에 침이 마르도록 흉을 보았다.

"아무래도 가마꾼들이 초짜인 모양이어요. 궁에서 보낸 사람들이라 하여 특별할 줄 알았더니, 만덕이 아저씨보다 못한 것 같아요."

"이분들이 궁에서 나오셨어?"

가마의 작은 창을 연 해루는 새삼스러운 눈으로 가마꾼들을 훑어보았다. 덤이의 말대로 가마꾼들은 초짜 태를 풀풀 풍기고 있었다. 궁에서 나왔다면 십중팔구 왕세자께서 보내셨을 텐데, 어찌 이리 허술한 사람들을 보냈을까, 생각하던 해루는 이내 이해된다는 듯 고개를 위아래로 흔들었다.

생각해 보면 향의 곁에 있는 사람들은 하나같이 허술한 사람들 일색이다. 왕세자의 수족 같은 신루의 학자들이 그러했고, 자신 역시 어딘지 빈틈이 많은 그런 사람이었다. 어쩌면 세자 저하께선 어딘가 한구석, 모자란 사람들을 좋아하는 것인지도 모르겠다는 생각마저 들었다.

그렇게 얼마나 걸었을까? 갈지자로 움직이던 가마가 어느 순간 균형을 잡았다.

이제 적응되었나? 궁금한 마음에 해루는 가마 옆에 난 쪽문을 살짝 열었다.

순간.

"잘 지냈느냐?"

새카만 눈동자가 불쑥 그녀의 눈에 들어왔다.

"헉!"

놀란 해루는 저도 모르게 뒤로 몸을 물렸다. 그래 봤자 한 평 남짓한 가마 안이라, 도망가고 말고 할 공간 같은 것은 없었다. 해루는 서둘러 가마 문을 닫았다.

그나저나 덤이와 가마꾼들은 왜 이리 얌전한 걸까? 재간택을 위해 입궁하는 가마가 아니던가. 감히 겁도 없이 가마를 들여다본 사내를 호통치며 쫓아내야 할 사람들이 어찌 이리 조용하지? 궁금증은 이내 풀렸다.

"궁으로 들어가는 길이더냐?"

닫혔던 쪽문이 다시 열리고 낯익은 얼굴이 눈에 들어왔다.

"태군?"

"하도 오랜만에 보아서 얼굴 잊은 줄 알았느니."

가마를 길 한쪽 옆으로 세우게 한 위창은 덤이를 비롯한 가마꾼들을 몇 걸음 뒤로 물리고 있었다. 위창의 어깨 너머로 동동거리는 덤이의 얼굴이 보였다.

"이게 무슨 짓입니까?"

해루가 신루의 학자들에게 배운 대로 제법 엄한 내색을 했다. 그러나 위창에게는 씨알도 먹히지 않았다. 되레 호기심 가득한 눈을 해루에게 고정했다.

"못 본 사이 많이 늘었구나."

"이게 다 태군 덕택이지요."

"내 덕택이라?"

"네. 진정한 여인이 되기 위해 들었던 태군의 조언이 많은 도움이 되었습니다."

"그래? 그렇다고 하니, 다행이구나."

"그런데 오늘은 또 무슨 볼일이십니까?"

"글쎄다."

위창이 해루를 바라보았다. 고개를 갸웃거리는 해루의 모습이 고스란히 위창의 두 눈에 담겼다. 무엇일까? 어찌하여 이 작고 엉뚱한 여인에게 신경이 쓰이는 것이지?

해루는 단호한 얼굴로 고개를 저었다.

"재미없는 농이라도 할 생각이시면 이쯤에서 그만두십시오. 아시다시피 제가 지금 재간택을 위해 궁으로 가는 길이라서 말입니다."

"누구를 위해 하는 일이냐? 세자를 위해?"

해루는 대답하지 않았다. 위창도 굳이 대답이 듣고 싶어 던진 물음이 아니었다. 이내 다른 질문이 그녀를 향해 날아들었다.

"세자 저하와 몰래 잠행을 나갔다더구나."

해루는 놀란 속내를 감추어야 했다.

태군이 어찌 그 일을 알고 있을까? 세자의 잠행은 아는 사람이 극히 적은 비밀이었다. 그런 일을 어찌 알고 있는 거지? 태군의 힘이 그리도 대단하단 말인가?

해루 역시 어렴풋하게나마 위창의 권세에 대해 짐작하고 있었다. 신루는 궁 안에서 가장 많은 정보가 모이는 곳이었고, 그곳에 있다 보면 알고 싶지 않아도 알게 되는 몇 가지가 있었다. 그중 한 가지가 위창의 신분이었다.

조선에 거주하는 명나라의 사신. 양국의 화평과 교류를 위해 조선에 머물고 있다지만 사실은 조선을 견제하기 위한 특별한 존재였다. 당연히 예전처럼 편하게 위창을 대할 수 없었다.

"어찌 말이 없느냐? 내게 숨길 만큼 대단한 일이라도 있었던 모양이지?"

대답하는 대신 해루는 위창을 빤히 쳐다보았다. 그의 눈동자는 황금빛 아침 햇살을 품고 있었다. 해루는 그 눈동자를 가만 들여다보았다.

위창이 미간을 찌푸렸다.

"무얼 보느냐?"

"참으로 이상합니다."

"무어가?"

"지난번에 제게 말씀하지 않으셨습니까? 사내가 여인을 찾는 이유는 세 가지라고. 탐욕, 허영, 욕정. 지난번에는 제게 뭔가 바라는 게 있어 보였는데, 이번은 도무지 알 수가 없습니다."

"……."

"다른 사람들을 보면 대충 보이는 것이 유독 그분과 태군께는 보이지 않는단 말입니다."

"그분?"

위창은 해루가 언급한 사람이 이내 향이라는 사실을 눈치챌 수 있었다.

"설마 널 보는 나의 눈빛이 그분과 같단 말이더냐?"

"탐욕인 듯 욕정인 듯 흐릿하면서도 모호하니, 저는 아무래도 사람 보는 눈이 없는 모양입니다."

그 말을 끝으로 해루는 가마의 쪽문을 닫았다.

"이래 봬도 제가 지금 국가 중대사를 수행하는 중입니다. 그러니 따라오지 마십시오. 덤이야, 늦었다."

그녀의 목소리가 가마 밖으로 새어 나가기 무섭게 덤이가 잰걸음으로 다가왔다.

해루를 태운 가마가 점점 멀어졌다. 멍하니 해루의 뒷모습을 바라보던 위창의 품속에서 무언가 툭 떨어졌다.

위창은 시선을 바닥으로 내렸다. 동그란 옥패가 그의 발치를 뒹굴고 있었다. 그는 허리를 숙여 옥패를 집어 들었다.

"어찌 된 것일까?"

그날 밤, 자신을 찾아온 해루가 이 옥패를 찾아 주었더랬다. 그 이후로 다시는 잃어버리지 않으려 단단히 갈무리하였건만. 어쩐 일인지 맥없이 풀린 옥패를 가만히 들여다보았다. 옥패 너머로 해루가 탄 가마가 들어왔다.

해루와 옥패.

옥패와 해루.

문득 위창의 입가에 흐릿하게 미소가 떠올랐다.

왜 이곳을 찾아왔을까? 왜 하필이면 해루일까?

그 이유를 알 수 없었다.

"혹여 네가 원한 것이 이런 것이냐? 저 아이를 보란 것이야?"

혼잣말을 중얼거리던 위창은 어느새 점처럼 작아진 해루의 가마를 응시했다. 그러나 그는 미처 깨닫지 못했다.

흐릿했던 머릿속이 선명해지고 있음을…….

며칠 동안 그를 괴롭히던 조갈증이 사라졌음을…….

"방금 그 사내, 누구입니까?"

위창에게서 멀어지기 무섭게 덤이가 참았던 물음을 쏟아냈다.

"지금까지 숱한 남자를 봐왔지만, 저리 잘생긴 남자는 처음입니다. 보는 순간 하늘에서 천신이라도 내려온 줄 알았습니다. 대체어떻게 알게 된 사람입니까? 어디에서 만났습니까? 분명 평범한사람은 아닐 테지요?"

가마 밖에선 위창을 칭찬하는 목소리가 마르고 닳도록 들려왔다. 그러나 해루는 아무것도 귀에 들어오지 않았다. 궁이 가까워지면 가까워질수록 머릿속이 복잡해졌다.

재간택의 과제는 무엇일까? 아니, 그보다 세작은 어찌 찾아내야하는 거지? 무엇보다 가장 궁금한 것은…….

"궁이 보입니다."

"그래?"

해루가 쪽문을 열고 궁문 주위를 살폈다. 지금 이 순간 가장 궁금한 것은…… 하나였다.

세자 저하께선 무얼 하고 계실까? 나를 보러 오셨을까?

그러나…… 없었다. 그가 없다. 멀리서나마 얼굴을 보여주실 줄알았는데…… 그림자조차 보이지 않았다. 저도 모르게 시무룩해졌다.

그러나 그것도 잠시. 해루는 찬물을 뒤집어쓰기라도 한 듯 정신이 번쩍 났다.

정신 차려, 해루야. 감히 세자 저하를 상대로 무슨 생각을 하는 것이야? 고작 이런 일에 마음 쓸 시간이 없어.

해루는 길게 숨을 들이마셨다. 곧 간단한 절차와 함께 궁문 안으로 가마가 들어갔다. 드디어 재간택이 시작된 것이다.

그 시각, 해루를 사가로 안내했던 무혁은 말을 달리고 있었다. 큰길을 따라 얼마나 달렸을까. 앞서 말을 달리는 사람이 보였다.

"세자 저하."

"왔느냐? 해루는 어찌 되었느냐?"

"별 탈 없이 도착하였습니다."

"잘하라 말 한마디 못 건넸구나."

세자빈 간택이 진행되는 동안, 왕세자는 전혀 상관없는 사람처럼 그 근처에는 얼씬도 하지 않는 것이 법도였다. 그러나 해루라면 상관없으리라. 아니, 해루의 얼굴은 어떻게든 보겠다고 생각했더랬다. 그러나 어젯밤 늦게 서신 한 장이 도착했다.

단심(丹心).

왕실의 기반을 흔드는 일족이 남긴 또 하나의 단서. 늦으면 행여 놓칠세라 향은 바로 길을 나섰다. 그러나 내내 해루의 얼굴이 뇌리를 떠나질 않았다.

"그 녀석, 잘할까?"

"심지가 굳센 아입니다. 염려하지 마십시오."

향이 새삼스러운 표정으로 무혁을 돌아보았다. 무혁은 평소와 다를 바 없이 무표정했다.

향은 싱긋 미소를 지었다.

"별일이구나. 네가 칭찬을 다 하고. 해루에게 차갑게 굴더니, 속내는 그것이 아닌 모양이구나."

무혁은 대답하는 대신 발을 굴려 달리는 말에 박차를 가했다. 그러나 향은 알 수 있었다. 무심한 무혁의 얼굴 뒷면에 감춰진 옅은 감정을.

"해루, 그 녀석. 정말 괜찮을지도 모르겠군."

만나는 사람마다 이리 동화되니. 참으로 신기한 녀석이다. 또한, 마음에 들지 않았다. 어찌 그 녀석만 보면 다들 마음이 풀어지는 것인지. 향은 못마땅한 기색이 역력한 얼굴로 발을 굴렀다. 이상하게도 마음이 급해졌다.

어서 일을 마치고 돌아가야겠다, 궁으로…….

〈2권에 계속〉

해시의 신루 1

초판 1쇄 2016년 10월 20일
초판 6쇄 2022년 6월 30일

지은이 | 윤이수
펴낸이 | 송영석

주간 | 이혜진
기획편집 | 박신애 · 최미혜 · 최예은 · 조아혜
외서기획편집 | 정혜경 · 송하린 · 양한나
디자인 | 박윤정 · 유보람
마케팅 | 이종우 · 김유종 · 한승민
관리 | 송우석 · 전지연 · 채경민

펴낸곳 | (株)해냄출판사
등록번호 | 제10-229호
등록일자 | 1988년 5월 11일(설립일자 | 1983년 6월 24일)

04042 서울시 마포구 잔다리로 30 해냄빌딩 5 · 6층
대표전화 | 326-1600 **팩스** | 326-1624
홈페이지 | www.hainaim.com

ISBN 978-89-6574-566-2
ISBN 978-89-6574-565-5(세트)